五十年來的中國語言學研究

（1950～2000）

竺家寧 主編

臺灣 學生書局 印行

總　序

　　出版與人類文明發展的關係、出版社與學術文化發展的聯繫，都是不必再予強調或說明，早已廣爲各界所知之事。但一家出版社專以學術書刊爲其出版內容，專以服務學林爲宗旨，爲數畢竟尚少。學生書局四十年前創業時，卻選擇以此爲經營目標。四十年間，凡出版學術論著幾千種，創辦《書目季刊》等學術期刊若干種，與學界廣有聯繫，並獲圖書金鼎獎六座，爲學術發展貢獻的心力與物力，學界無不感謝。

　　書局的出版，以發揚中華文化爲目的，故其出版品以史料暨圖書文獻學、語言文字學、經學、文學、哲學與宗教幾個部分爲主，長期支持相關學門的研究與出版。因此，書局事實上也是一所重要的學術機構，它在這四十年間，參與也見證了臺灣這些學術領域的發展。

　　這四十年，恰好是臺灣從政府播遷時的風雨飄搖、百廢待舉，到逐漸穩立而發展的階段。政治、經濟、社會都在變化之中，學術研究亦不例外。四十年來，一步一腳印，奮鬥的歷程，獲致的成果，彌足珍貴。尤其是相對於大陸，在大陸實施三反、五反、人民公社、文化大革命之際，中華文化之發揚，是臺灣在歷史上不可抹煞的貢獻。這裡面有許多成果，後來也對大陸在改革開放之後，重新接上中華文化之大流頗有裨益。學生書局所出版的新儒家相關著作，即爲其中一個

明顯的例證。

　　因此，欣逢書局四十周年，我們覺得紀念它最好的方法，就是編一套叢書，回顧這幾十年來臺灣在中華文化的探究上做了些什麼。審茲舊躅，既可策勵將來，亦足以紀念此數十年間書局與學界共同努力的情誼。

　　回顧，仍從政府遷臺後起敘，照覽較為周全。所論，則以臺灣地區對中國傳統文化的研究為限。分圖書文獻學、語言文字學、經學、文學、哲學與宗教五部，供未來研究臺灣學術研究狀況者採擇。

　　學術史的整理，本身就極具學術意義。現在我們回顧這五十年的發展，已經有許多人許多事不可考、許多書刊論文找不齊了，倘不整理，將來必就湮滅；臺灣在中華文化研究上的貢獻，可能也會遭到漠視。因此，這個工作，其實也是刻不容緩的。本叢書受限於客觀條件，或許尚未能全面如實反映整個五十年間所有的成就，但希望能以此為嚆矢，呼籲大家一同來正視當代學術史的研究。

龔鵬程

序

　　臺灣地區20世紀後半期在經濟發展，社會安定的有利條件下，學術文化也呈現了空前繁榮的景象。中國語言學研究原本並非熱門學科，然而相對於大陸地區和整個20世紀，這50年也在臺灣地區取得了可觀的進展。本書的目標希望能把這些成果作一個比較完整的回顧，看看在中國語言學領域當中，臺灣做過哪些研究，有些什麼特點，這樣的總結和回顧，希望能有助於中國語言學史的參考，也藉以看出還有哪些方面呈現不足，做為未來努力的目標。語言學的研究有兩條重要的軸線：現代語言的研究和歷史語言的研究。在臺灣地區，這兩個部分有分工的趨向，外文系和語言所比較傾向前者的探索，方法上比較傾向西方語言學新理論的介紹。中文系比較重視後者，方法上比較多用結構的描寫，或語料窮盡式的歸納，有的則承續清儒傳統的小學研究。近年來這兩條軌道逐漸趨近，學者逐漸意識到現代與傳統，不能偏廢其一，應作有效的融合。事實上，中國一千年來一直很重視語言學的研究，雖然方法觀念不同於現代西方語言學，但是目標是一致的，都在探索「語言」，企圖了解語言的本質與眞相。所累積的經驗與成果十分珍貴，值得借鏡，不容我們忽視。另外一面，現代西方語言學講究科學的、精密的分析，有很多地方是超越傳統語言學的。儘管新說蜂出，令人眼花撩亂，也不能全然以標新立異視之，其間仍然

有可觀者。主要在如何取其精神，去其枝葉，役之而不爲之所役。

　　本書分爲八個門類，聲韻學、文字學、訓詁學、語法學、詞彙學、詞典學、華語教學、語言理論。分別邀約相關的學者執筆，執筆者都是在該領域具有相當代表性的學者。其中聲韻學的篇幅比較多，這是因爲聲韻學在臺灣是所有語言文字領域當中，活力比較旺盛的一門學科，也有人認爲聲韻學是當前臺灣語言學研究中的顯學。有關聲韻學著作方面，本文由上古音、中古音、到近代音，作斷代的說明。並對聲韻學的學位論文，作了詳細的引述。這是聲韻學著作中最蓬勃的部分。此外，聲韻學教科書的編纂、聲韻學會的成立，都具有臺灣地區的一些特色，文中都作了介紹。

　　黃沛榮教授對漢字研究的成果提出了「文字標準的釐訂」、「歷代字書的研究」、「古文字研究」、「俗字及異體字研究」、「文字學教學研究」、「文字學工具書的編撰」、「文字資料數位化」七方面作介紹。黃沛榮強調了臺灣學者的文字學研究成果，主要是由於近十多年來，中國文字學會每年都舉辦全國或國際學術研討會，並出版論文集，使文字學界除了有可供發表論文的園地外，還帶起了一批新血輪，這從博碩士論文的數量及研究的範圍即可明顯看出。此外，字樣學、異體字及俗字的研究近年在臺灣頗爲流行，發表的著作不少，也是研究成果的一大特色。在本文的敘述中，黃沛榮教授又強調了一些必須交代的重要成果。其一，自1989年以來，兩岸學界接觸頻繁，臺灣文字學者也開始與大陸學者進行正體字及簡化字的對話，臺灣學者發表了幾十篇論文，如陳新雄〈中共簡體字混亂古音韻部系統說〉、左松超〈中共簡體字混亂古音聲母系統說〉、蔡信發〈中共簡化字的商兌〉、周志文〈大陸地區語文工作評析〉、〈文字演化應回歸於自

然〉、〈從文化的觀點看文字統一的問題〉、許錟輝〈識繁寫簡之我見〉、〈兩岸標準字體同異比較述要〉、竺家寧〈論漢字拉丁化〉、〈論字形規範的標準〉、鄭昭明、陳學志〈漢字的簡化對文字讀寫的影響〉、姚榮松〈論兩岸文字統合之道〉、汪學文〈臺灣海峽兩岸漢字統一芻議〉、熊自健〈論推動「兩岸文字的統一工作」〉、簡宗梧〈兩岸漢字形體重新整理與簡化之芻議〉、李鍌〈論中共簡體字與漢語拼音化〉、臧遠侯〈期待兩岸書同文〉、黃沛榮〈論兩岸文字之異〉、〈由論兩岸語文差異談海外華語文教學〉及《漢字的整理與統合》等。由於其中所牽涉的較為複雜，故本文不另立一節。其二，有若干篇利用古文字資料研究古代制度研究的論文，如徐建婷《兩周媵器與媵禮研究》、梁文偉《雲夢秦簡編年紀覈斠》、吳福助《新版睡虎地秦簡擬議》、傅榮珂《秦簡律法研究》、林文慶《秦律徒刑制度研究》等，由於性質有別，本文亦不列入。

　　李添富教授對訓詁學的主要論著作了介紹，也對「訓詁學會」與訓詁學研究概況作了分析說明。認為如果我們仔細的比對兩岸訓詁學研究的內容與發展，可以發現互異而又相一致；也就是說，兩岸學者雖然在理論的闡揚與側重部分稍有不同，卻都注意到訓詁學的研究與運用，除了原有文字音義關係之推求以及語義變遷等相關理論研究之外，詞義學的研究、語法理論的運用，甚至新興的認知理論等，都逐漸被運用作為訓解文獻、推求義理的方法。李添富教授認為五十年來，臺灣地區的訓詁學，在學者善用既有成果並且創新發明的情況下，有了穩固的基礎；「中國訓詁學會」成立以來，在全體會員努力的推廣、研究下，更是締造了一番前所未有的榮景。不僅在學術理論的創新與發明上，有了長足的進步，在促進兩岸學者合作研究、分享成果等方

面也有很好的成效。

魏培泉教授把臺灣五十年來的漢語歷史語法研究分爲前後兩期。並論述從前期到後期的主要發展走向，是研究重心從上古漢語移到中古漢語和近代漢語，理論與方法則是從結構學派的傳統，趨於多元。如果就五十年來研究的熱度而言，有兩頭熱中間冷的現象，即只有在最前及最後的十一二年才是研究最盛的時候。魏培泉教授認爲前者有很大的部分要歸功於周法高先生個人的精研不懈；後者則可能是因爲語料庫的急速發展，使得研究工具越來越方便的緣故。未來歷史語料庫的利用必然遠比今日便利，如果在理論及方法的運用上也能有良好的平行發展，漢語歷史語法研究的豐收將是可以預期的。

林慶勳教授對詞彙學研究的範圍、臺灣的發展現況作了概述，又對外來語的研究、方言詞彙的研究、詞彙風格的研究，詳爲論說。他認爲詞彙學是語言學科中比較不被重視的部分，因此它在臺灣五十年來的發展，成績遠遜於語法學與音韻學。不過方師鐸教授，早期從生活中取材，談論分析國語詞彙構詞的種種問題，是臺灣詞彙學研究的啓蒙。其次湯廷池教授，雖然重點也著眼於國語詞彙的探討，但是他已開始運用西方的詞彙學理論作討論，讓國語詞彙學的研究，往深度方面進展，湯教授同時對一些臺灣出現的構詞現象，做深入的分析與分類，讓我們能清晰明白詞彙在語言中的眞正地位。林慶勳教授又論述了竺家寧教授在先秦詞彙、佛經詞彙、兩岸詞彙比較、詞彙理論與詞義變遷各方面的探討，都有相當的見解，尤其在詞彙風格的研究上，獨樹一格，有自己的看法。指導許多研究生從事這方面研究，不遺餘力，爲詞彙學研究訓練新人才，注入新血。林慶勳教授強調本文選擇「外來語」、「方言詞彙」、「詞彙風格」三項專題做介紹，代表它

們的成績在臺灣突出於其他各個詞彙分項研究之上。因地域不同以及生活習慣的差異，讓文化的現象自然反映在詞彙上，這是臺灣地區極為明顯的部分。

曾榮汾教授首先對五十年來編纂的主要詞典，分別作了介紹與評述。並探討了「詞典學理」，認為其中包括兩部分，一是語言學理，一是編輯技術，二者不可偏失。也就是說在詞典學領域的語言學理是為了編輯詞典所需，任何學理的表述須考慮編輯技術執行的可行性。而編輯技術的運用也須接受語言學理的指導，而非任意發揮。曾榮汾教授指出國內詞典編輯有一個特色，就是給中小學生使用的國語詞典編得特別多，這大概正是市場需求效應的結果。但是這也說明了國內詞典無法多樣普及的事實。如果以國內社會發展的情況來看，想要成為現代化一流的國家，國民的知識一定得全面提升。這也是政府要推動全民教育與終身教育的理念所在。但是要配合這個理念的推動，各類型的工具書正是最重要的協助力量。自從網際網路風行後，網路上另成一個虛擬世界。透過這個世界所能展現的力量幾是無遠弗屆。詞典既然可代表一個國家的文化水準，在網路上它就可代表國家，世界上有任何角落的人想認識我們國家、人民、文化等等，就可以透過網路上詞典來認識我們。假如今天我們只有一部《國語辭典》在網路上，功能自然有限，但假如我們有一百部各式各樣的詞典在網路上，必然可以讓全世界更清楚的認識我們。

葉德明教授以其豐富的華語教學經驗，對「華語文教學之沿革」、「外籍學生來臺學習華語文之目的」、「我國華語文教學現況」、「教材編纂與出版」、「華語文教學法之運用」、「華語文教師資格、任用與培養」等課題進行了深入的分析。並強調在國內十九所公私立大

學及語文學校中心等單位結業的外籍學生從1956年至2003年六月十萬一千二百九十二人，遍布全世界一百一十六個國家，這項數目字中包括的政治、外交、經濟、商業、學術、法律、甚至醫學等各類人材，有如十萬一千二百九十二粒種子，播種在世界各國。在他們回到原居地後，有的繼續研究漢學，有的各自從事專業，增進了我國與他們國家之間政、經、外交、學術交流的關係，影響深遠。葉德明教授指出「中文熱」是一股洪流，我們在推行華語文教學的目標下，應該使這項工作更加落實。

蕭宇超教授對西方語言學的「衍生音韻學」、「自主音段音韻學」、「韻律音韻學」、「優選理論」分別作了討論。並對目前在臺灣從事音韻理論，以及構詞與語意理論的人力資源做了有系統的介紹。認為整體而言，臺灣音韻形式理論的發展在近十餘年間有較明顯的活力，然而音韻學者返臺後往往逐漸轉移研究重心，使得專注投入音韻理論研究的人員日趨減少。而國內在構詞與語意形式理論方面的人力更加稀少。在美國，麻省理工學院之所以能夠帶領語言學的潮流，就是因為許多新的理論不斷地由這裡研發出來。事實上，形式理論的發展也是整體語言學興盛的主因，各種語言調查、實驗等都必須建立於紮實的理論基礎上，而臺灣學子缺乏的即是理論創意，因此鼓勵從事理論研究著實是刻不容緩的要務。

本書的撰作群平日或忙於教學，或忙於行政職務，諸多原因使得本書從邀集執筆人選，到稿件蒐集完成，延宕了多年，所以內容資料基本上是反映了20世紀後半期的成果，不包含2000年以後的著作。

本書承蒙臺灣學生書局鮑邦瑞總經理全力支持，得以順利出版，交到讀者手中，其有功於學術，令人敬重。藉此表達最深的敬意。對

於執筆的學者，在百忙中完成沉重的撰稿工作，爲臺灣這五十年的語
言學研究留下可貴的歷史，藉此也致上最深的謝意。

竺家寧　於台北內湖居

五十年來的中國語言學研究

目 次

五十年來臺灣的聲韻學研究

竺家寧*

一、聲韻學是一門不斷發展中的科學

聲韻學是歷史語言學的一部分，它的研究對象是古代語音。古代語音是過去曾經存在過的一個事實，今天我們雖然無法親耳聽到古音，但是它卻留下許多痕跡在古書裏，以及現代方言裏。我們透過種種的證據，可以把這個眞象找出來，根據語音學理，把古代語音重新擬構出來。正如同一位古生物學者，從各種不同的地質年代地層中，找出古生物的遺跡，然後依據生物學的原理，重新繪製出他不曾親眼目睹過的恐龍形象與生態。所以，聲韻學是一門求眞的語言科學，它的每一項假設，都必需有充分的證據。有一分證據才能說一分話。

現代知識爆發的速度一日千里，做爲語言科學一部門的聲韻學也在日新月異。清代的聲韻學不同於民國時代，十幾年來的聲韻學，也不同於幾十年前的聲韻學。新的領域不斷被開發，新的材料、新的方

---

* 政治大學中文系教授

法不斷被運用。這門學科就像其他各類社會科學一樣，蓬勃的發展著。國內外學者，以及大陸學者，在這個領域都經常有新的論文發表。使得從事聲韻學的研究者，每年必需從這些資料中重新充電，獲得新資訊。

我們可以看看早年的聲韻學書籍，不外是個簡單的二分法：把聲韻學的內容拘限在古音學和廣韻學（清儒稱爲今音）兩個門類下。所謂古音學指的是先秦古音的研究，事實上僅止於清儒的古韻分部和錢大昕等人的聲母學說。廣韻學是指切韻以來的韻書和反切，談到陳澧的反切系聯就擱筆了。只能勾出中古音的一個模糊類別而已。當然，這在民國初年，小學剛從經學附庸的地位獨立出來，聲韻學又從「小學」中獨立出來的時代來說，能建立起聲韻學本身的一個原始體系，已經是難能可貴了，奢求是不必要的。

學術的發展總是在前人的基礎上更進一步的。到了二十世紀後半，聲韻學的書籍已經有了不同的內容。至少在簡單的二分法之外，又增加了三樣新東西：1.更深一層的探討聲調性質。2.等韻學原理及規律的清晰。3.音理知識的發達。

本來只講聲、韻的，後來了解聲調也是漢語不能缺少的要素，於是把聲、韻、調並列起來說。其實，聲調的知識六朝人就有了，民國初年的聲韻學書籍只是不知道如何去談聲調問題而已。

等韻學是清儒最弱的一環。主要是歷代相傳的等韻門法不是那麼容易看懂的東西。而且愈是後起的等韻門法愈是玄奧而複雜。這當然牽涉到音變的因素。寫門法的人又缺乏精密的語音歷史觀念。把不同層次的現象混在一起，當然愈弄愈糊塗了。第一篇把等韻門法理出個頭緒的論文，是一九四三年董同龢的「等韻門法通釋」。此後的聲韻

學專書都設有了「等韻學」的篇章,對等韻編排,歸字的原則終於能夠提出明確的說明。

某些學者在處理中古音值擬訂時,往往受高本漢的影響,以中古後期韻圖的「攝」爲單位。而實際上所擬訂的切韻音系卻是中古前期的。「攝」的觀念要到宋代才發展出來,這是反映宋代語音演化的結果。如果以「攝」爲單位來處理切韻各韻的語音,顯然就混淆了歷史觀念。因此,我們談切韻的韻母,應該參考早期韻圖的韻鏡和七音略,至於「併轉爲攝」之後的四聲等子、切韻指掌圖、切韻指南應該分別開來看的。過去對幾部中古韻圖的關係不能弄得清楚,近年來,情況就不同了。特別是一系列等韻研究論文的出現,使得我們對中古音的五部韻圖得到了更清晰的了解。

在音理知識方面,清儒對語音學的了解仍然停滯在一千多年前印度語音學輸入中國時的水平。而古音研究的對象是語音,如果沒有精密的語音學理做工具,一定會發生很大的困難。在清代,聲韻之學被視爲畏途,這是一個主要的原因。近世很幸運的,有西方語音學的輸入,爲聲韻學注入了新生命。這是中國學術史上,第二次受外來語音學的洗禮,而使中國聲韻學的研究獲得了極大的進展。

我們可以想像,語音的本質是隨時而消失的,既看不見,也摸不著,我們要探討一群已經消失的聲音,如果沒有一套憑藉,缺乏一套利器,又如何能具體捕捉得住呢?

研究聲韻學必先有良好的語音學基礎,它包含了兩方面,第一,我們如何把某一個古代的音讀精確的描述出來。針對此,我們必須懂得音標。音標之於古音學,正如五線譜之於音樂,阿拉伯數字之於數學一樣。試想,沒有了五線譜和阿拉伯數字爲工具,如何學好音樂和

數學呢？第二，我們對語音性質、分類、結構、演化的各種知識。要掌握了語音的結構特性，演化規則，才能談得上追溯古音。正如音樂必講究樂理，數學必了解其演算方法一樣。

古人在沒有現代語音學的幫助下，聲韻術語的運用十分含混，有同名異實者，也有異名同實者。像「音、聲、韻、清、濁、輕、重、陰、陽，……」這些字眼從沒有個具體而固定的含意，導致觀念的模糊。 如段玉裁「六書音韻表」的「古四聲說」，這個「聲」指的是聲調；「古諧聲說」中「一聲可諧萬字」，這個「聲」指的又是聲符；「古音聲不同，今隨舉可證」，這個「聲」指的又是語音；平常的「聲」字則代表聲母。

古人在沒有音標的情況下，想要說明某字的音讀，是相當困難的。例如要告訴別人「風」字的念法，不得不說成：「豫司兗冀橫口合唇言之；青徐言風，踧口開唇推氣言之。」要告訴別人「乃」和「而」的念法有何不同，就得說：「言乃者，內而深；言而者，外而淺。」看了這樣的說明，有幾個人弄得清楚呢？所以面對聲韻學只好徘徊門外，望牆興嘆了。就是到了清代，對於「風」字也只能說它念作「東韻非紐」，至於說「東」韻怎麼念，「非紐」怎麼念，它抽象的程度還是和「風」字本身一樣，難以捉摸。早期的學者堆砌了「發送收」、「戞透轢捺」一類的術語，就更讓人糊塗了。

在傳統漢語語言學當中，聲韻學是一門發展比較成熟的學科。在清儒手中奠定了良好的基礎，高本漢一方面充分吸收了清儒的研究成果，一方面運用了現代語言學的知識和方法，使得聲韻學的研究成為一套系統化、科學化的新知識。臺灣這五十年來，聲韻學一直是整個漢語語言學各部門當中的顯學。經過早期幾位大師的開拓，例如董同

龢、許世瑛、林尹、高明、周法高等，聲韻學的發展相對於其他語言學門總是居於領先的地位。研究的人最多、發表的著作最豐，成為各大學中文系的主要必修課程。每年由各大學輪流主辦大型研討會，每次會後結集為《聲韻論叢》一書，從未間斷。這種盛況是其他語言學門所沒有的。本文嘗試從幾個方面來看看五十年來臺灣地區在聲韻學這個領域的發展狀況。

近世聲韻學的發展有三個新領域取得了可觀的成果，值得我們的注意。

第一是敦煌資料的運用

敦煌石窟資料的發現，雖然是清光緒年間的事，但是聲韻部分多流落異域，沈埋在倫敦和巴黎的博物院裏。國內學者既不能目睹，當然也談不上研究。

潘重規先生又於一九六七年訪書巴黎，對姜書作了一番訂正，並補抄姜書未收的卷子，完成「瀛涯敦煌韻輯新編」，一九七四年，文史哲出版社出版。內容分三部分，第一部分為書印姜書三十三種卷子，和潘先生新補抄的十二種卷子。第二部分是核對姜書字部的新校。第三部分是姜書論部的案語。

有了這些資料，使我們知道了過去許多不知道的事情。例如切韻原本沒有二〇六韻，實際上缺了「諄準稕術」、「桓緩換末」、「戈果過」、「儼釅」十三韻，只有一九三韻。又如 P 二一三九卷子切韻序前題「陸詞字法言撰」，使我們知道陸法言的本名是陸詞。又如 P 二〇一二卷子（守溫韻學殘卷），使我們知道了三十六字母的前身是三十

字母。由其中的「四等重輕例」，也使我們知道了分「等」的緣起。至於說，韻的分合概況，反切錯誤的訂正，敦煌資料都發揮了極大的價值。過去的聲韻學專書對這一方面略而不談的，近年來的聲韻專書都逐漸重視而收入了。將來，敦煌音韻資料的研究，以及聲韻教科書對這方面的介紹，必然都會繼續加強。

第二是斷代研究的日趨精密

早期的學者只是籠統的把舌音分為上古音（先秦兩漢）和中古音（魏晉六朝隋唐兩宋）。元以後的近代音往往略而不論。事實上，就中古音來說，前後長達一千年，這一千年間不可能維持在同一個系統上而沒有變化。由漢字上也許看不出音變，如果借用拼音文字的英語來看，就相當明顯了。英國的亞佛烈王（King Alfred, 849-899AD）有一句祈禱文：

Faether ure,　 thu the eart on heofenum.

（Father our,　 thou that art in heavens.）

從括號內的現代英文比較起來，無論在語音、語法上都有很大的變化。漢語的情況也是一樣，所以近年來的中古音研究往往把早期和晚期分開為兩個階段處理。國外漢學家稱早期為 EMC，後期為 LMC。後期多半指的是兩宋語音，前後期的時間並不相等，這主要是著眼於語料而分的，宋代的語言史料十分豐富，而且反映的語音無論在聲母、聲調、韻母各方面，都顯然的和切韻系統不同。

元代早期官話的語音也有不少學者進行研究，明清語音的研究有應裕康、謝雲飛等學者，「音韻闡微」則有林慶勳的一系列研究。至

於宋代以前的斷代研究有：丁邦新「魏晉音韻研究」、林炯陽「魏晉詩韻考」、何大安「南北朝韻部演變研究」、竺鳳來「陶謝詩韻與廣韻之比較」。有了這許多斷代的音韻研究作基礎，近世的音韻學書籍或教科書，才更有可能作更精密的歷史描述。

第三是複聲母研究的進展

清儒的音韻學很發達，古韻分部、上古聲母、聲調問題都曾觸及，唯有複聲母方面，由於對語言結構的了解不足，故闕而不論。到了近代，經過語言學者林語堂、陳獨秀等的探討，學術界終於對這個領域有了清晰的認識。二十世紀前半，是「懷疑與論辯」的階段，唐蘭曾對複聲母提出質疑，而進一步求證複聲母的，有陸志韋、董同龢等學者。二十世紀後半是「確立與系統」的階段。經過許多學者的努力，上古的複聲母愈來愈清晰，並逐漸有了系統化的研究，而不只是局部的探討了。這個階段的代表學者有李方桂、張琨、周法高、楊福綿、丁邦新、陳新雄。

至於全面性的複聲母研究在一九八一年海峽兩岸同時做了研究：

1.嚴學宭「原始漢語複聲母類型的痕跡」，一九八一年，第十四屆國際漢藏語言學會議論文。嚴氏的材料以說文為主，並比較了同族語言中複聲母的類型和結構規律，例如他提到了羌語、普美語、嘉戎語、景頗語、彝語、安多藏語、康地藏語等。得知藏緬語系各語言的聲母都經歷了一個由複輔音向單輔音簡化的進程。其他親屬語言，像泰語、壯語、黎語、水語、毛難語、苗語、瑤語也或多或少的保留了古代的複聲母。

2.竺家寧「古漢語複聲母研究」，一九八一年。竺氏的材料也以諧聲字爲主，擬訂了四大類複聲母：帶 l 和 r 的、帶 s 的、帶 t 的、帶喉塞音的。

以上兩部書的發表時間相同，同樣是整個系統性的探討複聲母，這項工作是以前人的成績作基礎的，是複聲母研究工作不斷發展的必然結果，但是，還不是最後的結論，這塊領域還等待聲韻學者的繼續努力。

二、上古音的研究

上古音就是先秦古音，由於經學研究的需要，這方面的知識最早發展起來，我們看看臺灣這五十年來上古音研究的情形。

1.古韻部方面

古韻部的研究在上古音的各領域當中，發展的最早。因此古韻分部這方面的研究到了王念孫、江有誥已經塵埃落定，該分的都分了，以後再有增加，都是見仁見智，可分可不分的韻部。臺灣這方面的研究包括：

李妍周　1992　清人論「陰陽對轉」的過程，中國文學研究6：47-74
陳新雄　1989　戴震答段若膺論韻書對王力脂微分部的啓示　史語所集刊1-5
陳新雄　1990　毛詩韻三十部諧聲表　聲韻論叢3：1-24

邱德修　1989　段氏之、脂、支三部分用說商榷　國立編譯館館刊18
　　(2)：175-186

金慶淑　1992　詩經眞耕兩部字通押現象的檢討　第十屆聲韻學研討
　　會　中山大學

孔仲溫　1992　論上古祭月同部及其去入相配　第十屆聲韻學研討會
　　中山大學

金慶淑　1994　從《廣韻》同義又音字研討上古幽、中部　第三屆國
　　際暨第十二屆全國聲韻學學術研討會論文集：174-212　新竹：清
　　華大學

孔仲溫　1997　論重紐字上古時期的音韻現象　聲韻論叢6：245-284

李添富　1995　從「音韻結構」談古音韻分部及其發展　輔仁學誌（文
　　學院之部）24：7-20

王洒貴　1995　上古「入聲韻」——以「詩經」押韻現象爲例　輔大
　　中研所學刊4：81-98

陳文吉　1995　《楚辭》古韻研究　臺灣師範大學碩士論文

金周生　1995　《史記、太史公自序》韻語商榷　兩漢文學學術研討
　　會論文集

陳新雄　1996　曾運乾三十韻攝推議　第五屆國際暨第十四屆全國聲
　　韻學學術研討會論文集：5-14　新竹師院

陳新雄　1997　怎麼樣才算是古音學上的審音派　聲韻論叢6：451-470

陳瑤玲　1996　江有誥《詩經韻讀》韻字注音試探　第五屆國際暨第
　　十四屆全國聲韻學學術研討會論文集：201-220　新竹師院

黃智明　1996　江沅《說文解字音韻表》與段玉裁《古十七部諧聲表》
　　之比較研究　第五屆國際暨第十四屆全國聲韻學學術研討會論文

集：345-360　新竹師院

黃靜吟　1996　從段玉裁〈詩經韻表〉與〈群經韻表〉之古合韻現象
看古韻十七部的次第　中山中文學刊2

楊素姿　1996　先秦楚方言韻系研究　中山大學中國文學研究所碩士
論文

2.古聲母方面

上古聲母的研究，始於錢大昕。到目前為止，單聲母的問題已經
大致弄清楚，有了共識。能發揮的空間已經很有限，所以這方面的論
文並不多。

謝雲飛　1991　從說文讀若中考東漢聲類　漢代文學與思想研討會文
集　文史哲

孔仲溫　1991　殷商甲骨諧聲字之音韻現象初探——聲母部分　聲韻
論叢4：15-42

李存智　1994　從現代方音看匣、群、喻的古音構擬　第三屆國際暨第
十二屆全國聲韻學學術研討會論文集：246-261　新竹：清華大學

3.複聲母問題

這是一門新發展的上古音新課題，牽涉的範圍比較大，研究者必
須精於語音學，具備比較語言學的基礎，因此有許多國外漢學家參與
這方面的研究，取得很好的成績。這方面是臺灣學者比較弱的一面，
亟待學者的努力。

吳世畯　1995　《說文》聲訓所見的複聲母　東吳大學中國文學研究所博士論文

吳世畯　1996　從諧聲看上古四等流音說　第五屆國際暨第十四屆全國聲韻學學術研討會論文集：135-144　新竹師院

畢　鶚　1997　甲骨文所見若干上古漢語複聲母問題蠡測　聲韻論叢6：471-530

金鐘讚　1997　論喻母字「聿」的上古聲母　聲韻論叢6：559-572

金鐘讚　1989　高本漢複聲母擬音法之商榷　臺灣師大國文所碩士論文

何大安　1992　上古音中的*hlj-及其相關問題　漢學研究10(1)343-348

雲惟利　1991　從新造形聲字說到複音聲母的問題　聲韻論叢4：71-88

向光中　1993　複聲母與同源轉注字之參證　第十一屆聲韻會文集　中正大學

竺家寧　1990　白保羅複聲母學說述評　中國學術年刊11：243-258

竺家寧　1990　上古漢語帶舌尖流音的複聲母　中正大學學報1(1)：27-53

竺家寧　1991　上古音裡的心母字　中正大學學報2(1)：23-40

竺家寧　1991　上古漢語塞音＋流音的複聲母　聲韻國際研討會（香港浸會學院）

竺家寧　1991　說文音訓中所反映的帶l複聲母　聲韻論叢4：43-70

4.古聲調方面

上古聲調研究的材料比較缺乏，能談的問題前賢都已經說過，因此現代學者能發揮的也很有限。

鄭振控　1995　上古漢語聲調之研究　政治大學中國文學研究所博士論文

5.音值的擬定

這是現代學者能超越清儒的領域。可惜臺灣的整體學術環境比較保守，因而未能充分的發揮。這也是有待努力的地方。

W.S. Coblin　1993　BTD Revisited-A Reconsideration of Han Buddhist Transcriptional Dialect　中研院史語所集刊 63（4）：867-943

竺家寧　1995　說文省聲的語音問題　陸宗達先生九十周年誕辰紀念會暨《說文解字》學術研討會論文　北京師範大學

李存智　1995　秦漢簡牘帛書之音韻學研究　臺灣大學中國文學研究所博士論文

金鐘讚　1996　由「右文說」論《說文》亦聲字　第五屆國際暨第十四屆全國聲韻學學術研討會論文集：117-134　新竹師院

吳世畯　1997　李方桂諧聲說商榷　聲韻論叢6：531-558

6.其他

陳新雄　1992　李方桂上古音研究的幾點質疑　中國語文（北京）
　　1992.12＝231：410-417

陳新雄　1991　《史記·秦始皇本紀》所見的聲韻現象　聲韻論叢4：
　　1-14

陳新雄　1991　戴震答段若膺論韻書幾則聲韻觀念的啓示　漢學研究
　　9(1)：45-52

陳新雄　1989　蘄春黃季剛先生古音學說是否循環論證辨　孔孟學報
　　58：319-364

陳新雄　1993　黃侃的古音學　中國語文(北京)1993.6＝237：445-455

李添富　1991　從答李子德書論顧炎武之古音成就　第二屆清代學術
　　會（中山大學）

姚榮松　1991　「文始·成均圖」音轉理論評述　臺灣師大國文學報
　　20：227-262

盧淑美　1997　楊慎的古音觀　第十五屆全國聲韻學學術研討會論文
　　臺中：逢甲大學

吳世畯　1989　王力上古音學評述　東吳中文所碩士論文

伍明清　1989　宋代之古音學　臺大中文所碩士論文

盧淑美　1993　楊升菴古音學研究　中正中文所碩士論文

李妍周　1990　顧炎武之古音學　臺大中文所碩士論文

許惠貞　1991　江永及其古音學　臺大中文所碩士論文

都淑惠　1993　王念孫之生平及其古音學　師大國文所碩士論文

梅　廣　1990　訓詁資料所見的幾個音韻現象　聲韻國際研討會（香港浸會學院）；1994　清華學報 24（1）：1-43

金慶淑　1993　廣韻又音字與上古方音之研究　臺大中文所博士論文

竺家寧　1998　《詩經・蓼莪》的韻律之美　名家論高中國文・續編（上）275-282　臺北：萬卷樓圖書公司

　　至於討論上古音的專書著作有：

竺家寧　1995　《音韻探索》　臺北：臺灣學生書局　326頁

竺家寧　1998　《古漢語複聲母論文集》　北京：北京語言文化大學出版社　434頁（合編：趙秉璇）

李葆嘉　1996　《清代上古聲紐研究史論》　臺北：五南圖書公司

三、中古音的研究

中古音部分，我們分作韻書、反切、等韻、聲母幾個方面討論。

1. 韻書及韻部的研究

葉鍵得　1992　論故宮本王仁煦刊謬補缺切韻的內容成分　第十屆聲韻會　中山大學

葉鍵得　1993　內府藏刊謬補缺的特色及音韻學上的貢獻　第十一屆聲韻會　中正大學

廖湘美　1993　元稹詩文用韻考　東吳中文所碩士論文

耿志堅　1991　中唐詩人用韻考　聲韻論叢3：65-83

耿志堅　1991　晚唐及唐末五代近體詩用韻考　彰化師大學報2：83-124

耿志堅　1991　晚唐及唐末、五代僧侶詩用韻考　聲韻論叢4：193-224

耿志堅　1991　由近體詩看陽聲韻韻尾通轉問題　靜宜學報3：163-179

耿志堅　1992　由唐宋近體詩用韻看「止」攝字的通轉問題　彰化師大學報3：1-39

盧順點　1990　王梵志詩用韻及敦煌變文用韻之比較　東海中文所碩士論文

林炯陽　1991　敦煌寫本王梵志詩用韻研究　東吳文史學報9：37-50

林炯陽　1992　敦煌寫本王梵志詩「卷中」本用韻考　第十屆聲韻會：中山大學

王忠林　1991　敦煌歌辭用入聲韻探討　高雄師範大學2：31-48

王忠林　1993　敦煌歌辭用上去聲韻探討　第十一屆聲韻會　嘉義：中正大學

葉鍵得　1994　論「故宮本王仁煦刊謬補缺切韻」一書拼湊的真象　北市師院語文學刊1：67-92

陳新雄　1994　《廣韻》二百六韻之擬音　第三屆國際暨第十二屆全國聲韻學學術研討會論文集：1-17　新竹：清華大學

耿志堅　1994　晚唐五代時期古體詩及樂府詩用韻考　第三屆國際暨第十二屆全國聲韻學學術研討會論文集：95-124　新竹：清華大學

林裕盛　1995　宋詞陰聲韻用韻考　中山大學中國文學研究所碩士

論文

陳美霞　1995　白居易詩文用韻考及其與唐代西北方音之比較研究
　　輔仁大學中國文學研究所碩士論文

洪藝芳　1995　唐五代西北方音研究——以敦煌通俗韻文爲主　文化
　　大學中國文學研究所碩士論文

周祖謨　1996　魏晉南北朝韻部之演變　臺北：東大圖書公司

龍宇純　1997　中古音的聲類與韻類　聲韻論叢6：63-82

2.反切的研究

陳新雄　1992　今本廣韻切語下字系聯　教學與研究14：79-113

林炯陽　1993　切韻系韻書反切異文形成的原因及其價值　東吳文史
　　學報11：1-16

張慧美　1989　評張世祿王力兩家對朱翱反切聲類劃分之得失　建國
　　學報8：105-116

張慧美　1990　朱翱反切新考之導論與結語　建國學報9：142-152

王松木　1996　敦煌《俗務要名林》殘卷及反切研究　第五屆國際暨
　　第十四屆全國聲韻學學術研討會論文集：233-252　新竹師院

葉鍵得　1997　陳澧系聯《廣韻》切語上下字條例析論　臺北市立師
　　範學院學報28：275-296

李義活　1992　諸本《續一切經音義》反切比較　第十屆聲韻會　中
　　山大學

李義活　1991　《續一切經音義》反切研究　文化中文所博士論文

3.等韻學與重紐問題的研究

竺家寧　　1993　　宋代韻圖入聲分配及其音系研究　中正大學學報
　　　　4.1：1-36

葉鍵得　　1990　　七音略與韻鏡之比較　復興崗學報43：345-358

周法高　　1991　　讀「韻鏡中韻圖之構成原理」　東海學報32：19-35

李存智　　1991　　韻鏡集證及研究　東海中文所碩士論文

李存智　　1992　　論《韻鏡》之撰作年代與所據韻書　中國文學研究6：
　　　　75-98

張群顯　　1992　　從現代方言看內外轉　中國境內語言暨語言學1：
　　　　305-322

李存智　　1993　　論內外轉　中國文學研究7：129-144

薛鳳生　　1997　　試論《切論》音系的元音音位與「重紐、重韻」等現
　　　　象　聲韻論叢6：83-106

謝美齡　　1990　　慧琳反切中的重紐問題 (上、下)　大陸雜誌81.1、2：
　　　　34-48；37-48

孫玉文　　1994　　中古尤韻舌根音有重紐試証　清華學報24.1：155-161

竺家寧　　1995　　試論重紐的語音　中國語文 (北京)　1995.4＝247：
　　　　298-305

龍宇純　　1995　　支脂諸韻重紐餘論　漢學研究13.1=25：329-348

平山久雄　1997　　重紐問題在日本　聲韻論叢6：5-36

丁邦新　　1997　　重紐的介音差異　聲韻論叢6：37-62

余迺永　　1997　　中古重紐之上古來源及其語素性質　聲韻論叢6：

107-174

鄭張尚芳　1997　重紐的來源及其反映　聲韻論叢6：175-194

竺家寧　1997　重紐爲古音殘留說　聲韻論叢6：285-302

黃坤堯　1997　《經典釋文》的重紐現象　聲韻論叢6：323-370

陳貴麟　1997　論《韻鏡》重紐的邏輯原型及原型重估後的音值　聲
　　韻論叢6：415-436

李存智　1997　論「重紐」──變遷的音韻結構　聲韻論叢6：437-450

陳貴麟　1997　切韻系韻書傳本及其重紐之研究　臺灣大學中國文學
　　研究所博士論文

于維杰　1972　宋元等韻圖序例研究　成功大學學報7：91-133

于維杰　1968　宋元等韻圖源流考索　成功大學學報3：137-150

孔仲溫　1986　《韻鏡》的特質　孔孟月刊24.11：19-22

孔仲溫　1989　論《韻鏡》序例的「題下注」、「歸納助紐字」聲韻
　　論叢1：321-344

余迺永　1993　再論《切韻》音──釋「內外轉」新說　語言研究2：
　　33-47

吳世畯　1992　從朝鮮漢字音看一二等重韻問題　聲韻論叢4：
　　159-192

吳鍾林　1990　從五種方言譯音論重紐的音值　中國文學研究4：
　　43-61

李存智　1992　重紐問題試論　第十一屆全國聲韻學學術研討會論文

李懋昭　1944　等韻研究　說文月刊5.1、2（合刊）：113-122

杜其容　1968　釋「內外轉」名義　史語所集刊40（上）：281-294

周世箴　1986　論《切韻指掌圖》中的入聲　語言研究2：36-46

周法高　1948　《廣韻》重紐的研究　史語所集刊13：49-117

周法高　1983　On the Structure of the Rime Table in the Yun-Ching
　　史語所集刊54：169-186

周法高　1984　讀《韻鏡研究》大陸雜誌69.3：1-4

周法高　1986　隋唐五代宋初重紐反切研究　第二屆國際漢學會議論
　　文　中央研究院

林平和　1975　明代等韻學之研究　政治大學中文研究所

林炯陽　1988　《磨光韻鏡》在漢語音韻研究上的價值　東吳文史學
　　報6：193-209

林慶勳　1971　《經史正音切韻指南》與《等韻切音》比較研究　文
　　化學院中文研究所

林慶勳　1986　論《磨光韻鏡》的特殊歸字　高雄師院學報14：
　　368-380

竺家寧　1972　《四聲等子》音系蠡測　臺灣師範大學國文研究所

竺家寧　1977　《四聲等子》之音位系統　潘重規集：351-368

竺家寧　1983　論《皇極經世·聲音唱和圖》之韻母系統　淡江學報
　　20：297-307

竺家寧　1987　《韻會》陽聲類「字母韻」研究　淡江學報25：239-255

竺家寧　1987　《韻會》重紐現象研究　漢學研究5.2：329-373

竺家寧　1991　佛教傳入與等韻圖的興起　國際佛學研究年刊1：
　　251-263

竺家寧　1994　《大藏字母九經等韻》之特殊音讀　第三屆國際暨第
　　十二屆全國聲韻學學術研討會：1-7

姚榮松　1973　《切韻指掌圖研究》　臺灣師範大學國文研究所

姚榮松 1974 《切韻指掌圖研究》 臺灣師範大學國文研究所集刊 18：321-512

姚榮松 1997 重紐研究與聲韻學方法論的開展 聲韻論叢6：303-322

洪 固 1970 經世正音切韻指南之研究 輔仁大學中文研究所

唐明雄 1975 宋元等韻圖研究 東海大學中文研究所

高 明 1965 嘉吉元年本《韻鏡》跋 學粹7：3：33-37

高 明 1970 等韻研究導言 文海16：4-5

高 明 1970 《韻鏡》研究 中華學苑5：1-40

高 明 1971 鄭樵與《通志·七音略》 包遵彭文集：89-97

高 明 1971 《四聲等子》之研究 中華學苑8：1-39

高 明 1972 《經史正音切韻指南》之研究 南洋大學學報6（人文學報）：1-18

高 明 1980 論韻的四等 輔仁學報9：27-52

高 明 1983 《通志·七音略》校記（上） 華岡文科學報15：177-213

張光宇 1990 漢語語音史中的韻、等、攝問題 中國聲韻學國際學術研討會論文：60-76

莊嘉廷 1969 《切韻指掌圖》廣篇 林尹論文集：851-1002

許世瑛 1939 《等韻一得》研究 文學年報5：73-86

許世瑛 1943 證司馬光不作《切韻指掌圖》 中國留日同學會季刊4號：23-2

許世瑛 1966 評羅董兩先生「內外轉」之得失 淡江學報5：1-15

許德平 1963 《韻鏡》與《七音略》 文海3：11-12

陳弘昌 1973 藤堂明保之等韻說 中國文化學院中文研究所

陳光政　1970　梁僧寶之等韻學　政治大學中文研究所

陳新雄　1974　等韻述要　國文學報3：29-89

曾陽晴　1988　《四聲全形等子》研究　中國文學研究2：211-234

葉鍵得　1979　通志七音略研究　中國文化學院中文研究所

董同龢　1948　等韻門法通釋　史語所集刊14：257-306

董同龢　1948　《切韻指掌圖》中的幾個問題　史語所集刊17：195-212

董忠司　1977　《七音略》「重」、「輕」說及其相關問題　中華學
　　苑19：101-147

龍宇純　1970　讀〈嘉吉元年本韻鏡跋〉及〈《韻鏡》研究〉　大陸
　　雜誌40.12：18-23

龍宇純　1970　《廣韻》重紐音值試論兼論幽韻及喻母音值　崇基學
　　報9.2：161-181

龍宇純　1983　從臻櫛兩韻性質的認定到韻圖列二四等字的擬音　史
　　語所集刊54.4：35-49

龍宇純　1986　論重紐等韻及其相關問題　第二屆國際漢學會議論
　　文　中央研究院

應裕康　1965　論《五音集韻》與宋元韻圖韻書之關係　政大學報11
　　165-200

應裕康　1972　清代韻圖之研究　政治大學中文研究所

謝美齡　1990　慧琳反切中的重紐問題（上）　大陸雜誌81.1：34-48

謝美齡　1990　慧琳反切中的重紐問題（下）　大陸雜誌81.2：37-48

謝雲飛　1966　《切韻指掌圖》與《四聲等子》之成書年代考　學粹
　　9.1：12-16

謝雲飛　1968　韻圖歸字與等韻門法　南洋大學學報2：119-136

吳鍾林　1990　從五種方言和譯音論重紐的音值　中國文學研究 4：
　　43-61

李存智　1993　重紐問題討論　第十一屆聲韻學研討會論文　嘉義：
　　中正大學

4. 中古聲母

金周生　1989　漢語唇塞音聲母分化源於經典釋文說　聲韻論叢1：
　　135-174

盧順點　1990　論晚唐漢藏對音資料中漢字顎化情形　大陸雜誌
　　81.5：23-29

李三榮　1992　陳澧聲類考　高雄師大學報3：350-374

陳貴麟　1996　論中古群匣為三母緣自連續式跟離散式兩種音變　第
　　五屆國際暨第十四屆全國聲韻學學術研討會論文集：221-232　新
　　竹師院

孔仲溫　1986　敦煌《守溫韻學殘卷》析論　中華學苑34：9-30

孔仲溫　1991　〈辯四聲輕清重濁法〉的音韻現象　孔孟學報62：
　　313-343

謝美齡　1989　慧琳《一切經音義》聲類新編　東海中文所碩士論文

5. 其他

竺家寧　1991　佛教傳入與等韻圖的興起　國際佛學研究年刊1：
　　251-263

金鐘讚　1990　大般涅槃經字音十四字理、聱對音研究　聲韻論叢3：

273-305

平田昌司　1992　梵讚與四聲論（上）　第十屆聲韻學研討會　高雄：
　　中山大學

莊淑慧　1993　玄應音義所錄大般涅槃經梵文譯音之探討　第十一屆
　　聲韻會　中正大學

許瑞容　1991　可洪新集藏經音義隨函錄音系研究　文化中文所博士
　　論文

黃坤堯　1992　《經典釋文》動詞異讀新探　臺北：臺灣學生書局

竺家寧　1989　殊聲別義　淡江學報27　195-206

何大安　1993　六朝吳語的層次　中研院史語所集刊64.4：867-875

黃坤堯　1991　東晉徐邈徐廣兄弟讀音比較　聲韻論叢4：125-158

黃坤堯　1992　高誘的注音　第十屆聲韻學研討會論文（高雄：中山大
　　學）

董忠司　1992　董鍾兩家顏師古音系的比較　第十屆聲韻會　高雄：
　　中山大學

孔仲溫　1991　「辯四聲輕清重濁法」的音韻現象　孔孟學報 62：
　　313-343

黃學堂　1989　從中古音及方言看國語讀音語音之形成　中國語文
　　（臺北）65.6：59-64

陳重渝　1992　中古音前後入聲舒化的比較　第十屆聲韻會　高雄：
　　中山大學

臼田眞佐子　1994　論李燾《說文解字五音韻譜》標目的讀若與《集
　　韻》　第三屆國際暨第十二屆全國聲韻學學術研討會論文集：
　　18-24　新竹：清華大學

姚榮松　1995　巴黎所藏 P2011王韻的新校記　國文學報24：373-404

黃智明　1997　切韻射標版本異文初探　第十五屆全國聲韻學學術研
　　討會論文　臺中：逢甲大學

竺家寧　1997　西晉佛經並列詞之內部次序與聲調的關係　中正大學
　　中文學術年刊創刊號：41-70

林炯陽　1997　〈韻鏡校正〉補校　東吳中文學報3：23-24

竺家寧　1999　佛典的閱讀和音韻知識　香光莊嚴57：146-155

　　專書方面則有：

陳貴麟　1996　韻圖與方言：清代胡垣古今中外音韻通例音系之研究
　　臺北縣土城市：沛革

四、近代音的研究

　　傳統聲韻學多把研究的焦點放在《廣韻》和先秦古音上，近年來逐漸擺脫尊古薄今的觀念，注意到近代音研究的重要性。近代音有十分豐富的材料，提供了中古音到現代音演化的訊息。透過這些語料的分析，使我們知道現代漢語音韻各成分的來源和形成的脈絡。因此，它和我們切身所處的「現代」的密切性更超過切韻音系和先秦古音。現代方言的研究，特別是北方方言或官話方言，更不能沒有近代音的知識為之基礎。

　　近代音在聲韻學者的努力下，獲得了很好的成績，成為近年來聲韻學研究的熱門領域。本文針對臺灣地區近代音研究的發展狀況作一分析與評述，由其中探索目前的研究方向著重在哪幾個方面？研究方

法如何？有哪些具體成果？有哪些領域值得我們進一步努力開拓的？
希望透過這樣的研究，能為有志研究者界提供一些參考，為年輕的研
究生提供一些論文選題的方向。本文所列的論文只選1980年以後的，
藉此可以反映近年來的研究成果。

1. 宋代音的研究方面

我們把近代音分為四個階段討論：宋代音、元代音、明代音、清
代音。其中宋代音的歸屬有不同的看法。有的歸入中古音，而稱之為
「中古晚期」或「中古後期」。而所謂「近代音」是從「早期官話」
的元代開始。但是，近年來，宋代音的研究有了豐碩的成果，研究結
論顯示宋代音系對中古的隋唐音系而言，有很大的變化，事實上已經
開啓了近代音的很多語音現象。因此，宋代音實為隋唐音和元以後音
的中間過渡階段。語音的演化，原本是不中斷的連續體，中間並無可
以區分的明顯界限。古音學上的分期，只是研究上的方便而已。分期
並不是絕對的。因此，我們把宋代音列入近代音的範圍，可以觀察到
元以後許多音變現象的源頭。

宋代音韻研究的著作，除了前面提到的四聲等子、切韻指掌圖、
切韻指南等宋元韻圖之外，諸如許世瑛先生有關朱熹語音的一系列論
文，收入許先生論文集第一冊。竺家寧《九經直音韻母研究》（1980
年，文史哲出版社）及有關九經直音之一系列論文，竺家寧《古今韻會舉
要的語音系統》（1986年，臺灣學生書局），竺家寧〈宋代語音的類化作
用〉（1985年，淡江學報第22期），竺家寧〈論皇極經世聲音唱和圖之韻母
系統〉（1982年，淡江學報第20期），金周生《宋詞音系入聲韻部考》（1985

年，文史哲出版社），葉詠琍《清眞詞韻考》（1972年，文史哲出版社）及其他學者之詞韻研究。應裕康〈論宋代韻書〉（高仲華六秩誕辰論文集）等等。

　　由這些研究，我們可以知道中古後期的聲母除了輕唇音產生、喻三、喻四合併、照二、照三合併之外，也發生了濁音清化、非敷奉合流、知照合流、零聲母擴大等現象。韻母方面，除了併轉爲攝，系統大爲簡化之外，三、四等韻的界限完全消失，舌尖元音已產生。聲調方面，濁上已有變去的跡象，入聲-p-t-k 三類韻尾普遍通用，顯然已轉爲喉塞音韻尾。

　　諸如此類，在在表明了中古後期和中古前期的語音是不能籠統的歸入同一系統的。

　　目前臺灣地區的宋代音研究主要可以分析爲下列三種類型，第一是在文學作品的押韻韻腳方面進行歸納。例如：宋詞音系入聲韻部考，金周生，臺北文史哲出版社，1985；朱希眞詞韻研究，任靜海，師大國文所碩士論文，1987；王碧山詞韻探究，黃瑞枝，1990，屛東師院學報3：44-83；全金詩近體詩用韻（陰聲韻部分）通轉之研究，耿志堅，1992，第十屆聲韻學研討會論文，高雄中山大學；元好問近體詩律「支脂之」三韻已二分說，金周生，1991，輔仁學誌 20：187-194。

　　第二是針對某一語音演化現象爲專題，進行分析討論的論文。例如：宋代語音的類化現象，竺家寧，淡江學報22：57-65，1985；九經直音韻母研究，竺家寧，文史哲出版社，216頁，臺北.1980，11；九經直音聲調研究，竺家寧，淡江學報17：1-20，1980；九經直音的聲母問題，竺家寧，木鐸9：345-356，1980；九經直音知照系聲母的演變，竺家寧，東方雜誌14.7：25-28，1981；十二世紀末漢語的西北方

音（聲母部分），龔煌城，中央研究院歷史語言研究所集刊52.1：37-78，1981；論支思韻的形成與演進，薛鳳生，書目季刊14.2：53-76，1980；近代音史上的舌尖韻母，竺家寧，1990，聲韻論叢第三輯：205-224；舌尖元音之發展及其在現代漢語中之結構，黃金文，中正大學碩士論文，1995.06；近代漢語零聲母的形成，竺家寧，中語中文學第四輯，125-133，韓國漢城.1982，12；宋代入聲的喉塞音韻尾，竺家寧，1991，淡江學報，30：35-50〔又見聲韻論叢第二輯：1-24〕；入聲滄桑史，竺家寧，國文天地第2期，40-43，臺北.1985，07；宋元韻圖入聲分配及其音系研究，竺家寧，國立中正大學學報第四卷第一期，人文分冊1-36，嘉義.1993，10；宋元韻圖入聲探索，竺家寧，第一屆國際漢語語言學會議論文，新加坡國立大學，新加坡.1992，06；宋元韻圖入聲排列所反映的音系差異，竺家寧，中國音韻學國際學術研討會論文，威海，山東大學.1992，08；近世聲韻學的三個新領域，竺家寧，木鐸第12輯，79-90，臺北.1988，03；近代音論集，竺家寧，臺灣學生書局，269頁，臺北.1994，08；爾雅音圖音注所反映的宋初濁上變去，馮蒸，1993，大陸雜誌87.2，21-25。

　　第三就是某一部宋代語料的綜合研究。例如：皇極經世解起數訣之研究，陳梅香，中山中文所碩士論文，1993；論皇極經世聲音唱和圖之韻母系統，竺家寧，淡江學報第20期，297-307，臺北.1983，05；朱注協韻音不一致現象初考，金周生，1991，輔仁國文學報7：125-136；五音集韻研究，姜忠姬，師大國文所博士論文，1987；新刊韻略研究，陳瑤玲，文化中文所碩士論文，1991；九經直音的時代與價值，竺家寧，孔孟月刊19.2：51-57，1980；Dialect information in the Jiyun（集韻），Downer. G. B. 漢學會議論文集（語言文字組）：1-18，1981。

2. 元代聲韻資料的研究

元代音的研究，因為對象的時間不長，因此語料比較有限，多集中在兩個材料上：元曲與中原音韻、古今韻會舉要。而後者雖作於元代，實沿襲宋代的「韻會」而來，所反映的語音系統仍為宋代音。我們且就這兩方面看看：

第一，屬於元曲與中原音韻研究的論文有：與中原音韻相關的幾種方言現象，丁邦新，史語所集刊52.4：619-650，1981；元曲他字異讀研究，金周生，輔仁學誌12：521-542，1983；中原音韻多音入聲字音證，金周生，輔仁學誌13：693-726，1984；元曲選音釋平聲字切語不定被切字之陰陽調說，金周生，輔仁學誌14：371-382，1985；元曲選音釋處理賓白韻語入聲押韻字方法之探討，金周生，輔仁國文學報1：365-375，1985；元代北劇入聲字唱念法研究，金周生，輔仁學誌15：227-237，1986；元曲暨中原音韻東鐘庚青二韻互見字研究，金周生，輔仁學誌11：539-574，1982；從臧晉叔元曲選音釋標注某一古入聲字的兩種方法看其對元雜劇入聲唱法的處理方式，金周生，1993，輔仁學誌22：165-206；元代散曲-m、-n韻尾字通押現象之探討——以山咸攝字為例，金周生，1990，輔仁學誌19：217-224；中原音韻成書背景及其價值，高美華，1989，嘉義師院學報3：205-226；中原音韻m→n字考實，金周生，1990，輔仁國文學報6：249-265。

第二，屬於「古今韻會舉要」的研究論文有：韻會陰聲韻音系擬測，竺家寧，中華學苑33：1-44，1986；古今韻會舉要入聲類字母韻研究，竺家寧，中國學術年刊8：91-123，1986；古今韻會舉要陰聲類

字母韻研究，竺家寧，人文學報11：31-50，1986；古今韻會舉要的語音系統，竺家寧，臺北臺灣學生書局，1986；古今韻會舉要的語音系統（日文譯本，東京駒澤大學木村晟、松本丁俊譯），竺家寧1990；韻會陽聲類字母韻研究，竺家寧，淡江學報25：215-237，1987；韻會聲母研究，竺家寧，淡江學報25：239-255，1987；韻會重紐現象研究，竺家寧，漢學研究5.2：329-373，1987；古今韻會舉要反切引集韻考，李添富，輔仁國文學報4：195-255，1988；古今韻會舉要研究，李添富，師大國文所博士論文，1990；古今韻會舉要疑、魚、喻三母分合研究，李添富，1991，聲韻論叢第三輯：225-255；古今韻會舉要與〈禮部韻略七音三十六母通考〉比較研究，李添富，1992 第十屆聲韻學研討會論文，高雄中山大學[又見輔仁學誌23：53-98]；古今韻會舉要同音字志疑，李添富，1993，輔仁學誌22：207-221〔又見聲韻論叢第二輯：53-72〕；古今韻會舉要聲類考，李添富，1993 輔仁國文學報8：149-170。

　　其他（1994-97）發表的論文還有：

鄧興鋒　1994　例說「中原音韻」的術語混用現象──兼與王潔心先生商榷　大陸雜誌　89.2：3-5

金周生　1995　「元阮願」韻字在金元詞中的押韻類型研究　輔仁國文學報　13：79-117

張宰源　1995　《古今韻會舉要》之入聲字研究　輔仁大學中國文學研究所碩士論文

楊徵祥　1996　《蒙古字韻》疑、魚、喻三母分合研究　第一屆南區四校中文系研究生論文研討會論文

楊徵祥　1996　《蒙古字韻》輕脣音聲母非敷奉之分合研究　雲漢學刊　3

楊徵祥　1996　《蒙古字韻》「重紐」問題試探　第二屆成功大學　文系系友學術論文研討會

楊徵祥　1996　蒙古字韻音系研究　國立成功大學中國文學研究所碩士論文

蔡孟珍　1997　元曲唱演之音韻基礎　第十五屆聲韻學研討會論文　臺中　逢甲大學

3.明代的語音發展

關於明代語音的研究，比起其他各期要遜色得多。所發表的論文不過十篇左右。事實上，明代的語料並不缺少，多半還沒有做過深入的研究。這方面還有待學者的努力。這一期的論文例如：等韻圖經研究，劉英璉，高師國文所碩士論文，1988；韻略易通研究，楊美美，高師國文所碩士論文，1988；王文璧中州音韻的音系，丁玟聲，高師國文所碩士論文，1989；試析王驥德的南曲音韻論與實際運用，李惠綿，大陸雜誌79：5，1989；洪武正韻釋訓研究，成元慶，興大中文學報3，1990；論交泰韻所反映的一種明代方言，楊秀芳，漢學研究5.2：329-373，1987；明清韻書字母的介音與北音顎化源流的探討，鄭錦全，書目季刊14.2：77-88，1980；依據朝鮮資料略記近代漢語語音，姜信沆，中央研究院歷史語言研究所集刊51.3：525-544，1980；方以智切韻聲原研究，黃學堂，高師國文所碩士論文，1989；明代沈寵綏語音分析觀的幾項考察，董忠司，1991，孔孟學報61：183-216；韓國韻書

與中國音韻學之關係，朴秋鉉，文化大學博士論文，1991.06；楊升庵古音學研究，盧淑美，中正大學碩士論文，1993.07；西儒耳目資所反映的明末官話音系，王松木，中正大學碩士論文，1994.12；讀戚林八音，張琨，1989，中研院史語所集刊60.4：877-887。宋韻珊，1993，《韻法直圖》的聲母系統，中國語言學報，57-78；莊惠芬，1969，《韻略匯通》與《廣韻》入聲字的比較研究，淡江學報（文學部門）8，45-82，楊秀芳，1987，論《交泰韻》所反映的一種明代方音，漢學研究5：2，329-374，詹秀惠，1973，《韻略易通》研究，淡江學報（文學部門）11，185-205，應裕康，1970，《洪武正韻》聲母值之擬測，中華學苑6，1-35，應裕康，1972，論馬自援《等音》及林本裕《聲位》，人文學報（輔大文學院）2，221-242。

其他（1994-96）發表的論文還有：

吳傑儒　1994　有關蘭茂「韻略易通」的幾個問題　大仁學報12：35-42

趙德華　1994　《全明傳奇》合韻現象研究——以滬嘉地區作品為研究範疇　國立成功大學中國文學研究所碩士論文

王松木　1994　《西儒耳目資》的聲母系統——兼論明末官話的語音性質　第三屆國際暨第十二屆全國聲韻學學術研討會論文集：75-94　新竹：清華大學

王松木　1994　《西儒耳目資》所反映的明末官話音系　中正大學中國文學研究所碩士論文

尉遲治平　1994　明末吳語聲母系統　第三屆國際暨第十二屆全國聲韻學學術研討會論文集：368-370　新竹：清華大學

龍莊偉　1994　《五方元音》與元韻譜　第三屆國際暨第十二屆全國

　　聲韻學學術研討會論文集：136-141　新竹：清華大學

吳傑儒　1995　蘭茂「韻略易通」之聲母系統　國立屏東商專學報
　　3：147-181

宋韻珊　1996　關於韻法橫圖入聲字的兩個問題　第五屆國際暨第十
　　四屆全國聲韻學學術研討會論文集：253-264　新竹師院

4.清代音系及語料的研究

　　在近代音中，清代語料的研究最為興盛。所發表的論著遠超過其
他各期。在研究方式上，多半為某一部材料的分析探討。由各方面搜
求所得的論著包括下列各文：

　　拙菴韻悟音系研究，李靜惠，淡江大學碩士論文，1994.05；華東
正音通釋韻考研究，邊澄雨，政治大學碩士論文，1989；從編排特點
論五方元音的音韻現象，林慶勳，1990，高雄師大學報1：223-241[又
見聲韻論叢第二輯：237-266]；論五方元音年氏本與樊氏原本的音韻
差異，林慶勳，1991，高師大學報 2：105-119；鏡花緣字母圖探微，
許金枝，中正嶺學術研究集刊9，1990；康熙字典字母切韻要法探索，
吳聖雄，師大國文所碩士論文，1985；同文韻統所反映的近代北方官
話音，吳聖雄，師大國文學報15：326-299 ，1986；論音韻闡微的入
聲字，林慶勳，中研院第二屆國際漢學會議論文，1986；論音韻闡微
的協用與借用，林慶勳，師大國文學報16：119-135，1987；試論合聲
切法，林慶勳，漢學研究5.1：29-51，1987；音韻闡微研究，林慶勳，
臺北臺灣學生書局，1988；論音韻闡微的韻譜，林慶勳，高雄師院學
報16：19-33，1988；從押韻看曹雪芹的語音，那宗訓，大陸雜誌63.5：

40-44，1981；論磨光韻鏡的特殊歸字，林慶勳，高雄師院學報14：368-380，1986；磨光韻鏡在漢語音韻研究上的價值，林炯陽，東吳文史學報6：193-209，1988；音學辨微在語言學上的價值，竺家寧，木鐸第7期，209-222，臺北.1978，03；國語ㄜ韻母的形成與發展，竺家寧，第二屆國際暨第十屆全國聲韻學學術研討會論文集㈠，357-374，中山大學，高雄.1992，05；清代語料中的ㄜ韻母，竺家寧，1992，中正大學學報3.1：97-119；中州音韻輯要的反切，林慶勳，1993，第一屆清代學術研討會論文；諧聲韻學的幾個問題，林慶勳，高雄師院學報17：107-124；諧聲韻學稿音系研究，詹滿福，高師國文所碩士論文，1989；刻本圓音正考所反映的音韻現象，林慶勳，1990，漢學研究，8.2：21-55〔又見聲韻論叢第三輯：149-204〕；本韻一得聲母韻母之音值，應裕康，1992，第十一屆聲韻學研討會論文，嘉義中正大學；本韻一得音系研究，林金枝，成功大學碩士論文，1995.06；試論五音通韻之體例及聲母韻母之音值，應裕康，1992，第十屆聲韻學研討會論文，高雄中山大學；清初抄本韻圖五音通韻所反映的清初北方語音，應裕康，1993國立編譯館館刊22.2：129-150；清初抄本韻圖拙菴韻悟研究，應裕康，1993，高雄師大學報4：25-49；清代一本滿人的等韻圖黃鐘通韻，應裕康，1993，第一屆清代學術研討會論文；味根軒韻學總譜入聲字重覆現象探析，陳貴麟，1990，中國文學研究4：19-42；古今中外音韻通例所反映的官話音系，陳貴麟，師大國文所碩士論文，1989；古今中外音韻通例總譜十五圖研究，陳貴麟，1993，中國文學研究7：33-71；馬自援等音音系研究，劉一正，高師國文所碩士論文，1990；李氏音鑑研究，羅潤基，1991，師大國文所碩士論文；李氏音鑑三十三問研究，陳盈如，中正中文所碩士論文，1992；大藏字母九

經等韻音系研究，李鐘九，高師大國文所碩士論文，1993；大藏字母九經等韻的特殊音讀，竺家寧，第十二屆全國聲韻學研討會論文，國立清華大學，新竹.1994，05；大藏字母九經等韻之韻母異讀，竺家寧，中國音韻學國際學術研討會論文，天津.1994；等韻精要與晉方言，竺家寧，第一屆晉方言國際學術研討會論文，山西，太原.1995；等韻精要音系研究，宋珉映，成功大學碩士論文，1994.01；正音咀華音系研究，朴奇淑，高師大國文所碩士論文，1993；鏡花緣字母圖探微，許金枝，1990，中正嶺學術研究集刊9：129-163；評述鏡花緣中的聲韻學，陳光政，1991，聲韻論叢第三輯：125-148；論正音咀華音系，岩田憲幸，1992，第十屆聲韻學研討會論文，高雄中山大學；琉球官話問答便語的語音分析，瀨戶口律子，1992，第十屆聲韻學研討會論文，高雄中山大學；勞乃宣的審音論，姚榮松，1992，第十屆聲韻學研討會論文，高雄中山大學；皮黃科班正音初探，謝雲飛，1992，政大學報64：1-32〔又見聲韻論叢第四輯：377-416〕；拍掌知音的聲母，林慶勳，1993，高雄師大學報5：347-362；渡江書十五音初探，姚榮松，1989，聲韻論叢第二輯：337-354；漳州三種十五音之源流及其音系，洪惟仁，1990，臺灣風物40.3：55-79；彙音妙悟的音讀——兩百年前的泉州音系，洪惟仁，1990，第二屆閩方言學術研討會論文集：113-121，廣州：暨南大學；第一部中國西譯書明心寶鑑中載存的閩南語譯音研究，王三慶，1991，華岡文科學報18：193-227。吳聖雄，1986，《同文韻統》所反映的近代北方官話音，師大國文學報15：195-222，李靜惠，1993，《拙菴韻悟》音理論初探——以呼、應、吸為主，中國語言學報：1-13。林慶勳，1987，試論合聲切法，漢學研究5：129-51。林慶勳，1988，論《音韻闡微》的韻譜，高雄師院學報16：19-34；林

慶勳，1988，論李光地、王蘭生與康熙對《音韻闡微》成書之影響，高仲華先生八秩榮慶論文集：367-383。林慶勳，1989，《諧聲韻學》的幾個問題，高雄師院學報17：107-124。林慶勳，1990，刻本《圓音正考》所反映的音韻現象，漢學研究8：2：21-55。林慶勳，1992，《拍掌知音》的聲母，第二屆國暨第十屆全國聲韻學學術研討會論文集：207-230。林慶勳，1992，試論《日本館譯語》的韻母對音，聲韻論叢第四輯：253-298。林慶勳，1993，論《日本館譯語》的柳崖音注，第十一屆全國聲韻學學術研討會：1-23。陳盈如，1993，論嘉慶本《李氏音鑒》及相關之版本問題，第十一屆全國研討會論文：1-28。陳貴麟，1990，《味根軒韻學·總譜》入聲字重覆現象探析，中國文學研究4：19-39。陳貴麟，1993，《古今中外音韻通例》總譜十五圖研究，第十一屆全國聲韻學研討會論文：1-33。應裕康，1992，試論《五音通韻》之體例及聲母韻母之音值，第二屆國際暨第十屆全國聲韻學學術研討會論文集：97-117。應裕康，1993，清代抄本韻圖《拙菴韻悟》研究，高雄師大學報4：25-49。應裕康，1993，清代一本滿人的等韻圖《黃鍾通韻》，第一屆國際清代學術研討會論文集：471-495。應裕康，1993，《本韻一得》聲母韻母之音值，第十一屆全國聲韻學學術研討會：1-14。謝雲飛，1968，《明顯四聲等韻圖》之研究，高明六秩文集（上）：564-664。

　　由此看來，幾乎大部分的清代語料都有學者從各方面進行過探討。可以說，清代的研究是近代音研究中成績最好的一個階段。

　　其他（1994-99）發表的論文還有：

陳貴麟　1994　《康熙字典》所附韻圖的音系基礎（初探）　第三屆國

際暨第十二屆全國聲韻學學術研討會論文：1-11

李靜惠　1994　《拙菴韻悟》聲母系統之研究　第三屆國際暨第十二
　　屆全國聲韻學學術研討會論文：1-18

李靜惠　1994　拙庵韻悟音韻「顎化」商榷　問學集4：34-44

李靜惠　1994　《拙庵韻悟》聲母系統之研究　第三屆國際暨第十二
　　屆全國聲韻學學術研討會論文集：142-161　新竹：清華大學

竺家寧　1994　《大藏字母九經等韻》之特殊音讀　第三屆國際暨第
　　十二屆全國聲韻學學術研討會論文集：51-57　新竹：清華大學

竺家寧　1994　《大藏字母九經等韻》之韻目異讀　中國音韻學研究
　　會第八次學術討論會論文　天津：南開大學

陳貴麟　1994　《康熙字典》所附韻圖的音系基礎　第三屆國際暨第
　　十二屆全國聲韻學學術研討會論文集：162-173　新竹：清華大學

李靜惠　1994　拙庵韻悟音系研究　淡江大學碩士論文

宋　映　1994　等韻精要音系研究　成功大學碩士論文

林慶勳　1995　論《等切元聲》與詩詞通押的合聲切　第四屆清代學
　　術研討會論文　高雄：中山大學

野間晃　1995　《渡江書十五音》與《彙音寶鑑》的音系　第一屆臺
　　灣語言國際研討會論文選集　臺北：文鶴出版公司

楊惠娥　1995　《拙庵韻悟》研究　逢甲大學中國文學研究所碩士論文

林金枝　1995　《本韻一得》音系研究　國立成功大學中國文學研究
　　所碩士論文

林慶勳　1995　《中州音韻輯要》入聲字的音讀　中山人文學報3：
　　21-36

陳貴麟　1995　《杉亭集五聲反切正均》音系與江淮官話洪巢片之關

聯　中國文學研究9：63-88

羅燦裕　1996　《類音》研究　臺灣師範大學國文研究所碩士論文

李靜惠　1997　試探《拙庵韻悟》之圓形音類符號　聲韻論叢6：
　　　613-636

朴允河　1997　《等韻一得》所表現的尖團音探微　聲韻論叢6：
　　　637-662

林慶勳　1997　論《等切元聲、韻譜》的兩對相重字母　聲韻論叢6：
　　　663-682

竺家寧　1998　《山門新語》姬璣韻中反映的方言成分與類化音變，
　　　李新魁教授紀念文集：190-195　北京　中華書局

竺家寧　1998　論山門新語的音系及濁上歸去問題，中國音韻學第五
　　　次國際學術研討會　長春　吉林大學

竺家寧　1999　《山門新語》庚經韻所反映的語音變化，第五屆近代
　　　中國學術研討會　桃園　中央大學

竺家寧　1999　《山門新語》所反映的入聲演化，第二屆國際暨第六
　　　屆全國清代學術研討會　高雄　中山大學

5.有待進一步研究的近代音語料

　　近代音既有上述的豐碩成果，但是也有不少有價值的語料有待學者進一步的研究。目前值得進行研究的近代音語料有哪些呢？

　　我們可以從趙蔭棠《等韻源流》、李新魁、麥耘《韻學古籍述要》、耿振生《明清等韻學通論》三書中歸納出近代音的材料，這些材料實際上是十分豐富的。我們姑且以明、清爲主作一介紹。

趙蔭棠《等韻源流》把近代音材料分為「北音系統」和「存濁系統」兩大類。屬於北音系統的資料包括：蘭茂 韻略易通 正統壬戌（1442）；李登 書文音義便考私編 萬曆丁亥（1587）；徐孝 重訂司馬溫公等韻圖經 萬曆三十年；喬中和 元韻譜 萬曆三十九年；蕭雲從韻通；方以智 切韻聲原崇禎十四年（以上明代）。

桑紹良 文韻考衷六聲會編；樊滕鳳 五方元音 順治 康熙間（1654-1673）；趙紹箕 拙菴韻語 康熙甲寅（1674）；馬自援 等音 康熙十三年（1674）；林本裕 聲位；阿摩利諦 三教經書文字根本 康熙（1699-1701）；都四德 黃鐘通韻 乾隆（1744）；龍為霖 本韻一得 乾隆（1751）；李汝珍 音鑑 嘉慶（1805）；許桂林 說音 嘉慶（1807）；徐鑑 音泲 嘉慶（1817）；周贇 山門新語 同治（1863）；胡垣 古今中外音韻通例 光緒（1886）；華長忠 韻籟 光緒（1889）。

另應裕康《清代韻圖之研究》屬北音系統之近代音材料還有：無名氏 五音通韻 康熙；吳烺 衫亭集 乾隆（1763）；賈存仁 等韻精要乾隆（1775）；張燮承 翻切簡可篇 道光（1838）；裕恩 音韻逢源 道光（1840）；潘逢禧 正音通俗字表 同治（1867）。

這些是最具有研究價值的近代音材料。因為它們反映了當時的實際語音。其中，蘭茂《韻略易通》、徐孝《重訂司馬溫公等韻圖經》、樊滕鳳《五方元音》，陸志韋曾有專文探討。徐孝《重訂司馬溫公等韻圖經》有劉英璉的研究（高雄師範大學碩士論文）。趙紹箕《拙菴韻語》有李靜惠的研究（淡江大學碩士論文），馬自援《等音》有劉一正的研究（高雄師範大學碩士論文），龍為霖《本韻一得》有林金枝的研究（成功大學碩士論文），李汝珍《音鑑》有羅潤基的研究（師範大學碩士論文）和陳盈如的研究（中正大學碩士論文），胡垣《古今中外音韻通例》有陳貴麟

的研究（臺灣師範大學碩士論文），賈存仁《等韻精要》有宋珉映的研究（成功大學碩士論文）。顯示了年輕一輩學者的研究成果，已經使得近代音的研究呈現了前所未有的熱潮。這股新生的力量，在可預見的將來應可成爲近代音研究的主力。

屬於存濁系統的資料包括（見於等韻源流）：章黼 韻學集成 宣德 天順間（1432-1460）；王應電 聲韻會通 嘉靖庚子（1540）；無名氏 字學集要 萬曆二年（1574）；濮陽淶 韻學大成 萬曆戊寅（1578）；袁子讓 字學元元 萬曆31年；葉秉敬 韻表 萬曆；梅膺祚 韻法直圖 萬曆四十年（1612）；李嘉紹 韻法橫圖；李蔇謨 四聲經緯圖 崇禎壬申（1632）；釋宗常 切韻正音經緯圖 康熙（1700）；英繼仕 音韻紀元 萬曆辛亥（1611）（以上明代）。

熊士伯 等切元聲 康熙癸未年（1703）；潘耒 類音 康熙壬辰（1712）；汪烜 詩韻析 雍正元年（1273）；是奎 太古元音 康熙；李元 音切譜 乾隆；馬攀龍 韻法傳眞五美圖 道光丁未（1847）；勞乃宣 等韻一得 光緒戊戌（1898）。

另應裕康《清代韻圖之研究》屬存濁系統之近代音材料還有：張恩成 中華拼音等韻易檢 道光（1837）；無名氏 切音蒙引 光緒（1882）。

這一類語料保存了中古的全濁音系統。屬於受古音或讀書音影響或南方方言影響的語料。其中，梅膺祚《韻法直圖》、李嘉紹《韻法橫圖》有宋韻珊的研究（高雄師範大學碩士論文）和河南大學裴澤仁的研究。勞乃宣《等韻一得》有朴永河的研究（師範大學碩士論文）。

李新魁、麥耘著《韻學古籍述要》亦有「近代音類」，包含了元代至明清的語料。再分爲三小類：

第一是「通語韻書」：包括元周德清中原音韻泰定甲子（1324），元燕山（今河北）卓從之中州樂府音韻類篇至正辛卯年（1351），元卓從之中州音韻，明樂韶鳳宋濂奉敕撰洪武正韻洪武八年（1375），明不著撰人洪武正韻玉鍵，明朱權瓊林雅韻洪武戊寅（1398），撰人不詳中原雅音正統景泰年間（1398-1460），明章黼韻學集成宣德天順間（1432-1460），撰人不詳詞林韻釋，明蘭茂韻略易通正統壬戌年（1442），明畢拱宸韻略匯通崇禎十五年（1642），明朱祐重編廣韻嘉靖二十八年（1549），撰人不詳并音連聲字學集要萬曆二年（1574），明濮陽淶韻學大成萬曆戊寅年（1578），明吳興王文璧中州音韻正德初年（1506），明范善溱中州全韻，清周昂增訂中州全韻，清王履青音韻集要乾隆辛丑（1781），清李書云音韻須知，清樊騰鳳五方元音順治十一年至康熙十二年（1654-1673），清撰人不詳五音正韻萬韻圖，清龍爲霖本韻一得乾隆十五年（1750），清李漁笠翁詞韻，清吳應和榕園詞韻乾隆甲辰（1784），清吳烺江昉吳鎧程名世學宋齋詞韻乾隆乙酉（1765），清戈載詞林正韻道光元年（1821），清沈詞韻略，清仲恆詞韻乾隆十一年（1746），清沈苑賓曲韻驪珠乾隆五十七年（1792）。

第二是「韻書別體」：包括明王應電韻要粗釋，明吳思平音韻正訛，清山東海陽吳遐齡韻切指歸康熙年間，清賈椿齡音韻貫珠嘉慶甲子（1804），清廣東南海人高靜亭正音撮要嘉慶庚午（1810），清沙彝尊正音咀華道光丁酉（1837），清翟云升韻字鑒道光二十二（1842），清關中人張仲儒字學呼名能書同治十三年（1874），清沙彝尊正音切韻指掌咸豐庚申年（1860），清潘逢禧正音通俗表同治庚午年（1870），清合肥蒯光燮同聲韻學便覽光緒戊申（1908）。

第三是「方言韻書」：包括清晉安編著戚林八音乾隆十四年

（1749），清黃謙匯音妙悟嘉慶五年（1800），不著撰人擊掌知音抄本，廖綸璣拍掌知音， 清謝秀嵐撰雅俗通十五音嘉慶二十三年（1818），清張世珍潮聲十五音光緒三十三年（1907），撰人不詳鄉音集要淪韻抄本，不著撰人同音字匯，清廣東東莞人王炳耀拼音字譜光緒二十二年（1896），清吳達邦音字貫通光緒丙午（1906）

又李、麥書中之「論著類──綜合性音韻論著」也多列有近代音的材料。包括：

明張位 問奇集，明桑紹良 青郊雜著 嘉靖二十二年（1543），明袁子眉 字學元元 萬曆三十一年（1603），明吳繼士 音聲紀元 萬曆辛亥年（1611），明金尼閣 西儒耳目資 天啓六年（1626），明陳獻可 元音統韻，明葛中選 泰律篇， 清王祚禎 音韻清濁鑒 康熙六十年（1721），清燕人趙紹箕 拙庵韻悟 康熙甲寅（1674），清潘耒 類音康熙壬辰年（1712），清王植 韻學 雍正庚戌（1730），清顧陳垿 八矢注字圖說，清李元 音切譜 嘉慶元年 （1796），清李汝珍 李氏音鑒 嘉慶十年（1806），清 許桂林 許氏說音 嘉慶丁卯（1807），清許桂林 傳聲譜，清張余三 切字肆考 道光三年（1826），清涂謙 音學秘書 道光己丑（1829），清鄒漢勛 五均論 光緒癸未（1883），清劉家謀 操風瑣路 道光二十五年（1845），清顧淳 聲韻轉注略 光緒二十五年（1899）， 清周贇 山門新語 同治（1863），清劉禧延 劉氏遺著 光緒癸未（1883），清胡垣 古今中外音韻通例 光緒（1886），清郭師古 音學偶存 光緒十二年（1886）， 清趙鱉侯 韻學指南 宣統庚戌年（1910），清張祥晉 七韻譜，清楊得春編 韻法全圖 光緒十年（1884），清劉瀛賓 學韻紀要 乾隆四年（1739）

這些都是我們研究近代音可以運用的材料。

　　耿振生著《明清等韻學通論》亦有「近代音類」，分類極爲細密，依地區分爲北方音系與南方音系兩大類，其下再細別方言區。依淵源關係分，又有據《切韻指南》據平水韻，存36母者，併36母而存全濁者，取消全濁者等類別。大約依地區分者，較能反映當時之實際語音，依淵源關係分者，多受傳統韻書之影響，表現了「書面語言」的音讀。

　　屬於「官話方言區等韻音系」的包括：

　　北京地區：徐孝 重訂司馬溫公等韻圖經、合併字學集韻 萬曆三十年（1602），裕恩 音韻逢源 道光庚子（1840），美國人富善 官話萃珍（1898）。河北及天津：喬中和 元韻譜 萬曆辛亥（1611），樊騰鳳 五方元音 有1710、1727兩種版本，趙紹箕 拙庵韻悟 康熙甲寅（1674），華長忠 韻籟1805-1858。 東北：都四德 黃鐘通韻。河南：呂坤 交泰韻 萬曆癸卯（1613）。山東：畢拱辰 韻略匯通 崇禎壬午（1642），作者不詳 萬韻新書 乾隆初，張象津 等韻簡明指掌圖 嘉慶乙亥（1815），揆一輝 切法指掌 道光十八年（1838）。江淮方言：李登 書文音義便考私編 萬曆丁亥（1587），金尼閣 西儒耳目資 天啓丙寅（1626），吳烺 五聲反切正韻 乾隆癸未（1763），許桂林 說音 嘉慶丁卯（1807），許惠 等韻學 （1878），胡垣 古今中外音韻通例 光緒丙戌（1886）。雲南：葛中選 泰律篇 萬曆戊午（1618）。官話區方言：阿摩利諦等 三教經書文字根本 刊於1699-1702，阿摩利諦等 諧聲韻學 刊於 11699-1702（二書爲韻書、韻圖之別）。

　　屬於「『普通音』一類等韻音系」的包括：

　　蘭茂 韻略易通 正統壬戌（1442），龍爲霖 本韻一得 乾隆十五年（1750），賈存仁 等韻精要 乾隆四十年（1775），崔鴻達 音韻六書指南 道光乙未（1835），翻切簡可篇 道光十七年（1837），張恩

成 等韻易簡 道光丁酉（1837），劉維坊 同音字辨 道光二十九年
（1849），汪鋆 空谷傳聲 刊於1882，莎彝尊 正音切韻指掌 咸豐十
年（1860），徐桂馨 切韻指南 作於光緒時。

　　屬於「南方方言區等韻音系」的包括：

　　吳方言區： 王應電 聲韻會通 嘉靖十九年（1540），毛曾、陶承
學 字學集要 嘉靖辛酉（1561），濮陽淶 韻學大成 萬曆戊寅（1578），
吳繼仕 音韻紀元 萬曆辛亥（1611），是奎 太古元音 1716 前成書，
仇廷模 古今韻表新編 雍正三年（1725）之前，周仁荊 音韻匯（1790
前後），程定謨 射聲小譜 刊於道光十九年（1839）。閩方言區：戚繼
光 戚參軍八音字義便覽，林碧山 珠玉同聲（乾隆時與上書合刊），廖綸
璣 拍掌知音18世紀後期，林端材 建州八音 乾隆六十年（1795），黃
謙 匯音妙悟 嘉慶五年（1800），謝秀嵐 雅俗通十五音 嘉慶二十三
年（1818）之前，作者不詳 渡江書十五音，作者不詳 擊掌知音（兼
漳泉音），張世珍 潮聲十五音。

　　屬於「根據切韻指南改編的韻圖」的包括：

　　作者不詳 等韻切音指南（收於康熙字典卷首），熊士伯 廣韻等韻合
參圖 康熙癸未（1703），王祚禎 音韻清濁鑒 康熙六十年 （1721），
李元 音切譜，方本恭 等子述 嘉慶二年（1797），張耕 切字肆考 道
光癸未（1823）。

　　屬於「以平水韻爲基礎的等韻著」的包括：作

　　李齊芳 韻略類釋 隆慶戊辰（1568年），呂維祺 音韻日月燈 崇禎
癸酉（1633年），柴紹炳 柴氏古韻通（研究上古音），李光地、王蘭生 音
韻闡微 雍正四年（1726年），作者不詳 揭韻攝法（鈔本），趙培梓 集
韻分等十二攝圖。

屬於「混合型等韻音系」的包括：

保存三十六字母的等韻音系：袁子讓 字學元元 萬曆三十一年（1603），李世澤 韻法橫圖1614年之前，陳藎謨 皇極圖韻 崇禎壬申（1632），沈薖 七音韻準 順治丁酉（1657），潘應賓 五車韻府 康熙戊子（1708），大藏字母切韻要法、大藏字母九音等韻，作者不詳 字母切韻要法（收於康熙字典卷首），允祿、章嘉、胡土克圖等 同文韻統（1750），倪璐 詩韻歌訣初步 乾隆庚辰（1760），涂謙 音學秘書 道光九年（1829），王鵬飛 增緒等韻法律 咸豐六年（1856），劉熙載 四音定切 光緒四年（1878），張翼廷 寄寄山房等韻切音指南，酈珩 切音捷訣 光緒庚辰（1880），楊世樹 聲律易簡編，作者不詳 四聲括韻，作者不詳 挹涑軒切韻宜有圖，作者不詳 韻宗正派，勞乃宣 等韻一得。

屬於「刪併三十六字母而保存全濁聲母的等韻音系」的包括：

趙撝謙 皇極聲音文字通，辛黼 韻學集成 天順庚辰（1460），葉秉敬 韻表 萬曆三十三年（1605），作者不詳 韻法直圖（附於明梅膺祚字彙），朴隱子 詩詞通韻 康熙二十四年（1685），反切定譜（附於上書之後）， 釋宗常 切韻正音經緯圖 康熙庚辰（1700），熊士伯 等切元聲，潘耒 類音1646-1708，吳遐齡 韻切指歸 康熙己丑（1709） 之前，汪烜 詩韻析 雍正元年（1723），王植 韻學 雍正八年（1730），王植 韻學臆說， 作者不詳 字學呼名能書 刊於同治十三年（1874），作者不詳 等韻便讀（1880前），酈珩 幼學切音便讀， 蕭承 天籟新韻 光緒十二年（1886），作者不詳 博圓「韻譜」（鈔本，藏天津圖書館），張序賓 等韻法，作者不詳 音韻指掌（鈔本），作者不詳 翻切指掌1901前。

屬於「取消全濁聲母的等韻音系」的包括：

桑紹良 青郊雜著 嘉靖癸卯（1543），蕭云從 韻通 明末天啓、崇禎間，方以智 切韻聲原 崇禎十四年（1641），馬自援 等音1681年之前，林本裕 聲位 康熙四十七年（1708）前後， 李鄴 切韻考 康熙年間，李汝珍 李氏音鑒 嘉慶十年（1805），崇鳳威 橫切五聲圖 道光二十三年（1843），周贇 山門新語 同治癸亥（1863），潘逢禧 正音通俗表 同治庚午（1870），丁顯 雙聲疊韻一貫圖 光緒十七年（1891）之前，題陋巷顏懷坰林野氏 韻法捷徑。

屬於「見于古今著錄的部分明清等韻著作」的包括：

朱子韻綱、郝京山譜、李登 聲音經緯圖、趙宧光 悉曇經傳、張森 皇極韻譜、程元初 律古詞曲賦葉韻、楊序 佐同錄、耿人龍 韻統圖說、顧陳垿 八矢注字圖說、 錢人麟 聲韻圖譜、潘遂先 聲音發源圖解、劉氏 正韻類抄、種載堉 切韻指南、沈宗學 七音字母、伊乘 音韻指掌、張芝 聲音經緯圖、方豪 韻譜、董難 韻譜、吳季鯤 翻切縱橫圖、王元信 切字正譜、劉同升 音韻類編、富中炎 韻法指南、張志遠 切字要訣、馬教思 等韻切要、胡宗緒 同文形聲故、俞杏林 傳聲正宗、徐鑒 音泲、切音蒙引、楊選杞 聲韻同然集、李茂林 韻譜約觀、王佶 韻譜匯編、王曰恭 增補韻法直圖、羅愚 切字圖訣、徐師臣 等韻捷法。

以上所論的近代音材料，有哪些收藏於臺灣的各圖書館呢？下面分別搜尋了幾個主要圖書館的善本書與線裝書（至於百部叢書、叢書集成中亦多有近代音資料，較易取得，此不贅述）。

現在保存於故宮博物院善本書目當中的資料有：新鐫校正增切 大藏直音三卷 明黃道周編，諧聲韻學 不分卷，欽定音韻闡微十八卷 清李光地等奉敕撰，欽定同文韻統六卷 清允祿等奉敕撰，欽定協韻彙

輯十卷 清梁詩正等奉敕撰，欽定音韻述微三十卷 清乾隆三十八年敕撰，御製滿洲蒙古漢字三合切音 清文鑑三十一卷 三十二冊 清阿桂等奉敕撰。

現在保存於國家圖書館善本書目當中的資料有：音聲紀元 六卷二冊 明吳繼仕撰，萬籟中聲 一卷，切韻樞紐 一卷，四聲韻母一卷，韻學釋疑一卷一冊 明吳元滿撰，西儒耳目資 不分卷 三冊 明泰西金尼閣撰。

現在保存於中央研究院歷史語言研究所善本書目當中的資料有：古今韻括 五卷五冊 明吳汝紀撰，音韻日月燈 三種六十卷 首四卷十一冊 明呂維祺撰，五先堂 字學元元 十卷四冊 明袁子讓撰，列音韻譜問答 不分卷一冊 泰西金尼閣撰，交泰韻 一卷一冊 明呂坤撰，韻法直圖 一卷 韻法橫圖 一卷一冊 明梅膺祚、李世澤撰。

現在保存於中央研究院歷史語言研究所普通本線裝書目當中的資料有：中州樂府音韻類編 一冊 卓從之撰，音韻闡微 十八卷五冊 清李光地等奉敕撰，李氏音鑑 六卷四冊 清李汝珍撰，韻略易通 二卷附古字彙編四冊 清李棠馥校正，山門新語 二卷二冊 清周斌撰，古今中外音韻通例 四冊 清胡垣撰，正音咀華 三卷 續編一卷 儀略附後二冊 清沙彝尊撰，等韻一得 二篇二冊 清勞乃宣撰。

現在保存於臺灣大學普通本線裝書目當中的資料有：西儒耳自資 不分卷 三冊 明金尼閣撰，中州全韻 二十二卷 卷首一卷 八冊 清周昂撰。

現在保存於師範大學普通本線裝書目當中的資料有：

韻略易通 二卷三冊 明蘭茂撰，音洴 不分卷一冊 明徐鑑撰，韻法直圖 不分卷一冊 明梅膺祚撰，切韻正音經緯圖 不分卷二冊

清釋宗常撰，等切元聲 十卷四冊　清熊士伯撰，韻切指歸 二卷六冊
清吳遐齡撰，類音 八卷八冊　清潘耒撰，拙菴韻悟 不分卷二冊　清
趙紹箕撰，圓音正考 不分卷一冊　不著撰人，黃鐘通韻 二卷二冊　清
都四德纂述，戚林八音 不分卷二冊　清蔡士泮彙輯，本韻一得 二十
卷八冊　清龍爲霖撰，等韻精要 不分卷一冊　清賈存仁撰，中州音韻
輯要 二十一卷四冊　清王鵁撰，正音咀華正編 三卷 續編一卷二冊
清莎彝尊撰，李氏音鑑 六卷四冊　清李汝珍撰，翻切簡可篇 二卷二
冊　清張變承撰，新刊韻籟 四卷二冊　清華長忠撰，山門新語 二卷
二冊　清周贇撰，等韻一得 二篇二冊　清勞乃宣撰，傳音快字 一冊
清蔡錫勇撰，大藏字母九音等韻 不分卷二冊　清阿摩利諦譯，等音 聲
位 合彙 二卷四冊　清高映編，五方元音 二卷二冊　清樊騰鳳撰，空
谷傳聲 不分卷 四冊　華胥主人撰，太古元音 四卷二冊　是奎編。

　　現在保存於續修四庫全書經部小學類231當中的資料有： (1995上
海市：上海古籍出版社，1995-8524 v.231)，大藏字母九音等韻 十二卷 (清)
釋阿摩利諦譯 ，五方元音 二卷 (清) 樊騰鳳撰 ，五聲反切正均 不分
卷 (清) 吳烺撰，元韻譜 五十四卷 (明) 喬中和撰 ，正字通 十二卷 附
字彙 (明) 張自烈撰； (清) 廖文英續 ，正音切韻指掌 一卷 (清) 莎彝
尊撰，示兒切語一卷 (清) 洪榜撰，交泰韻 不分卷 (明) 呂坤撰，同音
字辨 四卷 (清) 劉維坊撰，字彙 十二卷 附韻法直圖一卷 韻法橫圖一
卷 (辰集至亥集) (明) 梅膺祚撰，西儒耳目資 不分卷 (法) 金尼閣撰，
李氏音鑑六卷 (清) 李汝珍撰，併音連聲字學集要 四卷 (明) 陶承學輯，
拙菴韻悟一卷 (清) 趙紹箕撰，重刊詳校篇海 五卷 (明) 李登撰，重訂
直音篇 七卷 (明) 章黼撰； (明) 吳道長重訂，音切譜 二十卷 (清) 李
元撰 ，音泲一卷 (清) 徐鑑撰，音韻日月燈 六十四卷 (明) 呂維祺撰，

音韻正訛 四卷 (明) 孫耀撰，音韻逢源 四卷 (清) 裕恩撰，書文音義便考私編 五卷 難字直音一卷 (明) 李登撰，書學正韻 三十六卷 (元) 揚桓撰 ，馬氏等音一卷 (清) 馬自援撰，等切元聲 十卷 (清) 熊士伯撰，等韻精要 一卷 (清) 賈存仁撰，等韻學不分卷 (清) 許惠撰，善樂堂 音清濁鑑 三卷 (清) 王祚禎撰，圓音正考 一卷 (清) 存之堂輯，彙集雅俗通五十音 八卷 (清) 謝秀嵐撰，新校經史海篇直音 十卷，新雋彙音妙悟全集 不分卷 (清) 黃謙撰，詩詞通韻 五卷 首一卷反切定譜 (清) 樸隱子撰 ，詩韻析 五卷 (清) 汪烜撰，蒙古字韻 二卷 (元) 朱宗文撰，諧聲韻學十六卷 (存卷一至卷二，卷四至卷九，卷十一至卷十四，卷十六) (清) 釋阿摩利諦撰，韻略易通 二卷 (明) 蘭廷秀撰，韻通 一卷 (清) 蕭雲從撰 ，韻籟四卷 (清) 華長忠撰，類音 八卷 (清) 潘耒撰。

6.研究方法概述

近代音的研究可以從下面三個角度著手：

第一，某一部語料的研究。此類研究多選擇大體上能反映出當時實際語音的著作，包含宋、元、明、清的韻書和韻圖。通常可分兩分面著手，其音韻理論、音韻符號的描述，以及其語音系統的分析。特別是明清韻圖，往往在卷首會詳細論述作者的聲韻觀點，對字母、清濁、方言、聲調、韻類等問題的具體意見。這些文字為其書中的韻圖提供了審音、分類的理論基礎。

此外，為了表現某一種特別的音類，或清濁、等呼的概念，作者往往會設計出一些非文字性的專有符號來標示。因此，我們要了解韻圖的符號系統，必得先解開這些符號的所指內涵。至於音系的分析，

必需有嚴格的語音學訓練爲其根基。了解音位的原理、音位的對立、最小對比、互補分補等語音現象，才有可能有效而確切的擬訂音值，否則易成爲音標的遊戲，徒具形式而已。因此，音系的擬定必需論及其音節結構規律，什麼音系和什麼音素相搭配，一個音節最大容納量能有幾個音位，音節中的元音可以有幾個（例如國語只有三個，形成三合元音的音節）。這種音系分配、組合的規律是音系研究不可或缺的部分。近代音的音系擬構還需要與現代方言學的知識結合起來，特別是北方方言，也要放在歷時的演變中交代其間的前因後果。因爲任何時代的音系都不是突然冒出來的，都是歷史發展出來的。我們必得說清楚它的演變符合怎樣的規律，那樣的音系擬訂才有意義。

在研究過程中比較要注意的，是：1.上述非文字符號的詮釋。2.語料編排的整齊化觀念。這是因爲傳統上受術的影響，對「數字」極爲講究，而反映在音類分類的數目上。如語料爲縱橫交錯的圖表時，此類講究數目的觀念，常形成並不表示音的區別的「虛位」空格。也就是說，實際的音類數要比呈現的少。3.南北音的混雜。近代音語料，很少有現代的方言田野調查的觀念，以單一的方言點爲對象，著重單一系統的描寫。而是存著求完備的意識，往往把當時存在的南北方言音讀納入。有時會標明南音、北音、俗音，有時則直接混入整個音韻架構中。耿振生《明清等韻學通論》即指出：馬自援等音「真庚分韻」是採納北方讀音，閉口韻是採納江西音，正屬這種混雜的例子。4.古今音的混雜。這種情況更爲普遍。由於韻書、韻圖的體例與設計，有很大的沿襲性，語音的分類（如四聲、三十六母）又有很大的守古性。讀書人腦中平常又有根深蒂固的傳統音韻觀念（如切韻系統），使得所編製的材料有意無意的帶有濃厚的「古音」色彩，這些，我們在作研究

時，都應小心剝離，仔細鑑別，弄清楚哪些是受舊日語音的影響，哪些是反映當時實際的語音。 耿振生《明清等韻學通論》提到，「考古」式的韻圖不必說，就是審時派的韻圖，也有很多借鑑古音的地方。像字母切字要法採傳統的三十六字母，只是全濁平聲有所變通，歸入相應的次清聲母中。其聲調全用中古音平上去入四聲。正屬這類例子。

音值的擬訂除了要符合音理之外，可以運用「已知」求「未知」的方法。各種現代方音的音讀C是已知，學者們對中古音的擬訂A也是已知，處於兩者中間的近代音B是未知。我們看看，由A到C的演化過程中，音理上會產生怎樣的B？這個B音不但要說得通演變，還要說得通它在韻圖中所處的位置。所擬的這個音何以會放在這個位置？和其它的音發生怎樣的關係？怎樣形成系統？

第二，某一種語音現象的研究。這類研究例如探索在近代音史上舌尖元音是如何產生，如何逐步發展成今天這樣的面貌。顎化聲母又是何時出現的？入聲的發展過程又如何？「濁上歸去」現象的發展等等。這類研究目前比較缺乏。它是一種歷時音變的研究。必需以各韻圖、韻書的研究為前提，才有可能從不同時代的幾部語料中尋求出語音發展的軌跡。在當前，近代音語料尚未全部經過深入的分析，因此，這項工作也就比較費事。然而，這卻是建立漢語語音史一項關鍵性的工作。近代音的語料遠遠多於中古音、上古音，卻開發得最晚，假以時日，如果能把近代音的各種語音演變現象弄清楚，那麼，不但使我們可以明白現代音形成的脈絡，找出每一項語音的來源，更可以由研究所得的各項音變規律，建立起漢語語音學的理論，這在語言學上是件重要的工作。這種研究成果也和方言學習習相關，能帶動方言學的研究，了解方言分合變化的系譜。

　　第三,針對某一位音韻學家的研究。這類研究例如「江永的研究」、「段玉裁的研究」、「陳第的研究」、「楊慎的研究」等等。屬於音韻學史研究的一環。透過這樣個別的研究,提供我們整個音韻學發展的概況知識。從而了解在漢語音韻學史上,近代階段所居的地位。使我們知道有哪些音韻觀念在近代發展起來,對某些古音問題,近代學者們各有一些什麼不同的看法?哪些方面的認識具有突破性,開創性?

　　以上我們對臺灣近代音研究方面作了綜合的敘述,包括了有哪些研究材料和研究方法。希望透過這樣的探索,能為近代音研究提供一個未來發展的方向。特別是有志於此的年輕學者,能由此尋找出自己有興趣的領域,在此方面作出更大的貢獻。近代音研究是一條寬廣的大道,具有無窮的開發潛力。只要有耐心,一定會得到豐碩的成果。

7.聲韻學專書(近代音部分)

于維杰　1997　《宋元等韻圖研究》　臺南市:暨南

董忠司　1988　《江永聲學評述》　臺北:文史哲出版社

竺家寧　1980　《九經直音韻母研究》　臺北:文史哲出版社,216頁

竺家寧　1986　《古今韻會舉要的語音系統》　臺北:臺灣學生書局,197頁(1990年7月日本駒澤大學譯為日文本發行,列入其《外國語部研究紀要第19號第二分冊》,譯者:木村晟、松本丁俊)

竺家寧　1994　《近代音論集》　臺北:臺灣學生書局,269頁

五、通論性質的聲韻學研究

　　依據江俊龍蒐集的資料，近年來所發表的，屬於通論及音韻學史的論著包括：

邱德修　1994　王國維在聲韻學上的成就　中華文化1：177-205

邱德修　1994　觀堂聲韻學考述　臺北：五南圖書公司

竺家寧　1994　高仲華先生在等韻學上的成就與貢獻　中國學術研討
　　會論文集：337-344

竺家寧　1994　王國維先生在唐代韻書研究上的貢獻　海峽兩岸王國
　　維學術研討會論文　浙江海寧

申小龍　1994　漢語音韻的人文理據及其詩性價值　第三屆國際暨第
　　十二屆全國聲韻學學術研討會論文集：428-435　新竹：清華大學

洪惟仁　1994　小川尚義與高本漢漢語語音研究之比較　第三屆國際
　　暨第十二屆全國聲韻學學術研討會論文集：25-50　新竹：清華大
　　學

金周生　1994　「五聲」「十六聲」解　海峽兩岸王國維學術研討會
　　論文　浙江海寧

陳光政　1994　哈佛燕京圖書館語言學書八類觀　第三屆國際暨第十
　　二屆全國聲韻學學術研討會論文集：125-135　新竹：清華大學

江俊龍　1995　臺灣地區客家方言研究論著選介1989-1994　漢學研
　　究通訊14.2=54：145-148

王松木　1995　臺灣地區漢語音韻研究論著選介1989-1993（上）（中）

（下）　　漢學研究通訊14.3=55：239-242，14.4=56：336-339，
　　　15.1=57：87-93

黃靜吟　1995　論項安世在古音學上的地位　中山中文學刊1：65-78

王立霞　1995　李因篤之生平及其音韻學　臺灣師範大學碩士論文

朱　星　1995　中國語言學史　臺北：中華發展基金管理委員會，洪
　　　葉文化事業有限公司

陳新雄　1996　陳志清《切韻聲母韻母及其音值之研究》序　文史哲
　　　出版社

竺家寧　1996　論臺灣地區的近代音研究　漢語音韻學第四次國際學
　　　術研討會　福州：福建師範大學

竺家寧　1996　臺灣聲韻學當前的研究狀況（上）、（下）　音韻學研究
　　　通訊第17、18期　中國音韻學研究會　湖北武漢：華中理工大學

張光宇　1996　論閩方言的形成　中國語文1：16-26

張光宇　1996　閩客方言史稿　臺北：南天書局　278頁

蔡孟珍　1996　詩詞曲用韻初探　國文學報25：291-309

郭乃禎　1996　載震《聲類表》研究　臺灣師範大學國文研究所碩士
　　　論文

陳新雄　1996　中國古音學的過去現在與未來　第五屆國際暨第十四
　　　屆全國聲韻學學術研討會論文集：1-4　新竹師院

竺家寧　1996　論近代音研究的現況與發展　第五屆國際暨第十四屆
　　　全國聲韻學學術研討會論文集：31-42　新竹師院

竺家寧　1997　漢語音韻學第四次國際學術研討會紀要　聲韻學會通
　　　訊6：65-72

何大安　1997　周法高先生行誼、貢獻　聲韻論叢6：1-4

陳梅香　1997　章太炎語言文字學研究　國立中山大學中國文學系博
　　士論文

屬於音韻理論與研究方法的論著包括：

陳新雄　1994　訓詁與聲韻之關係　訓詁學上冊：89-160　臺北：臺
　　灣學生書局

陳新雄　1994　研究古音學之資料與方法　連山都守熙教授六秩誕辰
　　論文集

施炳華　1994　閩南語注音符號式音標之商榷　閩南語研討會論文
　　集　新竹：清華大學

董忠司　1994　試論「臺灣語言音標方案」（TLPA）的優劣及其在
　　臺灣閩南語各次方言的適用性　閩南語研討會論文集　新竹：清
　　華大學

金鐘讚　1994　論「同聲必同部」　第一屆中國訓詁學學術研討會論
　　文：175-195　臺北：文史哲出版社

石　鋒　1994　送氣分調餘論　第三屆國際暨第十二屆全國聲韻學學
　　術研討會論文集：440-458　新竹：清華大學

徐通鏘　1994　音系的結構格局和內部擬測法　第三屆國際暨第十二
　　屆全國聲韻學學術研討會論文集：334-352　新竹：清華大學

竺家寧　1994　語音分析與唐詩鑑賞　華文世界74：32-36

羅肇錦　1994　論「聲調」是漢語教學的第一條件　海峽兩岸語文研
　　討會論文

羅肇錦　1995　臺語符號的商榷　臺灣研究通訊5、6期

竺家寧　1995　詩歌教學與韻律分析　第一屆小學語文課程教材教法
　　國際學術研討會論文集：51-64　臺東師院

竺家寧 1995 析論古典詩歌中的韻律 兩岸暨港新中小學國語文教學國際研討會論文 臺北：臺灣師範大學

江惜美 1995 四聲探究 絃誦集——古典文學分論：11-22 臺北：書銘出版事業公司

竺家寧 1995 論擬聲詞聲音結構中的邊音成分 國際中國語言學學會第四屆年會暨北美漢語語言學第七屆會議論文 The University of Wisconsin-Mdaison，U.S.A

陳梅香 1995 章炳麟「成均圖」古韻理論層次之探析 中山中文學刊1：79-100

蔡宗陽 1996 論修辭與聲韻的關係 第五屆國際暨第十四屆全國聲韻學學術研討會論文集：43-52 新竹師院

蕭宇超 1997 漢語方言中的聲調標示系統之檢討 聲韻論叢6：767-784

竺家寧 1999 論聲韻學知識與文學賞析 第六屆國際暨第十七屆全國聲韻研討會 臺北：臺灣大學

何大安 1986 元音 i，u 與介音 i，u——兼論漢語史研究的一個方向 王靜芝先生七十壽慶論文集：227-238

李方桂 1984 論開合口——古音研究之一 史語所集刊55：1：1-7

李方桂 1985 論聲韻結合——古音研究之二 史語所集刊56：1：1-4

陳貴麟 1993 試論基礎音系和主體音系的區別 中國語言學報79-96

劉人鵬 1987 唐末以前「清濁」、「輕重」之意義重探 中國文學研究1：81-100

六、聲韻學學位論文概況

1.博士論文（後面註明指導教授）

1969　陳新雄《古音學發微》，師大，林尹、高明、許世瑛

1969　成元慶《十五世紀韓國字音與中國聲韻之關係》，師大，林尹、高明、許世瑛

1972　辛勉《古代藏語和中古漢語語音系統的比較研究》，師大，歐陽鸞、高明、林尹

1972　應裕康《清代韻圖之研究》，政大，林尹

1974　邱棨鐊《集韻研究》，文化，林尹

1975　崔玲愛《洪武正韻研究》，臺大，龍宇純

1979　林慶勳《段玉裁之生平及其學術成就》，文化，林尹

1980　林炯陽《廣韻音切探源》，師大，林尹、陳新雄

1981　余迺永《兩周金文音系考》，師大，周法高、胡自逢

1981　竺家寧《古漢語複聲母研究》，文化，林尹、陳新雄

1981　何大安《南北朝韻部演變研究》，臺大，丁邦新

1983　耿志堅《唐代近體詩用韻之研究》，政大，陳新雄

1983　金相根《韓人運用漢字與韓國漢字入聲韻之研究》，師大，周何、陳新雄

1984　林英津《集韻之體例及音韻系統中的幾個問題》，臺大，丁邦新

1984　孔仲溫《類篇研究》，政大，陳新雄

1986　蔡瑛純《從朝鮮對譯資料考近代漢語音韻之變遷》，師大，李鍌

1987　姜忠姬《五音集韻研究》，師大，陳新雄

1987　許瑞蓉《可洪新集藏經音義隨函錄音系研究》，文化，陳新雄

1989　李添富《古今韻會舉要研究》，師大，陳新雄

1990　全廣鎭《漢藏語同源詞研究》，臺大，龔煌城

1990　徐芳敏《閩南廈漳泉次方言白話層韻母系統與上古音韻部關係之研究》，臺大，龔煌城

1990　吳聖雄《日本吳音研究》，師大，陳新雄

1990　朴秋鉉《韓國韻書與中國音韻學之關係》，文化，竺家寧

1990　李義活《續一切經音義反切研究》，文化，陳新雄

　　到1990年爲止，四十年來共有二十五篇博士論文。但由第一篇博士論文產生算起（1969），實際只有二十一年的時間，平均每年都會培養出一位音韻學學者。但去掉外籍生不算（8篇），先後只有十七位博士生在臺灣致力於研究音韻學。

2.論文的內容

　　這一小節主要依據中山大學林雅婷《近十年臺灣地區漢語音韻學學位論文摘要（稿）》，並做一些增刪與修改。林文針對近十年來（1985－1995）臺灣地區的漢語音韻學學位論文加以蒐羅，作摘要與簡介。所收學位論文資料來源主要爲「國立政治大學社會科學資料中心」；摘要部分盡可能詳實節錄作者本人所寫的序論或提要。林文中所列的「一般語言學」與「方言學」部分此處不收入。此處收入範圍則不限

於1985－1995。

吳鍾林　《廣韻》去聲索源　（臺灣師大國文所1986）

本文旨在考究中古去聲之來源，藉以推求上古漢語之聲調系統，全文分三章，末列附錄。第一章「敘論」評述明清以來諸家上古聲調說之是非得失，並闡示研究目的、方法及原則，以見本文梗概。第二章「廣韻去聲索源」，就先秦詩文用韻，一一加以考定，並依廣韻去聲韻目排列，考其上古聲調。第三章爲「結論」，歸納前一章所分析之結果，以決定中古去聲於上古之實。附錄1爲「先秦詩文韻字上古聲調歸類表」，附錄2爲「諸家與本篇古韻各部聲調分配對照表」。

葉鍵得　《十韻彙編》研究　（文化中文所1987）

本篇計分五大章三十九節，各章節內容如下：第一章「敘論」，凡五節，列論切韻殘卷研究概況，並據諸家總目，彙集爲切韻殘卷目錄，後論述《十韻彙編》之成書與編排順序和內容，其次歸納魏建功、羅常培二氏序文之要旨爲四端，最後一節爲十韻簡介。第二章「十韻校勘記」分爲十三節，即十韻、切序甲、唐序甲、唐序乙各一節，以原卷爲主，輔以諸家抄錄或校勘，凡誤者皆一一校勘之。第三章「十韻考釋」，分爲十節，即十韻各爲一節，就各卷相關問題，蒐集眾說，詳加考訂，以明各卷眞象。第四章「十韻之比較」，分爲七節，前六節依次爲切韻、唐韻、廣韻之命名、成書主旨、成書年代之比較、韻目行款之比較、韻目次第之比較、韻字數比較，或據文獻資料，或採諸家論證，予以分析比較。末節則爲十韻所見切語上字表，系聯各卷切語上字，以明其用字情形。第五章「切韻相關問題之討論」，分爲

四節,首節論切韻之性質,臚舉各派各家之說,評其得失,後贊同陳新雄切韻乃兼包古今方國之音,而此音當爲讀書音;次節切韻之重紐,除切一因殘缺無重紐外,餘九卷均表列各組重紐,并討論歷來學者對重紐之詮釋、主張,舉其優劣,而以陳先生重鈕乃古音來源不同,而無關乎音值差異作結。末二節分別爲陸法言之名及其傳略、廣韻以前韻書之流變,則係歸納考訂而成。文末附有主要參考書目。

伍明清 宋代之古音學 （臺大中文所1988）

本文嘗試探討宋代古音研究之實況,選取吳棫、朱熹、王質、項安世爲宋代不同型式之古音研究的代表;吳棫《韻補》是以韻書型式表現古音之第一人;朱熹《詩集傳》爲僅收音之經注,所呈現者爲韻說之結論,其考音之說則另見於他書;王質《詩總聞》亦是經注,其中不僅包含考音結果,亦有考音過程;項安世《項氏家說》則是考究古音之理論化者,此四家雖不能涵蓋宋代所有古音學說,然已足以呈現宋代古音學之面貌。作者自觀念、考音資料與方法,認爲宋代古音學承先啓後,較之六朝隋唐,除音韻資料之種類增加外,且開始研究《詩經》韻例與音例,此爲古韻分部之啓蒙,亦爲宋人開創之功,不僅觀念由模糊至清晰,方法亦由粗疏至精密,故清代古音學之成就實非平地而起。

張慧美 朱翱反切新考 （東海中文所1988）

清錢大昕跋徐氏說文繫傳說:「大徐本用孫愐反切,此本則用朱翱反切」。朱翱作反切獨不遵用唐韻,而根據當時實際語音,成爲語音史的重要資料。本論文第一章爲導論;第二章評張世祿、王力兩家

對朱翱反切聲類劃分之得失，確定了聲類之分合；第三章爲朱翱反切聲類考；第四章評張世祿、王力對朱翱反切韻類劃分之得失，確定了韻類的分合；第五章朱翱反切韻類考；第六章則討論了朱翱反切中的重紐問題，詳細探討重紐 A、B 類在音值上的區別並且主張重紐 A 類聲母顎化，而 B 類則否；第七章結語，利用相關文獻資料，與現代吳語方言的演變情形，結論朱翱反切所代表的音韻系統是一種南方方言，很可能是一種吳語方言，而金陵一代方言在當時可能是屬於吳語方言，亦可能就是朱翱反切的根據。

潘天久 《廣韻》重紐索源 （臺灣師大國文所1988）

本篇論文共分三章，旨在探索廣韻重紐之古韻來源，藉以明其分別。重紐爲研究上古聲韻之重要課題，繼清儒陳澧之後，或主介音不同，或主元音不同，或以爲聲母不同，眾說紛紜，迄今未有定論，斯篇之作，乃試由古韻來源一途，探索廣韻重紐之可能分別。第一章敘論，評述自清陳澧以來諸家之說，及本文之研究方法。第二章廣韻重紐索源，作「廣韻重紐諸字與切韻殘卷對照表」，分析古韻來源。第三章結論，有兩點，其一、廣韻諸重紐中，可明顯分辨其三四等字來自於上古不同之韻部者，其中80%以上來自於它部古本韻。其二、重紐三四等字其古韻來源相同者，多發生於「仙獮線薛宵小笑」諸韻中，就諧聲字之研究可得，韻圖居三等者，與三等韻頗多諧音；而居四等者，則多與二、四等韻之字互諧。

金鐘讚 高本漢複聲母擬音法商榷 （臺灣師大國文所1989）

本論文的主旨在考察擬音法之產生背景，再根據實際語言中複聲

母的性質及演變規律，批評高氏複聲母擬音法 A、B、C 三式在擬音上所形成的一些值得商榷的問題。內容分爲七章，首章爲「敘言」，第二章爲「高本漢中古及上古聲母之擬測」，第三章爲「高本漢複聲母擬音法對諸家之影響」，第四章爲「高本漢複聲母擬音法與聲母」，第五章爲「高本漢複聲母擬音法與不送氣全濁聲母」，第六章爲「高本漢複聲母中濁聲母先消失觀念之討論」，第七章爲「結語」，提出作者個人對高氏擬音法之見解。

吳世畯　王力上古音學說述評　（東吳中文所1989）

王力乃當代傑出的古音學家，本論文以他的上古音學爲研究對象，採先述後論的方式，詳實評論其學。全文共分六章，第一章爲敘論，並回顧歷來古音學成就；第二章總結王力之生平與著作；第三章敘述王力治學態度及方法，重點在其語言演變規律說；第四章爲本文重心所在，分聲、韻、調三方面論述王力之上古音學說；第五章從各家批評來探討王力上古音學說；第六章作述評兩方面的總結。

許瑞容　《可洪新集藏經音義隨函錄》音系研究
（文化中文所）

五代漢中比丘可洪因感藏經文字謬誤頗繁，遂據方山「延祚寺」寫本，撰成《新集藏經音義隨函錄》三十冊，凡具音切者總一十二萬二百二十二字。其書除保存豐富之語音、俗文字、當代俗語、方言、釋氏經音義多種資料外，尙載有前代及隋、唐志著錄久佚不傳之作，如《字統》、《字林》、《倉頡篇》、《聲類》、《字苑》、《文字指歸》等書，可爲輯佚、校勘之資。此篇就所存十餘萬音切作一系統

研究，探討可洪《音義》之聲韻系統，藉以了解五代漢語現象之一端，及闡明可洪《音義》一書之價值。

謝美齡　慧琳《一切經音義》聲類新考　（東海中文所1988）

作者自序由於時間所限，本文暫就聲類作詳細的研究。第二章「聲類考」，按喉牙舌齒唇的次序，依次討論考得的四十聲類，就系聯統計出的例外百分比，決定聲類的分合。第三章討論重紐問題，在重紐的反切上字方面，研究結果爲重紐 A、B 類不互相用作反切上字，反切下字方面則是 A 類字和照系及精系字接近，而 B 類字則和知系、來母及照系字關係密切。結論則遵用周法高《玄應反切考》中所主張的，認爲慧琳反切所屬的音系是以當時首都長安爲主的「士大夫階級的讀書音」。

李妍周　顧炎武之古音學　（臺大中文所1990）

明末清初，在學術史上被稱爲大儒者的顧炎武，不僅爲經世思想家，亦爲清代古音學的創始人，因此蓋博堅〈清代考據學的發展——顧炎武和四庫全書〉中說：「有清一代，顧炎武的形象隨著時間與學術的轉移，不但有許多變化，即對這些現象，也有不同的解釋。」顧氏倡導實學，又針對歷來改經之病，潛心研究古音，著《音學五書》開創了清代古音學考古審音的先聲，本論文主要在探討顧氏古音研究的學術背景，以及他的音學觀念，與對後學的偉大影響。

盧順點　王梵志詩用韻考及其與敦煌變文用韻之比較
（東海中文所1990）

　　王梵志的生平事跡，歷史上並無確載，歷來討論者，眾說紛紜，作者有鑑於此，首先根據朱鳳玉《王梵志詩研究》中校輯的詩文爲基礎，整理其韻腳字，建立其韻系，第二步將所考得的韻系與《隋韻譜》、《初唐詩文的韻系》、盛唐寒山、杜甫、中唐元白詩以及《敦煌變文用韻考》作一比較，試窺王詩押韻究竟與何期押韻條件相符。研究的結果發現，王詩中，東冬鍾江通押，蒸登東鍾通押，以及「歌戈和麻」嚴格分用問題，與隋代和初唐詩文的韻系符合；另外王詩中，元韻歸入山攝、上去二聲通押、蟹攝齊韻、遇攝魚、虞韻和止攝字通押問題是跟敦煌變文用韻符合。因此作者最終結論認爲王梵志詩的創作時間應是「初唐」，王梵志所用的方音應是西北方音，尤其是關中一帶的方音。

朴秋鉉　韓國韻書與中國音韻學之關係
（文化中文所1991）

　　將韓國韻書分成一：以《古今韻會舉要》爲底本，匡正韓國字音之韻書（《東國正韻》）；二：據《洪武正韻》而用以學習之韓國韻書（《洪武正韻譯訓》、《四聲通考》、《四聲通解》等）；三：沿襲詩韻韻目之韻書（《華東正音通釋韻考》、《三韻聲彙》、《奎章全韻》等）三大類，考其與中國音韻學的關係；論文研究的結果顯示，《東國正韻》之成書目的略倣《洪武正韻》，收字、韻目代字則取自《舉要》而成，而其中所訂之音大量保存中古音系統，可爲研究古漢語之珍貴資料。在譯音系韻書方面，分析《譯訓》、《通考》、《通解》三書與《洪武正韻》之

關係，兩者雖大抵相合，然亦有差距，此除因漢語與韓語語音系統不同而致之外，又因《洪武正韻》之反切紊亂，以致審音結果各異。

李存智　韻鏡集證及研究　（東海中文所1991）

等韻學是漢語音韻學重要的一環，而等韻圖更為等韻學的骨幹；韻鏡是至今流傳最早的等韻圖，其面貌與內涵不僅說明對切韻系韻書有所傳承，也表現歷代整理增刪之跡。本文選取歷來研究韻鏡的重要著作，集證所得之結果認為「韻鏡列字與多數韻書俱兼有承襲前代韻書的特色。因有所承，故即使晚至宋代方刊刻流傳，仍保有濃厚之前代韻書的特色；也因參酌時音，故列有不少宋人習用字。據此，切韻音系的綜合性質也在書中呈現」。在內外轉問題方面，作者由系統性及結合漢語方言研究而言，主張內外轉間有韻腹屬性的一組對立特徵；至於重紐的解釋則主由聲母區分 A、B 類，因反切上字的分類能有較全面的關照，為較強的辨音徵性。

李義活　《續一切經音義》反切研究　（文化中文所1991）

《續一切經音義》十卷，遼釋希麟撰，為增補慧琳《一切經音義》而作，故其體例、注音與釋詞方法與慧琳《音義》全同，所收字不及《廣韻》十分之一，然同音字每為多組切語，數量與《廣韻》相當，其所徵引之韻書，必先注明經文原典該字之反切（或直音），然後再引述諸韻書作解說。

本文主旨在希麟《音義》與諸家音系之比較，作者由發音部位考其聲類，並由十六攝考其韻類，得出「希麟《音義》之反切必非專據某一韻書而成，而是當時當地語言之具體表現」。

許惠貞　江永及其古音學　（臺大中文所1991）

討論乾嘉學派，通常都溯源到清初顧、閻、胡等首開考經證史風氣之人物，再沿流而下至以戴震、惠棟爲代表的乾嘉主流，對於雍乾之間的江永，由於缺乏充分認識，所以只予以不確定的地位或皖派論述中陪襯的角色，作者於細讀江氏著作與生平時，發現江永於其時自有其治學風範，對皖派學風與研究方法影響頗大，儼然爲一代宗師，全文共分兩個主題，一是江永生平及爲學，一是江永古音學的探討；前一主題中，作者繫江永墓志銘、傳記、自著書序、往來信札及時人記載，作成「江永年譜簡表」，並概括寫成「生平、著述、爲學考」一章。第二章論江氏理學背景及其對語言之觀察，並嘗試探討古音學在江氏學術中之地位。第三、四兩章分別論述江永古音學的理論、研究材料、方法與成果，然其敘述方式脫去鉅細靡遺的分析及羅列的窠臼，而將深刻影響其著作之觀念及其超越前人的意見作重點式、選擇式的撰述，以突顯江氏在古音學史的地位及貢獻。

陳瑤玲　《新刊韻略》研究　（文化中文所1991）

金代王文郁的《新刊韻略》是今日可見最早的平水韻韻書，而平水韻對近代文學語言的影響很大，韻書分韻以平水韻爲正統，而詩人用韻也多謹守此一傳統，今日作舊體詩者，仍據此押韻。本文冀由《新刊韻略》對平水韻作一較深入的了解，重視其於反映實際語音的價值，而非如莫友芝所言「無知妄作之甚者」；本文論述，主要可分兩方面，其一爲《新刊韻略》的外圍研究，探討其成書時間、體例、作者、來源與其併韻的根據，並嘗試推測平水韻名稱的由來。其二爲《新刊韻

略》的內涵，是本文的重點，其中又以聲母、韻母為研究中心，將韻書中的反切上下字，依陳澧系聯條例與陳新雄四聲相承的方法系聯，得聲母四十一類，韻母二百九十類，並將各韻類的反切依聲類排入單字音表中，又輔以韻圖、現代漢語方言、域外譯音等資料，且於第六章擬測音值，並與詩人用韻情形相比較，觀察韻部與實際語音的關係，最終目的則欲一窺《新刊韻略》一書之梗概，並揭示其價值與對後世的影響。

李三榮　從切語使用趨勢看廣韻的聲韻類別
（政大中文所1992）

陸氏《切韻》論「南北是非」、兼「諸家音韻」，上集六朝韻書之大成，下開唐代韻書之先導，《廣韻》承之，又集唐以來韻書，開宋以後韻書之先導，自清代陳澧始，凡研究古音者，無不由《廣韻》著手，今日我們從事中古音系擬定、推溯上古音的立足點、以及研究中古到現代的音變規律，關鍵資料均是《廣韻》，其重要性正如《說文解字》之於文字學一樣。

游子宜　《群經音辨》研究　（政大中文所1992）

本論文在探討《群經音辨》內外圍之種種問題，就各種版本之《群經音辨》、一字多音的相關論述與著作，以及宋代經、史、小學、思想、藝文等資料，釐清群經「多音字」的來源，並提出簡化分歧讀音的方法，減少閱讀古書的障礙，結論中全面性地將《音辨》的得失、價值及影響，條列敘述於末。

金慶淑　廣韻又音字與上古方音之研究
（臺大中文所1993）

「同義又音字」即所謂的「同源異形詞」，它們有一個共同的語源，但由於不同的方言中，經歷過不同的演變，而成爲異形詞。本文分六章，以《廣韻》同義又音字中，見於說文者爲對象，分別探討「廣韻又音字與上古韻部」、「廣韻又音字與上古韻尾」、「廣韻又音字與上古聲母」中，不同字音之間的語音對應關係，藉著比較語言學的方法，擬測其共同來源，並進而研究方音演變的軌跡。結論中指出，「同聲必同部」有未盡然的地方，可以藉又音字加以證明，又音字也可以用來判斷它們在上古究竟屬於何韻部。

阿部享士　唐代西北方音與日本漢音比較研究
（東吳中文所1993）

日本漢字字音中以「漢音」對日本漢字音的影響最大，亦最重要，「漢音」是根據唐代西北方音所產生的，本文旨就唐代西北方音對「漢音」的形成所給予的影響，從日本的漢字音種類、中國傳來時間、日本漢字音之名稱的由來及其體系、唐代西北方音與日本漢音比較等方向，作一具體研究。

都惠淑　王念孫之生平及其古音學（臺灣師大國文所1993）

王念孫爲清乾、嘉間人，一生致力於實用、考證之學，並常用科學方法研究古音，成績卓著，其分古韻爲二十二部，可說是清代古韻分部上之最終結果。本論文主旨即爲研究王念孫古音學之實況，自王

氏二十二部以推其音學觀念，據《古韻譜》及《合韻譜》以分析其合韻說，並列王氏二十二部，試作二十二部韻值之擬測，及討論王氏古韻分部上的創見。

詹梅伶　廣西平南閩語之存古性質　（清大語言所1993）

本文主要從語言內部的演變，與歷史地理等影響語言發展的外部因素兩方面，來研究平南閩語之存古性質。前言中首先闡述廣西閩南語之特徵及平南縣之語言及人口結構，並對所謂「廣西平南閩語之聲母保存上古音痕跡」之說提出幾點質疑；二、三章從歷史及地理層面討論閩、傜之分布、源流及接觸史，說明平南閩語實無條件比福建閩南方言保存更多上古音；第四至第七章則由構擬上古音的方法及現代方言的比較，探討平南鼻塞韻尾、輔音、複輔音等現象，末了並引用學者之觀點來說明探討方音形式來源之重要性。

廖湘美　元稹詩文用韻考　（東吳中文所1993）

韻書由於拘守傳統，較難準確地反映當時的實際語音；而歷來研究詩人用韻者，大多只歸納其用韻系統，未及與其他相關韻系比較；基於以上兩個原因，本文擇中唐詩人元稹，以其詩通俗易曉，必定較接近當時的實際語音，歸納其所作各種詩體中所用韻的韻部分合，再分別與唐代相關詩人用韻、慧琳《一切經音義》音系、唐五代西北方音、宋代汴洛文士用韻比較，藉以突出其所表現的方音；結果發現，元詩用韻確與長安及西北方音有許多共同點，此外，亦顯示近體詩為了符合唐代功令，限制較大，而古體詩較接近實際語言。

盧淑美　楊升菴古音學研究　（中正中文所1993）

一般學者對明代古音學之研究，大多將重點轉向陳第而忽略楊慎，本文乃意欲將楊氏之古音學，做一個有系統之建構，並對其傳承做合理的交待。在傳襲方面，作者認爲楊慎的古音學，保存漢唐古音讀，並受顏師古「以韻求音」之法、修定朱熹「四聲互用，切響通用」之說，且增訂吳棫《韻補》有功；其利用聯綿詞、古今字之法以求古音，是較爲特殊的，其後如焦竑、陳第、方以智、史夢蘭等也遵用此法，對戴震、顧炎武等人皆有所啓發，故作者以爲，研究楊慎的古音學不僅可藉以了解明代古音學之發展，更可了解楊慎在中國音韻學史上，所佔之地位和價值。

王書輝　西周金文韻讀　（政大中文所1995）

文字與聲音同爲情意的表達工具，兩者之間一體兩面，具有密不可分的關係，古文字資料對於上古音研究的重要性尤其不容忽視。本文就金文韻語的部分（界定在周秦前至西漢早期），普查現有的西周青銅器銘文，將其押韻形式分爲七種，分析金文在不同時期的押韻特色，並考得西周金文有在散文中尋求韻律以獲得美感的習慣；而不同的器名，有時也會影響銘文用韻的習慣。在韻語通轉現象方面，作者認爲可能與各地方言歧異有關，並增加二十五組文獻中所無的通轉例，作爲上古音通轉現象的補充。

李存智　秦簡帛書之音韻學研究　（臺大中文所1995）

本論文使用未經後人改動，比傳世文獻可靠之大量地下出土材

料，研究秦漢古音，目的在經由個別分析與綜合討論之下，將先儒於經傳典集注疏中的古漢語研究成果，結合上古音系及方音的討論，給予語言學理的詮釋。結論中總結研究成果有三。聲母方面，指出 s－與 h－詞頭與清鼻音、清流音與擦音之流變密切連繫；喻四爲 l－，來母爲 r－，與複聲母 Cr－、Cl－、Crj－有密不可分的關係；並進一步證明二等有 r 介音，三等有 rj 介音；中古邪母有 lj、sdj、與 sgj 三個介音。韻部方面，指出秦漢時期仍以陰、入二聲之接觸爲密切，肯定上古漢語陰聲韻有輔音韻尾，亦強調韻部間的接觸有純音韻的關係。至於聲調的表現則與《詩經》押韻、《說文》諧聲大致相同，四聲分別具有獨立地位。

吳世畯　《說文》聲訓所見的複聲母　（東吳中文所1995）

研究複聲母的主要材料有諧聲、經籍異文、通假、聲訓、又讀、連綿字、漢語方言、漢語內部同源詞、漢藏同源詞比較等，其中《說文》疊韻聲訓被使用較少，因其可靠性偏低，利用時一定要先經鑑別與求音證的工作。本文主要討論聲訓的定義及鑑別標準、諧聲原則與音系基礎，並重新構擬神三、禪三、曉母的來源；進而討論上古帶 r 及 l 的複聲母，舌尖塞音跟舌根、唇音來往的聲訓，以及舌尖塞擦音跟舌根、舌尖塞音接觸的聲訓；結論中，列出本文所討論的所有九十種複聲母以供參證。

洪藝芳　唐五代西北方音研究——以敦煌通俗韻文爲主（文化中文所1995）

清季發現的敦煌石室遺書內容廣泛，其價值不僅反映在文學上，

對於塡補韻書以及魏晉南北朝到宋元之間西北地區語言研究的某些空白，更具相當價値與意義。本文以唐五代爲時間範圍，以西北方音爲空間範圍，取敦煌「變文」、「曲子詞」、「俗賦」與「通俗詩」爲材料，觀察韻文韻腳的押韻情況、與別字異文的現象，並加以分析、歸納、及比較，使唐五代西北方音聲類、韻類、和聲調的特性，能有更清晰而完整的瞭解。

鄭鎭椌　上古漢語聲調之研究　（政大中文所1995）

上古漢語的研究中，聲調的研究起步很早但至今仍是眾說紛紜，未有定論，然而聲調是漢語語音必不可缺的要素之一，本文爲解決材料混雜與研究方法上的問題，特將上古漢語的範圍兼容狹義的周、秦音，與廣義的唐虞至兩漢音空二者，以《詩經》韻腳、諧聲字、及現代漢語方言爲主要材料，借助現代漢語各方言以及漢藏語系諸語言與方言等活材料，運用歷史比較法，進行上古漢語音系的構擬。

3.屬於近代音的學位論文

周美慧　《韻略易通》與《韻略匯通》音系比較──兼論明代官話的演變與傳承　（中正中文所1998）

明中葉蘭茂作《韻略易通》與明末畢拱辰作《韻略匯通》，分別代表明代中葉至末葉北方官話系統中，爲「應用便俗」而編撰的重要韻書。《韻略易通》是官話區韻圖韻書的前驅和重要代表作，《韻略匯通》乃是以《韻略易通》爲原本，其收字有所增減，有其增減去取

之原則。既然二書有如此關係，其間差異處，是否因作者個人語言習慣、或當時實際語音，而有所不同呢？二書相隔二百年，一者爲明代中葉，一者爲明代末葉，其差異處是否有語音演變的規律可尋？是否可以代表明代官話系統的演變與傳承性，這些都是我們關切的問題。前人研究資料顯示二書個別的音韻系統，各家學者或多或少談及。故本篇論文將二書音韻系統，作一詳盡的描述，參酌各家學者的論述結果，試圖作出公允的論證。本篇論文創新之處乃是將二書音韻系統作一詳盡的比較，探求二書中個別字音演變的情況。個別字音的演變，正代表北方官話系統的分合現象。我們企圖由此擬測近代音語音歷史演變的軌跡。在此基礎下，上推中古音，下證現代方言的脈絡。第一章緒論，說明研究此論題的動機及方法等相關問題。第二章《韻略易通》與《韻略匯通》成書背景，說明二書作者、版本、體例及反切相關問題。第三章共時平面的研究，此章分別說明二書音系的聲母、韻母、聲調系統。第四章二書反映的明代音變，第一節將二書音系的聲母、韻母、聲調系統做一比較，最後還比較了總字數及音節數目，由此以求二書音系的不同。第二節據鄭再發先生論文中所提及的音變特點，一一比較了二書聲母、韻母、聲調系統，以見明代語音的音變特質。第五章是將二書個別字音的變化，用圖表的方式，清楚地呈現出個別字在其書中的地位。另外還探討了幾個特殊的語音現象，如附音字，類化現象及一字多音現象，以詳盡本篇論文的音變特質。第六章歷時貫通的研究，將焦點放在歷時的考察上，以求上推中古音，下證現代方言的來源，關於相關韻書也在此章一併討論。第七章爲結論。

趙恩梃　呂坤《交泰韻》研究　　（國立臺灣師範大學）

《交泰韻》為明代萬曆三十一年（癸卯，1603年），呂坤（1536-1618）所撰的北方官話的韻圖。此書最大的特色為廢除門法與改良反切法，而根據當時的河南寧陵方言來表現明代北方官話的語音系統。全文共分為七章，其綱要如下：第一章：前言本章略述研究《交泰韻》的研究動機與列出諸家學者的研究成果。第二章：呂坤的生平及著述，本章的第一節概述呂坤的家世及生平；第二節在介紹呂坤的學術著作及臺灣所藏的《呂新吾全書》四種。第三章：《交泰韻》體例本章分三節：第一節列出《交泰韻》的內容目錄；第二、三節說明在《交泰韻》中所看到的反切法與排列原則（各有五項）。第四章：《交泰韻》與中古音類的比較，本章對於中古聲韻與《交泰韻》的關係，即從中古音到明代官話的音韻變化的情形，進行分析。第五章：呂坤詩文用韻與《交泰韻》的比較，本章利用呂坤的詩文用韻與《交泰韻》比較，作為擬測音系的依據。第六章：《交泰韻》音系本章分為三節：第一節依《交泰韻》的聲類與現代商丘方言的聲母，擬測《交泰韻》的聲母系統。第二節按照呂坤詩文通押的次數統計、明代官話韻圖以及商丘方言的韻母，擬測《交泰韻》的韻母系統。第三節說明《交泰韻》的聲調現象與入聲的音值。第七章：結論，本章經由前六章的論述，得出呂坤《交泰韻》的優缺點與其在音韻史上的價值。

鄭永玉　《音韻逢源》音系字研究　　（東吳大學）

《音韻逢源》是清代道光十九年（1839）滿人裕恩所寫的韻圖，反映了當時實際的語音。本文旨在探索《音韻逢源》內部音系，嘗試

建構合適的音值，並解釋其所表現之歷史音變現象，藉此更了解近代語音之實際面貌與發展。本文共分五章：第一章緒論，介紹作者及成書背景，並簡介本書音表的體例內容及性質等。第二章探討滿文對音，先分析清滿文字母的結構，並探討當時滿漢文字對應關係及對譯規則，據此為本書之滿文對音標以音讀。第三章為《逢源》之聲母系統，先說明其研究佈局，然後將二十一聲母逐一研析，作一番構擬，得出二十二個實際聲類，並矯正說明音韻現象。第四章為《逢源》的韻母及聲調系統，逐一討論十二韻攝，分析構擬出三十七個韻類，並詳細討論其所表現之音韻現象。且說明聲調系統反映的聲調現象。第五章為結論，綜合檢討本書所表現的語音狀況及特色，並推斷其音系性質與價值。文後附《音韻逢源》之音韻表、滿文十二字頭音節表、滿文字母表及書影，以提供參考。

宋　映　《等韻精要》音系研究　（國立成功大學）

　　《等韻精要》一書是為清人賈存仁所撰的一部完整的韻圖，該書今藏在國立臺灣師範大學圖書館的善本室。作者在自序後面明示年代為「乾隆四十四年」，因此可以確信。全書中所表現的音韻現象顯示它是一部北方官話的韻圖。本稿旨在藉著對《等韻精要》的研究，盼能更清楚地瞭解漢語由中古演變至現在的軌跡，並藉《等韻精要》所反映的音韻現象，提供十八世紀北方話一個真實的面貌，使對近代音有更深的認識。本稿共分五章，歸納其內容如下：第一章，緒論裏敘述研究方法、該書的作者及撰書背景、時空定位與研究情況之後，介紹全書的內容、其所包含的音韻理論、韻圖的體例。第二章，討論《等韻精要》二十一聲母的系統：先從比較《廣韻》的關係中，歸納二十

一母的來源與類別。然後，由歷史來源、現代北京話與方言的佐證爲之擬音。最後，根據以上的結果，討論這二十一母演化上的特色。第三章，討論《等韻精要》十二韻母的系統：本章即對十二韻類一一進行討論，揭示與中古韻母的分合關係，並與今音比較分析之後，爲之擬音。然後，再討論這十二韻母演化上的特色。第四章，討論《等韻精要》的聲調系統：透過分析與中古聲調的關係，確定該書中、平、上、去、入聲的性質後，再探討該書聲調演化上的特色。第五章，結論根據前面所作的討論的結果，確定《等韻精要》音系的性質以及其所基礎的方言。然後，列出《等韻精要》音韻系統與今北京音系比較表，以便更清楚地瞭解它們之間演變的關係。最後，列出參考文獻及書目，供讀者參考。

石俊浩　《五方元音》研究　（文化大學）

《五方元音》是樊騰鳳所編著的一部反映近代北方語音體系的音書，經考證，成書於1654年至1673年之間。據作者序言，該書是在蘭茂《韻略易通》的基礎上，加以分合刪補而成的。《五方元音》在收字及釋文上的刪補是極爲有限的，但韻部的分合卻有明顯的不同，反映了跟《韻略易通》完全不同的語音系統。其次，由於《五方元音》根據當時的實際語音而編定，該書的研究，對於探討近代北方話發展的歷史線索，頗有其參考價值存在。本文旨在藉著對《五方元音》的研究，盼能更清楚地了解漢語由中古演變至現代的軌跡，並藉《五方元音》反映的音韻現象，提供十七世紀北方方言真實的面貌，使對近代音有更深的認識。全文分六章：第一章，簡介《五方元音》一書，並就作者及成書時間做一探討。第二章，分別說明《五方元音》與喬

中和《元韻譜》及蘭茂《韻略易通》之因襲關係。第三章，探討《五方元音》二十聲類的中古音背景，著重於聲母發展的特殊現象之說明。第四章，探討《五方元音》韻母系統。是書十二韻計分三十六組小韻，做整齊的排列；本章即就三十六組韻類一一討論，並爲之擬音。第五章，討論聲調系統。是書聲調上與現代漢語大致相同，它之所以分立入聲，是兼顧南北方音的原因。第六章，綜合說明《五方元音》一書的性質，並評論樊騰鳳在音韻學方面的成就及缺失，作爲本文的總結。

劉一正　馬自援《等音》音系研究　　（國立高雄師範大學）

《等音》是明清之間論述韻圖的音韻著作，本文旨在藉由《等音》韻圖中音韻現象的分析，提供對近代音的發展有更深的認識。全文共分四章：

第一章分兩節。第一節，首先簡介《等音》的版本，並對作者與成書年代作一番探討。其次介紹《等音》音表的體例，說明其編圖特色。第二節則由第一節對《等音》的認識，界定本文研究的材料、重點，並說明本文的觀點與研究步驟。第二章，先探究《等音》一書編纂的藍本，爲《等音》音表上的字例溯源，再由它與藍本的關係，掌握其編纂原則，從而呈現出《等音》在聲、韻、調三方面所表現的音韻現象與特點。第三章，由《等音》所表現的音韻現象，界定它在音韻史上時空的定位，並參考《等音》作者的行跡，從而尋找適當的方言材料，爲《等音》的音類作一番構擬。第四章，總結前三章，檢討《等音》在體例上的貢獻與缺失，綜合說明其所表現的音系性質，並對本文研究的過程，結果與殘留的問題作一番檢討。文後附「等音」的各家擬音、單字音表及書影，提供參考。

丁玟聲　王文璧《中州音韻》研究　　（國立高雄師範大學）

本文旨在從音韻學觀點，分析《中州音韻》所表現的近代音韻現象。全文共分六章，共約廿二萬字。第一章，介紹《中州音韻》一書之外緣問題，及析其標音結構。第二章，先將《中州音韻》的反切上字系聯，歸納其聲類後，再從音韻演變觀點討論《中州音韻》聲類所表現的音韻現象；並爲之擬音。第三章，先說明《中州音韻》韻母研究方法，再照《中州音韻》十九個韻類順序，據介音或主要元音不同而分組後，論述每組的音韻現象。主要內容是：反切下字系聯、中古來源及例外字的討論，擬音和音韻發展的說明。第四章，《中州音韻》承襲《中原音韻》的體制，故表面上只有平上去三個聲調。本章的重點即在探討《中州音韻》聲調系統的內涵。第五章，據前三章討論的結果，將《中州音韻》的小韻作表，表後考證《中州音韻》的反切及重紐問題。第六章，綜合說明《中州音韻》一書的性質，及《中州音韻》音韻系統與有關韻書、韻圖、現代方言的關係簡表，呈顯《中州音韻》所反映的近代音韻現象。

詹滿福　《諧聲韻學稿》音系研究　　（國立高雄師範大學）

《諧聲韻學稿》稿本十八卷，今藏臺北故宮博物院圖書館。是書雖無序跋及任何文字說明，但經考證，可確信成書於清康熙年間；而書中表現的音韻現象，充分顯示它是一部代表北方官話的韻書。本文旨在藉著對《諧聲韻學稿》的研究，期望能更清楚地了解漢語由中古演變至現代的軌跡，並由《諧聲韻學稿》所反映的音韻現象，提供十八世紀的北方官話一個更眞實的語音面貌，使對近代音有更深一層的

認識。全文共分六章：第一章，簡介《諧聲韻學稿》一書，並就作者
及成書時代問題做一探討。第二章，分別由十二韻攝、二十一聲母、
調理韻音四聲及反切諸方面介紹《諧聲韻學稿》的體例。第三章，討
論其聲母系統。由中古的來源與合流的情形確知《諧聲韻學稿》有二
十一個聲母，並由歷史來源、現代北平話及方言的佐證為之作擬音。
第四章，討論其韻母系統。是書計分十二攝四十八組韻類，做整齊的
排列；本章即就四十八組韻類一一討論，並為之擬測音值。第五章，
討論其聲調系統。是書與現代的北平話聲調上大致相同，分為陰平、
陽平、上、去四聲，唯在內容上與現代北平話有些差異。第六章，為
本文的結論。綜合說明《諧聲韻學稿》一書的性質，並就是書在近代
的語音表現上，給予它一個合理的評價。最後為「單字音表」，實際
上即等於《諧聲韻學稿》一書的縮影；並附記本文對聲母、韻母及聲
調的擬測，由此表中，當可對《諧聲韻學稿》的音系有簡明而系統的
認識。

龔秀容　《切韻正音經緯圖》音系研究　（逢甲大學）

《切韻正音經緯圖》音系研究論文提要內容：《切韻正音經緯圖》
是清代釋宗常所撰寫的韻圖，由於當時音韻的混亂，有如三國時期，
因此《切韻正音經緯圖》它除了要以此韻圖來正音外，亦以反映當時
實際語音為此韻圖的特色。本文旨在探索韻圖本身的語音系統，藉由
內部的分析，嘗試構擬出實際語音的音值，並揭示其所表現的歷史音
韻現象，以及當時語音的真實面貌。全文共分五章：第一章緒論，針
對作者及成書背景與源流作一深入探討，並介紹韻圖本身的編排體例
與內容等。第二章探討《切韻正音經緯圖》之聲母系統，先說明前人

研究的成果，再藉由韻圖逐一分析探討，作一聲母的語音構擬，得出三十個聲類，並說明其語音現象。第三章探討《切韻正音經緯圖》之韻母及聲調系統，首先逐一分析正韻與附韻的語音系統，詳加討論其所反映的語音現象，得知其韻母保存了當時的雲南方音，再與現今雲南方言做比較，以釐清二者的關係。其次，分析聲調系統，著重於《切韻正音經緯圖》反映出的聲調現象。第四章則列出《切韻正音經緯圖》的音韻表，並著重於傳抄時所導致被切字訛誤現象的還原，以求能探究出更切合實際的語音系統。第五章結論，綜合說明本韻圖的特色，以及認爲其保留當時語音系統的原由，及《切韻正音經緯圖》在漢語語音學研究上的貢獻。

林裕盛　宋詞陰聲韻用韻考　（中山中文所1995）

詞是宋代文學的代表，亦是研究宋代漢語語音史的重要材料。本文據唐圭璋先生編《全宋詞》所收的二萬餘首詞，將其中以陰聲韻部爲韻字的詞作爲研究對象，別宋詞陰聲韻爲十部，考察其入韻現象，並將之與宋代語音材料，如《四聲等子》、《切韻指掌圖》、《皇極經世聲音唱和圖》、朱熹反切等韻部系統作比較，以研究當代韻部系統，爲漢語語音史塡補部分空白。

羅燦裕　《類音》研究　（國立臺灣師範大學）

《類音》爲清初（1646年～1708年）江蘇省吳江縣人潘耒所著，體例可分爲〈音論〉、〈圖說〉、〈切音〉及〈韻譜〉等四大部分，內容龐博，可說是一部大規模的音韻學著作，該書是以吳江音系爲主幹，企圖透過「更著新譜，斟酌古今，會通南北，審定字母，精硏反切」

的方法，創造出一套他所追求的「理想音系」（包含有音有字與有音無字兩類），並將其「公之天下，欲使五方之人，去其偏滯，觀其會通，化異即同，歸於大中至正」。潘耒以為所撰寫的《類音》，其音韻系統的內容能呈現天下之人（中國人）所能發出的所有音節，實際上是有其困難之處，然而作者在韻母的分析上，也有過人之處，如在介音方面，以快刀斬亂麻的方式，將宋元時期的四等二呼簡化為四呼，所以自清康熙以後，論四呼者，咸以潘耒為宗，又將韻母的主要元音，依全音（侈）及分音（斂）的兩方法，將主要元音歸納為兩大類，具有科學的邏輯原則，也諳合現代的音韻分析，其辨章聲韻的功勞，在當代也算是超群的。本文第一章緒論，介紹潘耒的生平思想及著述，著書的目的，以及該書的編製體例。第二章字母分析，首先介紹五十字母的由來，發音部位及發音方法，指出作者熱衷於創造「理想音系」所造成的缺失，最後討論五十字母的系統特質。第三章字母分析，首先介紹二十四韻類的由來及內容，接著重新釐定一百四十七韻，並說明該書的四呼論及全分音論，最後討論二十四韻類的系統特質。第四章聲調分析，首先介紹入聲十類的多類共轉理論，正轉、從轉、旁轉及別轉的分別，接著說明入聲韻與陰聲韻、陽聲韻搭配的觀點以及濁上歸去的現象。第五章音系擬測，綜合第二章、第三章及第四章所討論的聲、韻、調現象，擬出該書所呈現的音系。第六章反切分析，首先簡介反切法的歷史變遷，接著討論該書的反切法，並指出不當的地方。第七章結論，總結前述的討論，歸納成八點來說明潘耒的研究內容，以明其得失。文末附參考書目以附錄三種。

黃映卿　龐大堃《等韻輯略》研究　（國立臺灣師範大學）

　　等韻圖是根據韻書反切而作，提供即切求音之用的聲韻調配合表。在韻書多承襲古切，語言卻會隨時空而變的情形下，韻圖多少會顯現出與韻書相悖的地方。相信韻圖作者在製圖填字時，必定會驗諸口吻，以實際語音作爲審音的依據。基於這樣的認識，我們重新審視龐大堃《等韻輯略》一書，除肯定韻圖本身的文獻價值外，更由歷時的角度，從作者的注解及歸字安排中，抽繹這位清代學者對中古音及等韻學的種種觀念，並找出其不經意流露出的語音現象。全文就作者的生平，韻圖體例，與宋元韻圖歸字比較，及龐書對門法的論述作一分析，文末並附上《等韻輯略》十六攝圖以供參考。

楊惠娥　《拙菴韻悟》研究　（逢甲大學）

　　《拙菴韻悟》不但擺脫傳統宋元韻圖不能實際表現當時語音的弊病，也比同時代的韻圖更注重從系統性角度研究分析語音。書中編了幾種形式不同而音系相同的韻圖，這是爲了把語音的結構關係解釋透徹。而表現例字讀音的〈韻目圖〉則採用改良反切的三字切法：呼＋應＋吸，以期能更精細、準確的呈現當時的語音。這些先進的系統方法，在沒有音標的時代，讓人不能不佩服。故欲藉著《拙菴韻悟》的研究，了解十七世紀北方官話演變情形，及其所反映的語音現象。本文共分五章。第一章概述作者、成書體例，以及《拙菴韻悟》音理釋義；之中最重要的是釐清呼、應、吸的性質。第二章爲歷代反切概述、三字切法理論提出的《度曲須知》、以及《拙菴韻悟》如何運用三字切法。第三章是藉由韻圖及音理的內容來擬測《拙菴韻悟》聲、韻、

調的音值。第四章則對《拙菴韻悟》的七種韻圖作分析,並標注國際音標。第五章將針對《拙菴韻悟》的音理分析、反切方法及韻圖音系作一結論。本文主要探「內部分析法」,將《拙菴韻悟》自身材料系聯,用以考察其音系。這些內容多與韻圖有密切關係,從韻圖本身看不透的問題,往往可在此處找到解決途徑;作者著書的思想也表現在此處。

張宰源 《古今韻會舉要》之入聲字研究 （輔仁大學）

《古今韻會舉要》一書係由元代熊忠依照黃公紹的《古今韻會》改編而成。表面上沿襲《平水韻》,而以「舊瓶新酒」方式,表現實際語音系韻系韻書入聲韻與陽聲韻相配,且入聲三種塞音韻尾不相混。至於《韻會》時代,入聲三種塞音韻尾已相混的現象,變成喉塞韻尾。文以《韻會》入聲字的音變情形以及塞音韻尾消失或演變過程為主要全文共分為五章:第一章緒論,介紹《韻會》成書背景和編排方式。第二章分別探討《韻會》入聲字之聲、韻系統。論《韻會》三十六聲母會》新增的「魚、幺、合」三母的分配以及中古「知、照、莊」三系況。討論《韻會》二十九字母韻的中古來源以及現代方言、國語音讀測《韻會》聲、韻母之音值。第三章探討宋、元語音史料以及現代各方言所反映的入聲字韻尾之消失情形。兼論《韻會》入聲字在國語中的分布情形,是否與《中原音韻》三聲的規律符合。第四章從聲、韻二方面分別探討《韻會》入聲字變為國語之演變規律。三十六母次第,韻母依二十九字母韻討論其演變規律。第五章結論,根據前章的分析,歸納出《韻會》入聲字之演變規律,以少例外為原則。

宋韻珊　《韻法直圖》與《韻法橫圖》音系研究
　　　　（國立高雄師範大學）

　　《韻法直圖》和《韻法橫圖》是出現於明萬曆年間的兩部韻圖，本文旨在探求二部韻圖的內部音系，嘗試爲其建構合適的音值，並給予其適當的評價。全文共分七章：第一章引論：介紹《韻法直圖》、《韻法橫圖》二圖的編排體例與列圖特色，並嘗試尋求它們與韻書間的體用關係。而經由前人所提示之線索，再經由本文的印證，以爲二圖與《中原音韻》和《洪武正韻》二韻書間皆有近似處。第二、三兩章是討論《韻法直圖》與《韻法橫圖》的聲母系統，針對其聲母型態所展現之特質來論述並爲之擬測聲值。第四、五兩章則是論述《韻法直圖》和《韻法橫圖》的韻母系統與聲調類型，進行方式分爲兩部分，前半部先就二圖韻母和聲調上的一些問題，如韻尾的演化、入聲韻的型態、呼名的指稱與內涵、聲調的數目與表現等周邊問題來討論；其次再將二圖韻目打散，依韻尾和主要元音的相同與相似程度類聚爲一組，列出具可能性的方言點讀音相對當，依據「共時」和「貫時」性的演變爲各韻擬測韻值。第六章係針對二圖的聲母、分韻列字以及聲調三方面來進行比較，藉以顯示其異同。第七章是結論，根據前六章之研究結果，嘗試推斷其語音架構爲何，並說明其價值與地位。文後附韻法二圖的單字音表及書影，提供參考。

李鍾九　《大藏字母九音等韻》音系研究
　　　　（國立高雄師範大學）

　　本文主要目的，在於《大藏字母九音等韻》（以下簡稱《九音》）所

表現音系的研究。它成書於清初，與《大藏字母切韻要法》有體用關
係，而《大藏字母切韻要法》則是《康熙字典字母切韻要法》的前身。
它的體例獨特，將聲母分三十六母，聲調分平上去入四聲，韻母分十
二攝，而各攝又分開合正副四呼。本文所據資料，除《九音》以外，
《廣韻》《五音集韻》《韻略易通》《五方元音》《諧聲韻學》《朴
通事諺解》爲主要根據，作爲歷史和共時的參考。全文共分七章，其
摘要如下：第一章「序論」，分三節。各節論及《九音》大概的面貌、
與《九音》有關諸書的繼承關係、體例和反切等。第二章「單字音表」，
將《九音》整個小韻，按照其所表現的聲、韻、調製成音表，從整個
收字中找出問題，儘量爲它尋找合理的解釋，且必要時，爲它做校勘
工作。第三章「《九音》的聲母系統」，先從《九音》三十六字母和
中古三十六字母的對照中找出兩者之間的參差現象而闡明其所以然，
而從中找出有關音韻演變所造成的參差例字，當作當時實際聲母探索
之材料，而利用它解開實際聲母的面貌，最後爲它擬音。第四章「《九
音》的韻母系統」，將《九音》的韻母以十二攝和開合正副爲序，利
用上述有關資料而對照分析之後，得出《九音》所表現的四十個韻類，
且爲它們擬適當的音。而擬音過程中，必要時，從語音學的角度，給
它加以合理的解釋。第五章論及《九音》的聲調系統。第六章「《九
音》編者的權宜措施」，從《九音》反切等內容的分析和它與當時語
音材料的對照中，找出有關《九音》編者的權宜措施部分，爲它加以
分析。第七章「結論」，從上述各章所討論，得出《九音》音系爲古
今音混雜的系統，而以此爲基礎，將其所反映的語音系統作一簡表。

金恩柱　《奎章全韻》「華音」之研究
（國立高雄師範大學）

論文提要內容：《奎章全韻》（以下簡稱《奎章》）書成於韓國朝鮮正祖十六年（1792）。全書共二卷一冊，原刊本藏於奎章閣與藏書閣。書中表現的「華音」之音韻現象，顯示它是一部北方官話的韻書。本論主旨在藉著對《奎章》「華音」之研究，盼能更進一步地了解漢語由中古至現代演變的軌迹，並藉《奎章》「華音」所反映的音韻現象，提供十八世紀北方官話一個眞實的面貌。全文共分五章：第一章，簡述研究目的及方法，並就《奎章》一書之作者及成書年代作一探討。而分別就內容和介紹與《奎章》有關的韻書。其次說明《奎章》「華音」之體例。　第二章，探討聲母系統。由中古音來源與合流的情形，將《奎章》之「華音」31聲母，歸納爲20類，除了尙未顎化與捲舌化之外，與現代漢語已甚爲接近。第三章，探討韻母系統。《奎章》所取的「華音」以「單字音表」加以說明，且是從詩韻系106韻來定，本文把《奎章》之「華音」韻母，按中古十六攝來排列，官話系統的中國韻書互相比較，從而尋找適當的方言材料，爲《奎章》「華音」的音類作一番構擬。　第四章，探討《奎章》「華音」之入聲字所表現的音韻現象，並考察它的入聲韻尾歸於陰聲韻的情況。　第五章，結論。檢討《奎章》一書的性質以及體例上的貢獻。並綜合說明《奎章》之「華音」所表現的音系性質。

陳梅香　《皇極經世解起數訣》之音學研究
（國立中山大學）

　　本文研究的對象，爲祝泌作爲卜卦工具——「聲音」的等韻，祝泌將這些網羅在天地萬物之間的聲音，藉由等韻學的專門系統，把一般人週遭所發生的事情、天地之間的變化，作一緊密地聯繫，這對於人所未知或不知其所以然的現象，的確提供了一種新的解答方式。祝泌所使用的等韻圖，原只是作爲術數卜卦的工具，並不是純然爲分析字音而作，所以，一般等韻學者對於這與術數結合的等韻圖，便有所忽略；近些年來，除陸志韋、羅常培、竺家寧和李新魁等人針對其中特別的現象，做過相關的研究之外，鮮有專家做全面的探究。在宋元等韻圖所存不多的今日，《皇極經世解起數訣》實不應只認定爲術數卜卦的工具，應與其他等韻圖一視同仁，如此，通過該書的研究，或許對於等韻學史上的一些重要現象與問題，才能獲得更全面地呈現與討論。　本文的內容，計分爲六章：第一章爲緒論，主要對於作者、書名、成書時間、書的版本等問題，和書的形成背景，作一個概述和探索；第二章首先對於聲音爲何可以作爲卜卦工具的原因，從符號學的立場，嘗試加以詮釋；並對於書內所呈現出來若干的聲韻觀念，加以辨析，希望對於韻圖的內容，能有提綱挈領的效果；第三章針對韻圖的編排方式，加以分析，以求對韻圖的內容，有所掌握；第四章爲針對韻圖編排所呈現特殊的現象，進行較爲深入地探討，希望從中了解語音演變的軌跡；第五章則對於韻圖所表現出來的語音狀況，加以擬測，以明其梗概；第六章爲結論，綜述本書在等韻學上的價值。

羅潤基　《李氏音鑑》研究　（國立臺灣師範大學）

　　《李氏音鑑》是《鏡花緣》作者李汝珍（1763-約1830年）撰寫的一部反映公元18-19世紀初期北京詩話音體系的等韻書。在近代漢語語音史上占有頗爲重要的地位，特別是在研究北音入聲字的演變上有重要的參考價值。前人雖然曾對《李氏音鑑》作過分析，但是他們的分析研究，都只限於入聲聲調的演變方面。因此本篇的重點，是想在前賢的研究基礎上，把《入聲論》與「松石字母譜」、《五聲圖》結合起來進行分析，參考有關材料，探索二百年前北京語音體系的基本面貌。本篇論文以《李氏音鑑》研究爲題，共分五章，首章探討李汝珍之生平及其有關聲韻學方面的著作；並且從時空定位敘述研究此書的價值。第二章，從介紹明清等韻學的角度，簡略地論述全書的內容，並解析李氏聲韻學的觀念及反切的特色。第三章，爲便於觀察聲媆調的演變情形，先追溯《五聲圖》本字及切字的中古來源，然後用切面釐析跟統計表的方法，把問題呈顯出來，作詳細的分析，並深入探討對李氏的「音胲南北」之特殊情形。最後嘗試擬《五聲圖》所呈顯出的南北音系。第四章爲「《李氏音鑑》北音語音體系」，在《入聲論》所提供的北音語音體系的線索上，把《五聲圖》結合起來加以進行分析，參考有關的資料，探索二百年前北京語音體系，並進一步分析北音在兩百年之間的演變情形。第五章「結論」，綜合說明《李氏音鑑》的價值，並評論李汝珍在音韻學方面的成就及缺失，作爲本文之總結。最後，列出參考書目，附錄一「中古入聲字北音讀音表」、附錄二「《字母五聲圖》」、附錄三「《字母五聲圖》索引」，希望能爲讀者提供在檢閱上的方便。

陳貴麟　《古今中外音韻通例》所反映的官話音系
（國立臺灣師範大學）

　　本篇論文從方言史的觀點，利用歷史語言學的研究方法，以文獻本身爲基礎，將資料作有效的開展，首章提出前人研究的成果，並從時空的定位申述研究《古今中外音韻通例》一書的價值。由此引論作者及全書的觀念。次章首先指明總譜十五圖爲全書的重心，因此解析總譜的體例有必要作詳細的交待。自從《四聲等子》併轉爲攝以後，韻圖便有簡化的趨勢；明清時代，韻書、韻圖往往合流，到《音韻闡微》更明確提出「合聲切」，配合一些變通的原則；在如此的背景下，胡垣作《古今中外音韻通例》一書時，除了韻圖歸字外，又給每個「字位」造了反切，在韻圖的改良上，也扮演了承轉的角色；而音呼聲韻四圖更是總譜十五圖的管鑰，因此先提出說明，再分析十五圖的體例。第參章爲總譜十五圖1614個「本字」追溯歷史的來源，以《廣韻》爲源點，去除非《廣韻》音切的字，然後觀察聲韻調的演變情形，用切面釐析跟統計表格的方式，把問題呈顯出來，並作合理的解釋。第肆章從《古今中外音韻通例》全書中，蒐尋所有出現的方言點，在漢語方言史上，文獻一向是相當匱乏的，《古今中外音韻通例》一書最大的價值在於提供難得的方言語料，反映出百年前江淮一帶的官話方言；方言語料十分繁複，筆者根據出現頻率加以統計，金陵最多（155次）、揚州次之（70次），經過分析以後，果然金陵方言是《古今中外音韻通例》一書音系的主流，而揚州方言也有相當的份量；透過可用語料的選取，仔細核對，並參照現代方言調查的結果，爲《古今中外音韻通例》擬構出實際的音系。第伍章從音韻結構的觀點，給總譜「題

下小注」的術語賦予一個合理的解釋，從而對胡垣所主的方言點作相應的體會；胡垣徵引二十五處的方音，分布的區域除去一些省名外，大部分都屬皖、吳兩地的方言點，充分反映出一淮一帶的方音現象。不過單就總譜而言，胡垣在總譜題下加注，目的是要說明方言間轉讀的情形，因此總譜的音韻結構並非雜湊各地方音而成，金陵方言的確是總譜音系的主流。第陸章總結前面研究的心得，通過文獻全面的整理和有效的開展，找出多元系統的函應關係，據以區分「存古」以及「映今」兩大系統，從而確認南京官話是全書音系的主流，其次是揚州官話；由此針對總譜的「本字」作音韻系統的構擬及其評估，同時指出《古今中外音韻通例》全書中方言語料的豐富及價值；胡垣雖以「古今中外」為名，實際上仍以「中」國的「今」音為主，而本文的焦點也凝聚於此；至於「古」音、「外」語，應該有研究的價值，然而本文側重在當時的方音，不是古音，而非漢語的部分牽涉到語言背景的問題，再加上有些語文（如回文、滿文）筆者並不熟悉，不敢妄加評斷，俟後日再做研究。第柒章列出參考文獻及書目，附錄一「總譜十五圖非《廣韻》音切字表」、附錄二「總譜十五圖《廣韻》來源表」、附錄三「總譜十五圖與其本字索引」，希望能為讀者方家提供在檢閱上的便利。

劉英璉　《重訂司馬溫公等韻圖經》研究
（國立高雄師範大學）

《重訂司馬溫公等韻圖經》（簡稱「等韻圖經」或「圖經」）是明神宗萬曆三十年（1602），徐孝所編訂的一本韻圖，其反映的雖是十七世紀初的忠音，但真正的語音現象如何？與近代北音官話或現代國語相

近的程度又如何？實有進一步探討之價值；本論文想藉著《圖經》之研究，了解十七世紀初北方官話之演變情形，及其所反映的語音現象。貳、研究文獻：本論文之參考書目分：㈠韻書：廣韻、集韻、五音集韻、中原音韻、洪武正韻等。㈡韻圖：韻緻、子音略、四聲等子、初韻指掌圖、切韻指南。㈢其他有關之專書、期刊、論文。參、研究方法：主要採用與《廣韻》等中古韻書之比較方式，以窺其音變現象。肆、研究內容：本論文之內容綱要如下：第一章論述與《圖經》本身、作者、成書年代有關之外緣問題、及其體例編排方式。在介紹《圖經》體例時，本論文採對比方式將其與《切韻指掌圖》、《切韻指南》作比較，由彼此相異之處，凸顯《圖經》體例編排之特色。第二、三、四章分別探討《圖經》之聲母、韻母及聲調系統，此三章爲本書重心所在。其每章均分兩節，第一節先比較《圖經》聲、韻、調與中古音之關係，第二節再由此比較結果，歸納出《圖經》聲、韻、調所反映之音變現象。第五章爲結論，乃綜合第二、三、四章所論《圖經》之語音特質，肯定其爲純正的北方官話外，並述其因地區性因素，與當時之順天官話仍有些許差異。伍、研究結果：發現《圖經》所反映的十七世紀初北方官話，與現代國語已相去不遠。

宋建華 《等韻輯略》研究 （文化中文所1985）

本論文共分四章，首章「等韻輯略之成書」，敘述等韻輯略作者之生平及其編纂旨趣與方法，並說明本書於聲韻學史上的地位。第二章「等韻輯略探源」，論全書通例與編纂之依據，得知本書以《切韻指南》爲宗集諸家韻圖之長；以《廣韻》爲本，廣天下遺音。第三章「等韻輯略」之得失，評龐書於構圖、歸字、附註音切之得失，闡其

所長，明其所短。第四章「結論」，首先總括龐書之特色，得十一則；次論本書之價值有四：一、得韻圖之旨。二、通廣韻音系。三、集韻圖之長。四、總括門法之說。

楊美美　《韻略易通》研究　（高師大國文所1987）

本篇論文的摘要共有以下五點：壹、研究目的：《韻略易通》(簡稱易通) 是明英宗正統壬戌七年（1442），蘭茂爲雲南地區編撰之官話讀本，首揭北音二十聲母，於語音史具重要地位，本文即欲研究其與代表北方官話之第一本韻書《中原音韻》，及南北混合派韻書《洪武正韻》的因襲關係。貳、研究文獻：一、韻書：中古之廣韻，及集韻、五音集韻、古今韻會舉要、中原音韻、洪武正韻等。二、韻圖：韻鏡、七音略、四聲等子、切韻指掌圖、切韻指南。三、其他相關之專書、期刊、論文。參、研究方法：本文主要採用音韻比較方式，以窺音讀之演變。肆、研究內容：第一章論易通對字音的編排；第二章論易通的特殊體例，一爲韻類區分，一爲平聲分化；第三章論易通之聲母、第四章易通之韻母、第五章易通之聲調，此三章乃將之與《廣韻》相比較，以見音變之軌跡；第六章爲結論，闡述《易通》除首揭北音二十聲母，表現當時語音之外，其特殊體例之編排，揉合韻書、韻圖之長，均有卓越貢獻。伍、研究結果：發現《易通》較《中原音韻》、《洪武正韻》接近今日之國語。

邊瀅雨　《華東正音通釋韻考》研究　（政大中文所1989）

《華東正音通釋韻考》是最早標注中國本土字音（《四聲通解》音）與當時韓國漢字音的韓國韻書，倘將之與《洪武正韻》比較，就會發

現有某種規則性的對應關係在當中的，本文即以比較此種關係而作，就聲母與韻母兩部分，觀察兩者的音系、及各反映中國哪一個時代的音，並比較分析了兩者的對應關係。

劉教蘭　《四聲通解》之研究　（政大中文所1990）

作者爲韓國人，本研究欲藉由文獻研究法，採詮釋法、比較法、歸納法、溯源法、圖表法等方式，瞭解韓國韻書《四聲通解》的語音歷史，並釐清《四聲通解》以「訓民正音」標注的漢語及韓漢音的聲韻系統，此外並且著手比較《四聲通解》及與其時代平行的《洪武正韻》的對應關係，證明韓國文化、典章制度之受中國影響，自四書五經以至兵書詩詞，皆史有確證，而韓國韻書與中國韻書關係之密切，亦不容否認。

鄭鎭椌　《明顯四聲等韻圖》與漢字現代韓音之比較　（政大中文所1991）

本文旨在從比較語音學（Comparative Phonetics）的觀點，依序由「《明顯四聲等韻圖》簡介」、「《明顯四聲等韻圖》的音韻系統」、「韓語字母簡介」、「現代韓國漢字音的音韻系統」、「《明顯四聲等韻圖》各攝音讀與現代韓國漢字音比較表」、「《明顯四聲等韻圖》十二攝與現代韓國漢字音聲韻比較」等研究過程與步驟，探討中韓兩國音系的相應關係、規律及演變情形。

朴允河　勞乃宣《等韻一得》研究　（臺灣師大國文所1992）

《等韻一得》爲清末民初勞乃宣所著，以蘇州音系爲主幹，並參

合紹興、嘉興等北部吳方言、北方官話、閩廣方言、陝西方言等，創造出一套包含有音有字與有音無字，呈現中國人所能發出的所有音節之音韻系統。本文作者由剖析勞氏八十五字母系統，分析其發音部位與方法的先進觀念；其次對於勞氏韻母的分析，論述《等韻一得》十三攝之中古來源及中古以來韻母簡化的現象；在聲調方面，討論四聲八調說與入聲配陽聲或陰聲韻之爭議，及濁上歸去的現象；最後擬出《等韻一得》所呈現的音系，餘論則介紹勞乃宣「三合音反切法」、「合聲反切法」與「射字法」，並突出一位傳統聲韻學家所用的分析法能夠諧合現代的音韻分析之研究成果。

陳盈如 《李氏音鑑》中「三十三問」研究
（中正中文所1992）

《李氏音鑑》成書於嘉慶十年（1805年），作者李汝珍，全書分兩部分，第一部分是用問答體寫成的「三十三問」，主要在闡述作者的音韻觀念，第二部分是韻圖「字母五聲圖」；本論文對《李氏音鑑》的探討不以其語音系統爲主，而把重點放在對這本書的音韻「觀念」的討論，亦即「三十三問」上，將「三十三問」完全打散分爲幾個主題，每一章討論一個主題，再討論這些觀念透露出何種語音訊息及其得失。從「三十三問」的內容看出，《李氏音鑑》一書完全建構在「俾吾鄉有志於斯者，藉爲入門之階」，並可看出其音韻觀是今古並重，甚且較爲偏重古音，因此《李氏音鑑》雖反映當時的北京語音情況，以達到使初學者容易入門的目的，但不能說他是敢於變古。本文與羅潤基（1991）兩篇同以《李氏音鑑》作爲研究主題，一以其音韻觀念爲中心，一以語音系統爲重點，可互爲參照，對我們認識《李氏音鑑》

一書，提供途徑。

朴奇淑 《正音咀華》音系研究 （高師大國文所1993）

《正音》是清末爲了廣東人學習當時標準語而編成的工具書，所表現的音韻現象大致反映了當時的官話讀書音，全書分四卷，其中卷一「同音彙注」爲本文研究對象，本文藉「同音彙注」反切的研究，得聲母二十三個、韻母三十六個、聲調上下平、上聲、去聲、入聲五個，並綜合說明《正音咀華》的音系，最後列北平話讀音，做爲現在國語分合比較。

權容華 《洪武正韻譯訓》之正音與俗音研究 （東吳中文所1993）

《洪武正韻譯訓》一書，是以明代欽定韻書《洪武正韻》爲藍本而修纂之韻書，其音韻系統承接《洪武正韻》，具有「訓民正音」的特徵，若有不合修纂當時實際音者，附加以韓文標注其音於反切之下，則稱爲俗音；本文共六章，將《譯訓》音分爲二大類，以研究正音與俗音的音韻系統、對應規律及演變，並且研究《譯訓》中所附記的俗音來源與中國北方音有何關係。

王松木 《西儒耳目資》所反映的明末官話音系 （中正中文所1994）

《西儒耳目資》是中國音韻史上唯一注明音符的一部書，其所反映的明末官話音系，在近代共同語標準音轉換的動態歷程中，具有上承元代《中原音韻》、下啓現代國語的關鍵地位。此研究著眼於《西

儒耳目資》音系的特質，對全書作窮盡式的剖析，經由「求音類法」、「求音值法」與「音系描寫法」三個途徑，擬構出明末的官話音系；以此一斷代音系的構擬爲基點，上溯宋、元共同語，下推現代國語，以釐清近代共同語發展的脈絡，並能對共同語語音發展史的建構稍有助益。

李靜惠 《拙菴韻悟》音系研究 （淡江中文所1994）

《拙菴韻悟》是清朝康熙十三年（西元1674年）由河北易水人趙紹箕所作的韻圖，它反映出當時實際的語音，而且對語音又有精細的分析。本文研究《拙菴韻悟》的音系，是想藉此更進一步地了解近代語音，進而對近代語音史或是現代北京語音的形成史有全面的認識。本文運用歷史對應法和它自身音韻的「對比」法爲主，將《拙菴韻悟》韻圖例字在《宋本廣韻》中的反切音讀找出來，再依照後世學者對《廣韻》聲類和韻類的訂定以及音值擬測，找出《拙菴韻悟》音系在中古時期的對應點，然後就《拙菴韻悟》韻圖本身來分析，用現代語言學上的「對比」方法來進行討論。本文共分有五章，這裡依序將章節大要說明如下：第一章是緒論，除了說明本文的研究動機和研究方法之外，也對《拙菴韻悟》作者、成書概況以及《拙菴韻悟》的體例、術語作重點式的描述說明。第二章是對《拙菴韻悟》音韻系統的架構進行分析。趙氏《拙菴韻悟》主要是用「十要」來統攝語音，這「十要」也就是「呼」「應」「吸」「聲」「音」「韻」「經」「緯」「分」「合」。趙紹箕用「呼」「應」「吸」來表示一個音韻從發生到完成；用「聲」「音」「韻」來表示一個音節聲、氣存在的狀況；用「經」「緯」表示「聲」的發音狀況以及音韻的高低，「分」「合」則是趙

氏別音分韻的基本手法。第三章是探索《拙菴韻悟》的音韻系統，利用中古音讀的「對應」以及近代方音的「對比」方法，分別探討它的聲母、韻母和聲調系統。第四章則是討論《拙菴韻悟》音韻系統所反映出來的幾個音韻現象，一是顎化現象，二是兒化現象，三是聲母的濁音清化現象，四是韻母開合洪細的移轉現象。第五章是結語，藉由以上四個章節對《拙菴韻悟》音系的討論，可以見出十七世紀末年靠近北京的易水一地，它語音的主體音系和北京音相當接近，本章共舉列出它音系的八個特點，簡扼、清晰地勾勒出它代表音系的輪廓。

林金枝 《本韻一得》音系研究 （成功中文所1995）

《本韻一得》成書於乾隆年間，是屬於近代的韻書，本文主要在探討這本韻書的音系結構，並比較本書與中古和國語的語音關係，本論文共分七章，依序為：第一章緒論，重點在於介紹作者的生平，及作者成書的背景，並寫出本書的內容及特殊符號，便於讀者了解本書的概況。第二章為本書音系的編排，旨在說明本書聲母、韻母及聲調的體例及結構。第三章為聲母的討論及音值擬測，旨在探討《本韻》的聲母系統，依規律性音變，及個別性音變，列出《本韻》及《廣韻》的反切，說明音變的情形，然後作擬音。第四章為韻母音值的討論及擬測，分別分析陰聲韻、陽聲韻及入聲韻的歸併情況，並說明《本韻》韻母的音變情形，然後作擬音。第五章為聲調系統的討論，旨在探討《本韻》聲調情況及其特點。第六章為歷史的考查，旨在將《本韻》音系，與《廣韻》和國語比較，說明《本韻》在歷史上語音狀況。第七章為結論，將《本韻》在當時所表現的語音狀況和特色，作綜合的論述，並與前人的研究作比較。

七、聲韻學教科書的編寫

教科書的編纂，對音韻學的推動，影響很大。臺灣五十年來作爲各大學中文系「聲韻學」課程教材的書有下列九種：

一、林尹《中國聲韻學通論》，世界書局，136頁

此書原爲林先生在北師大的音韻學講義。內容分四章：緒論、聲、韻、反切。重點以《廣韻》爲主，聲母分爲四十一類，再分正變。內容較簡，適於初學。上古音及等韻學方面未作介紹，是不足之處。此書初版於1937年，時代較早，故近五十多年的發展未及收入內容中。然本書對臺灣早期的音韻教學貢獻甚大。至1990年已出第九版。

二、董同龢《漢語音韻學》，文史哲出版社，330頁

此書原名《中國語音史》，作於1953年。後董先生去世，改名爲《漢語音韻學》。內容分十三章：引論、國語音系、現代方言、早期官話、切韻系韻書、等韻圖、中古音系、中古韻母的簡化、由中古到現代、古韻分部、上古韻母系統、上古聲母、上古聲調。內容形成一個完整的體系，特別是在等韻學方面作了深入的介紹。這是臺灣早期最完整的一部教科書。至1989年已出至第十版。

三、謝雲飛《中國聲韻學大綱》，臺灣學生書局，430頁

此書初版於1971年，內容分七編：緒論、研究聲韻應具備的知識、現代音、近代與近古音、中古音、聲韻學的實用性。此書綜合了林尹、董同龢兩家之說而成。

四、陳新雄《音略證補》，文史哲出版社，478頁

此書初版於1978年，以黃侃的《音略》爲骨幹，增補發揮而成。內容分六章：略例、今聲、古聲、今韻、古韻、反切。爲了教學上查考的方便，後面附了《韻鏡》、《切韻指南》兩不等韻圖，以及幾篇陳先生有關聲韻學入門的文章。至1990年止，此書已發行十三版。

五、潘重規、陳紹棠《中國聲韻學》，東大圖書公司，290頁

此書初版於1978年，內容分六章：緒論、聲、韻、聲調、標音方法之演進、歷代聲韻之沿革。至1990年已發行至第三版。

六、竺家寧《古音之旅》，國文天地出版社，225頁

這是一本以輕鬆、親切的筆調寫成的書籍，作者透過各種不同的歷史人物和故事，引發讀者對古人說話方式與古代語音的興趣並進而思考和瞭解。作者在本書開頭的自序中提到：「我們若能仔細檢討其中的原故，可以發現一般學習聲韻的人，往往沒能避免幾個疏失： 語音學的基礎不夠、術語的辨析不清、歷史觀念的模糊、不能隨時吸收新的見解。本書的撰寫正是嘗試從這幾個方向去著力，使有志聲韻的人，能掌握一個正確的方向，不致茫然迷失。」因此，本書收錄的二十三篇文章篇篇都是以簡明扼要的方式，向讀者介紹基礎的聲韻學入門知識，讓讀者不致因爲生硬嚴肅的長篇大論望而卻步。在內容結構上，頭兩篇屬於緒論性質，談爲什麼要學古音，以及我們憑藉什麼資料來探索古音；第三至五篇是聲韻學學習的基礎——語音學；第六篇

至第十二篇〈國語的性質和來源〉是中古音部分；〈有趣的聲母〉到〈入聲滄桑史〉則是上古音的部分；其後是配合古今時代當中生活化的課題，以〈談齊國的一次洩密事件——上古音知識的應用〉、〈古人伐木的聲音〉、〈華視「每日一字」音讀商榷〉三篇來談古音知識的應用；最後三篇是附錄，包括作者訪問李方桂先生的紀錄，和對於讀者疑惑的解答等等。

此書初版於1987年，內容由21篇短文組成，由聲韻學的效用和目的，談到上古音知識的應用。作者的目的在使聲韻學不再被視爲畏途。至1990年已發行第三版。

七、何大安《聲韻學之觀念與方法》，大安出版社，316頁

此書初版於1987年，內容分五章：導論、平面分析、歷史觀察、語言接觸、關於漢語。這本書主要提供兩方面的知識：一是語言在歷史、地理和社會這幾方面的生態現象，以及中國境內的語言相；一是語言中音韻系統——尤其是漢語的音韻系統——的分析。此書雖非爲教科書而作，卻成爲目前大學聲韻課程的重要參考讀物。

八、林慶勳、竺家寧《古音學入門》，臺灣學生書局，240頁

此書初版於1989年。內容分上下兩編，上編爲「中古音入門」，分四章：如何研究中古音、《廣韻》的聲韻系統、審音和押韻用的韻書、現代國語音系的形成過程。下編爲「上古音入門」，分六章：古韻分部的接力賽、古韻各部的念法、不同韻部間的關係、上古的聲母、上古的複聲母、上古有平上去入嗎？此書於1990年發行第二版。

九、竺家寧《聲韻學》，部編大學用書，五南圖書公司出版，770頁

此書初版於1991年，爲目前資料較新，內容較完備的一部教科書。全書約五十萬字。敘述客觀，使讀者能接觸幾種不同的觀點，加以比較。此書至1992年已發行第二版。

全書共分十八講，第一～第四講爲學習聲韻學的預備課程，概述學習聲韻學的方法及研究材料等，並說明語音學的基本知識、國語的音韻以及我國的語言與方言，藉由語音學和國語的知識，對聲韻建立基本的概念，爲聲韻的課程作暖身預備。往後幾講則依照由近而遠的歷史順序講述，即由近代音、中古音至上古音的順序論述。第五講是近代音，說明近代的語音史料。第六～十三講是中古音，在這八講中爲中古音作一詳盡的介紹，韻書和韻圖爲研究中古音的兩大支柱，要了解中古音必先了解韻書和韻圖，所以先介紹韻書的作用及沿革、反切、字母和等韻圖，再論述中古語音系統，並論及宋元等韻圖、中古後期語音概述，以及中古到國語的音變規律。第十四～十八講是上古音，論述上古韻部、上古韻值的擬測、上古聲母、複聲母及聲調的知識。

本書文字敘述淺近易懂，將廣大的聲韻知識作一系統的整理，客觀敘述聲韻全盤的情況，使讀者能夠接觸幾種不同的觀點，加以比較，了解各家的立足點，讓讀者有自己獨立思考的空間。而本書更容納許多近年來的新見解、新資料，以及外國漢學家的研究成果，使讀者能夠更充分掌握聲韻學這門學科的發展趨向。

十、黃耀堃《音韻學引論》，書林出版公司，1995年12月，209頁

全書共分成〈音韻學及其功用〉、〈音韻學的材料和研究方法〉、〈語音為什麼會變化〉、〈怎樣讀韻圖〉以及〈切韻音系和中古音的擬構〉五大單元。其中單元一提到音韻的功用時，作者說明了十一點，所舉的例子也極多，使人感覺到音韻學其實是日常生活中說話的學問，不再是學院化的高頭文章，而是把口語中許多奇怪的現象，說出其所以然，使人知曉古今音變的規律，掌握古文獻中的意義。而本書最值得細讀的，是第三單元〈語音為什麼會變化〉和第四單元〈怎樣讀韻圖〉。凡曾研習過聲韻學的人，必然知道這是理解音韻學的關鍵，而作者分別以獨立一章的篇幅加以說明，是極有見地的作法。在單元三〈語音為什麼會變化〉的一開頭，作者從「語音是聲音的一種」入手，來說明語音具有特有的且能夠加以分析歸納的物理性質。並且逐一從音位、聲母、韻母、聲調，以及許多語音的流變等多種基礎概念上，簡明扼要地介紹語音學，使初學者能夠很很快進入狀況。作者認為語音不同於一般的聲音，人類用語音來表達意念，造成群體之間的溝通，因此它的社會性質是相當重要的。單元四〈怎樣讀韻圖〉則先讓讀者瞭解韻圖設計的本意以及等韻學的功用，再經由介紹《韻鏡》的組織和門法加以說明使用韻圖的方法與必須注意的事項。單元中並附有許多說明和對照用的表格，使讀者能夠一目瞭然。

其他屬於教科書性質的專著還有：

《應用音韻學》　李葆瑞著　麗文書局　1994年2月

《音韻學初步》　王力著　大中書局　1980年6月

《漢語音韻》 王力著 弘道書局 1975年初版

《古音說略》 陸志韋著 臺灣學生書局 1971年初版

《音韻學引論》 黃耀坤著 書林出版社 1995年

《聲韻學》 林燾、耿振生著 三民書局 1997年11月

八、聲韻學會的成立（聲韻學通訊與聲韻論叢的出版）

　　由於音韻學研究環境的具備，與研究條件的成熟，同時，隨著音韻學領域的快速發展，應運而生的，就是「聲韻學會」的成立。在1982年4月24日聚集師大國文研究所舉行了第一次聲韻學討論會。這可以視爲臺灣音韻學發展的一個分水嶺，此後每年輪流由各大學主辦研討會，十年來不曾中斷，發表的論文超過百篇，奠定了音韻學在臺灣的顯學地位。

　　聲韻學研討會自民國71年（1982）始，參與人數與發表篇數均逐年增加，對於推動漢語音韻研究有卓著的貢獻。自民國80年（1991）起，更彙集與會研討的論文，名爲《聲韻論叢》，交付臺灣學生書局出版。此外，聲韻學會又於81年（1992）創辦《聲韻學會通訊》，介紹會員研究成果、刊載學術會議紀要、報導學術動態……，對於促進學術交流起著積極、正面的作用。

　　各次討論會論文篇數逐年增加，第十次研討會多達42篇，幾乎是第九次的三倍，同時還首次邀請大陸學者與會。各次會議論文篇數如下：

屆數	1	2	3	4	5	6	7	8	9	10
篇數	1	3	3	5	13	8	14	19	15	42

這部《論叢》可說是臺灣音韻學研究的最大總結，反映了臺灣近十年來音韻發展的重要成果。下面就把《聲韻論叢》各期的篇目列出，提供研究者的參考。

《聲韻論叢》第一輯篇目1994

上古漢語帶舌頭音的複聲母	竺家寧
讀曾運乾「喻母古讀考」札記二則	金周生
評劉又辛「複輔音說質疑」	竺家寧
上古陰聲字具輔音韻尾說補證	丁邦新
從漢藏語的比較看上古漢語若干聲母的擬測	龔煌城
中共簡體字混亂古音韻部系統說	陳新雄
中共簡體字混亂古音聲母系統說	左松超
徐邈能辨別輕重脣音之再商榷	簡宗梧
漢語脣塞音聲母之分化可溯源於陸德明經典釋文時代說	金周生
史記三家注異常聲紐之考察	黃坤堯
陳澧切韻考系聯廣韻切語上下字補充條例補例	陳新雄
廣韻祭泰夬廢四韻來源試探	孔仲溫
敦煌守溫韻學殘卷析論	孔仲溫
論「磨光韻鏡」的特殊歸字	林慶勳
論《韻鏡》序例的「題下注」、「歸納助紐字」及其相關問題	孔仲溫
《釋文》「如字」初探	黃坤堯
秋聲賦的音韻成就	李三榮
運用音韻辨辭真偽之商榷	簡宗梧

《聲韻論叢》第五輯篇目1996

《聲韻論叢》第六輯篇目1997

《聲韻論叢》第七輯篇目1998

聲韻論叢　第八輯　目錄1999

九、結　論

1.未來的展望

　　聲韻學的天地有著開闊的空間，等待有志者的開拓。除了前述約三個領域之外，聲韻學未來的發展必然還會從兩個方面取得預期的成績：一是方言學的研究，一是同族語言的研究。傳統聲韻的研究資料往往是得自典籍、文字之中。將來，除了紙上的材料，活語言的材料也必然會逐漸受到重視。

　　在方言學方面，較重要的著作有：

董同龢「四個閩南方言」，一九六〇，史語所集刊第三十本。「廈門

方言的音韻」，史語所集刊第二十九本。

楊時逢「南昌音系」，一九六九，史語所集刊39本。「贛縣音系」，
　　一九七四，總統蔣公逝世周年紀念論文集。「湖南方言調查報告」，
　　一九七四，史語所專刊之66。「雲南方言調查報告」，一九七四，
　　史語所專刊之66。

丁邦新「如皋方言的音韻」，一九六〇，史語所集刊36本。「吳語聲
　　調的研究」，一九八四，史語所集刊55本。「儋州村話」，一九
　　八六，史語所專刊之86。

王天昌「福州語音研究」，一九六九，中山學術文化基金會出版。

梅祖麟、羅杰瑞「試論幾個閩北方言中的來母 s-聲字」，一九七一，
　　清華學報新9卷。

何大安「澄邁方言的文白異讀」，一九八一，史語所集刊52本。「雲
　　南漢語方言中與顎化音有關諸聲母的演變」，一九八五，史語所
　　集刊56本。「論贛方言」，一九八七，漢學研究5卷1期。

楊秀芳「閩南語文白系統的研究」，一九八二，臺大博士論文。「試
　　論萬寧方言的形成」，一九八七，毛子水先生九五壽慶論文集。

張賢豹「海口方言」，一九七六，臺大碩士論文。

羅肇錦「瑞金方言」，一九七七，師大碩士論文。「客語語法」，一
　　九八六，臺灣學生書局。

　　其他外國學者和大陸學者在這方面的研究也很多，這裏就不列舉
了。古音的痕跡或多或少的會反映在現代方言裏，因此，方言學的知
識對舌音研究的發展必然會有很大的貢獻。

　　在同族語言方面，研究的成績比方言學差很多，從事的學者較少，
起步也較遲。在藏語方面，有張琨、辛勉等學者的研究，在臺語（中

<small>國西南地區的語言）</small>方面有李方桂的研究。

同族語言的研究對上古音韻的探索，能夠提供很大的助益，過去的學者研究上古音往往只能從形聲字、古韻語、假借、異文著手，一旦掌握了豐富的活語言資料，上古音研究能開展一個新局面是可以預期的。

2.教科書的編纂

基於上面所討論的聲韻學的特性和發展狀況，要編纂一部成功的聲韻學教材，應當注意到兩方面：第一，必需跟得上這門學科的發展。最理想的情況是每五年作一次修訂，每十年重新編寫。事實上，目前所見到的聲韻學專書，多半是幾十年前的舊作，或者是以數十年前的架構編寫的，因而許多新的發展沒能收入或介紹，使一般入門者不能藉以獲得最新的資訊，這是很可惜的。第二，必需作全盤性的介紹，而不應專主一家之學。初學的人通常想要知道的，是整個的狀況，然後才能由博返約。就像你想要對一位外國人介紹淡水，你最好先給他一張臺灣的全圖，讓他先對淡水的位置有個概念。如果一開始就介紹淡水的街道、商店，也許印象不易深刻。聲韻學教材也是一樣，對某一個問題，你把幾種不同的見解和主張告訴讀者，他便能從各家的說法中去思考、比較，了解各項的立論依據，他就能對這個問題獲得更深刻的印象。如果教科書只介紹一家之學，那麼，初學者一開始就受到了限制，以後就很難再去接受不同的觀點。

3.聲韻知識的普及和推廣

傳統上，聲韻學往往被誤認爲是一門冷僻艱深的學科。在過去，語言學的方法和語音學的知識還沒有被充分運用之前，這是難免的。可是，今天聲韻學這門科目的發展已經不是過去的局面，它已經是門有系統的社會科學，它的應用範圍不僅在通讀古書上，更是在語文教學上的基礎知識。甚至可以說，對於使用漢語的人們來說，它已經和日常生活有著密切的關係。例如平日運用的詞彙，爲什麼這樣念或那樣念？爲什麼有破音字？哪個讀法才正確？正讀、又讀、語音、讀音又是怎麼回事？要把這些問題的所以然找出來，都得要有聲韻學的知識。可惜的是，在書店裏，你只能找到學術味濃厚的聲韻學專著，要不然就是不講所以然，資料似是而非的「破音字大全」一類的書。眞正針對聲韻問題作深入淺出的介紹的書很少。換句話說，聲韻學者往往閉門作研究工作，很少面對社會大眾，把這門知識加以普及和推廣。今天，我們要打破「聲韻學只是少數專家的事」的觀念，就必需多作一點介紹的工作。不但一般民眾可以由它獲得基本的語文常識，從事其他方面研究的學者，也可以藉它而使本身的研究得到助益。例如研究史地的人，可以藉古音的知識了解某些古代的地名和人名；研究文學的人可以透過古音去了解古典文學的韻律之美。我們可以說，聲韻知識的普及和推廣，是每位聲韻研究者責無旁貸之工作。聲韻學研究的任何新領域、新成果，都應該立即開放給社會大眾，由社會大眾共同分享。

參考書目

國立故宮博物院善本舊籍總目

國立中央圖書館善本書目

中央研究院歷史語言研究所善本書目

中央研究院歷史語言研究所普通本線裝書目

國立臺灣大學普通本線裝書目

國立臺灣師範大學普通本線裝書目

私立東海大學圖書館普通本線裝書目

明清等韻學通論，耿振生，語文出版社，1992，北京

韻學古籍述要，李新魁、麥耘，陝西人民出版社，1993

臺灣地區漢語音韻研究論著選介1994-1998，江俊龍，漢學研究通訊
　　　19：1，89年2月

近五年來臺灣地區漢語音韻研究論著選介，何大安，漢學研究通訊
　　　2：1，72年

近五年來臺灣地區漢語音韻研究論著選介（1983-1988），姚榮松，漢
　　　學研究通訊　8：1-2，78年

臺灣地區漢語音韻研究論著選介，1989-1993，王松木，漢學研究通訊
　　　15：1，　85年2月

臺灣四十年來的音韻學研究，竺家寧，中國語文1993年1期，北京

等韻源流，趙蔭棠

清代韻圖之研究，應裕康

漢語等韻學，李新魁

近五十年臺灣學者研究
文字學成果綜述

黃沛榮＊

「文字學」有廣狹兩義：廣義指研究字形、字音、字義的學問，狹義則偏重於字形方面。本文所謂「文字學」，採後一定義，略相當於現今大學中文系、所開設的文字學、古文字學課程。❶

綜觀近五十年臺灣學者有關文字學研究的成果，可歸納爲七方面：壹、文字標準的釐訂；貳、歷代字書的研究；參、古文字研究；肆、俗字及異體字研究；伍、文字學教學研究；陸、文字學工具書的編撰；柒、文字資料數位化。

本文撰作的主要目的是分析過去研究的特色及趨勢，重點在於分類與介紹，至於各學者的成就與得失，則非個人所敢論斷。其次，文字學各領域的研究成果多寡不一，爲求每一小節的篇幅不致過於懸

＊　原任臺灣大學中文系教授，現任中國文化大學中文系教授

❶　《四庫全書總目》經部下有「小學類」，以《爾雅》以下編爲「訓詁之屬」，以《急就篇》、《說文》以下編爲「字書之屬」，以《廣韻》以下編爲「韻書之屬」。其中「字書之屬」之研究即爲本文評述重點之一。

殊，本文在介紹各類著作時，採取彈性做法，研究者較少的酌予加詳，數量較多者則僅列出其篇目。此外，文中所引述之專著、論文，已公開出版者，不列出版資料；至於學位論文或專題研究報告，因其流傳不廣，則盡量注明出處。又因本文涉及的學者眾多，為求行文簡潔，凡稱呼全名時一律略去敬稱。以上不得已處，尚祈寬諒。

壹、文字標準的釐訂

一、編定分級字表

　　為發展教育與文化工作，教育部國立編譯館曾在國民教育司的協助下，於1963年4月成立「國民學校常用字彙釐訂委員會」。根據臺灣出版的國民學校課本、《國語日報》、兒童作品、課外讀物、廣播資料、民眾讀物等共753,940字的資料，訂定常用字4,864字，再依不同等級，分為常用字3,861字，次常用字574字，備用字429字，並編成《國民學校常用字彙研究》，於1967年交由臺灣中華書局出版。

　　由於時代的變遷以及觀念的進步，上述字表已經不符所用，教育部社會教育司乃於1973年1月委託臺灣師範大學國文研究所負責統計國民常用字及研訂標準字體。師大國研所遂成立專案小組，以《中文大辭典》所收49,905字作為基本字，製成卡片，成為總字表；再以「抽樣統計法」及「綜合選取法」相互參酌，選定常用字。在「抽樣統計法」方面，所取樣的資料，包括國中課本、高中課本、報刊、雜誌；再以14種通行的字典、辭典作為「綜合選取」的參考，整理出4,709字

的常用字初稿，1978年修訂為4,808字的《常用字表》。

有關次常用字的研訂，自1980年7月至10月初步完成。次年9月，編纂處彙集各方意見進行修訂，選定6,341字，編成《次常用字表》。又自1982年11月起，選定具有獨立音義而非前述二表之異體者共18,388字，編成《罕用字表》。❷

以上字表是臺灣當前教育用字及資訊用字的依據，對於臺灣社會影響極大。

二、研訂標準字體

教育部選定常用字、次常用字的同時，也針對字形進行研訂。首先就學理及文字實際應用的情況，訂立若干基本原則；再就《康熙字典》的214部首，確定其標準寫法，並按上述原則將常用字的標準形體訂出，依部首及筆畫編成《國民常用字表初稿》，經過修訂後，由教育部正式頒行。

為推廣標準字的使用，教育部國語推行委員會（簡稱「國語會」）編成《國字標準字體教師手冊》，將常用字加上注音、筆順等屬性資料，並於有歧義處作說明。自1991年起，又委託華康科技開發公司製作「國字標準字體母稿」，已完成楷體、宋體、黑體、隸書四種電腦字型。

除上述二項外，國語會近年還完成多種有關現代漢字的基礎研究，例如統計詞頻、字頻、訂定筆順、蒐集新詞語等，具體內容詳見國語會網頁❸。

---

❷ 以上參考各書前言。

❸ 由 http://www.edu.gov.tw/進入。

貳、歷代字書的研究

臺灣學者有關字書的研究頗爲蓬勃，可就二方面說明：

一、研究字書部首

一般論部首的起源，多以《說文解字》爲首創。然而《急就篇》以內容爲主，將同類字連綴成文，後世部首相同之字會排在一處，如：「鐵鈇錐鉆釜鍑鍪，鍛鑄鉛錫鐙錠鐎。」可視爲部首之濫觴。從篇首「急就奇觚與眾異，羅列諸物名姓字，分別部居不雜廁，用日約少誠快意」數語，亦可窺見此書已有「部」的觀念。這種觀念持續發展，遂成爲《說文解字》的540部。

臺灣學者對於部首的研究多所關注，或闡述後代字書對於《說文》部首觀念的改進，或分析現行214部之缺失，或提出部首改革之意見，其中也有針對部首字作考釋的。著作包括金允子《字典部首通考》❹、呂瑞生《歷代字書重要部首觀念研究》❺、李徹《說文部首研究》❻、

---

❹ 臺灣師範大學國研所碩士論文，許錟輝指導，1993年。金氏爲韓國學生。留學生之學位論文是否可算爲臺灣之學術成果，可能見仁見智。個人認爲此等成果是利用本地之學術資源而在本地完成，且研究生論文多爲指導教授學術理念之實踐與執行，故應計入。類此情況，下文不一一注明。

❺ 中國文化大學中研所碩士論文，曾榮汾指導，1994年。

❻ 臺灣師範大學國研所碩士論文，曾忠華指導，1987年。

巫俊勳《說文解字分部法研究》❼、丁亮《說文解字部首及其從屬字關係之研究》❽、蔡信發《說文部首類釋》及〈兩岸字典部首、字序之比較研究〉、劉至誠《說文相關部首探原》、宋建華〈說文五百四十部首繫聯用語初探〉、包明叔〈說文部首變遷〉、李孝定〈論玉篇增刪說文部首——漢字新分部法初探〉、吳憶蘭《說文解字與玉篇部首比較研究》❾、杜負翁〈說文部首通釋及說文概論序〉及王志成與葉紘宙《部首字形演變淺說》等。

二、研究重要字書

1.《蒼頡篇》

任職於中央研究院史語所的林素清，撰有〈蒼頡篇研究〉，指出斯坦因在敦煌西北古長城遺址所獲得的一批漢晉簡牘，上有「蒼頡作……」字樣，王國維根據《世本》，認爲即是《蒼頡篇》之遺文。其後在額濟納河流域所發現的漢簡中，有「蒼頡作書，以教後嗣，幼子承詔，謹愼敬戒」等語。甘肅破城子遺址及敦煌馬圈灣遺址出土漢簡，亦皆有《蒼頡篇》遺文，其中「蒼頡作書，以教後嗣。……謹愼敬戒，勉力諷誦，晝夜勿置，苟務成史，計會辨治」數語，可印證王國維有關《蒼頡篇》篇首及篇題的推測。1977年安徽省阜陽雙古堆出土《蒼頡篇》遺文，經整理後，得124簡號，共541字，其中較完整而

---

❼ 輔仁大學中研所碩士論文，王初慶指導，1994年。

❽ 東海大學中研所碩士論文，龍宇純指導，1997年。

❾ 東海大學中研所碩士論文，李孝定指導，1990年。

可成句的約有七、八十枚，對於研究《蒼頡篇》的形式、內容等問題，都是極珍貴的資料。

2.《急就篇》

《急就篇》是西漢末年編成的兒童識字教材，是研究當時社會、語言及中國古代小學教育發展史的重要材料。臺灣有關《急就篇》的研究，以陳昭容的《急就篇研究》❿、張麗生《急就篇研究》為代表。

陳昭容《急就篇研究》分為上下兩編，上編是論述，下編為校釋，兼從《急就篇》作為識字教材及語言材料之本質出發，對此書作全面的研究。

張麗生《急就篇研究》的特色，在於考證書中問題。如〈前言〉中對於「急就」二字，採取宋晁公武《郡齋讀書後志》之說，謂「急就者，謂字之難知，緩急可就而求焉」，即為略查之書，亦與一般釋「急就」為「速成」不同。

3.《說文解字》

《說文》研究是臺灣文字學者研究的重點，著作多達一百餘種。有關部首的著作已見前述，而綜論全書或〈說文解字序〉的，有潘重規〈說文約論〉、魯實先〈說文正補〉（一、二）、江舉謙《說文解字綜合研究》、李國英《說文類釋》、蔡信發《說文商兌》及《說文答問》（一篇上）、周清海〈讀說文解字札記〉、李孝定〈讀說文記〉、

---

❿ 東海大學中研所碩士論文，方師鐸指導，1982年。

高明〈說文解字傳本考〉、林維祥《說文解字敘析論》⓫、江舉謙〈許慎說文解字敘詮疏〉等。

討論重文或涉及字形的，有許錟輝《說文重文形體考》及《說文解字重文諧聲考》⓬、方怡哲〈說文正重文研究〉及《說文重文相關問題研究》⓭、張維信《說文解字古文研究》⓮、林美娟《說文解字古文研究》⓯、邱德修《說文解字古文釋形考述》⓰、陳鎮卿《說文解字「古文」形體試探》⓱、龍宇純〈說文古字「子」字考〉、林素清〈說文古籀文重探──兼論王國維戰國時秦用籀文六國用古文說〉、林葉連《說文古籀補研究》⓲、南基琬〈說文籀文至小篆之變所見中國文字演變規律〉、陳韻珊《小篆與籀文關係的研究》⓳、杜忠誥《說文篆文訛形研究》⓴等。

除部首及重文外，討論其他體例的，有陳新雄〈說文解字之條例〉、馬舒怡《說文解字列字次第之探究》㉑、莊錦津《說文解字釋形釋例》

⓫　中國文化大學中研所碩士論文，陳新雄指導，1992年。
⓬　臺灣師範學國研所碩士論文，林尹指導，1964年。
⓭　東海大學中研所碩士論文，龍宇純指導，1994年。
⓮　臺灣大學中研所碩士論文，金祥恆指導，1973年。
⓯　暨南國際大學中研所碩士論文，林素清指導，2000年。
⓰　臺灣師範大學國研所碩士論文，周何指導，1974年。
⓱　中央大學中研所碩士論文，許錟輝指導，1997年。
⓲　中國文化大學中研所碩士論文，李殿魁指導，1984年。
⓳　臺灣大學中研所碩士論文，龍宇純指導，1983年。
⓴　臺灣師範大學國研所博士論文，許錟輝指導，2001年。
㉑　中央大學中研所碩士論文，蔡信發指導，1996年。

㉒、許錟輝〈說文脫序文字釋例〉及〈說文訓詁釋例〉、劉力平《說文解字訓詁釋例》㉓、柯明傑《說文解字釋義析論》㉔、尹錫禮《說文解字之遞訓研究》㉕、蔡信發〈說文變例之商兌〉、高緒价〈說文解字字根造字研究〉（一至六）、吳煥瑞《說文字根衍義考》㉖、柯淑齡〈說文上聲字根研究〉、李佳信《說文小篆字根研究》㉗、吳美珠《說文解字同源詞研究》㉘、蔡信發〈說文正文重出字之商兌〉及〈說文中一字正反之商兌〉、柯明傑〈說文解字「同體字」初探〉、謝一民〈說文解字同文異體字考原舉隅〉、張建葆《說文聲訓考》㉙、鐘明彥《聲訓及說文聲訓研判》㉚、江英〈說文解字省體字釋例〉、鄭邦鎮《說文省聲探賾》㉛、史宗周〈說文增聲字釋例〉、陳飛龍《說文無聲字考》㉜、張文彬《說文無聲字衍聲考》㉝、龍宇純《說文讀若釋例》㉞、周何《說文解字讀若文字通叚考》㉟、劉建鷗〈綜考說文讀若文字〉、林

㉒　中國文化大學中研所碩士論文，周何指導，1980年。

㉓　中國文化大學中研所碩士論文，周何指導，1971年。

㉔　中央大學中研所碩士論文，蔡信發指導，1992年。

㉕　臺灣大學中研所碩士論文，金祥恆指導，1983年。

㉖　臺灣師範大學碩士論文，周何指導，1971年。

㉗　臺灣師範大學國研所碩士論文，季旭昇指導，2000年。

㉘　淡江大學中研所碩士論文，韓耀隆指導，2000年。

㉙　臺灣師範大學國研所碩士論文，魯實先、林尹指導，1964年。

㉚　東海大學中研所碩士論文，龍宇純指導，1995年。

㉛　輔仁大學中研所碩士論文，陳新雄指導，1975年。

㉜　政治大學中研所碩士論文，高明指導，1968年。

㉝　臺灣師範大學國研所碩士論文，林尹、高明指導，1969年。

㉞　臺灣大學中研所碩士論文，董同龢指導，1957年。

㉟　臺灣師範大學國研所碩士論文，高明指導，1962年。

美玲《說文讀若綜論》**㊱**、周聰俊《說文一曰研究》**㊲**、南基琬〈說文古今字研究〉、許錟輝〈說文「以爲」考〉、宋建華〈說文用語「相似」、「同」、「同意」考辨〉、王忠林〈說文引經通假字考〉、吳璵〈說文幽眇闕誤探微〉、陳光政〈六書之餘——反倒書〉等。

討論六書的，有方遠堯〈六書發微〉、李圭甲《六書通釋》**㊳**、杜學知《六書今議》、弓英德《六書辨正》、弓英德〈六書次第之商兌〉、帥鴻勛〈六書商榷〉、謝一民〈六書體用說〉、董同龢〈文字演進與六書〉、王初慶〈淺談文字結構與六書〉、《中國文字結構——六書釋例》、陳光政〈六書學紛爭論試辨舉隅〉、陳堯階〈說文初文六書分類考辨〉、江舉謙〈六書象形研究〉、弓英德〈論六書象形字之分類〉、金經一《說文中有關象形文之研究》**㊴**、洪麗月《說文解字象形辨疑》**㊵**、戴君仁〈部分代全體的象形〉、陳新雄〈說文借形爲事解〉、蔡信發〈象形兼聲分類之商兌〉、弓英德〈六書指事之界說及其分類〉、杜學知〈六書指事之新研究〉、江舉謙〈六書指事研究〉、康惠根《指事綜論》**㊶**、蔡信發〈指事析論〉、晏士信《說文解字指事象形考辨》**㊷**、弓英德〈六書會意之疑問及其分類〉、江舉謙〈六書會意研究〉、陳光政〈會意研究〉、許錟輝〈說文會意字

㊱ 臺灣師範大學國研所碩士論文，許錟輝指導，1997年。

㊲ 臺灣師範大學國研所碩士論文，周何指導，1978年。

㊳ 臺灣師範大學國研所碩士論文，吳璵指導，1984年。

㊴ 中國文化大學中研所碩士論文，許錟輝指導，1986年。

㊵ 臺灣大學中研所碩士論文，金祥恆指導，1973年。

㊶ 臺灣師範大學國研所碩士論文，李國英指導，1988年。

㊷ 成功大學中研所碩士論文，謝一民、沈寶春指導，2001年。

補述例釋〉、蔡信發〈說文會意字部居之誤〉、〈段注會意形聲之商
兌〉及〈形聲字稱類的區分〉、許錟輝〈形聲字形符之形成及其演化〉、
〈形聲釋例〉、〈形聲字形符表義釋例〉、〈形聲字聲符表義釋例〉
及〈說文形聲字聲符不諧音析論〉、黃永武《形聲多兼會意考》❸、
金鐘讚《許慎說文會意字與形聲字之歸類原則研究》❹王英明〈對漢
字中聲符兼義問題的再議識〉、江舉謙〈六書形聲研究〉、羊達之《說
文形聲字研究》、鄭佩華《說文解字形聲字研究》❺、林尹〈形聲釋
例〉、蔡信發〈形聲析論〉、莊舒卉《說文解字形聲考辨》❻、秦光
豪《說文解字形聲字形符考辨》❼、劉雅芬《說文形聲字構造理論研
究》❽、張達雅《說文諧聲字研究》❾周何〈形聲字形符義近者得組合
歸類說〉、周小萍《說文形聲字聲母假借發凡》❺0、江英《說文解字
省體形聲字考》❺1、李玉珍《說文後起形聲字考辨》❺2、劉煜輝《說文
亦聲考》❺3、杜學知〈形聲轉注說述評〉、〈轉注義轉說考述〉（上、
下）及〈轉注之注義與注音〉、史宗周〈轉注新釋〉（一至五）、何文華

❸　臺灣師範大學國研所碩士論文，魯實先指導，1965年。
❹　臺灣師範大學中研所博士論文，陳新雄指導，1992年。
❺　臺灣師範大學國研所碩士論文，季旭昇指導，1997年。
❻　成功大學中研所碩士論文，謝一民指導，2000年。
❼　中國文化大學中研所碩士論文，許錟輝指導，1986年。
❽　成功大學中研所碩士論文，李添富指導，1997年。
❾　東海大學中研所碩士論文，金祥恆指導，1979年。
❺0　中國文化大學中研所碩士論文，陳新雄指導，1974年。
❺1　中國文化大學中研所碩士論文，林尹指導，1973年。
❺2　中央大學中研所碩士論文，蔡信發指導，1994年。
❺3　中國文化大學中研所碩士論文，林尹指導，1971年。

〈說轉注〉、魯實先《轉注釋義》、勞榦〈六書轉注試釋〉、謝一民〈六書轉注義例〉、陳光政〈近人轉注說述評〉、黃沛榮〈當代轉注說的一個趨向〉、弓英德〈論轉注及六書之四正二變〉、許錟輝〈魯實先先生轉注釋義述例〉、姚榮松〈轉注與同源詞〉、毛子水〈六書中的轉注和假借〉、杜學知〈文字的意義——略談六書中的轉注與假借〉、王初慶〈再論轉注與假借〉、蔡信發〈轉注先於假借之商兌〉、魯實先《假借溯原》、賴明德〈假借析論〉、張建葆《說文假借釋義》❸、柯明傑〈說文解字之假借說淺析〉、弓英德〈六書假借辨疑〉、江舉謙〈六書假借闡微〉、謝雲飛〈六書假借的新觀點〉、杜學知〈造字假借說之研究〉及〈說文造字假借字例疏證〉、許錟輝〈許慎造字假借說證例〉、蔡信發〈以假借造字檢驗說文字義〉、陳新雄〈許慎之假借說與戴震之詮釋〉及〈章太炎先生轉注假借說一文的體會〉、李添富〈假借與引申〉、應裕康〈淺論通假〉等。其中魯實先《轉注釋義》及《假借遡原》二書，提出六書爲「四體六法」之說，對臺灣文字學界影響深遠。此外，戴君仁、龍宇純認爲轉注是「在基本字上加意符以造字」，也是極具啓發性的說法。

　　討論歷代典籍引《說文》或是研究歷代《說文》學的，有曾忠華〈玉篇零卷引說文考〉（一至三）、沈壹農《原本玉篇引述唐以前舊本說文考異》❺、韓相雲《六書故引說文考異》❻、王紫瑩《原本玉篇引說文研究》❼、柯金虎《大廣益會玉篇引說文考》❽、李威熊《經典釋

---

❸　臺灣師範大學國研所博士論文，林尹、魯實先指導，1970年。

❺　政治大學中研所碩士論文，陳新雄指導，1987年。

❻　臺灣師範大學國研所碩士論文，許錟輝指導，1986年。

❼　中央大學中研所碩士論文，許錟輝指導，1999年。

文引說文攷》❺❾、溫文錫《李善文選注引說文考》❻⓪、翁敏修《唐五代韻書引說文考》❻❶、徐傳雄《唐人類書引說文考》❻❷、劉建鷗〈唐類書引說文形義考〉、〈唐類書引說文釋義考〉及〈唐類書引說文用字考例〉、徐傳雄〈唐人類書引說文考〉、陳光憲《慧琳一切經音義引說文考》❻❸、陳煥芝〈玄應一切經音義引說文考〉、黃桂蘭《集韻引說文考》❻❹、關國暄〈御覽所見說文逸字考〉（一、二）、李義活《字鑑引說文考》❻❺、王初慶〈試由說文繫傳袪妄蠡測李陽冰之說文刊本〉、張翠雲《說文繫傳板本源流考辨》❻❻、張意霞《說文繫傳研究》❻❼〈說文繫傳六書理論析述〉、李相機《二徐說文學研究》❻❽、曾勤良《二徐說文會意形聲字考異》❻❾、徐士賢《說文亦聲字二徐異辭考》❼⓪、周何〈大徐說文版本源流考〉、林尹〈說文二徐異訓辨序〉、林明波《清代許學考》❼❶、權敬姬《說文義證釋例》❼❷、林慶勳《段玉裁之生平及

---

❺❽　政治大學中研所碩士論文，高明指導，1971年。

❺❾　政治大學中研所碩士論文，高明指導，1971年。

❻⓪　中國文化大學中研所碩士論文，高明指導，1965年。

❻❶　東吳大學中研所碩士論文，許錟輝指導，2000年。

❻❷　輔仁大學中研所碩士論文，高明指導，1970年。

❻❸　中國文化大學中研所碩士論文，高明指導，1971年。

❻❹　政治大學中研所碩士論文，高明指導，1973年。

❻❺　中國文化大學中研所碩士論文，陳新雄指導，1983年。

❻❻　臺灣師範大學國研所碩士論文，許錟輝指導，1988年。

❻❼　逢甲大學中研所碩士論文，孔仲溫指導，1994年。

❻❽　輔仁大學中研所碩士論文，陳新雄指導，1989年。

❻❾　輔仁大學中研所碩士論文，高明指導，1968年。

❼⓪　臺灣大學中研所碩士論文，龍宇純、黃啓方指導，1990年。

❼❶　臺灣師範大學國研所碩士論文，楊家駱指導，1959年。

其學術研究》❼、鄭錫元《說文段注發凡》❼、沈秋雄《說文段注質疑》❼、南基琬《說文段注古今字研究》❼、闕蓓芬《說文段注形聲會意之辨》❼、弓英德〈段注說文亦聲字探研〉、王初慶〈說文段注引伸假借辨〉、許錟輝〈段玉裁「引伸假借說」平議〉、喬衍琯〈論經韻樓本說文段注〉、汪壽明〈從說文解字注看段玉裁的俗字觀〉、鮑國順《段玉裁校改說文之研究》❼、徐元南《說文解字段注改大徐篆體之研究》❼、陳麗珊《段注說文音義關係之研究》❽、黃淑汝《段玉裁說文解字注「淺人說」探析》❽、王書輝〈校勘段玉裁說文解字注芻議〉、宋建華〈論小篆字樣之建構原則──以段注本為例〉、金慶淑《段玉裁朱駿聲會意字異說之研究》❽、朴興洙《朱駿聲說文學研究》❽、陳清仙〈朱駿聲說文通訓定聲釋形用語之商兌〉及〈說文通訓定聲言「同」用語淺析〉、柯明傑《朱駿聲說文通訓定聲異體字之研究》❽、陳韻

---

❼　東吳大學中研所碩士論文，許錟輝指導，1989年。
❼　中國文化學院中研所博士論文，林尹、潘重規、陳新雄指導，1979年。
❼　臺灣師範大學國研所碩士論文，許錟輝指導，1983年。
❼　臺灣師範大學國研所碩士論文，周何指導，1973年。
❼　輔仁大學中研所碩士論文，王初慶指導，1989年。
❼　中央大學中研所碩士論文，蔡信發指導，1993年。
❼　政治大學中研所碩士論文，高明指導，1974年。
❼　政治大學中研所碩士論文，簡宗梧指導，1997年。
❽　中國文化大學中研所碩士論文，陳新雄指導，1970年。
❽　成功大學中研所碩士論文，李添富指導，2001年。
❽　臺灣大學中研所碩士論文，金祥恆指導，1983年。
❽　臺灣師範大學國研所博士論文，許錟輝指導，1994年。
❽　中央大學中研所博士論文，蔡信發指導，1999年。

珊《清嚴可均之說文學研究》❽、陳茂松《嚴可均說文校議研究》❻、
宋建華《王筠說文學探微》❼、陳洵慧《徐承慶說文解字注匡謬研究》
❽、陳清仙《王紹蘭說文段注訂補研究》❾等。

　　討論《說文》其他問題的，有蔡純華《說文解字乏等十部考訂》
❾、許錟輝〈說文引尚書例述〉、蔡宗陽〈說文從大之字初探〉、孔
仲溫〈說文「品」形文字的造形試析〉、邱德修〈說文「紳」字考──
──兼論論語「拖紳」與「書諸紳」的問題〉、陳美華《說文干支字研
究》❾、董俊彥《說文語原之分析研究》❾、陳素貞〈說文所見方言研
探〉、徐再仙《說文解字食衣住行之研究》❾、尹定國《說文所存古
史考》❾、王初慶《說文草木疏》❾、李振興《說文地理圖攷》❾、許
舒絜《說文解字文字分期研究》❾、林明正《說文陰陽五行觀探析及
對後世字書之影響》❾等，此外，周雅麗《說文以後的象形會意字》❾、

---

❽　臺灣大學中研所博士論文，張以仁指導，1996年。

❻　逢甲大學中文所碩士論文，宋建華指導，1999年。

❼　中國文化大學中研所博士論文，許錟輝指導，1993年。

❽　逢甲大學中研所碩士論文，宋建華指導，2001年。

❾　逢甲大學中研所碩士論文，宋建華指導，2001年。

❾　臺灣師範大學國研所碩士論文，胡自逢指導，1973年。

❾　中國文化大學中研所碩士論文，陳新雄指導，1984年。

❾　臺灣師範大學國研所碩士論文，周何指導，1971年。

❾　政治大學中研所碩士論文，李振興指導，1993年。

❾　輔仁大學中研所碩士論文，高明指導，1968年。

❾　輔仁大學中研所碩士論文，高明指導，1970年。

❾　政治大學中研所碩士論文，高明指導，1972年。

❾　臺灣師範大學國研所碩士論文，許錟輝指導，2000年。

❾　中國文化大學中研所碩士論文，許錟輝指導，2001年。

陳明道《漢字構造理論與應用系統》⑩，雖非與《說文》直接相關，亦有參考價值，姑附於此。

上述專著及論文，從研究的課題來說，舉凡《說文》總論、體例、六書、省形、省聲、增形、增聲、古文、籒文、重文、部首、訓解方式、字說、引經、讀若、版本等問題，皆有論述，可謂巨細靡遺，足以反映臺灣數十年來《說文》學研究的盛況。

4.《干祿字書》

《干祿字書》的研究，以曾榮汾《干祿字書研究》⑩為代表。此書以《干祿字書》及字樣學為研究主題，可謂首創。在內容方面，舉凡《干祿字書》的版本問題、編纂體例、字之取捨標準、解字之體例，如「曰俗」、「曰通」、「曰正」等，皆舉證分析，而對《干祿字書》之韻部內涵、韻次、韻數、韻類及特殊之聲韻資料亦作分析研究，並與切韻系韻書及《廣韻》作比較。此外，又介紹簡牘文字、石刻文字、寫卷文字及現存的字樣資料，並討論字樣資料之蒐集、整理及檢索，及歷代字樣學之發展、異體字孳生之原因，進而指出《干祿字書》對於今日字樣整理的參考價值。

5.《五經文字》

有關《五經文字》的研究，以李景遠《張參五經文字研究》為代

---

⑨⑨ 臺灣大學中研所碩士論文，龍宇純指導，1989年。

⑩⑩ 中山大學中研所碩士論文，孔仲溫指導，1999年。

⑩⑪ 中國文化大學中研所博士論文，潘重規、林尹、陳新雄指導，1982年。

表⑩。本書論《五經文字》之體製，謂諸字之編排，既不依字形筆畫，又不依韻次，亦不以義相次，應是作者依其閱讀經典之字，而隨意安排的。在內容方面，本書統計羅列《五經文字》所收之字的來源，討論其重文的分類，以及文字形體的演變和發展等問題，並歸納其中的訛體，說明其在字樣學上的意義。

6.《龍龕手鑑》

臺灣學者有關《龍龕手鑑》之研究，有潘重規〈龍龕手鑑與寫本刻本之關係〉及〈龍龕手鑑及其引用古文之研究〉，二篇發凡起例，影響極為深遠；潘氏並編有《龍龕手鑑新編》，將原書改編，按筆畫重排，頗便於檢索。另有陳飛龍《龍龕手鑑研究》⑩、林慶勳〈龍龕手鑑聲類考〉⑩、路復興《龍龕手鑑文字研究》⑩、蔣妙琴《龍龕手鑑引新舊藏考》⑩等。可見早在80～90年代，臺灣學者對此書已頗為注意。

由俗字的觀點來看，《龍龕手鑑》是極重要之字書，然其版本多，部首、體例、古文、俗字、音讀，皆亟待整理。1997年，文字學者共同向國科會提出申請，由黃沛榮擔任總主持人，在「龍龕手鑑綜合研究」整合型計畫下分為六個子計畫進行研究：⑴黃沛榮：《龍龕手鑑》

---

⑩　政治大學中研所碩士論文，簡宗梧指導，1989年。

⑩　政治大學中研所博士論文，高明、林尹指導，1974年；後交由臺北文史哲出版社出版，1974年。

⑩　國科會研究報告，1973年。

⑩　中國文化大學中研所碩士論文，潘重規指導，1986年。

⑩　中國文化大學印度文化研究所碩士論文，李威熊指導，1987年。

之版本研究，⑵蔡信發：《龍龕手鑑》之部首研究，⑶許錟輝：《龍龕手鑑》之體例研究，⑷季旭昇：《龍龕手鑑》之古文研究，⑸曾榮汾：《龍龕手鑑》之俗字研究，⑹孔仲溫：《龍龕手鑑》之音系研究。針對《龍龕手鑑》廣蒐版本，以求比對，進而訂其體例、部首，考其古文、俗字，溯其本原，辨其字音。計畫已於1999年完成。

7.《類篇》

有關《類篇》的研究，有孔仲溫《類篇研究》❿與《類篇字義析論》。

《類篇研究》針對《類篇》作全面之探究。包括《類篇》編纂之時代背景及經過，並介紹《類篇》的版本及編次，研析《類篇》的字形與字音。《類篇字義析論》則由作者陸續發表的〈類篇字義探源〉、〈類篇字義的編排方式析論〉、〈類篇假借義析論〉等篇擴充而成。

近人有關《類篇》之研究，以孔氏為最全面，一方面固然是後出轉精，另一方面亦由於作者能結合文字、聲韻等工夫，以探討《類篇》所呈現的文字現象，故頗有創獲。

8.《康熙字典》

有關《康熙字典》的研究，早期有董作賓〈康熙字典的訂正〉，後則有高樹藩《重編康熙字典》。

〈康熙字典的訂正〉是針對《康熙字典》作零星的討論。《重編康熙字典》則是將原書逐字、逐行剪開，按字形、字音、字義重排，並加入國音讀法、索引等資料，對於現代人而言，可說較為方便。

---

❿ 政治大學中研所博士論文，陳新雄指導，1985年；後交由學生書局出版，1987年。

有關《康熙字典》的學位論文，有李淑萍《康熙字典及其引用說文與歸部之研究》⑩。

上述字書之外，有關字書及文字學史的學位論文，尚有劉端翼《汗簡及汗簡箋正研究》⑩、丁國華《鄭樵六書略研究》⑩、張智惟《戴侗六書故研究》⑪、周美華《趙撝謙六書本義研究》⑫、柯雅藍《劉師培文字學研究》⑬、南基琬《唐蘭的文字學研究》⑭、至於歷代字書中的「俗字」研究，下文另立一節討論。

參、古文字研究

一、甲骨文

自遷臺以來，中央研究院史語所一直是臺灣研究甲骨文的重地，主要工作是延續中央研究院十五次殷墟發掘成果的整理與研究。重要學者為董作賓。董氏與王國維、羅振玉、郭沫若合稱「甲骨四堂」，在遷臺前，著有《甲骨文斷代研究例》、《殷曆譜》，編成《殷墟文

---

⑩　中央大學中研所博士論文，蔡信發指導，2000年。
⑩　中國文化大學中研所碩士論文，李威熊指導，1992年。
⑩　逢甲大學中研所碩士論文，宋建華指導，2000年。
⑪　逢甲大學中研所碩士論文，宋建華指導，2000年。
⑫　玄奘人文社會學院中研所碩士論文，張建葆指導，2001年。
⑬　東吳大學中研所碩士論文，許錟輝指導，2001年。
⑭　東海大學中研所博士論文，王初慶、李立信指導，1999年。

字甲編》、《殷墟文字乙編》(上);遷臺後,編成《殷墟文字乙編》(中)(下)、《甲骨學五十年》等。此外,還有屈萬里、張秉權及李孝定三位。屈先生將見於《殷墟文字甲編》的甲骨進行整理,共綴合106片,並根據實物糾正了《甲骨文字綴合》的若干錯誤。張先生在史語所主持甲骨文研究室,以二十多年時間,從事甲骨之整理、綴合及出版,針對《殷墟文字乙編》所收 YH127坑出土的甲骨進行綴合,出版《殷墟文字丙編》六冊。

張秉權退休後,史語所甲骨文研究室(後來改稱文字學組)由鍾柏生接掌。鍾氏為金祥恆高弟,研究殷代地理及制度,同時也作考釋及綴合。著有《卜辭中所見殷王田游地名考》、《武丁卜辭中的方國地望考》、《殷商卜辭地理論叢》、《殷虛文字乙編補遺》等專著。

李孝定,早年從胡小石、董先生研究甲骨文,著成《甲骨文字集釋》⑮、〈從六書的觀點看甲骨文字〉、〈殷商甲骨文字在漢字發展史上的相對位置〉;金文方面,著有《金文詁林附錄》(與周法高、張日昇合編)、《金文詁林讀後記》;陶文方面,著有《漢字起源與演變論叢》、《漢字史話》,及〈小屯陶文考釋〉、〈從幾種史前和有史早期陶文的觀察蠡測中國文字的起源〉、〈再論史前陶文和漢字起源問題〉、〈漢字起源的一元說和二元說〉、〈符號與文字——三論史前陶文和漢字起源問題〉、〈研究漢字起源與演變的幾點心得〉、〈試論文字學研究的新方向〉等,對於古文字學的研究,造詣極高。

史語所另有二位專研甲骨文的學者:

---

⑮ 此書原為北京大學文學研究所碩士論文,六十萬字,因戰亂初定,未及梓行,而原稿遺於北平。復於1959年重新編撰,歷五年半而成,凡一百五十萬字。

　　蔡哲茂，從事上古史及古文字研究，並致力於甲骨綴合的工作。先後發表〈甲骨文合集綴合補遺〉系列十七篇，及〈甲骨新綴合三十三片及其考釋〉、〈甲骨綴合對殷卜辭研究的重要性〉等論文，並有專著《論卜辭中所見商代宗法》、《中山國史初探》、《甲骨文合集綴合補遺》等。

　　李宗焜，主要從事甲骨文字形、字義研究，著有《甲骨文字釋林研究》❶⓰及《殷墟甲骨文字表》❶⓱，尚有〈卜辭所見一日內時稱考〉、〈論殷墟甲骨文的否定詞「妹」〉、〈《殷墟甲骨刻辭類纂》刪正〉、〈商代的占卜活動〉、〈《甲骨文字編》芻議〉等論文。

　　董作賓除任職於史語所外，又在臺灣大學中文系任教，與金祥恆編輯《中國文字》（期刊），由嚴一萍主持的藝文印書館負責排印。董先生逝世後，編務工作由金先生負責，出版至52期，終因出版經費問題而中輟。後來嚴先生從《中國文字》新1期開始編起，至今已出版29期。這兩種刊物多年來刊登不少重要論文，是臺灣甲骨學研究重要成果之一。金先生專研甲骨學，培育不少人才。金先生撰論文百餘篇，以考釋甲骨文及古文字者為多，如〈卜辭中所見殷商宗廟及殷祭考〉、〈殷人祭祀用人牲設奠說〉、〈讀京都大學人文科學研究所所藏甲骨文字〉、〈加拿大多倫多博物館所藏一片骨柶銘文的考釋〉、〈加拿大多倫多大學安達略奧博物館所藏一片牛胛骨刻辭考釋〉、〈輔仁大學所藏甲骨文字及後言〉、〈甲骨文中的一片象肩胛骨刻辭〉、〈甲骨文通假字舉隅〉、〈甲骨文假借字續說——比母〉、〈釋虎〉、〈釋

⓰　臺灣大學中研所碩士論文，龍宇純、黃啓方指導，1990年。

⓱　北京大學古文獻研究所博士論文，裘錫圭指導，1995年。

龍〉、〈釋鳳〉、〈釋車〉、〈釋赤與幽〉、〈釋麔〉、〈釋牝牡〉、〈甲骨文业音義考〉等。後出版爲《金祥恆先生全集》六冊。

藝文印書館影印出版許多早期的甲骨書籍,提供甲骨學者甚多方便。此外,嚴一萍又於1979年出版《甲骨學》,是繼陳夢家《殷墟卜辭綜述》之後,對於八十年來甲骨學的發展作較詳細論述的著作。

在大學本科或研究所講授甲骨學的學者,除臺大教授金祥恆外,還有魯實先、吳璵、許進雄、季旭昇、朱歧祥、黃競新、施順生等多位。

魯實先是臺灣師大國文系所教授,講授金文、甲骨卜辭,作育英才無數,著有《殷契新詮》、《殷曆譜糾譎》等,聲名卓著。

吳璵是魯先生的弟子,研究甲骨文,任教於臺灣師大國文系所,撰有《甲骨學導論》、〈卜辭征伐釋例〉、〈甲骨文「亞」字爲墓道說之商榷〉等專著及論文。

許進雄任教臺灣大學中文系,早年研究殷墟卜辭中之五種祭祀,後又研究甲骨的鑽鑿形態,於董作賓斷代的十大標準之外另闢新徑。近年由古文字學切入中國古代社會及甲骨文字字形演變的研究,撰有《殷卜辭中五種祭祀的研究》❶❶❽、《殷墟卜辭後編》、《卜骨上鑽鑿形態的研究》、《中國古代社會》、《古文諧聲字根》等專著。

季旭昇任教於臺灣師範大學國文系,其博士論文爲《甲骨文字根研究》❶❶❾,後來又撰成〈增訂甲骨文字根總表〉。並在周何指導下,與汪中文、周聰俊、方炫琛、全廣鎭 (韓籍) 等合編《青銅器銘文檢索》。近年又主持金文研究計畫,詳見下文。

---

❶❽　臺灣大學中研所碩士論文,屈萬里指導,後收入臺灣大學文史叢刊。

❶❾　臺灣師範大學國研所博士論文,周何指導,1990年。

　　朱歧祥任教於靜宜大學中文系，早年研究中山國銅器，後專力於甲骨學，研究專著包括《甲骨文研究——中國古文字與文化論稿》、《周原甲骨研究》、《甲骨學論叢》、《殷墟卜辭句法論稿——對貞卜辭句型變異研究》、《甲骨四堂論文選集》、《殷墟甲骨文字通釋稿》、《甲骨文讀本》等。

　　黃競新對於甲骨學的研究，極具熱忱。1985年任職成功大學中文系時，曾成立甲骨學研究室，主持「世界甲骨學資料庫建構計畫」，蒐集現存有關甲骨學之資料，包括拓片及考釋等。黃女士數年前轉任臺灣彰化師範大學國文系教職，近年又轉往義守大學任教。

　　施順生任教於中國文化大學中文系，撰有《甲骨文異體字研究》、《甲骨文字形體演變規律之研究》[120]等專著。

　　有關甲骨文的學位論文，尚有李旼玲《甲骨文例研究》[121]、李善貞《甲骨文同文例研究》[122]、魏慈德《殷墟 YH127坑甲骨卜辭研究》[123]、崔在溶《甲骨文會意字研究》[124]等。

二、金　文

　　有關金文的研究，臺灣學術界亦有不少成績。但由於金文範圍太

---

[120] 前者爲中國文化大學中研所碩士論文，1992年，後者爲中研所博士論文，1998年。皆爲許錟輝指導。

[121] 政治大學中研所碩士論文，蔡哲茂指導，1999年。

[122] 政治大學中研所碩士論文，蔡哲茂指導，2001年。

[123] 政治大學中研所博士論文，簡宗梧、蔡哲茂指導，2001年。

[124] 中國文化大學中研所碩士論文，趙林指導，2001年。

大，上自殷周，下至秦漢，都是值得研究的重點；加上研究古文字常從時代或地域著眼，故以下敍述雖以金文爲主，卻不以金文爲限。茲略述如下：

目前臺灣研究金文的學者，大都是孔德成、魯實先、李孝定三位教授的學生或再傳弟子，分別任職於中央研究院及各大學院校。

中研院史語所副研究員陳昭容，著有《急就篇研究》，已見上文；古文字方面則撰有《秦系文字研究》⑫、〈從陶文探索漢字起源問題的總檢討〉、〈先秦古文字材料中所見的第一人稱代詞〉、〈從秦系文字演變的觀點論詛楚文的眞僞及其相關問題〉、〈戰國至秦的符節——以實物資料爲主〉、〈談新出秦公壺的時代〉、〈秦書八體原委——附論新莽六書〉、〈秦「書同文字」新探〉、〈秦公簋的時代問題：兼論石鼓文的相對年代〉、〈談甘肅禮縣大堡子山秦公墓地及文物〉等。

邱德修、季旭昇均在臺灣師大國文系講授鐘鼎文。邱德修著有《商周金文蔑曆初探》、《商周金文新探》、《楚王子午鼎與王孫誥鐘銘新探》，並編有《商周金文集成》。季旭昇著有《青銅器銘文檢索》及《金文總集與殷周金文集成銘文器號對照表——附商周青銅器銘文選器號對照》。至於闡釋金文文例的著作，則有胡自逢《金文釋例》、王讚源《周金文釋例》二書。

汪中文任教於臺南師範學院，撰有《西周冊命金文所見官制研究》⑫，及〈商周青銅器銘文選㈢讀記〉、〈利簋銘文彙釋〉、〈微史家

---

⑫　東海大學中研所博士論文，李孝定指導，1996年。後收入中研院史語所專刊之103。

⑫　臺灣師範大學國研所博士論文，周何指導，1989年。

族銅器群瑣記〉、〈媵器銘文所見周代女子名號例〉等論文。

　　許學仁任教於花蓮師範學院,撰有《先秦楚文字研究》❿、《戰國文字分域與斷代研究》⓰等專著。

　　沈寶春任教於成功大學中文系,撰有《商周金文錄遺考釋》⓱、《王筠之金文學研究》⓲等專著。

　　林清源任教於中興大學中文系,撰有《西周青銅句兵銘文彙考》、《楚國文字構形演變研究》⓳等專著。

　　有關古文字的分域研究,也相當普遍,如陳月秋《楚系文字研究》⓴、黃靜吟《楚金文研究》㉑、李郁晴《淅川下寺春秋楚墓及其器銘研究》㉒、江淑惠《齊國彝銘彙考》㉓、蔡鴻江《晉系青銅器研究》㉔、朱歧祥《中山國古史彝銘考》㉕、林宏明《戰國中山國文字之研究》㉖、蘇建洲《戰國燕系文字研究》㉗、徐筱婷《秦系文字構形研究》㉘、洪

---

❿　臺灣師範大學國研所碩士論文,李殿魁指導,1980年。

⓰　臺灣師範大學國研所博士論文,李殿魁指導,1986年。

⓱　臺灣師範大學國研所碩士論文,許錟輝指導,1983年。

⓲　臺灣大學中研所博士論文,龍宇純、黃啓方指導,1990年。

⓳　前者為東海大學中研所碩士論文,1987年;後者為博士論文,李孝定指導,1997年。

⓴　東海大學中研所碩士論文,李孝定指導,1992年。

㉑　中山大學中研所博士論文,孔仲溫指導,1997年。

㉒　臺灣師範大學國研所碩士論文,邱德修指導,1999年。

㉓　臺灣大學中研所博士論文,龍宇純指導,1990年。

㉔　高雄師範大學國研所博士論文,周虎林指導,2000年。

㉕　臺灣大學中研所碩士論文,金祥恆指導,1983年。

㉖　政治大學中研所碩士論文,簡宗梧、蔡哲茂指導,1997年。

㉗　臺灣師範大學國研所碩士論文,季旭昇指導,2001年。

㉘　彰化師範大學國研所碩士論文,季旭昇、羅肇錦指導,2001年。

燕梅《秦金文研究》141、胡雲鳳《秦金文文例研究》142等。

有關金文的學位論文，尚有方麗娜《西周金文虛詞研究》143、全廣鎮《西周金文通假字研究》144、王書輝《西周金文韻讀》145、陳美蘭《西周金文地名研究》146、陳美琪《西周金文字體常用詞語及文例研究》147、董妍希《金文字根研究》148、吳濟仲《晚清金文學研究》149、林翠年《西周青銅甬鐘銘文研究》150等。

此外，在國科會的補助下，臺灣學者數年前即開展「金文研究與應用網路計畫」。此計畫由季旭昇主持，共同研究者有鍾柏生、朱歧祥、陳昭容、沈寶春、林清源、黃銘崇、袁國華諸位，根據彝器的類別分爲五個子計畫。計畫先進行金文字根的分析、檢索，銅器銘文單字標準字形及異構的彙整；其次進行銅器銘文拓片的增補、銅器銘文研究著作目錄的編纂、銅器銘文隸定的考訂、銅器銘文內容的分析、銅器銘文拓片的掃描。而在掃描之前，會將銘文拓片先作檢查，挑出最好的拓片，配合銅器銘文隸定，並整理出參考著作。本計畫除將目

141 政治大學中研所博士論文，簡宗梧、孔仲溫指導，1998年。
142 靜宜大學中研所碩士論文，朱歧祥指導，2000年。
143 臺灣師範大學國研所碩士論文，許錟輝指導，1985年。
144 臺灣師範大學國研所碩士論文，許錟輝指導，1988年；後交由臺北學生書局出版，1989年。
145 政治大學中研所碩士論文，簡宗梧、季旭昇指導，1995年。
146 臺灣師範大學國研所碩士論文，季旭昇指導，1998年。
147 中國文化大學中研所博士論文，許錟輝指導，2001年。
148 臺灣師範大學國研所碩士論文，季旭昇指導，2001年。
149 臺灣師範大學國研所博士論文，許錟輝指導，2001年。
150 暨南國際大學中研所碩士論文，林清源指導，2001年。

前得見之銅器研究相關專書及論文用 Access 建立資料庫之外，同時鍵入關鍵字詞，完成後將一併上網，方便學界使用。

三、戰國楚簡

　　研究戰國楚簡的學者，有孔仲溫、周鳳五、林素清、袁國華、顏世鉉等。孔仲溫之《類篇》研究，已見上文；楚簡方面，則撰有〈望山卜筮祭禱簡文字初釋〉、〈再釋望山卜筮祭禱簡文字兼論其相關問題〉、〈郭店緇衣簡字詞補釋〉諸篇。

　　周鳳五任職於臺灣大學中文系，撰有〈包山楚簡文字初考〉、〈包山楚簡「集箸」「集箸言」析論〉、〈子彈庫帛書「熱氣倉氣」說〉、〈子犯編鐘銘文「諸楚荊」的釋讀問題〉、〈郭店楚簡「忠信之道」考釋〉、〈包山二號楚墓出土卜筮祭禱簡研究〉、〈郭店楚墓竹簡儒家類古籍研究〉、〈楚簡文字瑣記〉等篇。

　　林素清撰有〈探討包山楚簡在文字學上的幾個課題〉、〈從包山楚簡紀年材料論楚曆〉、〈讀包山楚簡札記三則〉等篇。

　　袁國華任職於中研院史語所，早期跟隨香港中文大學張光裕研究楚簡，參與編撰《包山楚簡文字編》、《曾侯乙墓竹簡文字編》、《郭店楚簡研究——文字編》等書，並著有〈戰國楚簡文字零釋〉、〈「包山楚簡」文字考釋三則〉、〈「包山楚簡」文字諸家考釋異同一覽表〉、〈由曾侯乙墓竹簡幾個從水的文字談起〉、〈讀《包山楚簡字表》札記〉、〈戰國楚簡文字考釋三則〉、〈「包山楚簡」文字考釋〉等論文。

　　顏世鉉研究楚簡及楚文字，撰成《包山楚簡地名研究》、〈包山

楚簡釋地八則〉等著作，亦任職中研院史語所。

有關楚簡的學位論文，尚有陳立《楚系簡帛文字研究》🄫、王仲翊《包山楚簡文字研究》🄬、李富琪《郭店楚簡文字構形研究》🄭、羅凡晸《郭店楚簡異體字研究》🄮、黃麗娟《郭店楚簡緇衣文字研究》🄯、徐貴美《考釋楚簡帛文字的問題及方法——以考訂楚系簡帛文字編為背景的研究》🄰、邴尚白《楚國卜筮祭禱簡研究》🄱等。

四、雲夢秦簡

從事雲夢秦簡研究的學者，有徐富昌、洪燕梅等。徐氏任教於臺灣大學中文系，撰有《睡虎地秦簡研究》、《秦簡文字字形表》、〈睡虎地秦簡日書中的鬼神信仰〉等文；洪燕梅任教於政治大學中文系，撰有《睡虎地秦簡文字研究》🄲。另有謝宗炯《秦書隸變研究》🄳，亦以秦簡文字作為研究的重心。

🄫　臺灣師範大學國研所碩士論文，邱德修指導，1999年。
🄬　中山大學中研所碩士論文，孔仲溫指導，1996年。
🄭　高雄師範大學國研所碩士論文，蔡崇名指導，2000年。
🄮　臺灣師範大學國研所碩士論文，季旭昇指導，2000年。
🄯　臺灣師範大學國研所碩士論文，邱德修指導，2001年。
🄰　中興大學中研所碩士論文，王仁祿指導，1990年。
🄱　暨南國際大學中研所碩士論文，林素清指導，1999年。
🄲　政治大學中研所碩士論文，孔仲溫指導，1993年。
🄳　成功大學歷史語言研究所碩士論文，周行之指導，1989年。

五、其 他

　　上述四類，都是較多學者投入研究的項目；不能歸入上述各項的，尚有侯馬盟書、古璽文字、戰國文字與漢代鏡銘等方面的研究。包括周鳳五〈侯馬盟書年代問題重探〉、〈侯馬盟書主盟人考〉等篇，及林素清《先秦古璽文字研究》、〈古璽文編補正〉、〈古璽叢考〉、《戰國文字研究》、〈談戰國文字的簡化現象〉、〈論戰國文字的增繁現象〉、〈兩漢鏡銘所見吉語研究〉、〈兩漢鏡銘初探〉、〈十二種鏡錄釋文校補〉、〈兩漢鏡銘字體概論〉、〈兩漢鏡銘彙編〉等。

　　有關春秋戰國文字方面的學位論文，尚有林聖傑《春秋媵器銘文彙考》[160]、林雅婷《戰國合文研究》[161]、李知君《戰國璽印文字研究》[162]、游國慶《戰國古璽文字研究》[163]、闕曉瑩《古璽彙編考釋》[164]、許仙瑛《先秦鳥蟲書研究》[165]、陳紹慈《甲金籀篆四體文字的變化研究》[166]等。此外尚有蕭世續〈馬王堆帛書文字研究〉[167]，附列於此。

　　關於金石學的研究，有河永三《漢代石刻文字異體字與通假字之研究》[168]、邱德修《魏石經古文釋形考述》、葉國良《宋代金石學研

---

[160]　中國文化大學中研所碩士論文，許錟輝指導，1995年。
[161]　中山大學中研所碩士論文，孔仲溫指導，1998年。
[162]　高雄師範大學國研所碩士論文，孔仲溫、蔡根祥指導，2000年。
[163]　中央大學中研所碩士論文，胡自逢指導，1990年。
[164]　臺灣師範大學國研所碩士論文，季旭昇指導，2000年。
[165]　臺灣師範大學國研所碩士論文，許錟輝指導，1999年。
[166]　東海大學中研所碩士論文，龍宇純指導，1995年。
[167]　臺灣師範大學國研所碩士論文，許錟輝指導，1997年。
[168]　政治大學中研所博士論文，簡宗梧指導，1994年。

究》⑯、張東揚《羅振玉石刻學研究》⑰、王若嫻《唐蘭古文字學研究》
⑰等。

肆、俗字及異體字研究

一、俗字之整理

　　文字是記錄語言之工具，古人爲求便捷，世俗使用的通行字體，
與歷代官方規範的正體字形往往有歧異。此等字形，散見於歷代書寫
或刊刻的文獻，後來亦有部分被收入字書之中，其數量既多，形體又
富變化，對於研究中國文字形體之結構與演變，堪稱極豐富而重要的
材料。這些在文字使用過程中所歧衍出來的異體，一般稱爲俗字，歷
來也有很多不同的名稱，如「別字」、「別體」、「別體字」、「異
體字」、「訛字」、「僞體」、「謬體」等。《說文解字》已收錄若
干俗字，隋唐以來，俗字數量大增，當世字書爲區別正俗，遂收錄部
分常見的俗字。俗字形構雖或有乖於正體，但是若就整體文字的演變
來看，卻可發現後世所謂的「正體」，往往即是前代之「俗字」。因
此，從整理文字之角度來說，俗字頗有研究價值。

　　傳統文字學研究多偏重於《說文》與「六書」；俗字研究的目的，
則是要透過歷代用字之實況，以瞭解文字孳乳的軌跡，以及文字約定

---

⑯　臺灣大學中研所博士論文，孔德成指導，1982年。

⑰　臺灣大學中研所碩士論文，葉國良指導，1999年。

⑰　中國文化大學中研所碩士論文，許錟輝指導，1997年。

俗成的標準。故今日整理文字，可以將俗字作爲重要的參考。

由於歷代俗字數量極多，全面整理，絕非個人能力所能勝任，文字學者自1995年8月起展開「歷代字書俗字研究」群體研究計畫，由黃沛榮擔任總主持人，分為六個子計畫：⑴季旭昇：《類篇》俗字研究，⑵孔仲溫：《玉篇》俗字研究，⑶曾榮汾：《字彙》俗字研究，⑷許鈇輝：《字彙補》俗字研究，⑸黃沛榮：《正字通》俗字研究，⑹蔡信發：《康熙字典》俗字研究。計畫成果分別由各主持人自行發表。1998年8月起，又針對唐宋俗字作研究，由蔡信發擔任「唐宋俗字輯證」計畫總主持人，子計畫有：⑴黃沛榮：唐代墓誌銘俗字輯證，⑵蔡信發：敦煌寫本俗字輯證，⑶許鈇輝：宋代刻本俗字輯證。2000年8月起繼續進行明清俗字的研究。由蔡信發擔任「明清俗字輯證」計畫總主持人，子計畫有：⑴許鈇輝：明鈔本俗字輯證，⑵黃沛榮：《全明傳奇》俗字輯證，⑶蔡信發：清鈔本俗字輯證。上述計畫皆由國科會補助。

上述計畫的進行，使俗字研究受到臺灣文字學界的重視，而且在研究過程中，曾聘請若干專、兼任助理，使得年輕一代學者也能獲得整理俗字的經驗，對於俗字研究產生重要的提升作用。

二、異體字之整理

1994年9月，韓國漢城市「國際漢字振興協會」舉辦「漢字文化圈內生活漢字問題國際討論會」。參加會議發表論文的學者包括韓國、中國大陸、日本、臺灣的文字學家。師大教授陳新雄獲邀代表臺灣出席。會議主題是希望仍使用漢字的國家能夠共同研商，如何在現行文

字的基礎上，研究出一種穩定的字形方式，甚或研訂出劃一的標準，以便彼此溝通與資訊交換。會後各方代表共同簽署「合意事項」一紙，原則同意設立「國際漢字振興協議會」，總部設於韓國漢城，其餘參與國家或地區自行設立分會，以便共同商訂漢字之「標準化」與「統一化」⑰。因此，教育部國語推行委員會在廣收文字資料、配合中文資訊發展與整合亞洲漢字使用情形等多重目標下，編輯《異體字字典》。於1995年組成「異體字字典委員會」，委員共十六位：李鍌、陳新雄、李殿魁、許錟輝、蔡信發、簡宗梧、王初慶、張文彬、林炯陽、黃沛榮、曾榮汾、姚榮松、竺家寧、金周生、季旭昇、李添富，皆為講授文字學的學者，後來又加入葉鍵得、周小萍二位，另由許學仁擔任異體字書寫的工作。研究對象以歷代字書中之異體為主，資料來源包括《說文解字》、《玉篇》、《干祿字書》、《五經文字》、《新加五經字樣》、《佩觿》、《龍龕手鑑》、《廣韻》、《集韻》、《類篇》、《精嚴新集大藏音》、《漢隸字源》、《四聲篇海》、《字鑑》、《六書正譌》、《字學三正》、《俗書刊誤》、《字彙》、《正字通》、《字彙補》、《康熙字典》、《隸辨》、《經典文字辨證書》、《碑別字新編》、《金石文字辨異》、《增廣字學舉隅》、《宋元以來俗字譜》、《佛教難字字典》等數十部古今文獻，並參考各種古文字彙編及近年兩岸出版之字典。

　　整理時，採分字整理的方式，先精選版本，然後將各書資料按字彙整理，分由各委員研訂。研訂工作主要是分析字形，究其源流，考其變化，辨其正譌，並逐字撰寫研訂結果。有疑義處，須由委員開會

---

⑰　會議隔年召開一次，分由各國輪流主辦，至2003年為止，已召開七屆。

審定。全部工作歷時三年。此項工作規模宏大，影響深遠，且各異體字形經過專家研訂，無論其字源出處以及所牽涉的問題，皆有根據，他日資訊界倘若根據本字典來擴編電腦中文字集，其翔實性亦足資信賴。本字典除出版光碟外，還可在網路上檢索（目前版本為正式五版）。

上述「異體字」及「俗字」整理計畫，內容雖然雷同，研究人員亦部分重複，實則二者之範圍、性質、目的、方法皆不盡相同：

1.以範圍言，異體字之範圍較大而俗字之範圍較小，若干古體可稱之為異體而不可謂之俗字，俗字可包括同音假借而異體字則不可。

2.以時間言，俗字計畫為學者間長期合作性質，且各子計畫皆以個人名義提出，並負全責；異體字計畫則為任務編組，由國語會促成其事。

3.以材料言，教育部《異體字字典》廣收字書中現有的異體字，以瞭解正字與異體之關係；俗字研究則以六部重要字書及其他文獻資料為主。

4.以方法言，俗字計畫訂有不同階段之研究計畫，先以二年時間研究字書，再以二年時間從碑銘、抄本、刻本中搜羅俗字，然後相互對照，所蒐得的俗字，並不以字書為限。

綜上可知，俗字研究計畫重視各書俗字理論之闡發、各類俗字之特色，以及俗字產生之原因等，異體字研究則並無此種要求。二項計畫可收互補互助、相輔相成之效。

臺灣學者研究俗字及異體字的學位論文，有裴玉永《北齊石刻異體字研究》❸、凌亦文《增訂碑別字中俗字之研究》❹、李景遠《隋唐

---

❸　中國文化大學中研所碩士論文，許錟輝指導，1997年。

字樣著作正俗字譜》⑰、李相馥《唐五代韻書寫本俗字研究》⑯、呂瑞生《字彙異體字研究》⑰、蔡忠霖《敦煌漢文寫卷俗字及現象研究》⑱等篇。

伍、文字學教學研究

一、出版專著，以輔助教學

　　臺灣有關文字學方面的綜合性專著，可分為二類，一為以「文字學」命名，討論的問題較為全面，有：1.潘重規《中國文字學》；2.林尹《文字學概說》⑲；3.謝雲飛《中國文字學通論》；4.龍宇純《中國文字學》；5.林慶勳、竺家寧、孔仲溫等《文字學》；6.許錟輝《文字學簡編‧基礎篇》；7.邱德修《文字學新撣》；8.許進雄《簡明中國文字學》等。另一類則以研究某一重點為主，有：1.王初慶《中國文字結構析論》、《中國文字結構——六書釋例》；2.韓耀隆《中國文字義符通用釋例》；3.李孝定《漢字起源與演變論叢》等。⑳

---

⑭　輔仁大學中研所碩士論文，陳新雄指導，1979年。

⑮　臺灣師範大學國研所博士論文，許錟輝指導，1997年。

⑯　中國文化大學中研所碩士論文，林炯陽指導，1989年。

⑰　中國文化大學中研所博士論文，曾榮汾指導，2000年。

⑱　中國文化大學中研所博士論文，鄭阿財指導，2000年。

⑲　此書由黃慶萱執筆，林先生定稿。

⑳　此外，臺灣商務印書館1991年曾出版《中國文字結構說彙》，由於作者許逸之為英國 Aston 大學應用力學教授，且此書屬於論文集性質，故不予列入。

上述專著的撰成，或綜合古今文字學家的研究成果，或針對古說進行討論，略可窺見臺灣近五十年文字學研究的成績。

至於有關漢字教學問題，有黃沛榮《漢字教學的理論與實踐》。

二、進行文字學教學之專題研究

1.「國內大學及師院文字學教學之研究」計畫

由教育部顧問室委託研究，由蔡信發擔任主持人，許錟輝擔任協同主持人，研究人員有王初慶、周何、黃沛榮及簡宗梧。分為三期，第一期自1994年10月至1995年6月，第二期自1995年10月至1996年6月，第三期自1997年10月至1998年6月。

研究之主要內容，第一、二期首先進行問卷調查、座談會及文字學材料的蒐集，針對國內各大學及師院文字學課程內容及教學狀況作一系統論述及分析。重點包括：1.中國文字的起源、流變及其性質，2.研究中國文字學之材料及方法，3.歷代整理與研究中國文字學之文獻及其評估，4.六書之理論及各家有關六書學說異同之論辨，5.六書字例，6.文字演化之規律，7.中國文字之現在與未來。三年成果合訂為一鉅冊，並已向學界發布。

2.「師院文字學的多媒體教學」研究計畫

本計畫於1995年開始，由臺南師範學院汪中文主持，教育部顧問室補助。主要目標是要將電腦多媒體的功能，運用於文字學的基礎教學工作上。亦即利用電腦科技的幫助，設計出一套結合電腦動畫、多

媒體著重在字形結構說明與字體變遷的實用國字教學軟體。

以往的文字學教材大多是以文字敘述形式編寫，隨著科技的日新月異，電腦帶來之便捷，遠非前人所可想見。電腦多媒體教材的特色在於它能整合文字、影像、動畫、音訊、圖形以及視訊等不同形態的資訊，並提供使用者一種互動式的學習環境。非但可同時呈現較多和較生動的資訊，使學習者在學習過程中具有主動性[181]，而且透過電腦動畫、多媒體的功效，可使視覺、聽覺、動覺緊密結合，使形與音義間之關係自動強化，可增強學童對文字的理解，進而準確運用，就教學效果而言，自能有所提升。

陸、文字學工具書的編撰

有關文字學的工具書可分爲資料彙編及字典兩大類。這兩類著作雖然不是以提出創見爲主，但是對於文字學的研究卻頗有助益。

所謂資料彙編，是將文字學研究的資料彙集一處，以省卻學者尋檢之勞。以原始資料來說，有嚴一萍《甲骨文總集》及邱德修《商周金文集成》；以歷來研究的成果彙編來說，有李孝定《甲骨文字集釋》、周法高《金文詁林補》等。

工具書則種類繁多，包括金祥恆《續甲骨文編》、張光裕及袁國華合編《包山楚簡文字編》、《曾侯乙墓竹簡文字編》、《郭店楚簡研究——文字編》、徐富昌《秦簡文字字形表》等。又有周何主編的

---

[181] 以上參考其計畫成果說明。

《青銅器銘文檢索》、邱德修《商周金文總目》、周何《中國文字字根孳乳表稿》等。

必須特別介紹的，是由聯貫出版社負責人袁炯完成的《字形匯典》。此書編纂始於1974年，以每五冊爲一輯，前五輯主纂委員爲陳新雄、李殿魁、余迺永、袁炯，第六輯以後則爲陳新雄、李殿魁、季旭昇、袁炯。指導委員（見於第一冊者）有丁邦新、于大成、王夢鷗、王熙元、王靜芝、左松超、汪中、杜祖貽、李孝定、李鍌、吳璵、何佑森、林尹、林耀曾、周何、周法高、金祥恆、金榮華、胡自逢、高明、許錟輝、張文彬、張秉權、黃慶萱、黃錦鋐、臺靜農、潘重規、劉正浩、戴璉璋、羅宗濤、饒宗頤等。本書蒐羅字形之書、字書多達百餘種，共得異體字72,469字，傳統字書所見重要異體字大都收錄。全書共49冊，已於2002年全部出版。

柒、文字資料數位化

一、電腦缺字

使用電腦從事研究及處理文書，誠然方便；然因電腦中文字集的字數有限，電腦缺字問題對於資訊登錄影響極大。由於在一般的架構下，能使用的造字碼位不足，即使可以大量造字，亦難以管理。由於國際上需要一套能處理中日韓文的交換碼，謝清俊、黃克東、張仲陶等在李國鼎的支持下，於1979年成立「國字整理小組」，開發「中文資訊交換碼」（Chinese Character Code for Information Interchange,

CCCII）⑱，並提供數萬個電腦字形予學界使用。直至今日，海內外圖書館界仍多使用此一系統。

謝清俊為中央研究院資訊所研究員⑱，對於缺字問題有深入之研究，曾先後發表〈談中國文字在電腦中的表達〉、〈語文工作與資訊發展——從電子文件的發展談對語文研究的期盼〉、〈中文字形資料庫的設計與應用〉⑱、〈漢字的字形與編碼〉、〈電子古籍中的缺字問題〉、〈談古籍檢索的字形問題〉、〈中央研究院古籍全文資料庫解決缺字問題的方法〉⑱、〈如何使用電腦處理古今文字的銜接——以小篆為例〉⑱等文，並成功研發出一套「字形產生系統」，可以補入電腦中文系統中的缺字。這套系統也可以附加在目前任何編碼系統之上，作為中文字的交換。這是現行任何系統無法比擬的。歷年來參與研究的學者，還有莊德明、曾士熊、林晰等，重要的研究成果「漢字構形資料庫光碟」與《使用手冊》，可於中央研究院資訊所「文獻處理實驗室」網頁下載。莊德明另撰有〈漢字印刷字形的整理〉、〈中文電腦缺字解決方案〉等篇。

二、古文字形

鑑於目前電腦使用的中文字形雖多，如明體、楷體、仿宋體、魏

---

⑱ 詳見《國字整理小組十年》，1989。
⑱ 已退休，現任玄奘大學圖書資訊學系講座教授。
⑱ 與莊德明、張翠玲、許婉蓉合撰。
⑱ 與莊德明、林晰合撰。
⑱ 與莊德明、許永成合撰。

碑體、行書體、顏體、瘦金體等，都已有產品問世；然而未有適合學界使用的古文字庫。文史學者不論在撰寫有關文字學的論著，或是利用甲骨文、金文來印證古史，探討古代社會的形態時，只要引用古文字，都必須逐字填寫或剪貼補入，非但浪費人力，字形亦易失真，既限制了出版的品質，也降低了研究的意願。臺灣大學黃沛榮於1996年著手研究開發「電腦古文字形庫」的可能性，在得到國科會補助後，開始分階段進行。

　　資料庫的研發，以範圍較廣、資料正確、使用方便爲最重要之原則，但是在資源有限的情況下，不得不先訂定研發的策略。經過評估後，本資料庫的研發目標訂爲：

　　1.提供小篆字形，供一般文字學者研究及出版專著之用。

　　2.提供甲骨文、金文等字形，以供訂補《說文解字》之用。

　　3.有助於研究古代史、古社會史、宗教史等學者從事研究之用。

　　4.可作爲對外華語文教學或普及讀物編印漢字字源教材之用。

　　5.本字庫附有造字檔，包含數千個未編入電腦中文系統中的罕用字，亦可供電腦文件顯示、打印、交換、傳輸之用。

　　經過四年來的開發，已完成大徐本《說文》小篆、古文、籀文，四版《金文編》中之金文字形，《甲骨文編》、《續甲骨文編》中之甲骨文字形，另有戰國楚簡字形等。其中《說文》及《金文編》字形已開放學界使用，甲骨文及楚簡亦已測試完成，將逐步對學界開放❼。

⓳　《金文編》字庫製作完成後，即基於分享原則，分送國內外同道使用。然於申請專利時，始知凡已公開發表（包括提供他人使用）之研發成果，皆不得再申請專利。況且此一研發成果屬於臺灣大學所有，故須取得校方書面同意後，始可散發。由於涉及權益問題，因此本人對於甲骨文及楚簡字庫之贈送，轉趨審愼。

字形庫的印刷效果,可參見許進雄《簡明中國文字學》(修訂版)、王初慶《中國文字結構——六書釋例》、黃沛榮《漢字教學的理論與實踐》等書。

除了上述「電腦古文字形」外,逢甲大學中文系宋建華,對古文字形之數位化極有研究,除發表〈論小篆字樣之建構原則——以段注本爲例〉外,並開發《說文》小篆字庫,透過中國文字學會分送文史學界使用。此一字庫是以最通行的段玉裁《說文解字注》中的字形爲底本,字形整飭,極具實用價值。

三、甲骨文全文影像資料庫 (第一階段)

資料庫由國立成功大學建構。計畫始於1995年,原名「世界甲骨學資料庫建構計畫」,由中國文學系甲骨學研究室、圖書館、資訊工程研究所聯合執行,由甲骨學研究室主持人黃競新實際負責。後因黃女士去職他就,故按照當時進度,將計畫範圍由「世界甲骨」修訂爲《甲骨文合集》部分,列爲「第一階段實驗工程」。主要工作,是將《甲骨文合集》十三冊、《殷墟甲骨刻辭摹釋總集》上下冊以及《殷墟甲骨刻辭類纂》上中下三冊彙整輸入,建置全文檢索與全文影像,期能向文字學界提供一套完整而便捷的工具❸。此一資料庫須由成功大學圖書館網頁進入;經過實際使用,效果頗佳。

---

❸ 以上參考〈國立成功大學甲骨文全文檢索與全文影像系統第一階段建構工程——《甲骨文合集》簡介〉。

捌、結　語

　　臺灣學者的文字學研究成果，以中文學界的學術人口而論，可說頗爲豐富。主要的原因，是由於近十多年來，中國文字學會每年都舉辦全國或國際學術研討會，並出版論文集，使文字學界除了有可供發表論文的園地外，還培育了一批新血輪，這從博碩士論文的數量及研究的範圍即可明顯看出。此外，字樣學、異體字及俗字的研究近年在臺灣頗爲流行，發表的著作不少，也可算是研究成果的一大特色。

　　在本文的敘述中，還有一些必須交代的研究成果。其一，自1989年以來，兩岸學界接觸頻繁，臺灣文字學者也開始與中國大陸學者進行正體字及簡化字的對話，臺灣學者發表了幾十篇論文，如陳新雄〈中共簡體字混亂古音韻部系統說〉、左松超〈中共簡體字混亂古音聲母系統說〉、蔡信發〈中共簡化字的商兌〉、周志文〈大陸地區語文工作評析〉、〈文字演化應回歸於自然〉、〈從文化的觀點看文字統一的問題〉、許錟輝〈識繁寫簡之我見〉、〈兩岸標準字體同異比較述要〉、竺家寧〈論漢字拉丁化〉、〈論字形規範的標準〉、鄭昭明與陳學志〈漢字的簡化對文字讀寫的影響〉、姚榮松〈論兩岸文字統合之道〉、汪學文〈臺灣海峽兩岸漢字統一芻議〉、熊自健〈論推動「兩岸文字的統一工作」〉、簡宗梧〈兩岸漢字形體重新整理與簡化之芻議〉、李鍌〈論中共簡體字與漢語拼音化〉、臧遠侯〈期待兩岸書同文〉、黃沛榮〈論兩岸文字之異〉、〈由論兩岸語文差異談海外華語文教學〉及《漢字的整理與統合》等。由於所牽涉的問題較爲複雜，

亦非文字學研究的主要範圍，故本文不另立一節。其二，有若干篇利
用古文字資料研究古代制度研究的論文，如徐建婷《兩周媵器與媵禮
研究》、梁文偉《雲夢秦簡編年紀斠斠》、吳福助《新版睡虎地秦簡
擬議》、傅榮珂《秦簡律法研究》、林文慶《秦律徒刑制度研究》等，
由於性質有別，亦不列入上文敍述之中。

　　近十多年來，兩岸學術交流日益密切，中國大陸文字學者來臺出
席會議及講學者甚多，如胡厚宣、李學勤、裘錫圭、曾憲通、王寧、
李家浩、向光忠、何琳儀、吳振武諸位先生等，對於臺灣文字學的研
究與發展，影響頗爲深遠。這也是本文必須一提的。

　　上文就近五十年⑱臺灣學者在文字學研究方面之成果作一綜述，
一方面整理文字學研究的成果，以作爲未來研究發展的參考；另一方
面，也希望藉此機會將臺灣研究成果向海外介紹，有助於學術交流。
然而，文字學與古文字學、俗字學等領域頗爲龐雜，涉及的資料極多，
限於個人的能力與識見，難免會有掛一漏萬之處，尚祈學界同道不吝
指正。

---

⑱　本文由撰寫至出版歷經數年，於校對時又據近日所見，酌於收錄。故「五十年」云
　　云，只能視爲約數。

五十年來臺灣的訓詁學研究

李添富*

一、前　言

　　瑞安林景伊先生《訓詁學概要》以爲凡是研究前人的注疏、古時的解釋，加以分析、歸納，以明白其源流，辨析其要旨，瞭解其術語，進而說明其方法，演繹其系統，提取其理論，闡述其條理，使人能根據文字之形體與聲音，進而確切明瞭、解釋古代詞義的學問，就是我們所謂的訓詁學。❶

　　由於時有古今，地有南北，人有雅俗，造成了語文的隔閡，爲了去除這些隔閡，於是有了訓詁的產生。戴震《爾雅文字考·序》云：「士生三古後，時之相去，千百年之久，視天地之相隔千百里之遠無以異。昔之婦孺聞而輒曉者，更經學大師轉相講授，仍留疑義，則時爲之矣。」陳澧《東塾讀書記》云：「蓋時有古今，猶地之有東西、

---

*　輔仁大學中文系副教授
❶　《訓詁學概要》（臺北：正中書局，1972年），頁5-6。

南北，相隔遠則言語不通矣。地遠則有翻譯，時遠則有訓詁，有翻譯則能使別國如鄉鄰，有訓詁則能使古今如旦暮，訓詁之功大矣哉。」劉師培先生《中國文學教科書·周代訓詁學釋例》除了時、空因素外又加入雅俗的觀點，他說：「三代以前，以字音表字義，無俟訓詁。然語言之變，略有數端。有隨時代而殊者，如《爾雅》：『夏曰歲，商曰祀，周曰年，唐虞曰載。』《孟子》：『夏曰校，商曰序，周曰庠。』是也。同一事物而歷代之稱謂各殊，則生於後世，必有不能識古義者，若欲通古言，必須以今語釋古語；同一名義而四方之稱謂各殊，則生於此地，必有不能識彼地之言者，若欲通方言，必須以雅言證方言。且語言既與文字分離，凡通俗之文必與文言之文有別，則書籍所用之文，又必以通俗之文解之，綜斯三故，而訓詁之學以興。」

　　林先生《訓詁學概要》更進一步的申明劉先生的見解，認為：「其實除了時空兩說外，學者的『正名辨物』也是訓詁興起的一大原因。」❷並歸結訓詁產生的成因云：「換而言之，由於時間、空間以及人為三種因素的交互影響，於是產生了名詞的不同，語意的變遷，聲韻的轉移，師說的差別，簡冊的錯亂，文字的異形，古今的殊制，語法的改易，語詞的變化等等的問題，都有待訓詁來解決，因此就有訓詁的興起。」❸

　　王寧先生在所著的《訓詁學原理》一書中，將訓詁學自周代發端以來之發展，分作三個時期，他說：

　　　訓詁學範圍的確定經過三個時期：㈠早期訓詁學。包括一切語

---

❷　同前註，頁7。
❸　同前註，頁8。

言單位和各種語言要素的規律。不但文字、音韻雜糅其中，語法、修辭、邏輯、篇章等等都包含在其中，它幾乎就是文獻學或古代漢語言學的全部。這段時期從漢開始，一直延續到明代；㈡晚期訓詁學。訓詁與文字、音韻分立，偏重研究語義範圍進一步確定了。但字、詞、句、段、章都有語義問題，語法、邏輯、修辭、章句仍包含在其中。不過，它已把詞義當成重點和基礎來研究了，這一時期主要是清代到近代；㈢現代訓詁學。隨著現代漢語科學的發展，語法學、修辭學、文章學都已發展成獨立的語言學部門或其他獨立科學。因此，訓詁學如果不滿足于它在科學史上的地位，而還要在發展中躋身于獨立的現代科學的行列，那麼，它必須把自己的研究範圍確定在古代文獻語言的詞匯而且偏重詞義方面。現代訓詁學的發展趨勢應是文獻詞義學，也就是古漢語詞義學。❹

本師陳伯元（新雄）先生在《訓詁論叢‧第一輯‧弁言》裡，對於近世有關訓詁學術的興起，也有相當清楚的闡述。他說：

原夫清初諸大儒，鑒於明之末季，學者束書不觀，空談性命之旨；游談無根，相爭口舌之間。流風所及，既未得其精而遺其粗，未究其本而先失其末，不習六藝之文，不考百王之典，不綜當代之務，馴致國亡無日。宗社淪亡，奴事異族。因闖空談之誤，倡徵實之學。所謂徵實者，徵之於今，求實事於當時；徵之於古，求實證於典籍。及夫戴震一出，以形音而通乎古義，

---

❹ 《訓詁學原理》（北京：中國國際廣播出版社，1996年），頁34。

綜形名而任裁斷。其〈古經解鉤沈序〉曰：「經之至者道也，
所以明道者其詞也，所以成詞者，未能外小學文字者也。由文
字以通乎語言，由語言以通乎古聖賢之心志，譬之適堂壇之必
循其階，而不可以躐等。」震教於京師，興化任大椿、仁和盧
文弨、曲阜孔廣森皆從問業。弟子最知名者，金壇段玉裁、高
郵王念孫。玉裁注《說文》，形音與義，遂得溝通；念孫疏《廣
雅》，因聲求義，至賾不亂。諸古書文義之詁詘者，皆得理解。
念孫授子引之，作《經傳釋詞》、《經義述聞》其小學訓詁之
精，自漢魏以來，未嘗有也。德清俞曲園、瑞安孫仲容皆承念
孫之學，有所發明。餘杭章炳麟，受業俞樾之門，尤能發揚貫
通，而集其大成。與弟子蘄春黃侃，同為民國初年學術界之所
宗。凡戴學諸家，其分析條理，皆畛密嚴瑮，上溯古義，而斷
以己之律令，梁啟超所謂正統派者是也。

又云：

黃侃於民國初年，教授北京大學，著《訓詁述略》，是大學有
訓詁學課程之始，訓詁一科，綜合音義，以為解釋，凡與中國
文字與古書典籍有關之學術研究，於他科目不便討論者，皆可
於訓詁學範疇以尋究之者也。以是言之，則所謂訓詁者，非僅
語言文字之專門學科，實凡與中國典籍有關之學科，舉凡學術
思想、文學欣賞、歷史文化，甚至於巫醫佛道之書，欲求其正
解，皆宜略通訓詁者也。❺

---

❺ 《訓詁論叢》（臺北：文史哲出版社，1994年），第1輯，頁2-3。

更是非常明確的界定了訓詁學研究討論的範圍。

自從蘄春黃季剛先生承繼餘杭章君之緒,綜理諸說而集其大成,對於訓詁學術理論之研究,以及訓詁方法之實際運用,都有甚爲明晰的舉例與說明。政府遷臺後,在黃季剛先生三位入室弟子:瑞安林景伊 (尹) 先生、高郵高仲華 (明) 先生以及婺源潘石禪 (重規) 先生的發揚之下,不論訓詁知識的認識或運用,都有長足而且令人振奮的表現。雖然這期間有關訓詁的專門著作,並不太多,但大體而言,已經算是有了不錯的成果。

二、論　著

五十年來在臺灣地區著錄發行的訓詁學專書,大抵有:

1. 中國訓詁學史	胡樸安著	商務印書館	1965年
2. 訓詁學概要	洪浩然著	華聯出版社	1969年
3. 訓詁學概論	齊佩瑢著	廣文書局	1970年
		又見:(華正書局,1983年)	
4. 訓詁學	徐善同著	商務印書館	1970年
5. 訓詁學綱目	杜學知著	商務印書館	1970年
6. 訓詁學引論	何仲英著	商務印書館	1971年
7. 訓詁學概要	林　尹著	正中書局	1972年
8. 訓詁條例之建立及運用	蔡謀芳著	商務印書館	1975年
9. 訓詁學大綱	胡楚生著	蘭臺書局	1980年
10. 訓詁學導論	何宗周著	香草出版社	1981年

11.文字聲韻訓詁筆記	黃侃口述		
	黃焯筆記	木鐸出版社	1984年
12.訓詁學 (上)	陳新雄著	臺灣學生書局	1994年
13.中國訓詁學	周　何著	三民書局	1997年
14.新訓詁學	邱德修著	五南圖書公司	1997年
15.訓詁論叢㈠	中國訓詁學會	文史哲出版社	1994年
16.訓詁論叢㈡	中國訓詁學會	文史哲出版社	1997年
17.訓詁論叢㈢	中國訓詁學會	文史哲出版社	1997年
18.訓詁論叢㈣	中國訓詁學會	文史哲出版社	1999年

另外，尚有幾本已在大陸地區流通，復由本地出版社刊印發行者，如：

1.訓詁學要略	周大璞著	新文豐出版社	1984年
2.訓詁通論	吳孟復著	東大書局	1990年
3.簡明訓詁學	白兆麟著	臺灣學生書局	1996年
4.訓詁學	楊端志著	五南圖書公司	1997年

隨著兩岸交流的日益頻仍，大陸地區訓詁學專著也因學者訪問大陸時獲得，或大陸學者訪臺時攜來，一時之間，訓詁論著蠭出，譬如：

1.訓詁簡論	陸宗達著	北京出版社	1980年
2.訓詁研究	陸宗達著	北京師大出版社	1981年
3.訓詁學簡論	張永言著	華中工學院	1985年
4.訓詁叢稿	郭在貽著	上海古籍出版社	1985年
5.訓詁學	郭在貽著	湖南人民出版社	1986年
6.訓詁學導論	許威漢著	上海教育出版社	1987年
7.訓詁學綱要	趙振鐸著	陝西人民出版社	1987年

8.訓詁學教程	黃建中著	荊楚書社	1988年
9.訓詁學概論	黃典誠著	福建人民出版社	1988年
10.訓詁學史略	趙振鐸著	中州古籍出版社	1988年
11.訓詁學新論	劉又辛、李茂康著	巴蜀書社	1989年
12.訓詁學	楊端志著	山東藝文出版社	1992年
13.訓詁與訓詁學	陸宗達、王寧著	山西教育出版社	1994年
14.中國訓詁學	馮浩菲著	山東大學出版社	1995年
15.訓詁學通論	路廣正著	天津古籍出版社	1996年
16.訓詁學原理	王　寧著	中國國際廣播出版社	1996年
17.訓詁原理	孫雍長著	語文出版社	1997年
18.訓詁釋例	華星白著	語文出版社	1999年

　　雖然訓詁學相關書籍可以得見者爲數甚夥，就臺灣地區而言，使用以爲教材，產生較大影響的，大抵有下列幾種：

(一)齊佩瑢先生的《訓詁學概論》

　　早期有關訓詁學之教學與運用，大抵以齊佩瑢先生《訓詁學概論》所述爲主；全書共分四章，第一章緒說：談的是訓詁的名稱、起因、效用與訓詁的工具；這裡所謂的工具，事實上指的是進行訓詁工作時所必須具備的聲韻學、文字學、文法學、校勘學和語言學等相關基礎知識。第二章談的是訓詁的基本概念，包括語義與語音、語義的單位、語義的變遷以及本義、借義、引申義的分類與辨識等。第三章爲訓詁的施用方術，包括音訓、義訓和訓詁的術語。第四章訓詁的源淵與流派，除了對實用訓詁學派與理論訓詁學派的源流、分野、效用與影響，

做了仔細的分析之外，更對訓詁學術中衰與復興的緣由始末，有一番
詳盡而入裡的論述。

㈡林尹先生的《訓詁學概要》

　　林景伊先生的《訓詁學概要》可以說是影響最大的著作。就內容
而言，林先生所討論的問題，雖然與齊先生的《訓詁學概論》相去並
不甚遠，但由於林先生將得自黃季剛先生的文字、聲韻理論，發揮到
極致，因此在內容尋究以及語言學知識的運用效能上，都較齊先生深
入。全書共分八章：第一章緒論，談的是訓詁的意義、產生的原因以
及訓詁的用途；訓詁的用途一節，標舉⑴溝通名詞的不同。⑵明瞭語
意的變遷。⑶探究語言的根源。⑷通曉音韻的變轉。⑸明辨文字的異
形。⑹窮究假借的關係。⑺曉悟古今的異制。⑻瞭解師說的不一。⑼
校勘古書的訛奪。⑽考求古義的是非。⑾明曉語法的改易。⑿辨析語
詞的作用等十二項用途，不僅道出訓詁學在研讀典籍時所能發揮的效
用，更補充說明了訓詁產生的原因與背景。

　　第二章訓詁與文字的關係。歷來學者在討論有關文字相關問題
時，或宥於師說或憑一己之所獲立論，因而造成六書說解各異、文字
體用界限淆亂，致使文字知識無法盡情發揮其訓詁功效；因此，林先
生不憚其煩詳盡的闡述六書理論，並逐一說明其與訓詁之間的關聯。
第三章訓詁與聲韻的關係。由於語音一項為義象表達的重要憑藉，因
此，本章除了詳細分析說明廣韻聲、韻類以及古聲古韻之外，更詳細
說明聲韻學知識在進行訓詁工作時的重要地位。

　　第四章訓詁的方式。林先生依照表現形式的不同，將解釋詞義的

方式歸納爲：互訓、推因與義界三種。凡以古今雅俗之語，同義之字，相當之事互相訓釋的訓詁方式叫做互訓，也可以稱爲翻譯。推因又稱爲求原，是一種從語詞得聲命名緣由來推求文字義象的訓詁方式。至於義界，則是用數個字強調名物特徵以說明詞義的訓詁方式，又稱爲宛述。第五章訓詁的次序。依照黃季剛先生所定：一爲求證據，二爲求本字，三爲求語根的次第，說明了推求字義的順序。林先生認爲這樣的次第，是一個由淺入深，由表入裡，由普通入於專門的次序；而且這次序也與訓詁學在史的發展程序上，是相吻合的。在求本字一節中，詳細的介紹了黃季剛先生的〈求本字捷術〉；在求語根一節中，則以章太炎先生的《文始》和〈語言緣起說〉爲依歸，可以看出林先生學術秉承章黃的痕跡。

　　第六章訓詁的條例。乃是依照進行文字義象推求時所運用的方法而分。聲訓條例本著聲義同源的理論，依據聲音線索推求文字的義象，義訓條例則由名物特徵作解，至於形訓條例則直接就文字形體構造說明詞義。在義訓條例一節中，對「反訓」一項，也有甚爲詳盡的說解。第七章訓詁的術語。列舉常見訓詁用語並舉例說明其應用方式，不僅進行說解時可以有所依循，探求文獻典籍之義象時，亦可因此而更能精確瞭解與掌握。第八章訓詁的根抵書籍。詳細的說明了《爾雅》、《小爾雅》、《方言》、《說文》、《釋名》、《廣雅》、《玉篇》、《廣韻》、《集韻》、《類篇》等十部重要訓詁典籍之內容與訓詁條例。

(三)胡楚生先生的《訓詁學大綱》

　　除一般訓詁學基本理論如：訓詁的名義、起源、效用、方法、用

語，詞義的變遷，以及訓詁的根柢書籍幾章與林先生《訓詁學概要》大抵相近外，胡先生的《訓詁學大綱》有幾個章節甚為特別；如第三章「四聲別義簡說」、第四章「聯緜字略論」、第七章「通假字的問題」、第八章「形聲字的系統」、第九章「同源詞的研究」、第十二章「經傳釋詞一系的虛詞研究」、第十三章「古書疑義舉例及其有關書籍」等，專題式的論述，較林先生以前諸書所言，更為深入而精微；研討的範圍，也較前輩學者為廣泛。換而言之，在胡先生的書裏，有關訓詁學研究的領域與訓詁方法之運用等課題之探究，都較過去學者所論更為廣泛而精深。

㈣陳新雄先生的《訓詁學》（上冊）

本師陳先生《訓詁學》一書❻，在章節架構上，雖與林先生《訓詁學概要》並無不同，內容上則多有增補，除徵引較多且更為直截明瞭之文獻資料證成林先生之理論外，更引述李孝定、龍宇純、胡楚生先生以及大陸地區學者陸宗達、周祖謨、殷孟倫、王寧、徐世榮先生等之論著，從現代語言學之觀點，為「訓詁學」之意義、內容與運用，做一番更為明確之界定與說解。另外，書中所附陳先生的幾篇論著，如：〈說文借形為事解〉、〈章太炎先生轉注假借說一文之體會〉、〈《禮記・學記》「不學博依不能安詩」解〉、〈訓詁方式義界與推因之先後次第說〉等，更是陳先生在訓詁基本理論與實際運用的創獲

---

❻　本書分上、下兩冊，上冊為訓詁學相關理論，下冊為訓詁學根柢書籍，目前但出版上冊，下冊編印中。

上，直接而又明白的呈現。

㈤周何先生的《中國訓詁學》

周師一田（何）之《中國訓詁學》，在訓詁的名義、發展、方式、用語、條例等方面大體亦同於林景伊先生的《訓詁學概要》；其第五至第八章「訓詁的內容㈠：研形與審音」、「訓詁的內容㈡：求本義」「訓詁的內容㈢：說引申義」、「訓詁的內容㈣：明借義」、「訓詁的內容㈤：相對異詞之辨析及其他」完全針對文字之運用與義象之辨識而發，為全書最為重要的部分。

林先生書中佔相當份量之「訓詁與文字的關係」、「訓詁與聲韻的關係」兩章，周先生則合併為「研形與審音」一章。在字形研究與本義推求上，除傳統文字基礎知識與六書理論外，周先生特別重視「字樣的演變」、「字根的整理」與「異體字之歸納研究」；在字音的掌握與音義關係的考證上，除傳統聲韻部類之明辨外，周先生以為正音、變音與新生音讀的掌握，更是重要的一環。

周先生以為文字之義象，依其運用而有：(1)本義、(2)引申義、(3)假借義、(4)新生義、(5)特殊用義的不同。因此就引申義之變化性質、假借之成因與條件、相對異辭的辨析、新生義與特殊用義的產生與辨識等，都有所說明。

三、中國訓詁學會與訓詁學研究概況

中國訓詁學會的成立，可以說是中國訓詁學學術理論研究與教學

運用往前推展的重要里程碑。本師陳先生有感於訓詁學術之研究與推闡，未能有一可以匯聚並發揮眾人力量之團體，殊屬憾事，於是籌組「中國訓詁學會」。在中國訓詁學會成立大會上，先生明白的指出：

> 民國四十年代，中國文字學會成立，民國七十年代，中華民國聲韻學會成立。中國文字原兼有形音義三方面，研究文字之形體者謂之文字學，研究文字之聲韻者謂之聲韻學，而研究文字之意義者謂之訓詁學，字形、字音既已分別成立學會，展開研究，且有輝煌之成績；獨於研究字義之訓詁學，猶無專門學會集合志同道合之學者共同研究，豈非憾事。且文字聲韻之研究，所以為訓詁之用者，猶之建港所以泊舟，築路所以行車，今港已建妥，路亦竣事，而車船猶不知所在，則建港築路之效，尚難以彰顯也。❼

除了為「包含文字研究之全，以章著文字研究之效」外，先生所以積極籌劃成立中國訓詁學會的另一緣由則為：

> 中國文字學會、中國聲韻學會均多次組團赴大陸參加學術研討會，增進兩岸學術之交流，促進兩岸文化之瞭解，極具正面之影響。文字、聲韻兩岸既各有對口單位，互相交往，增進瞭解，獨於字義研究之訓詁學，我方猶無相對等之學會，以互相交流，寧非缺憾。❽

---

❼ 《中國訓詁學會成立大會手冊》（臺北：中國訓詁學會），頁11。
❽ 同前註，頁11。

　　中國訓詁學會於民國八十二年五月正式成立，隨即積極籌劃學術研討會相關事宜。第一屆學術研會於同年十二月假臺北縣新莊輔仁大學召開，會中除本地學者發表論文二十餘篇外，尚有來自香港中文大學的黃坤堯先生、韓國安東大學的金鐘讚先生、北京師範大學王寧先生、華中師範大學黃建中先生以及武漢大學王慶元先生等，兩岸三地有關訓詁學術之研究與發展概況，首度同臺論述，其意義自是非凡。另外，本次會議發表之論文，除傳統訓詁理論及文獻音義關係之推求外，訓詁學與語義學、訓詁學與詮釋學、訓詁學與語言學等相關領域學科之整合問題也在研討範圍之內。換言之，本次會議不論在參與成員或是研討論題上，都有令人滿意的表現。至於會後論文集之印製出版，更為文獻資料之保存以及學術研究成果之傳播運用，發揮廣大效用。

　　民國八十四年十一月，第二屆中國訓詁學學術研討會假臺南市國立臺南師範學院舉行。沿續第一次學術研討會之廣博精神，本次會議與會學者除本地學人外，香港中文大學的黃坤堯先生、韓國安東大學金鐘讚先生、高麗大學金彥鍾先生、宋寅聖先生以及吉林大學劉釗先生、北京中國錢幣博物館黃錫全先生、上海辭書出版社楊蓉蓉先生、北京中華書局李亞明先生、旅日中國社科院語用所梁曉虹先生也都到會發表論文；至於論文內容，誠如本師陳先生《訓詁論叢第二輯·弁言》所云：「有言訓詁研究之方法者，有究典章制度者，有論辭書編寫者，有析古書句讀者，有釋典籍篇章者，有解一字之義者，有詮一詞之用者，有自敦煌學言之者，有自簡牘學言之者，有述資訊網路資源運用者，林林總總，猗歟盛哉。」

　　由於本次會議論文內容包羅萬象，因此有關訓詁學之真正內涵究

竟如何？訓詁學是否能夠為求科際整合而擴大其涵蓋範圍？是否也有可能因為漫無限制之擴大，以致失去其主體性等問題，會中也有所討論。譬如：東吳大學林炯陽先生在討論李亞明先生〈訓詁學研究方法的繼承與創新〉時，以為：

> 我們要加強訓詁學的理論建設，應該吸收相關學科的理論，才能夠推陳出新。不過我們在吸收和移植西方社會學科或自然科學領域的精華時，要特別注意是否適用、是否有局限。……訓詁學運用的範圍非常廣泛，包括詞義、語法、修辭、辭彙、哲學、文獻、校勘、典制名物等等的研究，甚至編纂字典，皆可運用。這就是造成訓詁學研究的範圍與其他學科糾纏不清的現象。❾

李亞明先生則引陳新雄先生《訓詁論叢第二輯·弁言》以為回應。案陳先生說：

> 其實訓詁學之範疇，至為廣泛。余嘗云：所謂訓詁者，非僅語言文字之專門學科。其實凡與中國典籍有關之學科，舉凡學術思想、文學欣賞、歷史文化、字典辭書，甚至於巫醫百工之典、神仙佛道之書，欲求其正解，皆宜略通訓詁者也。

第三屆中國訓詁學學術研討會，於民國八十八年四月假高雄國立中山大學召開；除國內前輩知名學者龍宇純、蔡信發、周何、王忠林、李振興和學會理事長陳新雄先生外，尚有來自大陸地區的許嘉璐、許

---

❾ 《訓詁論叢》（臺北：文史哲出版社，1997年），第2輯，頁491-493。

威漢、王寧、蔣紹愚、馮浩菲、馮瑞生、曾憲通、張振林、吳振武、趙誠、虞萬里（虞先生因故未能到會，但論文仍排進議程討論）以及美國的梅祖麟，日本的平山久雄、花登正宏、瀨戶口律子，新加坡的雲惟利，香港的饒宗頤、宗靜航、單周堯、黃坤堯、張光裕和韓國金鐘讚等專家出席盛會；會中提交討論文章共五十篇，其內容包含訓詁學基本理論與活用、古文字之辨識與運用、方言問題與現象、語法功能與探討、辭書編纂與研究等，一如陳新雄先生所言，萬象盡皆包含其中。

　　民國八十六年五月，陳新雄先生任滿，許錟輝先生接任學會理事長，繼續推動訓詁研究暨學術發展工作。於民國八十七年十二月假國立臺灣師範大學召開第四屆中國訓詁學學術研討會，除規模略為縮小，發表文章縮減為三十一篇外，其討論之內容範圍以及參與學者之層面，與第三屆會議無異。八十九年十二月，逢甲大學中文系所承辦第五屆中國訓詁學學術研討會，雖因經費困難，會議規模更為縮小，研討課題、與會學者人數、層面以及問題討論之熱烈情況則一如往昔；王松木先生〈試從認知角度論漢語詞義演化的動態歷程〉一文，雖屬試驗性質，容有些許更為深入探討之空間，卻為傳統中國訓詁學注入運用西洋語言學分析理論進行研究的活血。

　　由於有關訓詁學術之研究與發展，並非臺灣地區所獨有；也由於兩岸有關訓詁學術之研究與理論同出一源，甚至是同一師承，更由於兩岸日益頻仍的學術交流，使得兩岸學者在訓詁研究的領域、方法與成果諸方面，產生相互比較與競爭的良性互動關係；因此，以下試簡述近年來大陸地區訓詁學術研究概況。

　　大陸地區的訓詁學學術推展工作，由中國訓詁學研究會負責推行。民國六十八年（西元1979年）南京大學洪誠教授率先成立訓詁學研究

班，弘揚訓詁之道，培育訓詁人才，同時倡議成立學會以便長期推廣相關學術研究；民國六十九年（西元1980年），洪誠先生逝世，陸宗達先生承繼相關業務，於民國七十年（西元1981年）五月，在武漢成立中國訓詁學研究會；並於當年八月假北京師範大學舉辦第二屆訓詁學研究班，出版《訓詁學的研究與運用》，對於訓詁理論以及運用，多所發明，對訓詁學術之發展，具有相當程度之貢獻與影響。

陸宗達先生的《訓詁簡論》可以說是大陸地區近年來訓詁學專著的嚆矢，陸先生在該書的前言云：

> 訓詁學是我國的一門古老的科學。它從語義的角度來研究古代文獻，是批判地繼承我國古代文化遺產首先必須運用的一門基礎科學。它不僅有很高的學術價值，在今天還有很高的實用價值。過去的訓詁學有它巨大的成就，但也存在一些缺點。今天，在近代語言科學以及其他科學進一步發展的情況下，我們完全應當使訓詁學有更深、更廣的發展與運用。但是，訓詁學這門科學常被看成一門神秘莫測、高不可攀的學問，影響了它的普及。因此，有必要對它的範圍、內容、方法以及如何運用等問題，作一些簡單扼要而又通俗的論述，並對前人在訓詁學上的成就，作一些必要的介紹，以幫助更多的人了解它和運用它。

因此，《訓詁簡論》一書的內容為：

一、什麼是訓詁

二、訓詁的內容

　　甲、保存在注釋書和訓詁專書中的訓詁內容

　　　　㈠解釋詞義

　　㈡分析句讀

　　㈢闡述語法

　　㈣說明修辭手段

　　㈤闡明表達方法

　　㈥串講大意

　　㈦分析篇章結構

　乙、保存在文獻正文中的訓詁內容

　　㈠以訓詁形式出現的正文

　　㈡以正文形式出現的訓詁

三、訓詁的方法

　㈠以形說義

　㈡因聲求義

　㈢核證文獻語言

　㈣考察古代社會

四、訓詁的運用

　㈠運用于古代文獻的注釋工作

　㈡通過訓詁了解和研究古代社會及其科學文化

　㈢運用于工具書的編纂

　㈣運用于指導閱讀和語文教學

　㈤訓詁在漢語科學研究和發展中的地位和作用

　　周大璞先生的《訓詁學要略》乃繼陸宗達先生《訓詁簡論》之後問世的重要訓詁學專著。該書簡要闡明訓詁之源流、體式、條例、術語及訓詁十弊；本書雖於訓詁實例說解方面稍嫌不足，有關訓詁學術之歷史發展，則甚為詳贍。在緒言裡，周先生以為：

> 訓詁學是語言學的一種。我國的語言學向來分爲三門,即文字
> 學、音韻學、訓詁學。文字學研究文字的形體,音韻學研究語
> 音,訓詁學研究語義。訓詁學也就是語義學。

這「訓詁學是語言學的一種」、「訓詁學也就是語義學」的觀點,正
與陸宗達先生在《訓詁方法論》書中所揭櫫的「訓詁學是傳統語言文
字學的一個部門」、「它實際上就是古漢語詞義學」的說法不謀而合。
而「訓詁學」就是「語義學」的觀點,在後來幾位知名學者的著作裡,
也都是重要的論點。譬如張永言先生的《訓詁學簡論》云:「訓詁學
是中國傳統語文學—即『小學』的一個部門。訓詁是側重字義、語義
研究的一門。……按照近代科學系統來說,訓詁學可以說是語文學的
一個部門,是主要從語義的角度研究古代文獻的一門科學。」❿趙振
鐸先生的《訓詁學綱要》云:「訓詁學是研究解讀古書字、詞、句意
義的科學。」⓫黃典誠先生的《訓詁學概論》亦以爲訓詁學是:「閱
讀古書的基本方法和系統理論,……又是研究漢語語義發展的一門學
問。」⓬至於齊佩瑢先生的《訓詁學概論》則以爲:「訓詁學是研究
我國古代語言和文字的意義的一種專門學術。……應當是『歷史語言
學』全體中的一環。這樣,訓詁學也可以叫做『古語義學』。」⓭雖
然齊先生稱訓詁學爲「古語義學」,與陸、黃等幾位先生的說法稍有
不同,但其實質卻完全相同,都把「訓詁學」與「語義學」畫上等號。

---

❿　《訓詁學簡論》（武漢:華中工學院出版社,1985年）頁19-20。

⓫　《訓詁學綱要》（西安,陝西人民出版社,1987年）頁1。

⓬　《訓詁學概論》（福州:福建人民出版社,1988年）頁1。

⓭　《訓詁學概論》（臺北:華正書局,1983年）頁1-2。

殷孟倫先生的〈訓詁學的回顧與前瞻〉一文，雖同意於訓詁學與語義學的關聯，卻也有不同的看法，他說：

> 訓詁學是漢語語言學的一個部門，它是以語義為核心，用語言來解釋語言而正確地理解語言、運用語言的科學。同時它是兼有解釋、翻譯（對應）和關涉到各方面知識的綜合性學科。其任務就是研究語言的訓釋方式，掌握其系統條貫，說明其表達情狀，進一步探求語言的發展規律、本原和演變，從而促進語言的豐富和發展。應該注意的是，訓詁學雖然以語義為核心，但不限於語義的範圍。因此，訓詁學並不等於西方的語義學。❹

洪誠先生的《訓詁學》亦云：

> 訓詁學是為閱讀古代書面語服務的一門科學。……訓詁學和詞義學有不可分割的關係，但卻不等於詞義學。……主要依據歷史語法學。❺

殷煥先先生序楊端志先生《訓詁學》時也以為：

> 訓詁學實為詞（字）義之學，……但是訓詁學仍然自有其特色，它究竟不同於詞義學，訓詁學之史的認識、發展的認識，可以說明這一點。❻

---

❹　《文史哲》1982年3期。轉引自丁忱先生〈十年來訓詁學的發展方向〉。

❺　洪誠：《訓詁學》（南京：江蘇古籍出版社，1984年），頁1、頁6-7。

❻　《訓詁學》（濟南：山東文藝出版社，1992年），頁1。

可見學者雖同意於訓詁學的理論與研究，不可避免的要涉及詞義研究，但他畢竟不等同於詞義學，更不純然是西方語言學中的語義學。

至於楊端志先生的《訓詁學》則分訓詁學爲廣、狹二部，他說：

> 廣義的訓詁學，內容極爲繁庶，包括解釋某詞某語、典制名物，直至給某部書作出注解，或者編成字典詞典等。甚至後代的文獻學、校勘學也是它研究的對象。實在說，它的涵義與「訓詁」差不多，包括一切解釋現象，由於它研究的內容繁蕪，且語言本身的問題與語言以外的問題界限不清，語言本身字、詞、句的界限不清，詞匯、語法、修辭的界限不清，所以它的系統性、科學性較差。我們所說的「傳統訓詁學」當屬於這一種。狹義的訓詁學，則是研究解釋的一般規律和方法的科學。它的任務是：第一，研究訓詁的產生、發展和今後的方向；第二，研究古代的訓詁著作，批判地繼承古代訓詁的理論、方法和成果；第三，吸取語言學其他部門研究的最新成就，不斷豐富訓詁理論和方法，使它走向科學化。它解釋的主要對象是詞義，與語義學相仿，當是漢語史研究的一個部門。❶

其實，分訓詁學爲廣、狹二部，並非楊端志先生首創；周法高先生在〈中國訓詁學發凡〉一文中已經提到：

> 過去研究中國文字的，分字形、字音、字義三方面、訓詁就是研究字義之學，實際上現在我們說「語義之學」，也許要妥當一

---

❶ 同前註，頁9。

些，……在西方，近代研究語義之學，有所謂 "sematics"。這門
學問發展得比較遲緩。因爲語義方面比較不易把握，所以遠不如
「音韻學」（phonology）、「語法學」（grammar）發達。在範
圍方面，也有廣狹之異：廣義的研究包羅甚廣，已超出語言學的
範圍，好些哲學家都參加討論研究。語言學者的研究，注重語彙
方面，研究語義及其變遷，是屬於狹義的語義學。⑱

王了一先生「新訓詁學」理論的提出，也是想爲訓詁學的領域，作一
番更爲明確的界定。王先生說：

> 所謂「新訓詁學」就是語言學中的「語義」之學，他的範圍大
> 致和舊的訓詁學相當，可是在治學方法上，兩者卻有很大的差
> 異。舊訓詁學大致可分爲纂集、注解、發明三派：纂集派者著
> 重收集故訓的材料，注釋派著重字義的解釋，發明派著重從聲
> 韻的通轉去考證字義的通轉。這三派各有利弊。至於「新訓詁
> 學」的研究語義，首先要有歷史觀念，研究每一語義的產生和
> 死亡的時期。其次研究語義的演變，考究他的擴大、縮小和轉
> 移等變化；並須顧到語音、語法和語義的關係，來幫助對於語
> 義的歷史和演變的探討。再就考究語義的歷史說，還可以和文
> 化相印證，成爲文化史的一部份。用這樣的觀點去研究訓詁，
> 訓詁學才能脫離了「經學附庸」的地位；新的訓詁學，才建立
> 得起來。⑲

---

⑱　《中國語文研究》，頁58。

⑲　轉引自方師鐸先生〈訓詁學的新構想〉，《東海學報》，第21卷。

四、結　語

　　武漢大學丁忱先生〈十年來訓詁學的發展方向〉一文❷，以為訓詁學的發展，從宋王應麟的「文字學派」、到胡樸安先生的「考古派」、張世祿先生的「工具派」、陸宗達先生的「語義派」、齊佩瑢先生的「非語義派」（綜合派），而後變成郭在貽先生主張訓詁學除了必須具有系統性之外，尚需加上「獨創性」與「實用性」的「創新派」。而這由「文字學派」、「考古派」、「工具派」、「語義派」、「非語義派」（綜合派）、到「創新派」，是不斷趨於精密、向前發展的，是「舊訓詁學」向「新訓詁學」的發展。

　　如果我們仔細的比對一下兩岸有關訓詁學研究的內容與發展，可以發現互異而又相一致的；也就是說，兩岸學者雖然在理論的闡揚與側重部分稍有不同，卻都注意到訓詁學的研究與運用，除了原有文字音義關係之推求以及語義變遷等相關理論研究外，詞義學的研究、語法理論的運用，甚至新興的認知理論等，都逐漸被運用以為訓解文獻、推求義理的方法。在廣泛的運用各種方法，並且互相參照、修正的情況下，我們也發現一些過去說解起來總是不能盡如人意的部分，終於獲得了較為合理的說解。

　　五十年來，臺灣地區的訓詁學術，在前輩學者善用既有成果並且創新發明的情況下，有了穩固的基礎；中國訓詁學會成立以來，在全體會員努力的推廣、研究下，更是締造了一番前所未有的榮景。不僅

---

❷　香港中文大學《中國語文通訊》17期，頁17-20。

在學術理論的創新與發明上，有了長足的進步與傲人的佳績，促進兩岸學者合作研究、分享成果等方面也有很好的成效；更值得一提的是訓詁學術研究人口的普遍以及學者平均年齡的下降，都是令人感到欣慰的現象。

當然，五十年來臺灣地區訓詁學術的研究與發展，並非沒有出現任何困頓。筆者曾於〈訓詁學課程設立之意義與規劃〉㉑一文中指出，當前訓詁學的教學研究面臨了以下兩個問題：

㈠繁瑣的系統理論要求與實用效能的衝突

㈡語言習慣的改變與傳統分析理論的差異

而這兩個問題的解決之道，除了擴展訓詁學的研究領域，廣泛的運用各種材料之外，便是創新研究與教學的方法。今天，我們可以很清楚的瞭解到我們的訓詁學者，正積極的朝著這個方向前進；因此，我們也可以很清楚的知道，臺灣地區的訓詁學術，將會承繼過去五十年的研究成果，而有更為長足的進步與發展。

㉑　中國語文課程規劃會議報告，1998年5月，臺北臺灣大學。

臺灣五十年來漢語歷史語法研究述評

魏培泉*

　　臺灣可以說是到了二十世紀50年代才眞正有漢語歷史語法研究可言，因此臺灣五十年來的漢語歷史語法的研究史也差不多於等於臺灣的漢語歷史語法的研究史。

　　臺灣五十年來漢語歷史語法的研究，依據研究者的數量、研究範圍、方法與理論等的發展，大約可以1975年爲準對分爲前後兩期。

一、前期的發展

　　在這個階段中，漢語歷史語法學界中最受注目的人物首推周法高和許世瑛兩位先生，其中周先生更可說是本階段的學術代表。

　　周法高先生在古漢語語法學、聲韻學以及古文字學的研究上皆享

＊　中央研究院語言學研究所研究員

有極高的聲譽，這一點可以說是前無古人，至今也還沒有與其匹敵者。
他在上古漢語語法研究上的地位尤其可擬於宗師。他的歷史語法研究
無論是在語法理論上還是在研究內容上都沒有與潮流脫節，不但與中
國大陸的發展遙相呼應，而且也與當時西方漢學界的研究密切接軌，
西方漢學所注意的語法現象他沒有未經思辨的。他作品的語法理論精
神上大體承自結構學派，而在描述分析上所採用的語法模型就和中國
大陸60年代以後所通用的相類，只有小幅的差異。

　　周先生的語法研究是以上古漢語爲主要範圍的，部分的議題也還
延伸到中古漢語。❶他的作品中關於上古漢語的，所涉及的論題幾乎
無所不包。最主要的作品爲巨著《中國古代語法》。此書有三個部分：
《中國古代語法：稱代編》（1959，中央研究院歷史語言研究所專刊）、《中
國古代語法：造句編（上）》（1961，同前）、《中國古代語法：構詞編》
（1962，同前）。❷此書所涵蓋的時間爲先秦以至南北朝，只是主體還是
西漢以前的經典以及出土資料。❸從表面上看，此書和傳統的文言語
法書有些相近，但是內容更詳盡、分析更深入，對於每個虛詞或各種
句型的例句選擇極爲審愼，最早出現及最具代表性的例子近乎收攬無
遺。這部書即使到今日仍然是研究上古漢語時最好的參考書，可說是

---

❶　本文作者一向把漢語史分作三個時期：上古漢語時期是從先秦到西漢，中古漢語時
　　期爲東漢魏晉南北朝，近代漢語時期則爲唐五代以迄於清。本文延續這個看法，
　　文中並以古代漢語來統稱這三個時期。

❷　由於今日網路發達，出版資訊易於查詢，所以我們在徵引刊物時除了標明年份以
　　外，專書的出版處只用簡稱，期刊只標示刊名及卷期，學位論文一般只標示校名。

❸　在《中國古代語法》中，所引例句可以包括魏晉南北朝，因此此書的「古代」和呂
　　叔湘後來把漢語史分作近代漢語和古代漢語二期時的古代漢語時期大抵相當。

結構學者對上古漢語研究的一個總結。它在上古漢語語法研究中的地位大致就和趙元任的《中國話的文法》在現代漢語語法研究中的地位相當。若按研究漢語的結構學者的成就來說，他們分別是上古漢語和現代漢語研究的總其成者。

　　除了《中國古代語法》以外，周先生另外還有一些作品也很重要，可以補足或深化該書未及的部分。❹如可以輔翼《稱代篇》的有〈「之」「厥」「其」用法之演變〉（1956，《學術季刊》4.4）、〈「所」字之性質〉（1956，《中央研究院特刊》3）等，二文對上古漢語中幾個性質較具爭議性的代詞有更深入的探討；可與《造句篇》相參的如〈古代被動式句法之研究〉（1956，《歷史語言研究所集刊》28），其中有一些想法及討論是《造句篇》不能完全盡述的。其他也還有一些著作可以補充〈中國古代語法〉所未能包括在內的。例如：〈上古語法札記〉（1950，《歷史語言研究所集刊》22），此文有九節，每一節處理一個上古漢語的議題，而每個議題都能提出新穎且敏銳的見解，因此都是值得研究者參考的；〈中國語法札記〉（1953，《歷史語言研究所集刊》24），此文除了探討幾個中古漢語及近代漢語的問題之外，也處理了幾個上古漢語的重要議題，也提出了相當重要的觀點；〈上古語末助詞「與」（歟）之研究〉（1957，《歷史語言研究所集刊》29），此文探討上古漢語的疑問助詞，對於「與」（歟）和助斷的「也」間的關係有很好的論證。❺總的看來，上古時期的各種重要語法現象在他的著作中幾乎都得到相當程度的處

---

❹　除了這裡所列的之外，還有幾篇論文的主體部分已納入《中國古代語法》中，如〈古代漢語的語序和省略〉等，這裡就略而不談。

❺　以上所引論文亦收在以下兩本個人論文集中：《中國語文論叢》（1963，正中書局）、《中國語言學論文集》（1975，聯經出版事業公司）。

理，例證也相當精到，可說是鉅細靡遺，且體大思精，有不少觀點是發前人所未發者。

　　完成《中國古代語法》以後，周先生除了教學的負擔加重，研究重心也轉向古聲韻及古文字學，因此語法方面的著述幾告停頓。儘管後來他對金文的研究達到相當深入的程度，但終究沒有再從語法學的角度加以闡發，不能不說是件可惜的事。據聞周先生晚年有意完成一本《中國古代語法虛詞篇》，❻可惜終究未竟其業。

　　許世瑛先生又是這個階段的另一種典型。他在歷史語法的研究上雖不如周先生之耀眼，但在臺灣語法教學上的影響卻也非周先生所及。因爲在50年代以及60年代，許先生在國立臺灣大學及國立臺灣師範大學長期教授文言及白話的語法，學位論文也多是由他指導。此時他所傳授的那套語法架構也成爲臺灣學界的主流，且餘波延至70年代而猶有餘勢。❼

　　許先生在語法分析上所使用的語法模型基本上是遵循呂叔湘在《中國文法要略》中所建立的那一套語法架構的。如教科書《中國文法講話》（1954，臺灣開明書店），看起來就像《中國文法要略》上卷的改寫本，不但篇目及編排順序大體相同，連內容例子也有不少相似之處；又如《常用虛詞用法淺釋》（1953，復興書局），也不時可以看到呂叔湘《文言虛字》的影響。因此我們或許可以說許先生是呂叔湘早期語法思想之推廣最力者。

---

❻　參趙芳藝〈語言學巨擘周法高教授〉（1987，《國文天地》3.1）。

❼　雖然如此，因爲臺灣政府及學界過去並不重視漢語語法的教學，即使這一套語法架構在教育界廣泛採用，卻也未深植到一般人的心目中。即使到了今日，一般人一提及語法，能據以類比或推衍的往往就是中學時代所學的英語語法。

　　許先生的語法研究是以上古漢語的文獻爲主要範圍；對中古漢語的材料也有研究作品，但只占其全部語法作品的一小部分。他最善長的是古籍專書的研究，其中研究最多的是《論語》、《孟子》二書，僅是對這二書語法的研究作品就有十餘篇之多；他也還單獨爲《論語》寫了一本專書——《論語二十篇句法研究》（1973，臺灣開明書店），就各篇章逐一進行細部的語法描寫。除了挑選特定的專書作細部的描寫之外，他也還有一些論文是分析個別的虛詞而以整個上古漢語爲範圍的，如〈談談「見」字和「相」字的特殊用法〉及〈談談「所以」的幾種用法〉之類。❽許先生對中古漢語也有一些研究，研究的對象主要是在《世說新語》一書，相關論文有四篇。他也研究古代詩歌的語法，上古漢語及中古漢語的材料都在研究之列。如《詩經》除了有《詩經句法研究兼論用韻》一文長篇累牘的描述《國風》及《小雅》中的多數篇什的語法之外，還有三篇專文探討《詩經》的虛詞；不僅《詩經》而已，他對漢代的詩賦也有些兼論句法及用韻的論文。許先生作品的特色是著重於對經典文句的條分縷析，有幾部經典還作了逐字逐句的全面解析。可說是字斟句酌，不厭其煩。他所使用的這一套語法模式在教學上簡單易學，而且他的作品也爲這個語法模型做了相當多的示範，頗符合當時教學的需求，因此在當時流傳甚廣。許先生爲後學者的設想惟恐不周，甚至還給他們安排了一個完整的研究程序，但凡事有利則有弊，傳承者很容易因安其便利而流於套公式，對理論及事實的進一步探討難免也會有抑制的作用。關於這點在下文介紹學位論文時會有所交代，這裡不再多說。

---

❽　這裡所提及的許先生的論文除了特別標示出版處的之外，也都見於《許世瑛先生論文集》（1974，弘道文化事業公司），不難取得，因此出處姑且從略。

　　以上這兩位學者的光芒幾乎掩蓋了當時的漢語歷史語法學界，事實上當時除了他們二位之外能歸類爲語法學專業的學者也眞是鳳毛麟角。其他的學者也不是沒有看重歷史語法學的，但通常是把它當作語文學研究的附帶論題或工具，在歷史語法學上有重要作品的也不多。以下就以在這領域還有些成績的兩位學者爲例來顯示他們研究的一個趨向。

　　張以仁先生雖以訓詁學名家，但也有歷史語法的著作。他主要的語法作品有兩種，可以說都是因關注語文學的問題而連帶產生的副產品。其一爲〈從文法語彙的差異證國語左傳二書非一人所作〉（1963，《歷史語言研究所集刊》34），該文承用高本漢研究《左傳》的方法來研究《左傳》和《國語》二書，詳細比較此二書的語法及語彙並指出其差異之處，以證明二書爲不同作者。其二爲《國語虛詞集釋》（1968，中央研究院歷史語言研究所專刊），此書雖似承傳《經傳釋詞》等傳統訓詁的訓釋方式，但在分析上又參酌現代語法學者如楊樹達《詞詮》、周法高《中國古代語法》等的語法學專著，這種訓釋方法可說是將傳統小學的方法與現代語言學的方法結合在一起的新訓詁學。王仁鈞先生的語法研究幾乎都在《莊子》一書上，在這個時期他約有五篇論文是描寫此書的個別虛詞的，寫法大抵爲許世瑛先生所採用的那一套描寫模式。

　　這個階段的學位論文主要是碩士論文，博士論文我們只查到一本（許璧，1974，《史記稱代詞與虛詞研究》，臺灣師大）。❾這些論文差不多都

---

❾　本文提及學位論文的所屬學校時都使用簡稱，列在發表年之後。如國立臺灣大學簡寫作臺灣大學，國立臺灣師範大學作臺灣師大，私立中國文化大學作文化大學，其他以此類推。各作者所攻讀的研究所如果是中文所就不加以標明。

是許世瑛先生指導的，研究的方式也差不多都是挑選上古漢語時期中的一本專書來進行描寫，而且描寫時也差不多都是遵循一定的模式來進行，其寫法大略爲詳盡的列舉書中的句型或分類臚列虛詞及條陳例句，同時給與簡略的說明。大體而言，整理之功多而創發少。平心而論，以當時的時空環境而言，這種研究法也是無可厚非的，但今日語料庫的構建日益發達，計算機的搜檢整理統計既快速又完整，我們可以在極短的時間內重新整理過去所做過的，不但結果可以更精確而且又可以按個人的需求而獲致更多樣化的結果，以今視昔，這些早期作品的參考價值已經是大不如往日了。雖然如此，如果我們僅以當日的環境來衡量其時的作品，我們還是可以看到一些求新求變的痕跡。如在70年代的學術論文中，有兩本碩士論文相對的顯得比較特殊。其一爲詹秀惠的《世說新語語法探究》(1971，臺灣大學)。此書雖則基本上仍是承襲許世瑛先生的語法描寫模型，但總算是開啓了學位論文研究中古漢語之門。其二爲曾志雄的《史記語法研究——變換律語法初探》。此書採用變形語法的理論來描寫《史記》的語法 (1974，臺灣大學)，雖然因所採用的語法模型隨著語法理論的快速變化而使得這個作品成爲過時之物而難以參考，但在當時總是跳脫傳統方法的一個嘗試。

二、後期的發展

本階段在研究材料、重點與以及理論方法上都有異於前期的特點。就研究材料的時間廣度而言，過去幾乎只集中在上古漢語時期的研究，現在則視野擴張到近代漢語及中古漢語時期的語法。就研究的

取徑與重點而言,過去主要爲專書的全面描寫,現在則多取專題研究
的路徑;過去主要爲共時性的描寫,現在則比較注重演變的過程及成
因的探討。就理論及方法而言,過去主要是承接結構派學者的分析法,
現在則開始試著從其他的平面以及利用不同的理論來研究語法。

我們就先從本階段理論與方法的發展說起。本世紀語法學的主流
都是以共時的描寫爲重,從結構學派到近來的形式語法差不多都是這
樣,歷時語法受到重視的程度相對爲輕,時間也相對爲緩。歷史語法
因其性質之異,能夠從共時的描寫語法理論借重的相當有限。受限於
這樣的歷史因素,歷時語法在理論上的研究成績就不如共時的描寫語
法那麼顯著,歷時語法演變的規則與成因的探討無疑還是頗有待開發
的。臺灣的漢語歷史語法研究本就不怎麼受到重視,加上上述的時代
背景,因此這方面的研究很自然的就傾向於較單純的專書描寫,而少
有探討歷時演變的規則與成因的,這種情形一直要到80年代才逐漸有
所轉變。

臺灣的漢語語法研究從70年代開始明顯受到以喬姆斯基(Noam
Chomsky)爲首的形式語法的左右。當時主導這股風潮的是外語系所
的學者,❿喬姆斯基學派以外的其他語言學理論從80年代末期起對臺
灣語學界的影響也逐漸增強,但掌舵者也仍然操持在外語系所的學者
手中。這些人無論接受的是什麼語言學理論,研究的範圍幾乎都只限
於現代漢語,少有及於古代漢語者。因此他們即使在漢語歷史語法的

---

❿　臺灣到目前爲止只有語言學研究所而沒有語言學系,語言學研究所主要的學生來源
　　爲外語系,臺灣的各語言學研究所差不多等於外語系中語言學專業的一個延長,
　　因此我們這裡的外語系所是包括語言學研究所來說的。

研究上間有佳作,影響也相當有限。中文系所的教授與研究生雖一直是漢語歷史語法研究的主力,但受到外語閱讀能力的限制,自然難以與現代語言學理論緊密相隨。然而就漢語歷史語法研究來說,他們仍享有先天的優勢,因為外語系所的學者或研究生對於古文獻的掌握相對上較為困難,要拿它來作為研究的語料自然是很難駕馭自如的。由於這種歷史背景,使得臺灣漢語語法的研究無形中成為兩個陣營,臺灣的現代漢語語法研究幾乎與外語系所的現代漢語語法研究劃上等號,而漢語歷史語法的研究也幾乎只局限在中文系所內。然而無可諱言的,臺灣的現代語言學理論的主導並不在中文系所,而主流的語言學者興趣也不在歷史語法,漢語歷史語法的研究與現代漢語語法的研究相較之下難免相形見絀。雖然漢語歷史語法的學者不是沒有及早趕上的覺悟,但是即使想借鑑於當代的語法學理論,也因為當今的語法理論過於複雜紛繁而不知如何汲取其長。理論的依歸即使是對於研究現代漢語語法的學者都往往是一種困擾了,更何況是研究歷史語法的呢!由於在語法理論上的進退失據,很容易導致進一步的研究無法進行。我們認為,臺灣漢語歷史語法研究上的遲滯和理論的無所適從或許也不無關係。

事實總難與理想相副,而我們總得回歸事實,因此我們不如暫且將漢語歷史語法研究者受困於語法理論的無奈拋置一旁,而坦然正視本階段漢語歷史語法學界在語法理論及方法上的實際運用狀況。臺灣漢語歷史語法的研究從70年代下半到80年代之間,理論上即使有醞釀求新的趨勢,但研究及描寫的一般做法仍然維持著以結構學派的方法為主的傳統。90年代以後,流行的形式語法理論和漢語歷史語法之間還是很難順利的接軌,因此除了那些堅守傳統分析法的學者以外,不

免就有些學者開始徘徊於結構學派的語法與功能語法之間。儘管本階段的學者以新理論來挹注歷史語法的嘗試還不算成功，這段新舊交戰的過程還是很值得注意的。

從作品的分布看，本期大部分的作品發表於90年代以後，其作品量比起80年代以前呈現大幅的成長，所根據的理論及研究方向也趨於多樣化。由於70年代下半到80年代的研究者和作品都不多，新的理論及方法的運用也並不明顯，我們也不妨可以把這時期視爲前期與後期間的過渡期。

㈠本階段的主要學者與論著

本階段的學術期刊論文與正式出版的專書在數量上並不比學位論文多，❶❶其中專書又極其有限。本階段專書很少，而且幾乎都脫胎於學位論文，因此以下這種性質的專書就只在引述學位論文之時附及之，這裡暫且不加論述。本階段學術出版品的數量既不如學位論文，而博士論文的數量又遠不如碩士論文，正可見臺灣漢語歷史語法的研究還頗有努力的空間。

本階段的期刊論文數量雖明顯成長，但仍不算多，作者也有集中在少數人之勢。從時間上看，大部分的作品出版在90年代以後，以下我們就以1990年爲斷分成兩部分來介紹此期的論著概況。❶❷

---

❶❶ 這裡所指的學術期刊並不計入教學類的作品。

❶❷ 有些並非以語法學爲專業的學者有時也會發表一兩篇語法學的論文，這些作品就臺灣漢語歷史語法學的發展而言還未達到具關鍵意義的地步，因此這裡就不予介紹了。

　　從70年代下半到80年代上半，漢語歷史語法研究的典型人物首推戴璉璋先生。

　　戴璉璋先生的研究著重於上古漢語較早的階段，從甲、金文以至《尚書》、《詩經》及《左傳》都它是他研究的主要範圍。雖然周法高先生早就利用甲骨文及金文等古文字資料來探討較早的漢語語法，但卻也沒有投注更多的心力來對這批材料進行較全面的描寫。戴先生研究上古漢語早期的語法頗注重材料的別擇，且不說出土材料，他所根據的傳世文獻都是經過嚴格篩選的。如果沒有這種工夫及這種態度，對早期漢語的研究就不可能做出可靠的成績的。因爲上古漢語早期的語料中所存在的問題是相當複雜的，需要具備堅實的國學基礎以及縝密的工夫，這些材料才有可能處置得當。戴先生對早期漢語的研究是傳世文獻與出土材料並重的。在傳世文獻方面，60年代就已經有幾篇關於《尚書》的語法分析，70年代下半到80年代上半是其研究的高峰期，代表作品如〈詩經語法研究〉（1976，《中國學術季刊》1）以及〈左傳造句法研究〉（1981，《國文學報》10）等。以傳世文獻的研究作爲基礎，他的研究更往上探及殷商時期，在這個文獻不足徵的時期，他不僅能善加利用傳世文獻，還能精研出土材料，終於爲這個時期的語法勾勒出一個輪廓出來，代表著作爲〈殷商造句法初探〉（1979，《國文學報》8）。戴先生所採用的語法理論模型早期是繼承許世瑛先生的，後來所使用的則與周法高先生接近。在80年代受了變形語法的影響，也開始注意到句義相同的不同句型間的關係，代表作爲〈古漢語的語序變換〉（1982，《中央研究院國際漢學會議論文集》）、〈上古漢語的句法發展〉（1986，《中央研究院第二屆國際漢學會議論文集》）。可惜戴先生後來的研究重心轉向爲中國思想史，80年代下半起心力就幾乎不再投注在

語言學的研究上，因此後來就看不到他在漢語歷史語法學上進一步的發展。

　　與戴先生約略同時的學者在研究素材上大致還脫不了前期所涉及的範圍，研究成果相對上也沒有戴先生這麼突出。他們的研究方式也較傳統，有的是挑選經典作品來進行描寫，如王麗華的語法分析以《新書》、《法言》的功能詞作爲主要的研究對象；有的則是把舊有的語法書再作一番整理改造，以何淑貞《古漢語特殊語法研究》（1985，學海出版社）爲例，就是利用過去累積的語法研究而給文言語法勾畫出一個大綱來。

　　70年代下半到80年代之間，在中文系所的研究者之外，也有其他系所的語言學者對漢語歷史語法感到興趣。黃宣範先生即其著例。他在 *Journal of Chinese Linguistics* 上發表了幾篇頗有參考價值的論文。如 "Historical change of preposition and the emergence of SOV order"（1978，*JCL* 6）， "Morphology as a cause of syntactic change: the Chinese evidence"（1983，*JCL* 11）， "The history of the disposal construction revisited – evidence from Zen dialogues in the Tang dynasty"（1986，*JCL* 14.1），這幾篇論文不僅探討漢語句法的演變原因，同時也兼顧這些句法現象在類型學上的意義。這些作品在理論運用與研究法上頗異於傳統的方式，未嘗不可以對臺灣的歷史語法學界有所啓發。但因爲在這個時段傳統的漢語歷史語法學者對於吸收語言學的新理論及新視角仍過於保守，中外語學系間在漢語歷史語法的研究上也沒有什麼互動與交集，因此影響並不是那麼即刻與明顯。

　　90年代起漢語歷史語法的研究者和作品明顯增加，以下就逐一介紹主要的學者，並連帶附述其研究的概況。

　　魏培泉研究的主要範圍爲上古漢語和中古漢語，特別著重在上古漢語到中古漢語的語法演變，研究的注意面也廣，重要的語法演變幾乎都包括在內。他不僅在中古漢語的語法研究上時有創獲，對上古漢語語法問題的探討也比前人更爲深入。其主要作品如：〈古漢語介詞「於」的演變略史〉（1993，《歷史語言研究所集刊》62.4）、〈古漢語被動式的發展與演變機制〉（1994，《中國境內語言暨語言學》2）、〈論古代漢語中幾種處置式在發展中的分與合〉（1997，《中國境內語言暨語言學》4）、〈論先秦漢語運符的位置〉（1999, Alain Peyraube and Sun Chaofen, eds., *In Honor of Tsu-lin Mei: Studies on Chinese Historical Syntax and Morphology*. Paris: Ecole des Hautes Etudes en Sciences Sociales）、〈先秦主謂間的助詞「之」的分布與演變〉（2000，《歷史語言研究所集刊》71.3）、〈說中古漢語的使成結構〉（2000，《歷史語言研究所集刊》71.4）、〈東漢魏晉南北朝在語法史上的地位〉（2000，《漢學研究》18特刊）、〈「弗」、「勿」拼合說新証〉（2001，《歷史語言研究所集刊》72.1）、〈中古漢語新興的一種平比句〉（2001，《臺大文史哲學報》54）。其語言分析所採用的理論與方法在傳統之外又從現代的形式語法與功能語法中有所資借。他的研究特色是兼顧語言事實的發掘以及演變成因的探求，而且斷代的描寫與歷時的演變皆所注重。

　　劉承慧的研究是從上古漢語開始的，其後則延伸到中古漢語。她是留美的博士，所接受的語法理論偏於美國的功能學派，博士論文寫的是關於上古漢語動詞名語化的題目。回臺初期仍著重在與此相關的動詞及物性的研究，作品如 ”Transitivity and verb classification in Pre-Qin Chinese”（1994，《中山人文學報》2）。其後再由此進一步探討詞類和句構間的對應關係，作品如〈試論先秦漢語的構句原則〉（1998，《歷史語言研究所集刊》69.1）、〈先秦漢語的結構機制〉（1999，《中國境

內語言暨語言學》5)。近來重心也轉向連動式的研究,其中成績最多的為使成式。已發表的作品如〈使成動詞的複合與定型——語料庫在語法學研究上的應用實例〉 (1998,鄒嘉彥編《漢語計量與計算研究》,香港城市大學語言資訊科學研究中心)、〈試論使成式的來源及其成因〉 (1999,《國學研究》6)、〈古漢語動詞的複合化與使成化〉 (2000,《漢學研究》18特刊)。其作品的特色是頗富巧思,對問題的看法往往別具隻眼。

王錦慧的主要研究範圍為近代漢語時期的語言,時間跨越唐代到清代。近代漢語的語法研究是臺灣80年代以前做的最少的部分,她的研究代表了90年代研究的一個新風潮。《祖堂集》和敦煌變文是其心力投注最多的語料,其次為《紅樓夢》。但其處理的古籍並不止於此,因為她的研究往往需要比較其他的文獻。其特長為善於整理,無論是共時的還是歷時的作品都很表現這一點。其研究論題較為廣泛,作品也不少,在疑問句、處置式、被動式、動補結構、代詞、繫詞等方面都有作品。較具代表性的研究是在疑問句上,代表作如〈選擇問句的類型與功能:從中古至近代〉 (1999,《紀念許世瑛先生九十冥誕學術研討會論文集》,文史哲出版社)。

竺家寧既是古音韻學家,同時又投注在漢語歷史語法的研究。他的歷史語法研究方向與上述學者又有所分別,他主要的著力點是在構詞。他不但研究漢語構詞學的一般規則 (相關著作如《漢語詞彙學》,1999,五南圖書公司),在早期佛經構詞的研究上尤具特色。相關作品如:〈早期佛經詞彙之動補結構研究〉 (1997,《國立中正大學學報》8.1)、〈早期佛經動賓結構詞初探〉 (1999,《國立中正大學學報》10.1)、〈西晉佛經並列詞之內部次序與聲調的關係〉 (1997,《國立中正大學中文學術年刊》1)、〈西晉佛經詞彙之並列結構〉 (1999,《國立中正大學中文學術年刊》2)、

〈西晉佛經中表假設的幾個複詞〉（2000，《國立中正大學中文學術年刊》3）。中古漢語時期是複合詞大量增加的時代，在漢語語法的發展上具有極重大的意義，因此就構詞的研究而言這個時期是很重要的。中古漢語的構詞除了東漢魏晉時的注解以外，就屬佛經的複合詞最豐富，因此早期佛經構詞的研究在漢語語法的研究上的角色也就日形重要了，而竺先生之選擇早期佛經來研究構詞的發展正見其眼光有獨到之處。

以上所述爲中文系所的學者，那麼在90年代之時外語系所的成績又如何呢？我們不敢說他們對漢語歷史語法研究的關注逐漸消褪，但從他們發表的作品上看確實是沉寂許多了。他們所投注於此的心力顯然不能和他們其他的興趣相比，因爲我們只看到些零星的作品。如湯廷池的〈文言否定詞的語義內涵與出現分佈〉（1993，《中國語文》73.4-6）、何萬順的"Historical development of *ba* and *jiang* in the Tang dynasty"（1990, *Language Variation and Change* 2.3）及"Interaction of syntactic changes"（1994，《中國境內語言暨語言學》2）。

以上所述的近代漢語主要是限定在與現代北方話相關的歷史語料，涉及南方方言的歷史語料並不包括在內。臺灣到了90年代也開始重視漢語南方方言語法的歷時研究。因著客觀條件，研究對象差不多就限定在閩南語上。這方面的研究主要的學者有楊秀芳和連金發兩位先生。

楊秀芳同時是漢語歷史音韻學以及閩南方言學的專家，因此往往能利用嚴格的音韻對應關係來考定功能詞的來源及發展，這個長處在研究閩南方言的歷史時尤其是一項利器，因爲閩南方言的音韻演變是相當複雜的。她頗善長以歷史語法和現代閩南語的語法相互印証，經常能從閩南語的語法往上連繫到中古及唐宋的南方話語法，因此她的

作品在我們研究唐宋南方官話或南方方言的語法發展時是不可或缺的參考資料。她在閩南語的歷史語法上主要的研究主題是體貌及情態詞的發展，相關作品如〈從歷史語法的觀點論閩南語「了」的用法—兼論完成貌助詞「矣」「也」〉（1991，《臺大中文學報》4、〈從歷史語法的觀點論閩南語「著」及持續貌〉（1992，《漢學研究》10）、〈從歷史語法的觀點比較國語和閩南語的持續貌——兼論未來完成貌〉（1992，《華文世界》65）、〈從漢語史觀點看「解」的音義和語法性質〉（2001，《語言暨語言學》2.2）。她也很注意閩南方言語法成分的歷史層次問題，相關作品如〈幾個閩語語法成份的時間層次〉（與梅祖麟合著，1995，《歷史語言研究所集刊》66.1）。

連金發的語言學研究探討的層面較廣，但研究的主力還是在閩南方言上。他的閩南方言語法研究是兼及共時與歷時的。他的閩南方言歷時語法研究的特點是頗能藉由類型的比較而上推這種差異的由來與發展，往往能從閩方言與其他方言差異較大的語法現象下手，如構詞、代詞、比較式、補語等。已出版的相關作品如〈臺灣閩南語疑問代詞的歷史發展和方言變異〉（1995，《第一屆臺灣語言國際研討會論文選集》，曹逢甫、蔡美慧編，文鶴）、〈論閩南語比較式——類型及歷時的探討〉（與李佳純合著，1995，《臺灣閩南語論文集》I，曹逢甫・蔡美慧編，文鶴）、"Aspects of the evolution of *tit*（得）in Taiwan Southern Min"（1997, In Sun, Chaofen（ed.）*Studies on the History of Chinese Syntax. Journal of Chinese Linguistics Monograph Series 10*）、〈臺灣閩南語的趨向補語——方言類型和歷史的研究〉（1997，《中國境內語言暨語言學》4）。

在臺灣的漢語歷史語法學這個領域中，除了以上所介紹的之外，也不是不能再舉出其他的學者來。不過有的學富力分，使得相關的學

術論述略嫌不足；有的是後起之秀，但著作成績尚未達到可以給予定評的程度（如張文彬、王如雪、魏岫明、鄭縈、張麗麗、郭維茹等）。限於篇幅，這裡暫且從略。

㈡本階段發表的學位論文

　　學位論文雖不算正式發表的著作，但在90年代之前，正式的出版品相當有限，因此要觀察臺灣學術的走向，就不能不參考學位論文。即使在90年代以後，臺灣歷史語法研究的一些重要發展也只有從學位論文中才能看出來，因此我們也不能忽略這個環節。

　　學位論文的研究取向和學校的指導教授關係密切，以漢語歷史語法之學位論文產出最多的國立臺灣大學、國立臺灣師範大學等兩個學校為例，兩校都各有一個教授是承擔了大部分論文的指導，這些論文的特色難免也和該教授的特長和興趣有關。臺灣大學漢語歷史語法的學位論文從70年代下半起就幾乎都是梅廣先生所指導，特點是論題多樣，而且頗能與新的語法理論相呼應。戴璉璋先生指導了臺灣師範大學大約一半的學位論文，雖然研究方法較傳統，⓭但頗講求確實掌握材料。⓮此外如國立中正大學的竺家寧先生重視佛經以及構詞學的語法研究，他指導該校絕大多數的學位論文，有時也指導他校的研究生撰寫論文，帶動近十年佛經語法以及構詞學研究的一股風氣。周法高

⓭　其中也不是沒有異數，有兩本博士論文是由清華大學的湯廷池教授共同指導，在方法及觀念上就注入了些新的成分。

⓮　筆者先後在臺灣師大及臺灣大學的中文所攻讀碩士及博士，因此有幸接受這兩位老師的指導並領受其治學精神。

先生晚年在東海大學任教，也引導了些研究生從事出土資料的語言研究。以上所說限於中文所，因為外語研究所是很少研究漢語歷史語法的。外語研究所偶然也會出現值得一讀的學位論文，但同時也有那種材料掌握不確實而難以信據的作品。

如果把那些利用句法或虛詞來評定語言風格的作品也計入，本階段博士論文及碩士論文合併起來總共約有六十餘本。其中博士論文十一本，碩士論文五十餘本。❶在這些論文中，上古漢語的研究二十餘本，其中博士論文只有兩本；中古漢語的研究九本，其中博士論文為兩本；近代漢語的研究三十餘本，其中博士論文有七本。這些作品絕大部分發表於90年代以後，70年代下半到80年代的作品尚不及本階段總數的四分之一，其中70年代下半又是空白的，可見本階段對漢語歷史語法的研究有由弱轉強的趨勢。在這些論文中，外籍生的貢獻不小，尤其是韓籍研究生。80年代以前韓籍學生在臺攻讀學位的風氣頗盛，這股風潮在90年代以後才趨於衰歇。出於想進一步了解中國語文的心理，又加上多數具有閱讀漢文古籍的基礎，他們很容易傾向於朝這方面進行鑽研。例如在11本博士論文中，韓籍學生的作品就占了5本之多；同時碩士論文也有不少是出於韓籍學生之手的。反觀本地生，肯對歷史語法下工夫的不到90年代是沒有多少人的，也可見臺灣在提昇本地生對漢語歷史語法的研究興趣上還大有改進的空間。

---

❶ 談論構詞的也計入，但只談詞彙或詞義而不涉及語法的我們沒有計算在內。至於在分期上碰到論文的研究材料是跨期的又怎麼歸類呢？這種論文目前並不多，我們暫時以論文主題所關涉的語法成分或句法的主要成立時期來決定類屬，如張泰源的《「了」字完成式的語意演變研究》或洪藝芳《敦煌吐魯番文書中之量詞研究》中的研究材料雖都上及中古漢語，但都列為近代漢語的作品。

　　學位論文的取向在本階段的特色之一是研究的對象大爲擴張。如過去幾乎沒有成績的近代漢語研究異軍突起，在作品數量上還超過上古漢語和中古漢語之合，顯然已凌駕於上古漢語研究之上；中古漢語的研究也由微而顯，作品數量明顯增多；至於上古漢語的研究，則在材料上不再受限於傳世文獻，出土資料的研究逐漸加重。本階段的特色之二是專題研究的比重有顯著的增加，不再如過去一般只以特定的文獻爲對象，而且只就其中的語法現象或虛詞進行全面的羅列與分析。

　　以下就介紹本階段學位論文的主要研究趨向。其中個別論文內容的介紹，原則上以博士論文爲主；碩士論文只略及一二，主要是選擇在臺灣漢語歷史語法學的發展史上較具有特別意義的。

　　在本階段的作品中我們也可以在不同的層面中發現創新的成分。例如上古漢語的研究雖有完全承襲上一階段的研究法的（也就是針對專書的語法諸相或全部虛詞進行列舉式的分析），但這類作品多屬80年代，90年代這種做法就明顯減少了，這時的論文逐漸以主題研究爲主要的取向，有些作品對問題的觀點以及新方法的使用也開始採取迥異於前的態度。又如古文字文獻的研究也受到重視，以這些材料爲主要研究對象的作品多達六種，所採用的語料包括了甲骨文、金文、秦簡等重要出土材料。

　　上古漢語的博士論文只有崔南圭《睡虎地秦簡語法研究》（1994，東海大學）以及白恩姬《左傳否定句句法研究》（1994，臺灣師大）兩本，作者都屬韓籍。前者主要是描寫睡虎地秦簡的句法，架構大致是套用周法高《中國古代語法：造句編（上）》的，雖然該文對這種材料仍留有一些可以更進一步發掘之處，但在選材上頗具慧眼；後者雖只是利用有限的語料來探討舊題，但作者的論點以及語法分析都頗有新意，

值得參考。

在80年代的碩士論文中，除了有三篇是以甲、金文及秦簡等古文字資料爲研究對象之外，大多仍然延襲過去的專書研究，其中也有試圖從新角度來處理材料的，如魏培泉《莊子語法研究》（1982，臺灣師大）在進行專書描寫之時也注意方言的問題。90年代以後研究重心開始有所變化，除了古文字資料的研究持續加溫之外，在傳世文獻的研究角度上也有所轉變。有些論文走上以問題爲導向的路，有的並尋求在解釋上或處理上突破傳統的做法。例如周玟慧的《上古漢語疑問句研究》（1996，臺灣大學）。從八十年代起，漢語的疑問句成爲現代漢語語法研究的焦點之一，而上古漢語的疑問句和現代漢語又頗爲不同，二者之比較對於語言中的普遍性與相異性的了解將大有幫助，此作反映了這股熱潮的一個合理走勢。又如陳漢飄的《「夫」和「也」——國語書中虛詞研究》（2000，臺灣大學），該文嘗試建立一個通則性的解釋來處理上古漢語的兩個虛詞。且不論他們研究的結果成功與否，這種嘗試終是值得鼓勵的一種取向，也是學術研究必須要走的一條路。

探討中古漢語語法的學位論文作品最少，但這些論文並不乏有取徑較特殊的。這個時期的研究的語料範圍比前期擴大，方法也頗有些不同。前期對散文的研究大概只及《世說新語》一書，本期範圍則推擴到注解、佛典、筆記小說、史書以及醫書等，其中研究較多的是佛典。本期的中古漢語語法研究，無論是在異時語料比較所採取的方法上，還是在新語法理論的運用上，都可說是別開生面的。

研究中古漢語的博士論文有兩本，分別爲魏培泉的《漢魏六朝稱代詞研究》（1990，臺灣大學）和楊如雪的《支謙與鳩摩羅什譯經疑問句研究》（1998，臺灣師大）。魏培泉論文的研究材料除了一般常用的文史

文獻以外，還包括經典的傳注以及佛經等，是當時中古漢語研究取材
最廣的一個語法著作。此文表面上看來只是針對漢魏六朝的稱代詞進
行描寫，但是實際重點是在描述上古漢語到中古漢語間各類稱代詞的
歷時發展。這本論文不但嘗試探求各個變化的演變機制，同時多少也
利用了原則參數語法的部分理論來進行分析，這在當時的漢語歷史語
法界中可算是一個新的嘗試。楊如雪論文的研究法是利用同源異譯的
作品來考察佛經不同時期句法的異同，她在該文中對吳支謙和後秦鳩
摩羅什的《小品般若經》和《維摩詰經》的不同譯本之疑問句進行了
深入的比較，使得中古漢語疑問句的特點得以明白的彰顯出來。她這
個研究取徑和魏培泉（1990）中對支謙和東漢支迦讖的《般若經》譯
本的比較有異曲同工之處，這個方法的運用也是臺灣中古漢語的研究
路途愈走愈寬廣的面相之一。

　　碩士論文研究中古漢語的也有一些是在方法上較具特色的。例如
張麗麗《三國志語法研究》（1987，輔仁大學語言學研究所），此書描寫方
式與臺灣傳統的專書描寫法不同，其架構近於現代的參考語法。❶又
如魏伯特（Robert Reynolds）《鄭玄、趙岐、何休傳箋的一些語法特
色》（1990，臺灣大學），此書利用東漢經師對上古經典的注解來研究東
漢語言與上古文獻之間語法的異同。該文和魏培泉（1990）可算是最
早同時兼用多位東漢注釋家的注解來研究東漢語法的兩篇論文。❶

---

❶　這個論文是用英文撰寫的。

❶　具體使用東漢注解和上古文獻的比較來研究東漢語法的最早應為 W.A.C.H.
　　Dobson 的 "Late Han Chinese" (1964, University of Toronto Press)，但此書只用了趙
　　岐的《孟子章句》為材料，不如魏培泉（1990）及魏伯特（1990）取材的廣泛。
　　魏培泉（1990）雖也以東漢魏晉南北朝的注解為主要的材料之一，但研究主題只

　　研究近代漢語的學位論文到了90年代數量大爲提昇。所涉及的口語材料類別頗廣，其類別及主要的語料如下：語錄如《祖堂集》、《景德傳燈錄》、《碧巖集》、《朱子語類》等；會話書如《老乞大》、《朴通事》；法律文書如《元典章》；詩歌及講唱文學如《敦煌變文集》、元雜劇散曲、唐宋詩（寒山子、杜甫、李賀、杜牧、李商隱、黃庭堅、蘇東坡等）、明清小說（《西遊記》、《兒女英雄傳》）等。在這些作品中以研究語錄與唐宋詩的比例爲最高，二者數目大略相等，合計起來超出本階段近代漢語學位論文的全數之半。

　　以下作品的個別介紹以博士論文爲主，碩士論文則僅大略述之。

　　80年代研究近代漢語的博士論文有兩本，都是韓籍研究生所著。其一爲康寔鎭的《老乞大朴通事研究——諸書之著成及其中漢語語音語法之析論》（1985，臺灣師大）。⓲雖然此書同時討論語音，但語法的描寫篇幅並不小，分出來仍不失爲可以參考的語法學專著。其二爲林慶姬的《元雜劇賓白語法研究》（1986，政治大學）。元雜劇中的賓白固然在定年上比較易成問題，但口語性畢竟比曲文爲高，作者選擇這個材料也算是別具隻眼。

　　80年代以前的博士論文對語料所注意的還在元明時期，90年代以後的研究範圍就較爲移前，且集中在新出土或新發現的材料上，有趣的是範圍還小到局限於《祖堂集》以及敦煌吐魯番出土的文書上。其中以《祖堂集》以及敦煌變文的研究最多。這時發表的博士論文五本

中就有三本是以《祖堂集》為主要的描寫材料或比較的材料，有兩本是以敦煌變文為主要的描寫材料或比較的材料。這些論文如下：❶宋寅聖《祖堂集虛詞研究》（1996，文化大學），此文分析《祖堂集》的副詞、介詞、連詞、助詞等四類虛詞，主要是描寫分析而無歷時或方言的比較；周碧香《祖堂集句法研究》（2000，中正大學），此文探討被動式、處置式、述補式、繫詞句、問句、完成貌句式等六項句式，近代漢語中最為人關切的句式幾乎都涵蓋在研究之內了，該文不僅描述《祖堂集》中各式的用法，對於各式在歷史上的地位及發展也有進一步的探討；王錦慧《敦煌變文與祖堂集疑問句比較研究》（1997，臺灣師大），此文將敦煌變文與《祖堂集》合併起來研究，由於這兩種語料是最能代表晚唐五代的語言的，因此這個時段的疑問句特色得以藉此研究而完整呈現，另一方面，由於這兩種語料時代雖近而性質互異，該作利用二者的比較使得我們對當時不同的文體、方言在疑問句上的異同也有更多的認識；朴淑慶《講經變文與有關佛經介詞研究》（1996，政治大學），此文以《敦煌變文新書》第二卷中的講經文為主，比較講經文與所對應的佛經間介詞的異同，這種比較方法在研究中古漢語到近代漢語的發展上多少也是可以參照的；洪藝芳《敦煌吐魯番文書中之量詞研究》（2000，中正大學；又2000，文津出版社），敦煌吐魯番文書是研究六朝到唐代的量詞最好材料，作者善於取材，工夫也可謂細膩。

　　此外，也還有一本博士論文在比較普通話和和閩南語時溯及歷史

---

❶　張皓得的《祖堂集否定詞之邏輯與語義研究》（1999，政治大學）主要是邏輯語義的分析，雖部分章節有語法之字眼，視其內容則無甚語言學之興味，因此不計在內。

的,如鄭縈《國語和閩南語動補式詞序的比較研究》（1996，清華大學語言學研究所）。此文雖主要是比較現代的閩南語和普通話的動補式,但其中有一章是特別討論該式的歷史的。

本階段中文所的碩士論文有23本,其中主題標榜爲語言風格研究但又利用語法作爲証據的就有8本之多。❷這些以語言風格爲題的作品構詞是其論証中很重要的一部分,如果把它和另外四本討論構詞的論文合併計算,總共就有12本論文是以構詞作爲研究主體的。至於其他論文,其語法描寫也有傳統那種針對一二種語料的全部語法現象或全部虛詞的,也有針對單項或特選的數項之句式或語法成分的,而後者已多於前者。這些論文中自不乏內容有頗可採者,難以縷舉,這裡只介紹一種,即郭維茹的《句末助詞「來」、「去」：禪宗語錄之情態體系研究》（2000,臺灣大學）。此作構思新穎,作者試圖利用一套新建構的情態系統來範圍例句中的所有現象。本階段外語所（含語言所）有關歷史語法發展的碩士論文有8本（含閩南語研究一種）,特色是語法的論題較多樣,❷對歷史語法的探討往往是從現代漢語的問題出發,大體也較能運用語言學的方法,但多數在語料上取材較寬泛（即不限於特定的文獻）,有時對材料掌握得不夠確實。雖然我們在利用其句例及統計時

---

❷　這一類的論文數目實難統計,因爲其涉及語法的程度是不等的。這一類作品絕大多數是以韻文爲對象,語法研究通常以構詞爲主,往往兼論聲韻及文學上的問題,有的論文的語法討論就少到只是陪襯或近無的程度。我們這裡的統計暫時就把相關性過低的排除在外。

❷　如果只論單項的句式或語法成分之研究而排除多項的研究,那麼外語所的論文數目雖較少而關切點反而多於中文所（且不論構詞）,如中文所處理的僅有被動式、疑問句、否定詞、量詞、動詞詞尾「了」等,外語所則有被動式、比較句（閩南語）、名詞片語、量詞、「給」、助詞「得」等。

不能不加小心，但這些論文的論點及方法多少也是有可以取鑒之處的，不宜輕略。

三、結　語

　　本文將臺灣五十年來的漢語歷史語法研究對分爲前後兩期。從前期到後期的主要發展走向是研究重心從上古漢語移到中古漢語和近代漢語，理論與方法從結構學派的傳統轉向於多元。如果就五十年來研究的熱度而言，卻讓人有兩頭熱中間冷的感覺，即只有在最前及最後的十一二年才是研究最盛的時候。前者有很大的部分要歸功於周法高先生個人的精研不懈；後者則可能是因爲語料庫的急速發展，使得研究可以資借的工具越來越方便的緣故。未來歷史語料庫的利用必然遠比今日便利，如果在理論及方法的運用上也能有良好的平行發展，漢語歷史語法研究的豐收將是可以預期的。

臺灣近五十年（1949-1998）的詞彙學

林慶勳*

　　本文以介紹臺灣近五十年詞彙學研究的發展爲主旨。由於多年來受到只重視漢字一音一義分析的影響，語言學科的研究就被有意無意的忽略了。同時相對於語法學有《馬氏文通》做前導，音韻學早有外來顯著的影響，詞彙學一門的研究，就相當的孤獨無助，因此淪落不被重視的待遇，那是命中注定的事。儘管如此，本文仍提出孜孜矻矻勤奮於這一行研究者的成績，做爲五十年一個斷代的總結。主要的介紹，在本文第二、三節部分，首先以方師鐸、湯廷池、竺家寧三位先生的研究成績做回顧，可以明白看出臺灣五十年來詞彙學研究的成果，已經由單一國語詞彙的研究，轉向理論、比較各方面的探討，同時每位先生在各階段的努力，都是缺乏掌聲千山我獨行的研究，但是他們的努力有目共睹，也爲臺灣留下極爲寶貴的詞彙學研究傳承種子。其次選擇外來語、方言詞彙、詞彙風格三項專題做介紹，雖然成

＊　中山大學中文系教授

績不是很突出，但是我們可以看到潛力與視野的大格局正在醞釀，假以時日甚至另一個五十年，臺灣詞彙學研究成果，必然可以傲視並突破於漢語語言學界。

一、前　言

㈠詞彙學是被忽略的漢語語言學學科

　　語言內部的結構與層次，究竟如何區分比較妥當，一般的看法，最基本應該包括：語音、詞彙、語法三個部分。一九五〇年代以後，特別是美國杭士基學說出現後，不少人認為語言內部結構是：語義←語法→語音。因為語言符號是由聲音和意義兩部分組成，各個單位的組合是通過語法組織起來的。因此語言學的內涵可分：音韻學、構詞學、語義學、句法學四個部分。(見許威漢《漢語詞彙學引論》，北京：商務印書館，1992年，頁38)

　　以上的理論，基本上也適合於對漢語的分析。此外由於漢字與漢語有單音成義的特點，加上漢字對漢語影響極大，因此「在中國古代，語言學離開了文字學就好像無所附麗」(王力《中國語言學史》)，以及「中國語文學的重點是漢字的形音義之間的錯綜複雜關係」(呂叔湘《語文近著》)。這些觀念深植於許多人的腦海中，因此對古漢語詞彙的認識和研究便有了另一套的看法。

　　如果我們把「音韻學、構詞學、語義學、句法學」化約成漢語語言學的學科，合併構詞與語義的研究為詞彙學，另外增加漢字研究學

科，它們應該是：

1.漢語音韻學

2.漢語詞彙學

3.漢語語法學

4.漢語文字學

從臺灣目前研究成果來看，除了漢語詞彙學之外，其他學門的成績都相當可觀，相關的著述也極爲豐富，這個問題在此省略不做論述。漢語文字學該不該列入漢語語言學中，或者另行獨立爲文字學科，見仁見智，我們認爲與本題論述無關，也不擬做冗長討論。

再以大學開授課程來看，文字學與聲韻學（即音韻學）都屬必修，語法學或文法學，也有幾個師大、師院國文系、語教系訂爲必修，其他大學訂爲選修，只有詞彙學一直以來都未被重視，所以形成如此現象，可能與教學只重視「單字」的形、音、義有關，認爲只要把文字學與聲韻學分析清楚了，詞彙的問題就不是問題了。另外，詞彙學的理論，一般人比較陌生，就是現有的理論，總認爲那是針對非漢語而說的，與漢語有一層隔閡，因此不太重視。

㈡詞彙學研究的範圍

以語言中的詞和詞彙做爲研究對象的學科叫做「詞彙學」；也就是從詞彙的角度，而不是語法角度研究詞與詞彙的性質、特徵、結構、意義、相互關係、運用等。廣義的詞彙學包括：詞源學、詞義學、辭典學。

詞彙學分「歷史詞彙學」與「描寫詞彙學」，前者研究詞彙的起

源與發展歷史,後者則研究某個時期的詞彙系統。大約前者相當於「歷時研究」,後者則屬於「共時研究」。

依據研究對象,詞彙學分「一般詞彙學」與「特殊詞彙學」。一般詞彙學是研究世界上所有的語言詞彙共同規律的學科,又稱爲普通詞彙學,屬普通語言學的一部分。特殊詞彙學是研究某一種具體語言詞彙的學科,如漢語詞彙學、英語詞彙學、閩南語詞彙學,又稱爲個別語言詞彙學。以上兩者相互依存,彼此聯繫,一般詞彙學是在特殊詞彙學的基礎上建立和發展起來,也就是說以諸多特殊詞彙學的共同現象,歸納出一套共有的理論,但反過來它的理論又有指導特殊詞彙學的作用。

依據範圍大小,詞彙學又可分廣義詞彙學(見前述)與狹義詞彙學(主要講詞彙的定義、構詞法、詞彙分類等)。一般內容的「詞彙學」,除狹義詞彙學外還包括廣義詞彙學的詞義學與詞源學,但不包括「修辭學」,因爲修辭學涉及的內容很廣,與許多學科內容關係錯綜複雜,不是詞彙學所能容納,因此一般內容所講的詞彙學,往往不包括修辭學在內。(以上參考張永言《詞彙學簡論》,武昌:華中工學院出版社,頁1-2;許威漢《漢語詞彙學引論》,頁38)

二、發展現況概述

臺灣近五十年以來,對詞彙學研究有顯著成績,而且著述已經發表並獲得一定評價的,至少下列幾個人不能忽視,第一位是方師鐸教授,其次是湯廷池教授與竺家寧教授。

(一)方師鐸教授的研究

　　已故東海大學中文系方師鐸教授，可以算是臺灣最早重視詞彙學研究的第一人，他主要的成績表現在「國語詞彙」研究方面。在1970年，方教授出版一本《國語詞彙學（構詞篇）》（臺北：益智書局）的著作，內容主要介紹國語詞彙結構的種種問題，該書原來在《中國語文月刊》長期連載（1965年7月-1968年5月），出刊幾版後，目前已經不再版。

　　該書以「國語」為語料，談一些詞彙學的基本觀念，像：合成詞和詞組的區別、怎樣才算基本詞、正常結構的複合式合成詞、非常結構的複合式合成詞（指節縮語、行話、專門術語、外來語）、多音節的複合式合成詞、合成詞的重疊式、動詞的重疊式、形容詞的重疊式、合成詞的附加式、不增加音節的「兒化」詞尾、後綴輕聲「子尾」的合成詞、輕聲「子尾」與「兒化」詞尾的錯綜關係、後綴「頭」或「頭兒」詞尾的合成詞、真詞尾和假詞尾的分界線、怎樣辨別詞組和合成詞、標準型的並列組合的詞組、偏正組合的詞組、主述組合的詞組、動賓組合的詞組、後補組合的詞組、各種組織複雜的詞組。合計全書共二十三章。因為在雜誌連載，逐期撰寫，無法發揮其間的連貫性，不過對初學自修者倒是一大福音，能夠藉著文章閱讀，明白詞彙學基本觀念。本書可能是臺灣第一本的詞彙學專書。

　　方教授有一篇同樣討論國語詞彙的論述〈中國語言中的詞彙〉（見《方師鐸文史叢稿》，臺北：大立出版社，1984年12月，頁49-85），該文從生活周遭事物入手舉例，先討論肥皂和胰子這兩個詞彙的實物與語義演變，然後話題一轉談到詞彙是語言中的「語義符號系統」，它必須與「語

音符號系統」互相結合，才有實質意義。又以「肉」當詞素，組成「心頭肉」、「親骨肉」、「紅燒牛肉」三個複合詞或詞組，彼此意思有很大不同，可以說明單詞隻字「肉」在孤立狀態下，是無法斷定究竟代表什麼意思？必須在某種語境之下，跟其他詞互相搭配，才有鮮明的意思。

其次談到詞義的變化，原因有三個：第一，時間和空間因素改變所形成；第二，人為因素的「標新立異」和「客套忌諱」所形成；第三，因「半生不遂」、「借屍還魂」所形成。第一類不必舉例，第二類如「K書、蓋、驢」是標新立異的例子；「有喜、發福、太平間」是客套忌諱的實例。第三類如「濫竽充數、簞食壺漿」，竽與簞藉著成語的流傳而苟延殘喘；「革命、誕生」現代詞彙意義與古書原意不同，正是借屍還魂的例證。

再其次討論詞彙的外形（指語音）與內含（指語義），都是極富彈性，也就是說每個使用語言的人，都有其個別的語音特點，或者對語義理解的程度各不相同。這使得詞彙本身所仰賴的基礎不十分牢固，語言使用者必然隨著語音和語義的變動而變動，這是詞彙研究比單純的語音或語義研究，更繁雜更艱鉅的緣故。最後談語音與語義以及漢語特別有的字形，三者錯綜複雜的關係，以及繁雜語義，應從由淺到深類聚詞義相同或相近者在一起，經比較分析去下手瞭解掌握。

方教授的研究，從人人日常需用的國語入手介紹詞彙學，在60到70年代的臺灣，算是極有眼光的作法，可惜那時對這門學問董理或重視的人不多，因此形成孤掌難鳴的境況。

㈡湯廷池教授的研究

從清華大學語言研究所退休，目前任教於元智大學的湯廷池教授，是臺灣語言學研究的前輩學者。著有《漢語詞法句法論集》（臺北：臺灣學生書局，1988年3月）一書，其中「詞法篇」有幾篇極有份量的詞彙學論述，值得我們重視。

〈國語詞彙學導論：詞彙結構與構詞規律〉（頁1-28）一文，是利用現代語言學的觀點分析國語詞彙，雖然命名為「導論」，卻極有份量討論了一些問題。如「詞彙結構與構詞規律有沒有心理上的實在性？」、「構詞與句法的關係」、「國語的複合詞、合成詞、固定成語與諺語」、「象聲詞的語音限制」、「國語複合詞與合成詞的句法限制」、「並列複合詞與固定成語的語義限制」。他研究反義形容詞並列而成的複合詞，在語素排列次序上都有一個共同特徵：表示積極的正面意義的形容詞（如大、多、高、深、長、後、濃、遠、寬、強、快）出現在前頭，而表示消極的反面意義的形容詞（如小、少、寡、低、矮、短、薄、淡、近、窄、弱、慢）則出現在後頭。

湯教授說：「凡是以國語為母語的人，都具有某一種語言本領，可以藉此判斷某些國語詞彙是否合乎語法，也可以瞭解生詞的意義與用法，甚至可以自己創造新詞！我們研究國語詞彙學，應該以這種語言本領為觀查與分析的對象，並且應該把觀察與分析所得的結果加以『條理化』（generalize）與『規律化』（formalize）。」（頁27）持此優點，湯教授呼籲應該有比較多的人投入國語詞彙研究。

〈國語詞彙的重男輕女現象〉（頁59-66）一文，收集了不少的語料，

經研究分析得到幾點「重男輕女」的現象：(1)除了專指女性的名詞外，女性幾乎無例外的，都是在男性名詞的詞首或詞尾加上表示女性的名詞或修飾語而成，例如「女老師、女作家」；(2)表示泛指或通稱，都以男性名詞來兼指男性與女性，很少以女性名詞來代替，例如「千夫所指、父慈子孝」；(3)遇有男性名詞與女性名詞同時出現，通常的次序是男性名詞在前，女性名詞在後，例如「男才女貌、金童玉女」；(4)國語的複合詞與固定成語裡有許多貶抑女性的詞句，都不能以相對的男性名詞來代替女性名詞，例如「徐娘半老、牝雞司晨」。這樣研究的結論，是依賴材料歸納而發言，可以證明現代社會重男輕女的思考方式。

〈如何研究華語詞彙的意義與用法——兼評《國語日報辭典》處理同義詞與近義詞的方式〉（頁67-90），一文，湯教授認爲研究華語詞彙的意義與用法，不能僅憑個人的主觀來判斷，也不能奉辭典的註解爲金科玉律，而必須針對現代社會裡所實際運用的語言去調查詞的意義與用法。因爲語言與所有人爲的措施一樣，會隨著「時、空、人、用」等因素的變遷而發生變化。湯教授不光靠辭典的「詞義」來說明，更進一層研究詞的「內部結構」、「外部功能」、「風格體裁」，讓一個詞的眞正意義與正確用法，明明白白的顯現出來。

此外有一篇〈新詞創造與漢語詞法〉（《漢語詞法句法續集》，臺北：臺灣學生書局，1989年12月，頁93-146），原載於1989年《大陸雜誌》78卷4期，5-19頁及78卷5期，頁27-34。這是一篇體大思精的國語詞彙論述，首先先分「外來詞」爲：借形詞、借音詞、借義詞、音義兼用混合詞、形聲詞共五種。其次詳細討論來自英語的外來詞、來自日語的外來詞，並依照前述五類分項討論。最後討論漢語的新造詞，分派生、複合、

轉類、反造、擬聲、簡稱、切除、混成、倒序、借用方言詞彙等幾項說明。最後得到漢語外來詞彙幾點特徵或趨勢的結論：(1)外來詞以借義詞居大多數；(2)外來詞以雙音節詞居大多數；(3)外來詞以偏正式複合詞佔大多數；(4)外來詞以名詞佔大多數；(5)外來詞多半屬於國名、人名等的專名，以及指稱科技、文化等方面的新事物或新觀念。

對於漢語新造詞彙也有幾點特徵或趨勢的結論：(1)漢語新造詞的主要來源是「複合詞」與「派生詞」；(2)複合詞、派生詞、簡縮詞都以雙音詞、三音詞與四音詞佔絕大多數；(3)複合詞由兩個詞幹合成，並依其內部結構分為：偏正式、述賓式、述補式、並列式、主謂式、重疊式等六種；(4)派生詞由詞幹與詞綴合成；(5)漢語的新造詞，以偏正式複合名詞與述賓式複合動詞佔絕大多數；(6)偏正式複合名詞的修飾語素常表示屬性，而中心語素則常表示客體；(7)述賓式複合動詞的中心語動詞表示動作，而賓語名詞則表示客體或結果；(8)漢語的新造詞，無論其來源是複合詞、派生詞、簡縮詞、借音詞、借義詞或音譯兼用詞，都可以成為詞幹而再衍生其他新詞；(9)漢語詞彙的轉類，以形容詞轉為動詞或動詞形容詞轉為名詞的例子最為常見；(10)漢語的新造詞以同心結構佔絕大多數。

綜觀湯教授有關詞彙學的研究，我們可以看到前輩學者治學嚴謹的所在，不但對研究材料收集不餘遺力力求完備，同時以「語境」感覺來衡量可能的現象，最後再以比較的研究方法做結論。以理性為基礎，加上感性的認識研究詞彙學，這是湯教授研究一貫的風格，讓臺灣詞彙學研究進入科學研究的道路，湯教授已經為我們豎立了一個里程碑。

㈢竺家寧教授的研究

目前任教於國立中正大學中文系的竺家寧教授，有關詞彙學的研究雖然較晚，但成績極為可觀，涉獵的範圍也相當廣泛，主要表現在下列幾項：

1.先秦詞彙探討

詞彙的變化速度，比語音、語法來得更快，是語言內部發展頻繁最顯著的一部分，因此先秦的詞彙與兩漢的詞彙，在結構上、語義上必然有某些不同，有時我們看到同一個詞形，但它們的內涵卻已經有了差異。因此對先秦詞彙的研究，顯得有其必要，因為源頭的詞彙弄清楚了，由它發展而成的後代詞彙也自然能明白。

竺教授撰有〈先秦詞彙「於是」研究〉（《第二屆訓詁學學術研討會論文集》，臺南：臺南師範學院，1995年12月，頁309-315）一文，取《莊子》與《孟子》兩部書出現的「於是」一詞做比較，發現前書多數作為「在此時」的時間補語用，已有向今日複合連詞演化的趨勢；而後者多半作為「在此處」的處所補語用，極少用做時間補語。類似像這樣的比較研究，最能瞭解先秦詞彙的真正義意，其實不只先秦詞彙如此，其他時期甚至明、清詞彙，若能作深入的分析比較，自然可避免想當然耳的描述結論。這一點竺教授做了一個有意義的示範，值得稱讚。

此外竺教授有關先秦詞彙研究的論文如下，頗有參考價值：
〈詩經「思服」的詞彙結構〉，《人文學報》14期，頁1-11，1990年12月。

〈莊子內篇複音節詞之結構〉，《第一屆先秦學術國際研討會論文集》，
　　頁95-121，高雄：高雄師範大學，1992年4月。

〈論先秦詞彙「不亦」，「亦不」〉，《訓詁論叢》，頁55-64，臺北：
　　文史哲出版社，1994年1月。

〈先秦諸子語言的新創詞對構詞法的影響〉，《第一屆國際先秦漢語
　　語法研討會論文集》，頁271-282，長沙：岳麓書社，1994年12月。

〈早期漢語中「於是」的語法功能〉，《國立中正大學學報·人文分
　　冊》7卷1期，頁1-15，1996年12月。

2.佛經詞彙探討

　　竺教授所以研究佛經詞彙學，根據他自己的說法，認爲數千卷的
大藏經，是中古漢語的最大語料庫，這批豐富的材料具體的反映了當
時的實際語言。佛經是給社會大眾誦讀的，這樣才能達到傳教的目的，
它不是少數學者用來孤芳自賞。因此竺教授認爲要建立漢語詞彙學體
系，不能不充分開發這批資料，從其中瞭解漢語構詞變遷的模式，這
是詞彙學理論不可缺的部分。

　　從〈西晉佛經並列詞之內部次序與聲調的關係〉（《國立中正大學中
文學術年刊》創刊號：頁41-70，1997年12月）一文，可以明白竺教授分析西晉
竺法護所譯43部佛經原文的16,340個雙音節並列結構，得到西晉並列
詞的規律是：⑴如有平聲，往往用於第一成分；⑵如有入聲，總置於
第二成分；沒有入聲時，去聲總是做第二成分。這個結果，是中古漢
語並列詞結構的最佳詮釋。

　　竺教授在佛經詞彙學研究方面的成績，另外有以下一些文章可以
參考：

〈西晉佛經詞彙之並列結構〉，《中正大學中文學術年刊》2期，頁
　　87-114，1999年3月。

〈早期佛經詞彙研究：西晉佛經詞彙研究〉，國科會專題研究計畫成
　　果報告，174頁，1996年7月。

〈早期佛經中的派生詞研究〉，《佛學研究論文集（四）》，頁387-432，
　　高雄：佛光山文教基金會，1996年8月。

〈西晉佛經並列詞之內部次序與聲調的關係〉，《中正大學中文學術
　　年刊》創刊號，頁41-70，1997年12月。

〈早期佛經語言之動補結構研究〉，《國立中正大學學報·人文分冊》
　　8卷1期，頁1-20，1997年12月。

〈早期佛經詞彙研究：三國佛經詞彙研究〉，國科會專題研究計畫成
　　果報告，122頁，1998年8月。

〈佛經同形義異詞舉隅〉，《國立中正大學學報·人文分冊》9卷1期，
　　頁1-34，1998年12月。

3. 兩岸詞彙比較探討

　　兩岸相隔五十年，彼此所用詞彙不但已有諸多不同，連詞義亦有
許多差異，這種現象是很自然的。例如「高姿態」一詞，臺灣的意思
是：「高高在上，瞧不起對方。」然而大陸《現代漢語辭典》（北京：
商務印書館，1996年7月）的解釋卻是：「指對自己要求嚴格，而對別人表
現出寬容、諒解的態度。」南轅北轍的用法，如果不加說明，可能引
來的困擾會相當嚴重。

　　因此兩岸詞彙比較、分析、整理，成了相當重要的一環，如果我
們漠視不管，等到積累相當大的差異再做研究，屆時不但數量驚人，

可能諸多的困擾也會隨之而來。竺教授撰〈論兩岸詞彙的比較和詞典的編纂〉（《第一屆兩岸漢語語彙文字學術研討會論文專集》，臺北：中華語文研習所，1995年2月，頁12-22）一文，首先分析新詞的衍生造成兩岸語言分歧的現象，計有：反映不同交通發展狀況的詞彙、反映經濟商業的詞彙、反映教育文化方面的詞彙、反映兩岸社會生活方面的詞彙、反映政治狀況的用語、反映科學技術的用語、臺灣特有的借詞和方言成分、兩岸構詞形式上的差異。既然有如是差異，而且數目與日俱增，除非我們視而不見，否則整理研究已經有相當的急迫感。竺教授針對這點也提出一些具體研究作法，如區別文學用語與社會用語、區別方言詞彙與共同詞彙、兩岸應定期舉辦詞彙學研討會、編纂「兩岸詞彙比較辭典」。可見此事的重要性與急迫性，值得我們注意。

此外竺教授對兩岸翻譯的語言問題，也曾做過一些分析比較，值得我們參考：

〈兩岸翻譯用語比較研究〉，《語言學門專題計畫研究成果發表會論文集》，臺北：中研院史語所，1996年1月。

〈兩岸外來詞的翻譯問題〉，《華文世界》81期，頁1-17，1996年9月。

另外竺教授於1997年1月，與黃沛榮、姚榮松、曾榮汾三位教授合編《大陸用語檢索手冊》（臺北：行政院陸委會發行，540頁），雖然它是一部實用性的比較詞彙集，卻有編者對兩岸詞彙比較的認識觀點在其中，對兩岸詞彙的比較研究，起了一個很好的示範。

4.詞彙理論與詞義變遷探討

古代詞彙學的研究，與訓詁學分不開關係，而現代詞彙學已遠超過舊日訓詁學的格局，發展成科學、精密的體系。竺教授〈論詞彙學

體系的建立〉（《陳伯元先生六秩壽慶論文集》，臺北：文史哲出版社，1994.3，
頁365-376）一文，認爲詞彙學至少應包含四個方面：講構詞的「詞形」；
談詞的共時意義系統、同義詞和反義詞的分析技術、義素分析法和詞
義場理論的「詞義」；論詞的歷時演化，敘述演化規律的「詞變」；
闡明詞在具體使用上的特性、它和別的詞的搭配關係、辭典編纂的「詞
用」。詞彙學的研究範圍，介於句型與音素音位之間的一個語言層次，
這個層次又可以區分爲「詞素、詞、詞組」三個小層次，它們都是詞
彙學研究的對象。

　　在上文中竺教授提出未來詞彙學發展的幾點意見：第一，詞彙學
的研究必須結合傳統與現代；第二，分清歷時與共時，縱向的演變與
橫向的描寫是不同；第三，充分運用新的理論和分析技術；第四，不
能孤立只面對自己的語言，也要從不同語言的比較中獲取啓示；第五，
重視構詞問題，包括平面系統和來源發展；第六，嚴格區別字、詞素、
詞、詞組的不同範疇；第七，注意漢語的特色，不能生吞活剝地把西
方語言的概念硬往漢語身上套，也不宜盲目地把漢語作爲某些時髦西
方理論的實驗品，運用新理論時，也應正視漢語的特質。以上這些見
解，的確相當可貴，一針見血把詞彙學發展的遠景描繪得清清楚楚。

　　詞義的研究萌芽於漢代而極盛於清代，研究的成果體現在大量的
訓詁專書和訓詁學著作以及各種字典詞書裡。傳統訓詁學處理詞義問
題時，只注意歷時的詞義演化，對古代漢語共時層面的詞義系統問題，
極少碰觸。同時分析技術上也未能深入詞義內部，仔細探索詞義的種
種問題。

　　竺教授撰〈論漢語詞義變遷中義位之轉化與補位〉（《國立中正大學
學報·人文分冊》第5卷第1期，頁1-18，1994年10月）一文，即應用義素分析法

與詞義場理論，把漢語詞義的歷時變遷用「義位填補」的觀念進行詮釋，例如「莫」字由原來的「黃昏」之義變爲否定詞，轉移了義場，原空缺以累增形符的方式造一新符號「暮」填補。這是將訓詁學的研究成果，嘗試進一步引入語言學的科學架構裡的一項實驗。

　　此外竺教授值得參考的詞彙學理論、詞義問題探討的文章如下：
〈自然科學與社會心理──論詞彙形成的因素〉，《語文建設通訊》
　　34期，頁20-21，1991年10月。
〈由熊貓一詞論華語詞彙的規範〉，第三屆世界華語文教學研討會論
　　文，1991年12月。
〈詞義場與古漢語詞彙研究〉，《紀念林景伊師逝世十週年學術研討
　　會論文集》，頁303-312，臺北：國立臺灣師範大學，1993年6月。
〈古漢語詞義變遷中的義位填補現象〉，《漢語言文化論叢》，頁80-89，
　　北京：人民出版社，1995年5月。

　　由以上的介紹，我們可以看到竺教授是一位用功甚勤的學者，雖然他的起步比前面兩位前輩晚，但是他的研究成績確是有目共睹，不但份量夠而且面度廣，在同輩學者中，算是極有成就的一位學者。

　　最後要在此補提的是，竺教授於1999年9月出版鉅著《漢語詞彙學》一書，由臺北五南圖書公司印行，是一部體大思精的劃時代著作，也代表臺灣五十年來詞彙學研究的總成績。全書共分七大章，分別介紹詞彙學的基本概念、複音節詞的結構、漢語詞義學、詞彙的類型音變、詞典學、成語的結構與意義、新詞的衍生與發展。多數是竺教授平日研究的心得，比較特殊的是，加入了「詞彙的類型音變」與「詞典學」兩章，前者少有學者討論，竺教授從西方語言的形態音變、漢語的形態音變、殊聲別義三個角度論述，本身就是很新穎的論題。至於後者

的加入，讓討論的內容形成了廣義的詞彙學的範疇，如果將其章節調整到最後一章，或者歸入附錄，則全書體例比較單純。不過就一本份量夠視野開闊的著作來說，或許竺教授有其不同的考量也說不定。

三、專題研究概況

㈠外來語的研究

「外來語」又稱「外來詞」，可分「音譯」與「意譯」兩種。指自己語言沒有的概念或事物，用音譯或意譯表達的詞就是外來詞，英文 football 譯爲「足球」，嚴格說不是外來詞，因爲「足球」是漢語固有的詞，若譯成「夫波」也許可以算是音譯的「借詞」。又意大利文 signore 譯成「先生」，或不論什麼外文譯成「書、馬、魚」等，都是漢語原有，不算外來詞，而英文 airplane 譯成「飛機」，則是意譯的外來詞。

外來詞的分類有：甲、借形詞（即轉借詞 borrowed word、輸入詞 imported word），如日語借入的漢語詞以及由日本回流的「訓讀詞」、英語 MTV、IBM 等。乙、借音詞（即音譯詞 transliteration），即「借詞」，如脫口秀 talk show 等。丙、借義詞（即意譯詞 loan translation）。

從日本回流的「訓讀詞」（即借義不借音的詞彙），屬於借形詞，如：申請（shinsei）、支部（shibu）、市場（shijo）、場合（baai）、取締（torishimari）、特別（tokubetsu）、教育（kyoiku）、文學（bungaku）、革命（kakumei）、24時間、營業中……。

臺灣近年來通行的英文詞，如 M.T.V.、I.B.M.、M.I.T.、call in、A.I.D.S.、A.P.E.C.、G.A.T.T、B.B.S.、PUB（Public house）等等都屬於借形詞。

臺灣有兩個構詞能力極強的外來詞，即「秀」與「族」。「秀」是來自英語的 show，取「表演」的義項，譯成秀，由秀構成的複合詞已達幾十個之多：牛肉秀、脫秀、木瓜秀、看秀、歌廳秀、歌舞秀、個人秀、排秀、熱秀、秀界、作秀、主秀、現場秀、外國秀、政治秀、民主秀……。不過「秀」屬於借音詞，另一個日語的「族」，才是借形詞。它是指「某一類人或某一類具有共同特點的事物」，它構成的詞如：上班族、公車族、學生族、年輕族、飆車族（暴走族）、紅唇族、原宿族、頂客族、香腸族。（以上據姚榮松〈臺灣現行外來語的問題〉，《師大學報》37期，頁329-362，1992年）

臺灣商務印書館1965年6月，出版一本王雲五主編《王雲五新詞典》，從王氏自序撰於1943年10月15日來看，這本書可能是臺灣商務印書館又一次老書新印，也有可能是第一次出版，不過以前者的可能性較大。

這本書羅列3700多條詞彙，以辭典方式編排，詞條之後先做詞義解釋，再引述古籍原文，最後用「〔今〕」隔開，說明該詞彙的現代意義。根據王氏自序所說，乃是目下流行的許多新名詞，都被誤認為來自日本的外來語，王氏因此從古籍找出原文，一一羅列它們的出處，最重要的是證明它們「古已有之」。例如「文部」最早出現於《舊唐書·百官志》；「膺懲」最早出現於《詩經·魯頌》；「浪人」最早出現於柳宗元〈李赤傳〉；「配當」最早出現於《周禮·地官疏》；「支配」最早出現於《北史·唐邕傳》等等。此書所列固然可信，但

也不能一概而論。例如：「文學」即翻譯英文 Literature，若解釋爲「文章博學」（原書12頁），似與英文的意思不一致，這一點值得我們注意。

通常我們常見到的漢語音譯詞（借詞），有以下幾種類型（主要資料來源見：劉正埮、高名凱、麥永乾、史有爲編《漢語外來語詞典》，上海商務印書館，1985年5月）：

甲、純粹音譯（譯音詞、借音詞）

華爾滋（waltz）、淋巴（lymph）、撲克（poker）、派對（party）、杯葛（boycott）、芒果（mango）、威士忌（whisky）、咖啡（coffee）、邏輯（logic）、雷射（laser）、喇嘛（藏語 lama）、沙奇瑪（滿族糕點 sacima）。

乙、兼有音、義二譯者（音義兼用詞、混合詞）

	音　譯	意　譯
cement	水門汀、士敏土、西門土、賽門脫、塞門土	水泥、洋灰
telephone	德律風、獨律風、爹厘風	電話
microphone	麥克風、麥格風	擴音器

丙、音譯＋類名

Car	卡車
Jeep	吉普車
Card	卡片
Beer	啤酒
Bar	酒吧

丁、音義雙關

humour	幽默
Index	引得
cocacola	可口可樂
pepsicola	百事可樂
Title	抬頭 (稱呼、標籤、頭銜)
Club	俱樂部

一般漢語的借詞有以下三個特點：

甲、有不少借詞後來被譯詞取代（以譯詞爲主，借詞爲輔）

microphone	擴音器	麥克風
economy	經濟	愛康諾米
television	電視機	德律維雄

但亦有借詞如今仍通用：

沙發（sofa）　伏特（volt）　加崙（gallon）　邏輯（logic）

乙、借詞重視「詞義」

Hawaii	夏威夷 (夏可以制夷)
ice-cream	冰淇淋 (加水旁的字)
radium	鐳 (加金旁)
fluorine	氟 (加气旁)

丙、專有名詞二譯，遷就漢語音節短的習慣

bodhisattva（梵文）	菩薩	菩提薩埵（不通行）
Eisenhower	艾森豪	艾森豪威爾（人名超過三字）

國語日報社1985年5月，出版《國語日報外來語詞典》（國語日報出版部編譯組主編），根據原書〈說明〉敘述，此書「可說是我國創始第一部的外來語詞典」（頁16）。

該書其實是「音譯」範圍之內的外來詞，體例上先列詞條，每個詞條下列英語、法語、日語、德語等原文，然後再做詞義解釋，如果有「語源」會一一羅列說明。每個詞條之後註明「國語注音符號」，對照外語原文，讓讀者自己做比較，全書詞條排列順序，也就是依照國語注音符號先後安排。同時為了檢索方便，書中前後附有「中文部首順序索引」、「外文字母順序索引」、「注音順序索引」三種。的確是臺灣首創的借詞詞典，雖然收詞不夠多，至少反映臺灣常見的借詞一事，值得肯定。

吳致君撰《漢語借詞之研究》（國立高雄師範大學國文系碩士論文，1995年6月），全書分六章，依次為：緒論、借詞之構詞型態、漢語借詞之語料研究、漢語借詞的漢化特點、漢語借詞的規範問題、借詞之歷時與共時探討。

本論文雖然只是學位論文，但值得稱道的是，第四章對「漢語借詞的漢化特點」探討，分構詞、語音、語義、語法四方面的漢化特點敘述。例如語音部分，詳細討論外文與漢語之間的借詞對應關係，文中並列出「外漢輔音對應表」、「外漢鼻音對應表」、「外漢元音對應表」，總結漢語音譯外語時的用字規則。以吳小姐處理材料的精細與視野，的確值得肯定，在當時少有人留意此項問題的同時，不能不

佩服該文有過人之處。

在本領域中，其他可以參考的單篇文章不多，只有：

吳聖雄，〈由詞彙的移借現象論中國語文的一種特質〉，《國文學報》
17期，頁233-249，臺北：國立臺灣師範大學，1988年6月。

㈡方言詞彙的研究

所謂方言詞彙，張永言先生說：「就是指流行於個別地區而沒有
在標準文學語言裡普遍通行的詞語。這些詞語在某個地區雖然是常用
的，但是在別的地區就不用或者不常用。」（見《詞彙學簡論》71頁）例如：
臺灣閩南話「行」kiã（走），「芳」p'aŋ（香），「暢」t'ioŋ（快樂），
「炊」ts'ue（蒸），「恬」tiam（靜），「癖」p'ia（脾氣），「食」
tsiaʔ（吃），「糜」mue（粥）。

張永言先生又說：「方言詞典的編纂是方言詞彙研究的重要工作
之一，而要編好各種類型的方言詞典就需要盡可能詳盡地掌握方言詞
彙。所以，一般說來，我們收集方言詞彙，範圍是宜於從寬的。」（見
《詞彙學簡論》頁75）以這個觀念來看，臺灣閩南語詞彙和臺灣客家語詞
彙研究的前提，辭典編輯是首要任務。不過臺灣方言詞彙研究，早期
都出現在「方言調查報告」中，例如楊時逢《臺灣桃園客家方言》（臺
北：中央研究院歷史語言研究所，單刊甲種之二十二，1957年12月）、董同龢《記
臺灣的一種閩南話》（臺北：中央研究院歷史語言研究所，單刊甲種之二十四，
1967年6月）等。

楊書蒐集的臺灣客家話詞彙，用字母次序排列，從原書頁201到頁
427，總計頁227已是全書的一半，書後另外附有「語彙檢字」（頁

429-448）。董書同樣以字母次序排列詞彙（頁86-145），以全書頁158的比例來看，佔的份量相當可觀。這種類型的詞彙集，在往後的「方言調查報告」中也常常出現。

其後以專書出版的方言詞彙集，比較重要的有：

王育德，《臺灣語常用語彙》，東京：永和語學社，頁475，1957年12月。

藍清漢，《中國語宜蘭方言語彙集》，東京：外國語大學亞非文化研究所，頁452，1980年3月。

楊秀芳，《閩南語字彙（一）》，臺北：教育部，頁323，1998年3月。

王書是最早一部反映臺灣閩南語的詞彙集，資料收集豐富，解釋相當詳盡，是一部相當用心的好書，正文之前附有54頁的「臺灣語概況」，之後又附錄「日語索引」及「方言差一覽表」，足見內容充實。不過全文解釋以日文書寫，可能多少減低了一些人的閱讀。藍書專門針對宜蘭詞彙作調查，內容相當翔實，全書依照自然現象、動物、植物、飲食、服飾以及詞類等32項分類排列，每條詞彙只列「漢字、英文、標音」三項，並無任何解釋，有時不能明白該詞彙的真正意涵時，就完全沒有辦法理解。楊書收字雖然只有一百，而且標舉的是「字彙」，但是以閩南語多單音詞的特性來看，它也算是詞彙集。何況該書體例新穎，在每個單詞之下，列「部首」及筆畫，其次將該詞所有讀音一一羅列，並標上改良自國語注音符號的「方音符號」及教育部推薦「臺灣閩南語語言符號」；然後分不同讀音，將該音所呈現的詞義分條列舉，最特別的是每一個義項，都舉數量不少的詞彙，詞彙之後不但標音，而且詳細解釋用法。像這樣一部用心編輯的詞彙集，實在不多見，該書只是第一冊，想必會陸續出版第二冊、第三冊等等。

　　方言詞彙研究早期都被歸入「語料」研究之中，因此它們不被重視可想而知，但是近年來由於本土議題的提出，母語研究也被慢慢重視，連帶方言詞彙的研究自然比昔日熱絡。以下羅列部分比較重要的方言詞彙論述，單篇論文多於專著，閩南語多於客家話，那也是不得已的：

宋孟韶，〈方言中遺留的日語語詞〉，《中國語文》48卷6期，頁38-44，
　　1981年6月。

盧淑美，〈臺灣閩南語詞彙考釋-2〉，《臺中師專學報》10期，頁73-92，
　　1981年6月。

黃宣範，〈臺灣話構詞論〉，《現代臺灣話研究論集》，頁121-144，
　　1988年。

姚榮松，〈語詞的還鄉──同源詞和方言詞溯源〉，《國文天地》4
　　卷5期，頁77-79，1988年10月。

姚榮松，〈當代小說中的閩南語詞彙〉，《華文世界》55期，頁13-31，
　　1990年3月。

石美玲，〈日據下搖籃期（1920-1929）臺灣文學作品中的方言詞彙〉，
　　《文史學報》（中興大學）20期，頁11-47，1990年3月。

楊秀芳，〈構詞〉，《臺灣閩南語語法稿》，頁150-263，臺北：大安
　　出版社，1991年4月。

溫兆遠，〈《大陸和臺灣詞語差別詞典》中收錄之福佬話詞彙──兼
　　談出現在非文學作品中的福佬話書面語〉，《臺灣風物》41卷2
　　期，頁188-170，1991年6月。

Norman,Jerry 原著、梅祖麟譯，〈閩語詞彙的時代層次〉，《大陸雜
　　誌》88卷2期，頁45-48，1994年2月。

林珠彩，《臺灣閩南語三代間語音詞彙的初步調查與比較——以高雄
　　市小港區林家爲例》，國立臺灣師範大學國文研究所碩士論文，
　　1995年6月。
江俊龍，《臺中東勢客家方言詞彙研究》，國立中正大學中國文學研
　　究所碩士論文，1996年6月。
陳弘昌，〈瀕臨消失的臺語詞彙初探〉，《國教輔導》36卷5期，頁8-10，
　　1997年6月。
盧廣誠，〈臺閩語的構詞法〉，《臺灣語言與語文競賽研討會文集⑵》
　　2-1-1—2-1-28，臺灣省政府文化處，1998年5月。

㈢詞彙風格的研究

　　一般而言，詞彙意義除了表現概念的「理性意義」之外，還帶有
一定的「感情色彩」和「風格色彩」，這與詞彙意義不是一個邏輯的
範疇而是一個語言的範疇。一種語言的詞彙風格體系，與使用這種語
言人們的具體歷史條件有密切的聯繫，所以在不同的語言裡或者在同
一語言的不同發展階段上，詞彙的風格類別都可能有所不同。不過，
在詞彙裡區分口語詞彙和書語詞彙兩大類別，這是各種語言共通的。
　　口語交際通常以「對話」的形式進行，也沒有預先的考慮或準備。
口語的詞彙量比較小，常用多義詞、語義寬泛的詞、帶感情色彩的詞、
具體而形象的詞。就漢語而言，口語詞彙還有一個特點，就是它的基
本成員是單音節詞，而跟它們相當的書語詞彙則是雙音節詞。例如：
住～居住、送～贈送、讀～閱讀、買～購買、聽～聆聽、愛～喜愛、
怕～懼怕、窄～狹窄、窮～貧窮、病～疾病、進～進入、睡～睡眠、

挑～挑選。這裡每一對中雙音節詞和單音節詞的意義或意義色彩並不完全相同。一般說來，雙音節詞的意義要狹窄一些，確定一些；在風格上雙音節詞「文」一些，單音節詞「白」一些。（以上見張永言《詞彙學簡論》頁98-99）

　　最近十年以來，竺家寧教授在淡江大學、中正大學、成功大學等校中文研究所，講授詞彙學、語言風格學等課程，介紹從文學作品分析語言風格特色的觀念和研究方法，並帶領研究生從事這方面的研究，由現代詩到古詩詞、古典散文的分析研究，已開臺灣詞彙風格研究的先河。

　　詞彙風格特色的表現，可以反映一位作家運用語言的特點，例如周碧香撰《東籬樂府語言風格研究》一文（國立中正大學中國文學研究所碩士論文，1995年7月）就說：「《東籬樂府》屬於元朝前期的作品，為俗文學的一員，記錄近代漢語的樣貌，也是記錄早期普通話的資料之一。本章將由複音詞構詞類型、代詞、成語與典故、顏色詞、虛詞、詞類活用等六方面，一一探討《東籬樂府》在詞彙的表現，祈盼藉由歸納整理，瞭解馬致遠在驅遣語言的習慣與特點，從而尋求其詞彙風格。」（頁107）事實上這類詞彙學特色的探討，多數偏重於古典文學作品，因為材料相當豐富，不過偶而也出現現代作家如余光中先生詩的詞彙特色探討。

　　以下列出臺灣近年來碩士論文，以語言風格為論述重點的論文，其中包含了詞彙風格研究的成績，指導這類論文以竺家寧教授最多，其他如政治大學羅宗濤、陳良吉兩位教授也有一兩篇：

許瑞玲，《溫庭筠詩之語言風格研究》，國立成功大學中國文學研究所碩士論文，1993年。

陳秀貞，《余光中詩的語言風格研究》，國立中正大學中國文學研究
　　所碩士論文，1993年。

歐陽宜樟，《碧巖集的語言風格研究——以構詞法為中心》，國立政
　　治大學中國文學研究所碩士論文，1993年。

吳梅芬，《杜甫晚年七律作品語言風格研究》，國立成功大學歷史語
　　言研究所碩士論文，1994年。

羅娓淑，《李商隱七言律詩之詞彙風格研究》，私立淡江大學中國文
　　學研究所碩士論文，1994年。

劉芳薇，《維摩詰所說經語言風格研究》，國立中正大學中國文學研
　　究所碩士論文，1995年。

吳幸樺，《黃庭堅律詩的語言風格研究——以詞彙運用現象為例》，
　　國立成功大學中國文學研究所碩士論文，1996年。

陳逸玫，《東坡詞語言風格研究》，私立淡江大學中國文學研究所碩
　　士論文，1996年。

張靜宜，《李賀詩之語言風格研究——從詞彙與句型結構分析》，私
　　立淡江大學中國文學研究所碩士論文，1996年。

楊晉綺，《清眞集文體風格暨詞彙風格之研究——以構詞法為基本架
　　構之詞彙研究》，國立政治大學中國文學研究所碩士論文，1997
　　年。

四、結　語

　　詞彙學是語言學科中比較不被重視的部分，因此它在臺灣五十年來的發展，成績遠遜於語法學與音韻學相當多。不過我們看到方師鐸教授，早期從生活中取材，談論分析國語詞彙構詞的種種問題，以今天來看，似乎是臺灣詞彙學研究的啓蒙時期。其次湯廷池教授，雖然重點也著眼於國語詞彙的探討，但是他已開始運用西方的詞彙學理論作討論，讓國語詞彙學的研究，往深度方面進展，湯教授同時對一些臺灣出現的構詞現象，做深入的分析與分類，讓我們能清晰明白詞彙在語言中的眞正地位，湯教授在這方面的成績絕不可忽視。竺家寧教授算是語言學研究中生代的佼佼者，勤奮用功著述未曾間斷，在近代音、語法等方面都有相當不錯的成績，對詞彙學的投入研究，在前輩學者之後，也交出了亮麗的成績單，尤其在先秦詞彙、佛經詞彙、兩岸詞彙比較、詞彙理論與詞義變遷各方面的探討，都有相當的見解，尤其在詞彙風格的研究上，獨樹一格有自己的看法。更難能可貴的是，指導許多研究生從事這方面研究不遺餘力，爲詞彙學研究訓練新人才注入新血輪。

　　本文選擇「外來語」、「方言詞彙」、「詞彙風格」三項專題做介紹，代表它們的成績在臺灣突出其他各個詞彙分項研究之上。因地域不同以及生活習慣的差異，讓文化的現象自然反映在詞彙上，這是臺灣與其他漢語地區有所分別極爲明顯的部分，我們選擇上述三項做探討，意義正是著眼於此。平心而論，三項之中「方言詞彙」的研究成績較爲顯著，除了本土議題受到重視之外，可能與研究者多而且隊

伍整齊有關係。真正對臺灣各地進行方言詞彙調查的案例，目前持續在進行中，不僅是閩南語或客家語，甚至旁涉到南島語的許多語言，這種現象我們極為樂觀，來日全面性的方言詞彙集的出版不但有好成績，同時也訓練了一批真才實學的研究者，這是最讓人讚賞的大事。

不過臺灣五十年來的詞彙學研究成績，總體來說並不是相當理想，這是受到時代背景侷限的結果。但是我們一點都不氣餒，因為我們已經看到幾位前輩學者、中生代學者的努力，加上年輕研究生的勤奮學習，他們相當注意這門學科的視野開展，同時也能重視臺灣特色的借詞與方言詞彙研究，將來的成果是可以預期的。

最後要說明的是，本文主要參考文獻以及引用書目，已經在行文中標註。此外本文以介紹臺灣近五十年詞彙學發展的現況為主旨，文中隨時引述有關著作與論述不少，因此毋需再在文後羅列參考書目或引用書目，特此補充說明。

五十年來國內詞典學的發展

曾榮汾＊

壹、前　言

「詞典學」在西方稱爲「Lexicography」。這個字作爲普通名詞的意思是：

〔lexicography〕is the activity or profession of writing and editing dictionaries.❶

意思是撰寫或編輯詞典的行爲或職業。作爲學術專有名詞，則是研究詞典相關問題的一門學問。它的內涵包括了編輯學理與編輯技術。學理方面源出於語言學，技術方面則綜合了管理、美工、印刷等各方面的知識。無論學理或技術都是爲了追求理想的編輯成果。因此，如果要了解詞典學的發展情形，就得從編輯的成果去加以整理。

＊　教育部《異體字字典》《成語典》總編輯

❶　據 *COLIINS COBUILD ENGLISH LANGUAGE DICTIONARY* p.p.832.。

　　從民國三十八年至今，國內在這方面的成績固然不少，但總體來看，尚未十分理想。主要原因在於「詞典環境的不夠成熟」。所謂的「詞典環境」包括了「詞典編輯環境」與「詞典運用環境」。兩者中間涉及一個觀念，那就是對使用詞典的認知觀念。當一個環境對使用詞典的認知普遍呈現輕忽態度的時候，詞典學的發展空間是有限的。爲了說明方便，本文以語文類工具書作爲代表。這一類工具書又可分爲「字典」與「詞典」。

　　若從英文的「dictionary」來看，本來無所謂的「字典」與「詞典」之分。「dictionary」意思是：

A dictionary is a book which the words of a language are listed alphabetically and their meanings are explained.❷

這裡的「word」雖然一般稱爲「字」，但實質上對應著是中文的「詞」。所以稱英文的「dictionary」爲「字典」，只是個習慣。不過在中文環境，從語文工具書發展歷史來看，是可以分出「字典」與「詞典」兩種類型。一般概念是「字典」者，以「字」爲編輯主體；「詞典」者，以「詞」爲編輯主體。二者的體例各有不同。從型式條件來分，「字典」似是「單字」的堆砌，「詞典」似是「複詞」的編排。日文中也有如此區別，根據《角川漢和辭典》「辭典」一詞的解釋：「辭典」以語言爲主，「字典」則以字爲主。❸當然若深究之，其中區別並非

---

❷　同注❶，頁390。

❸　見《角川漢和辭典》，頁818。

如此簡單。不過本文為行文方便，一概沿用既有稱呼，對稱時則「字典」、「詞典」並用，統稱時則使用「詞典」。至於「詞典」或作「辭典」，為求解說方便，本文行文也一律使用「詞典」，引及書例時則仍就其原名用字。

貳、五十年來代表成果簡介

在過去五十年中，若將承繼大陸時期已有的成果不論，綜觀國內的語文詞典編輯成果，如就編輯主體來看，可分為三種類型，即詞典、字典、百科詞典；就其內文排序體例來看，可分為部首序與音序兩種類型；就其體制規模來看，可以分為大型、中型與小型三種類型，其中大中小的標準是比較而來。以上三種分法，第一種的分法最為基本，可以涵括其他兩種，所以本文介紹成果時，即依此詞典、字典、百科詞典為標準。其中百科詞典又為詞典與百科全書的結合，所以下文也附帶舉列一部百科全書來加以說明。

這五十年來語文工具書編輯成果數量不少，為能簡明的藉成果說明詞典學理的進展，每一類型只能略舉數例來說明。所舉例子除考慮筆者是否熟悉之外，主要是考慮其編輯觀念是否有具指標性質。若有遺珠之憾，純因筆者鄙陋所限。在所有例子最後，列上教育部所編的《國語辭典》系列成果及《異體字字典》，因為它們是最新的成果，所以選來作為五十年的殿軍。

一、詞典

㈠中文大辭典

《中文大辭典》，張其昀先生監修，林尹先生與高明先生主編。民國五十一年七月國防研究院與中國文化研究所出版。原版爲四十冊，十六開，一至三十八冊爲正文，最後兩冊爲索引。民國六十二年十月，利用《大學字典》的資料作了部分修訂，縮小改版成十冊，二十五開，由中國文化大學華岡出版社出版。全書收字凡49,888字，收詞371,231條。根據書前「凡例」所云：

> 本書爲中華民國百科全書之基礎工作與起點。百科全書第一期之編纂，除本書外，尚有方言大辭典、圖書大辭典、人名大辭典、地名大辭典等三十六種。各書互見補充，避免重複。

此書編輯內容力求博大，論其體制規模，堪稱爲五十年來最宏構者。事實上，若從詞典歷史來看，傳統字詞書也無出其右者。它等於是傳統字書、韻書、類書與現代各類專科詞典的大融合。若析其優點，「蒐羅宏富」正是最重要的一點。在大陸《漢語大字典》與《漢語大詞典》未問世之前❹，它正是執中文詞書之牛耳者。在體例設計上，有幾點值得提出來作說明：

　　1.字頭附上形體演變資料表。

---

❹　《漢語大字典》，八冊，湖北四川辭書出版社1986-1990出版；《漢語大詞典》，十二冊，漢語大詞典出版社1986-1993出版。

2.單字附上釋形體例。

3.詞目安排依詞彙次字筆畫序。

4.索引獨立成冊。

當然這部詞典有許多缺點，包括它沿用日人諸橋轍次編的《大漢和辭典》❺資料，許多原書的缺失該書也沿襲下來。最明顯的例證就是書證的引用，往往有前後因襲的情形存在。而且在字頭分音釋義時，也處理得不夠精確。字形考證也往往與原書參差。不過此書在一些專科詞目的編輯上，顯是較爲用心的，如書目資料的介紹就是一例。

㈡三民大辭典

《大辭典》，三民書局大辭典編纂委員會編，民國七十四年八月三民書局出版。十六開本，全三冊。收字15,106字，收詞127,430條。本書是五十年來國內中型詞典編輯（紙面版本）最爲精緻的作品。據書前劉振強先生序言，此書編輯時間自民國六十年始，凡十四年，編輯群人數逾百。而且書中所用字模爲求正確，皆出自該書局新鑄。字體則參考教育部所公布之標準字體，這也是國內詞典第一部全面使用標準字體印刷的作品。音讀之譯音部分也採用了教育部公布的國語注音符號第二式，比教育部《重編國語辭典修訂本》足足早了九年。綜合來看此書在編輯觀念的成就有如下幾點：

1.重視詞典編輯理念，力求完美

由此書編輯成果來看，無論版面設計、排印、油墨、用紙或裝訂，

---

❺　昭和三十五年(1960)五月初版，全十三卷，大修館書店發行。

皆可堪稱五十年來最佳者，可見編輯者用心是符合工具書編輯當力求完美的基本目標。工具書的使用較一般書頻繁，因此裝訂條件當最為講究，此點過去廣為國內詞典出版者忽略，《大辭典》無異樹立一新典範。

2.詞目排序考慮詞彙字數多寡，由少而多，同字數者再依詞彙次字筆畫數排序

如「一」字所附詞彙，例舉如下：

【一一】

【一二】

【一千】

【一方】

【一二三】

【一覽表】

【一一對應】

【一顰一笑】

【一大事因緣】

【一棒一條痕】

【一不做二不休】

【一失足成千古恨】

【一人得道雞犬升天】

此種排序觀念較之於《中文大辭典》只依詞彙次字筆畫排序，顯然進步許多。

3.標點符號標註清楚

此書採用新式標點符號，除一般逗號、頓號、句號、引號之使用，書證出處使用＜＞，書名與卷回或作者篇名用「‧」號隔開，一般書名用「" "」，一般專有名詞用「' '」號。如：

> 書名："左傳"、"世說新語"
> 書名卷回：〈詩‧周南‧關雎〉、〈論語‧學而〉、〈紅樓夢‧七三〉
> 作者篇名：〈杜甫‧秋興詩〉、〈韓愈‧師說〉
> 專有名詞：'孔子'、'美國'

標點符號使用可使文義明確，閱讀起來更為明白。以筆者之經驗，要做到此點十分不易。《大辭典》在此方面的成就不但超越過去國內既有成就，而且媲美大陸所編的《漢語大字典》、《漢語大辭典》。

㈢新辭典

《大辭典》出版後四年，三民書局續發行《新辭典》。十六開，單一冊。民國七十八年五月出版。排印、裝訂水準皆如《大辭典》。根據書前序言，目的是要編一部「適合中上學校和社會人士的辭書，既便於攜帶、檢索，又具備當代的各項新知」的工具書。由序言可知，這是一部兼具一般語文及新知識的詞典。此書收字16,862字，收詞43,140條。規模約《大辭典》的三分之一，收字反較多，釋義內容較為簡明。附錄十一種，含注音索引及筆畫索引。此書命名為「新辭典」，當如

序言所說，欲涵括當代新知。這也是繼教育部《重編國語辭典》❻後，另一部特別注意到一般語詞以外詞彙的成果。不過《新辭典》多達二千六百多頁，並不便於攜帶。

㈣國語日報辭典

國語日報社一直是國內推廣國語的重要單位，也因此它所發行的《國語日報辭典》與《國語日報字典》是流通十分廣的語文工具書。辭典於民國六十三年十二月出版，至七十四年十一月已發行至第三十版。字典於民國六十五年五月出版，至八十年十月已發行第二十八版。暢銷情形，可見一斑。根據辭典書前〈介紹這一本辭典〉的說法，它是一本希望「能成爲各級學校學生跟各階層社會人士平日閱讀、寫作、談話最方便有效的工具書」。這本詞典收字有9,098個，收詞有30,330個。收錄範圍限於日常用語，不及專科詞目。總括來看這本辭典有幾個特色：

1.釋義觀念的進步

對於傳統訓詁較爲含混的字詞採取較爲科學的釋義方式，例如「襪」字，並不根據「足衣」解釋爲「穿在腳上的衣服」，而是解釋爲「穿在腳上、鞋裡的織物，質料有布、絲、棉、毛線、人造纖維等」。再例如「籃球」一詞，並不單釋爲「一種球戲」，而是從「籃球」本身的諸種要件作一說明。這種釋義觀念正是現代訓詁學當有的新發展。

❻　民國七十年十一月，臺灣商務印書館印行。

2. 新詞新義的收錄

本詞典收錄了當時新生的一些詞，如「身歷聲」、「路隊」、「迷你」等。也收錄了舊詞新義，如「蓋」字下，增補了「吹牛、胡說」的意思。這種隨語言環境進展而考慮語辭新陳代謝的實況，是種進步的編輯觀念。

3. 使用注音國字區別一字多音的讀法

國語中有許多一字多音的現象，為使讀者區別正確讀法，本詞典詞目使用注音國字，所以不會造成混淆。就詞典編輯眼光來看，這是合乎為讀者設想的體例。

4. 文言用法的特殊標明

本辭典中凡屬文言用法，都加標記。如「尚」字第四義項為「更」，即加標記，並引句例：「尚何言哉」。

㈤國語活用辭典

《國語活用辭典》，二十五開，全一冊，民國七十六年一月五南圖書出版社出版。主編為周何先生，副主編為邱德修先生。此書收字13,955字。總觀此書特色為：

1. 收字涵括教育部《常用字標準字體表》及《次常用字標準字體表》二字表。

2. 收詞據用科學方法統計後的《常用中文詞的出現次數》一書❼，

---

❼ 據該辭典凡例云，此書為劉英茂等編。以一百萬詞為統計樣本，累計後收四萬詞。

實際掌握符合環境之用語。

3.收錄新生詞及舊詞新義。

4.詞條收錄兼附「字尾衍生詞」，如「亂」字下附錄「紊亂」、「禍亂」等詞。

5.字詞釋義體例設「參考」一欄，提供相關字詞以供參考。並作辨似、同反義等說明。

6.字頭附有「形解」欄以析釋形構，字義解釋中並註明詞性。

7.行文力求淺顯明白。

8.詞目排序以次字筆畫爲序，筆畫數註明於詞目上。如「大」字：

⑴大一統

⑵大力

　　大力士

　　大人

　　大人物

⑶大凡

　　大士

　　大丈夫

⑷大王

　　大父

總體來說，這是一部在編輯觀念頗爲進步的詞典。增加了許多傳統詞典所未能完備的體例，或使收詞更合理，或使釋義更完整，或使檢索更便利，無一不是朝理想詞典邁進的語文工具書。

二、字典

㈠正中形音義大字典

《正中形音義大字典》，十六開，全一冊，二千三百餘頁，高樹藩編纂，民國六十年三月正中書局出版。收字正異體共九千餘字。據書前編者自序，此書編輯前後費時十五年，排版費時七年，凡二十二年。且參與編輯任其事者，多爲高先生家人，殊爲不易。總觀此書特色爲：

1. 每一正字，附見形體資料簡表，依甲文、金文、小篆、隸書、草書、行書、楷書排列。
2. 單字下附有釋形體例，除說明六書分類外，並說明字構原理。
3. 釋義分出詞性，註明爲名、代、動、形、副、介、連、助、歎等。
4. 異體資料或附於正字之後，以「辨正」體例註明，或直接列於每一部首末的「附錄欄」。
5. 部首末全依二一四部首系統，刪去二十四部，並新增四部。

此書編於《中文大辭典》之後，其形體資料與釋形體例當受其該書啓示，但註明詞性及規範部首則爲其創見。尤其詞性註明對漢語頗爲困難，但此書已能注意文法屬性對字典的重要。後來《重編國語辭典》加註詞性，或有相承之緒。

高先生並在序言中提到編輯過程的辛苦，他說：「十五年來，歷盡艱苦，困阻備嘗。」誠非未經體驗者所可想像。

㈡大學字典

《大學字典》，全一冊，二十五開本，張其昀先生監修，林尹先生主編，李殿魁先生總編纂。民國六十二年十月，中華學術院發行。全書收字9,963字。根據書後所附介紹云：

> 本字典以《中文大辭典》爲基礎，擷其精華，另立規模，延聘二十一位國家文學博士，擔任編纂。并以科學方法分析、蒐集較實用之單字九九六三字，附收繁簡、古今異體、沿誤疑似等字一千零八字。

此書在國內詞典學發展過程中頗爲重要。論其特色可得以下幾點：

1.收字經過科學方法調查

此書在收字之初，曾經收錄《辭源》、《辭海》、《國語辭典》、《辭彙》、《遠東英漢辭典》、《當代漢英辭典》、《常用漢字語源字典》、《漢和大辭典》、《教育部常用漢字表》、《國民學校常用字彙》、《中文新聞報紙常用字表》、《交通大學電腦用字表》、《中文大辭典單字辭彙統計表》、《國中以上標準讀物常用字調查表》等文獻，製成《字典收錄字彙綜合總表》。再依其出現頻次，經討論後決定收錄中上程度的字數。這在近代字書編輯上首開依編輯標準，結合科學方法求得客觀依據的新頁。

2.索引使用參見部首觀念

本書索引編輯使用參見部首觀念。根據其書《凡例・五・索引》

云：

> 爲使讀者索檢方便，凡對其字形有疑似而不能確定在某部，致
> 使索檢困難者，本字典則酌情將此有分部疑似之字約六百字，
> 用〔　〕→號分別重複參列於各部，以免除索檢困難而節省查
> 考時間。

例如編號4577「疑」字，本在「疋部」九畫；爲求檢索方便，遂在「匕
部」0600「匙」字之後列出〔疑〕→4577；又在「矢部」4887「矮」
字後列入〔疑〕→4577。也就是將「疑」字可能判斷的部首「疋部」、
「匕部」、「矢部」等三部都出現此字，但釋義置於所當屬之「疋部」
中。此種多部疊見法，明代梅膺祚編《字彙》時，即已使用，張自烈
《正字通》沿襲之，至《康熙字典》嫌其繁瑣，竟刪削。《大學字典》
將此體例簡化，釋義不再重出，只重出其字，確實是種存菁去蕪的好
方法。此種體例昭和五十年出版的《角川漢和辭典》的體例也採用。
該辭典於每一部開始時，都陳列一表，分別列出本部首字與參見部首
字，後者逐一註明原所屬部首及頁碼。如「一部」中，列有如下之字：

　　二(二)37

　　于(二)38

　　千(干)280

　　元(儿)93

　　牙(牙)595

翻查十分便利。《大學字典》能將舊有體例加以創新，不但將參見字
置於當出筆畫字序，並以箭頭與字號符號代替頁碼，既慮及字序體例，

又明示本字所在，確見其特色。

3.善用符號表達體例精神

現代詞典編輯的觀念，在體例設計時當考慮適當運用符號來取代文字敘述，尤其是在固定的敘述項目上。《大學字典》在處理不同的文字身分時，運用了不同的括號來表達。如：

〔　〕號　：表示正字身分，如〔因〕。

〔　〕→號：表示參見部首字，如〔于〕→0069。

（　）號　：表示異體字，如（体）。

4.釋義使用參互見體例

《大學字典》針對字形不同而音義相通之字，其釋義使用互見體例。《凡例·二·字典編排方式·5》云：

> 其有字形不同，而音義相通，為世所習用者，則於各字條之末尾，一併著以黑色三角，其下註明與某號字互見。
>
> 例如：1385妳字後有：▲參1509嬭
>
> 　　　1509嬭字後有：▲參1385妳
>
> 　　　0894啣字後有：▲參8477銜
>
> 　　　8477銜字後有：▲參0894啣

這種體例無異於將釋義相關字建立起親族關係，對於文字詞義流變體系的了解相當重要。

5.字頭屬性合理安排

《大學字典》的字序仍依二一四部首序，同部首者再依筆畫多寡。為了明確交代每一個單字的基本屬性，正文中對在每個字底下，都標註了所屬部首、部首外筆畫，總筆畫，然後再分音釋義。例如：❽

$$1289\ \text{〔佛〕}\ \overset{5}{人}\ (7)$$

此種體例使每個字的基本屬性能單獨呈現，較之如《中文大辭典》在版面設計上，將部首訊息列於更換部首處，將筆畫訊息置於更換筆畫處，確實方便許多。

6.書證一律查證原文

《大學字典》為改正《中文大辭典》書證標示不盡明確的缺失，對於書中所引書證，逐一考證原書，而且文獻出處一律詳註篇章。詞書編輯所以引用書證，一則說明釋義有據，二者說明實際用法。因此書證之詳確與否，正是衡量一部詞書編輯水準的重要指標。《大學字典》此點在現代詞書編輯上無異立下典範。爾後類似的編輯在此方面一直有不錯的發展。

綜合來看，《大學字典》在近五十年詞典編輯史上，開創一個新里程碑。從詞典學觀點來看，它具有以下幾點成就：

1.針對服務對象，確立編輯目標

利用科學統計收字反應出編輯詞典是須先考慮「編輯目標」，編

---

❽ 原書直排。

輯目標取決於「訴求的服務對象」。不同的訴求對象，就應有不同的編輯標準。

2.科學的檔案管理，方能作精確的參互見

根據張其昀先生〈大學字典序〉，可以知道此書以《中文大辭典》爲基礎，並「新立規模」，所以它編輯時當有「基本檔」與「參考檔」。前者爲編輯之基礎，後者爲新增之資料。以基本檔取自於《中文大辭典》的資料，「參考檔」來自於文獻的蒐錄。縱然《大學字典》只收近萬字，但這其中的檔案管理是需要相當的觀念與技術，才能讓資料依循編輯體例，在整個工作流程中進出而不紊亂。從編輯成果來看，雖有微疵，基本上，此書編輯在檔案管理上是成功的，也說明了一件事實，詞典編輯絕對需要資料管理觀念的配合。

3.周密的體例設計，使詞典內涵充分發揮

詞典的體例就是整部詞典的骨架。詞典的編輯往往成於眾人之手，若無一套體例可依循，則編纂深淺難以掌握。因此，一部詞典在編輯之初就必須設計體例，而且貫串全書編輯，不容改變。這並非易事。因爲語詞內涵性質紛歧，狀況複雜，要使一套體例澈底執行，在設計之初，即要考慮諸多情況。以《大學字典》而論，除了單字基本屬性、義項安排的基本體例外，部首的參見、釋義的參互見等，都須較爲周密的設計。

4.嚴格的品管，方能使詞典理想

校對是詞典的生命。因爲詞典本就是提供語詞形音義正解標準的工具書，內容精確的要求自是必然。爲達此理想，仔細的校對非常重

要。不過詞典校對十分困難，龐雜瑣細，易滋訛誤。加上《大學字典》以中文打字機先打好條稿，再行拼版。版中罕用字使用《中文大辭典》原有字補貼，或利用多字拼成，再行黏貼，容易掉落。但整體來看，《大學字典》缺失固有，但比例不高。在品管上顯然下過功夫。此種自我嚴格的要求，正是一部詞典編輯當有的態度。

就此四點而論，筆者以爲正是這五十年來，語文工具書現代化的發軔。往後詞典編輯者，《大學字典》的某些觀念自會有所影響。如以《大學字典》爲基礎所編的《國民字典》，即是參考《大學字典》另訂編輯標準，符合一般國民所需的語文工具書。

(三)國民字典

《國民字典》，袖珍版，全一冊，民國六十三年十月中華學術院發行。總編纂爲李殿魁與陳新雄兩位先生。此書收字5,642字。根據書前張其昀先生之序，是繼供大學生程度閱覽之《大學字典》後，另一部供中小學生使用的語文工具書。其立基於《中文大辭典》與《大學字典》而另立規模。收字原則與體例都依循《大學字典》，但行文則使用語體。總觀此書的成就也有幾點值得注意：

1.不同訴求對象，不同編輯標準的實例

《大學字典》收字9,963字，此書收字5,642字。前者使用文言釋義，後者使用語體。針對不同的使用對象，選用不同的標準。這點正說明了一個觀念，詞典使用者隨著不同的學習階段當具備不同的詞典，很難有一部詞典是可以從小適用到大的。

2.將常見的複詞收入義項

　　此書爲字典性質，但在字義義項中往往將常見的複詞列入，如「僻」字第五義項爲「冷僻」，「屠」字第三義項爲「浮屠」，「捐」字第二義項爲「捐客」。本來這種體例在字詞典中只用在「聯綿詞」，例如「蟋」字無法單釋，所以義項中參見「蟋蟀」。在一般字典裡，少見如《國民字典》之安排者。這也許在訓詁學理上會有爭議，不過爲提升詞典使用功能，編輯者這種體例設計也算是用心良苦。

㈣國語日報字典

　　《國語日報字典》，國語日報社編，民國六十五年五月出版。字典的編輯目的，從書前何容先生的序，可以知道它是爲了精簡原有的《國語日報辭典》。所以它從辭典32開本縮小爲袖珍本開式。不過字典仍收有一萬個字（含正字、異體字）。此書除部分承續辭典的特色外，另見獨自的特色：

> 單字義項中含有常見複詞解釋。如：「伎」下第四義項列「伎倆」，「因」的第七義項列「因數」，「焚」的第三義項列「焚琴煮鶴」。就是何先生所說的「儘量把成語跟詞容納在單字的註解裡」。

總體而言，《國語日報辭典》與《國語日報字典》兩部工具書可以爲這五十年來小型工具書的代表。同時因爲它們成果頗見精審，且都是暢銷書，對坊間同等級工具書的編輯必有相當影響。

三、百科詞典

㈠名揚中文百科大辭典

這五十年中，國內工具書發展出一種結合百科全書與詞典的類型，稱為「百科詞典」。此種類型體例編排概同一般詞典，但在編輯時採分科處理是其特點。以名揚出版社《中文百科大辭典》為例，編排體例無異一般詞典，但書前序言強調其內容分「一般語詞」與「專科術語」，後者再分人文科學、社會科學、自然科學、應用科學四大門，下再細分為三十五科。因此，由編輯用心來看，它仍是一部綜合式語文工具書，只不過特別強調了專科語詞的編輯。而這正好修正了傳統語文詞典偏重一般語詞的缺失，較能切合社會實況所需。

此書，民國七十三年名揚出版社出版，十六開本，全三冊，民國七十五年一月革新一版，改版為全五冊。主編為張之傑與黃臺香兩位先生。全書按部首筆畫序排列。根據張先生書前〈編序之一〉所言，他是因原有《辭源》及《辭海》收詞偏於冷僻，專科詞又偏少嫌簡，所以「發願跳脫《辭源》、《辭海》窠臼，編纂一部適合時代需要的辭典」。其具體作法為：

1.少列盡人皆知的詞語。

2.刪減冷僻詞與及已失時代意義詞語。

3.多列各專業學科之常用詞語並賦與較詳盡解釋。

全書收錄字、詞約77,200條。

綜合觀察此書成就頗可稱許，雖然印刷裝訂不盡理想，插圖也嫌簡略，但因其立基於《環華百科全書》，編輯分工亦見科學管理精神，

詞目釋義內容有其可被肯定之處。其在詞典學成就歸納如下數點：

1.編輯工作的科學管理

詞典編輯猶如一件工程，紊亂的人員編制與分工將導致事倍功半，成效不彰。依照書前〈編序二〉與〈編纂人員名錄〉，此書編輯由上而下，分科負責，集結成果，再予複閱、增補，頗見條理。

2.尊重專家的智慧

此書既然以增加專科詞目爲號召，對專科詞撰作的態度自當較爲慎重。由書前所列各科執筆者，顯然編者已力求達到理想，此種態度是編輯現代詞典不可忽視的。

3.編輯心得的敘述

編輯詞典非常辛苦，因此人員的堅持與否事實上才是決定編輯工作能否成功的主要因素。詞典編輯學理上，在編輯實務方面，人員心態管理正是要點。一般詞典編完後鮮有留下「辛勤紀錄」，此書主編黃臺香的〈編序二〉，在工作進行狀況中寫下比較詳細的描述，可作爲詞典學在此部分的參考。

此書是這五十年來屬於較大規模的詞典編輯，整體來說，成就可觀，但有一較遺憾的地方是專科詞目釋義中，少了分類訊息的註明，減損了編輯目的中所強調專科詞目的參考功能。

㈡中文百科辭典

《中文百科辭典》，十六開，全一冊，民國七十三年十一月，百科文化事業公司出版。收字一萬一千多字，收詞：一般詞二萬餘條，

專科詞五萬餘條，總計八萬多詞。全書一千七百餘頁。總監修爲閻振興與高明兩位先生。總觀此書有如下特色：

  1.全書銅版紙彩色印刷，書品甚高。

  2.圖片豐富且精美，是國內語文工具書所僅見者。

  3.內文詞目排序，考慮詞目字數多寡條件，便於檢索。

  4.多種索引，檢索便利。

  5.善用符號，解說簡明。

  6.專題詞目使用百科全書專欄體例介紹，知識完整。

  7.專科詞豐富且釋詳。

  8.一般詞語資料亦頗豐富。

此書在近五十年國內所出版工具書中，堪稱爲一流作品。它在形式條件上提供了一個標竿，讓工具編輯有個具體的參考典範。但也爲了容納諸多詞條，排印字體嫌小，而且專科詞目釋義未見分類亦屬遺憾。一般詞釋義書證註明體例，未能詳確，也是瑕疵。

四、百科全書

中華兒童百科全書

  本來「百科全書」與「詞典」性質並不同，前者依類別而編，反映的是各類別的知識；後者依字詞而編，反映的是詞彙體系。本文既以詞典爲主，本不宜涉及百科全書。不過此處要介紹的《中華兒童百科全書》，依個人來看，卻是國內近五十年來編輯水準堪稱理想的一部工具書。而且它的正文體例依音序編排，頗似一部音序詞典，所以

也把它提出來析介一下，藉以說明它所具涵的編輯觀念與成就。

《中華兒童百全書》，精裝十六開，全十四冊。臺灣省教育廳兒童讀物出版部主編，民國六十七年四月臺灣省教育廳出版。正文十三冊，第十四冊爲索引。總編輯爲潘人木先生。根據書前說明，它的編輯目的是要「送給你一個小世界」。它也是我國第一部專屬於兒童的百科全書。❾

此書詞目依注音符號序排列，除文字解說外，附有非常豐富的照片與手繪圖。手繪圖的水準相當高，在國內工具書編輯而言，是比較罕見的成就。詞目安排使用了「參看」體例，註明於解說之末。例如：

「八大山人」，參看：明朝、繪畫

「八體書」，參看書法、文字

索引冊分音序與分類索引。索引冊的編輯觀念十分進步，析介如下：

1.音序索引按音節排，以音節爲綱領，列出該音節詞目之詞頭字。如：

八　八　巴　芭

2.除列出詞目、冊次頁碼外，並作簡釋。條末附註參看詞目及冊次頁碼。如：❿

八大山人（1626-1705）①7明末畫家。

---

❾　參本書第一冊梁尚勇先生的序。

❿　原書參看部分套藍色印刷。

明朝③771　繪畫⑦2495

此種編法除可供讀者作爲檢索之指引外，亦可使整部索引獨立成一部小型詞典。

　3.凡是書中解說附帶提及之詞目，於索引中亦獨列，採參見方式標註。如：

　李後主　見「李煜」條⑤1782。

此種編法使索引所包含的詞目遠超過正文呈列之詞目，無異提升了索引的利用功能。

　4.分類索引亦採所有詞目呈列及參見方式。類別則分大類後細分小類，除附有《分類一覽表》外，並對某些較複雜類別作內涵簡釋。如：

　總類（包括圖書館類、新聞學、學會、機構、國學群經及百科全書）
　哲學——心理學（心理學常識及術數、迷信）
　自然科學——天文學（天文常識、氣象及太空科學）

如此一來，分類索引無異成了知識分科的指引，對於兒童的整體知識教育是重要的，也可藉此窺探出編者設計索引體例時細緻的用心。

　總括來看，《中華兒童百科全書》的成就是可觀的，只可惜此書出版後從未修訂，對於一部工具書來說，將會逐漸減損它利用的價值。

五、教育部字辭典

㈠重編國語辭典修訂本

教育部《國語辭典》初編於民國二十年，在臺發行時共四冊；民國七十年重編過一次，名爲《重編國語辭典》❶，共六冊；八十三年完成《重編國語辭典修訂本》❷，八十六年《修訂本》發行光碟版及網際網路版本。本文以八十六年的版本爲代表來說明《國語辭典》系列的成就。

《修訂本》的編輯工作開始於民國七十六年，初稿完成於八十三年，推出臺灣學術網路版。八十六年因應網際網路環境改版，並同步推出光碟版，採用全文檢索系統。本書共收一萬一千字，十六萬詞。內文由教育部國語推行委員會編輯，總編輯爲李殿魁先生，副總編輯爲筆者。系統由中央研究院簡立峰先生領導的 Csmart 小組負責，主程式設計者爲李明哲先生。

根據本書所附的《編輯總報告書》，本書編輯時共收八十萬個資料單位，除了沿用了原《重編本》的專科詞，大部分的語詞在體例、內容上作了大幅度的改變。此書在詞典編輯現代化中扮演開創者的角色，許多觀念與技術都與傳統的編輯有了差異。綜合來看，《修訂本》的成就有以下幾點：

---

❶ 下文簡稱爲《重編本》。

❷ 下文簡稱爲《修訂本》。

1.接受詞典學理指導的編輯規劃

本書在規劃初期就掌握住「詞典當依詞彙體系編輯」的基本原則。詞典與字典不同即在於詞典所反映的是語言詞彙體系，也因爲如此，此書重建一些詞典當有的觀念，如：

⑴詞典基本上以單詞作爲排序綱領，以該單詞爲詞頭之複合詞附列於後。

⑵詞典收詞當考慮語言中各種語詞成分。由一般語詞至各專科語詞。

2.結合資管觀念的編輯技術

此書的編輯流程由資料蒐輯至清稿、完稿，都利用了電腦，軟體則由編輯小組自行開發。將傳統編輯觀念結合現代資管觀念，妥善的資料管理，終使在極度人力欠缺下仍能有一定的成績，而且所產生資料的再利用十分方便。當然此書自民國七十五年即利用電腦，在不成熟的中文系統環境中要處理偌大的資料量，其中慘淡經營可想而知。

3.原始材料的蒐錄與建檔

爲了修訂《重編本》，此書編輯之初蒐集許多原始文獻建立參考資料檔，藉以補錄新詞語並提供書證資料。此種編法可以不受原有修訂對象的局限，並且進一步掌握較爲豐富的修訂訊息，進行工作可以事半功倍。而且爲了迅速查得相關書證，編輯時並利用如《古文觀止》、《唐詩三百首》等常用文獻建立的「書證檔」。

4.專家諮詢系統的建立

《修訂本》在專科詞的收錄基本上是藉用《重編本》已有之基礎，但對於新增詞及疑難詞的撰寫除了利用參考資料外，也建立專家諮詢系統。凡是遇到需要特別考證者，一定諮詢該類專家以求確實。

5.品質管理的新模式

《修訂本》因為是採電腦編輯，與過去書面稿送去鉛排或打字的方式迥異。電腦編排有個好處就是即排即校，即校即改，所以經過編排後的每一條都是定稿。這與當初《大學字典》手寫謄稿打排後，校了十次，效益不可以道里計。《修訂本》規模遠大於《大學字典》，但校對所花費的時間與品質都遠較《大學字典》理想。《修訂本》此種工作模式對大型詞典的編輯當深具參考價值。

6.多樣式的成果展現

《修訂本》的成果因為是數位化檔案，所以它可朝多方向考慮展現的方式。例如：

⑴光碟版本

⑵網路版本

⑶電子辭典版本❸

⑷紙面版本

這種多樣式展現模式與傳統利用書面編輯只能發行書面版有很大區別。而且因為置於網際網路，就資料流通廣度來說，也不是紙面版本容易辦得到的。

---

❸　指將內容燒錄進電腦硬體中的模式。

7.開放式資料庫的再生利用

數位化檔案在資料再生利用上具有如下優點:

(1)可使內容之新增、刪除、更正容易

一部詞典要保持生命力,就必須持續修訂。像《國語辭典》這樣的詞典,既是以目前「國語」爲編輯主體,於是隨著語言環境改變,某些語詞的新陳代謝都當忠實反映出來。在過去要修訂一部詞典並不容易,由基礎的建立至清稿的編排,耗時費日。但數位化檔案,可隨時進行修訂,累積一定數量即可推出新版本。

(2)可依不同要求節錄子資料庫

一個像《修訂本》這麼龐大的資料庫,在語文研究上是可以多方面利用。資料庫中所包含的各類語料都可以透過一定的條件抽取成子資料庫。例如:

＊成語資料庫

＊諺語資料庫

＊歇後語資料庫

＊外來語資料庫

甚至是各專科語詞都可分別濾取出來。當然要達到此目的,必須在建立資料庫時就得先將這些類別的資訊置入體例中。

(3)可結合其他數位化資料庫,從事不同研究

數位化資料庫可以結合其他資料庫進行不同目的的比較分析研究。於是不但《修訂本》資料庫可以協助相關資料庫,其他資料庫也可成爲《修訂本》吸收新資料的來源。

8.編輯過程的總結報告

《修訂本》編完後提出《編輯總報告書》，將編輯過程與經驗留存下來，以供日後類似工作的參考。這種經驗傳承的期盼是過去編輯工作所缺少的。

《修訂本》雖然沒有發行紙面版本，但就光碟版與網路版本的檢索功能而言，它也有一些特色，簡介如下：

本版利用「只找詞名」及「尋找全文」可發揮五大功能：

(1)一般辭典功能

將所欲檢索詞目鍵入檢索框，如：「電腦」，在「只找詞名」狀態下，會呈現包含此詞目的所有詞條。如：

(舉首頁為例，下同)

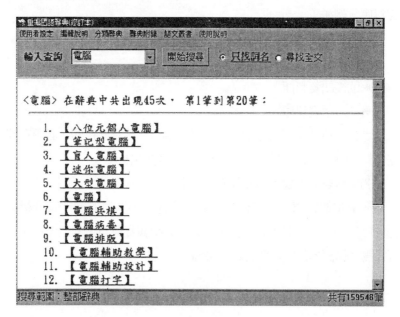

在「尋找全文」狀態下，會呈現釋義內文包含此詞目的所有詞條。如：

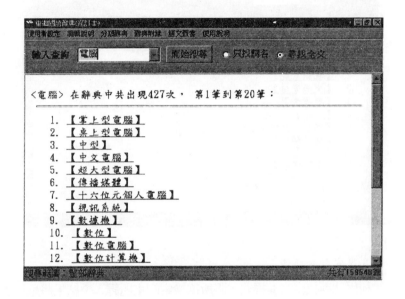

(2)百科全書功能

利用「尋找全文」模式，將所欲檢索的類別鍵入，結果將呈現所有與此類別相關的詞條。如：「數學」、「網路」、「物理」、「化學」等。

以「網路」為例，查得詞目如下：

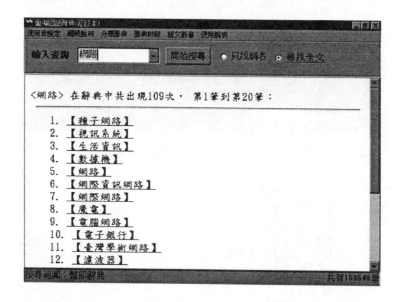

(3)豐富詞彙功能

　　利用「尋找全文」模式，將所欲檢索的主題鍵入，結果將呈現所有與此主題相關的詞條。如：「美麗」、「偉大」、「雄壯」、「激昂」等。

　　以「美麗」為例，查得詞目如下：

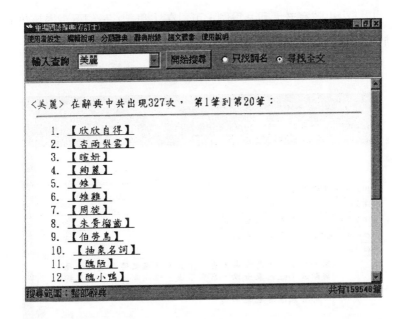

(4)詩文名句檢索功能

　利用「尋找全文」模式，將所欲檢索的名句完整或部分鍵入，結果將呈現所引及此名句的詞條，再點選查閱即可。如：「少小離家老大回」、「月落烏啼霜滿天」、「野火燒不盡」、「窮則變，變則通」等。

　　以「少小離家老大回」為例，可以在「鄉音」一詞下查得該語出自於唐代賀知章〈回鄉偶書〉詩。

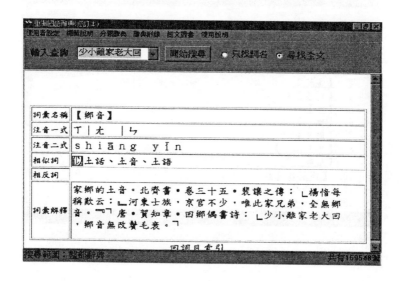

(5)語文考證功能

　　利用「尋找全文」模式，將所欲檢索的詞目鍵入，結果將呈現所有引及此詞目的詞條，點選查閱後可藉以考證該詞的語源及使用歷史。如：「伊人」、「東施效顰」、「守株待兔」等。

　　以「伊人」為例，可以查得該詞出自於《詩經·秦風·蒹葭》一篇，原文為：「所謂伊人，在水一方。」

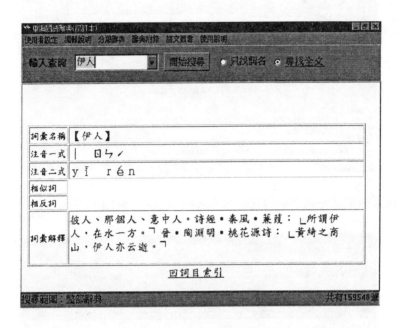

除此之外，在網路版更提供「近似自然語言」檢索觀念，例如選擇「連同解釋一起尋找」鍵入：「最美麗的女人」：

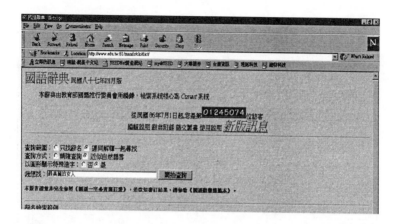

檢索結果就會將所有與此檢索需求相關的詞目列出，如：

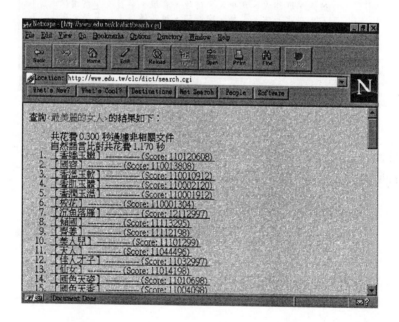

利用這些功能，可將此部辭典的工具功能大幅提升，蒐詞愈豐富，所發揮的功能愈強大，這也是數位化資料庫異於紙面版本最明顯之處。

依筆者觀點，《修訂本》不但代表著這五十年來詞典編輯的新里程碑，同時也是數千年來中文詞書傳統編輯與現代化編輯的分水嶺。這部詞典憑著光碟儲存量的優勢，在第一版中除正文的十六萬詞外，另附帶置入「附錄」十六種、「國語文教育叢書」九種。若排印成紙面版，恐是原《重編本》的三倍規模。除了規模龐大外，它所具涵的資料與理念對未來的影響必大，所以如果說它是這五十年來不容忽視的詞典成就並不為過。

㈡國語辭典簡編本

《修訂本》之後另有《國語辭典簡編本》❶的編輯，這是一部為國中小學及外國人士學習中文而編的詞典。民國八十五年六月完成文字及圖片部分，八十八年十月完成聲檔部分，目前只有網路版本。此書在編輯時使用了一些新觀念，簡介如下：

1.文字部分介紹

⑴單字部分

以八十二年度報章雜誌及抽樣選定之小說、書刊的用字作累計字頻，以出現頻率較高的六千字為簡編用字。字頻資料庫樣本計收1,982,882字，累計後為5,731字。因資料來源多為現代文獻，除少數用字係由《修訂本》補充，部分古代文獻用字因現代罕用，原則上不再

---

❶ 下文簡稱為《簡編本》。

收錄。收錄結果爲6,628字。

(2)詞目部分

以八十二年度報章雜誌爲主，圈選詞條輸入電腦，作出詞頻，以出現頻率較高的三～四萬詞爲收詞範圍。詞頻資料庫累計後收 64,326 詞。累計後，經整理後收錄結果爲38,475詞。

(3)釋義部分

　　＊全書採用語體釋義。

　　＊罕用義項不取。

　　＊每一義項原則上皆附句例。

(4)音讀部分

依據《修訂本》取音，並參考《一字多音審訂表》。

2.圖片部分介紹

(1)收圖概念：參考其他工具書的附圖範圍、概念、形式，制訂出附圖原則，規劃附圖範圍、類型。

(2)收圖總數：本辭典共有1,140詞條收有附圖。因內含多詞呈現在同一圖之圖片，故實收圖片1,083張。

(3)收圖特色：除一般具體名物的附圖外，另收錄表達抽象概念的「概念圖」。

＊概念圖例：

拔

背和抱

哭

打

3.聲音部分介紹

聲音檔案錄製原則為：

＊單字部分

字頭＋部首＋部首外筆畫＋總筆畫

音讀

釋義

如：〔八〕字，辭典原文爲：

〔八〕八-○-2

ㄅㄚ

⑴介於七與九之間的自然數。大寫作「捌」。阿拉伯數字作「8」。

⑵表示數量是八的。例：八字、八方。

⑶表示多方面，泛指多數。例：四通八達。

（「八」字，口語連用在去聲字前，讀成陽平。例如：八號、八拜。）

聲音的腳本爲：

> 八，八部，零畫，二畫。ㄅㄚ。一、介於七與九之間的自然數。
> 大寫作「捌」。阿拉伯數字作「8」。二、表示數量是八的。
> 例如：八字、八方。三、表示多方面，泛指多數。例如：四通
> 八達。八字，口語連用在去聲字前，讀成陽平。例如：八號、
> 八拜。

✳詞目部分

詞目＋音讀＋釋義＋句例

如：〔感冒〕一詞，辭典原文爲：

〔感冒〕ㄍㄢˇ　ㄇㄠˋ

⑴由濾過性病毒引起的上呼吸道感染，會出現氣管炎、咳嗽、鼻
塞、發燒等症狀。例：感冒是一種非常普遍而且傳染性很高的
疾病。

⑵對人敏感、厭惡。例如：自從他偷東西被抓到後，大家對他都
很感冒。

聲音的腳本爲：

感冒，《ㄢˇ　ㄇㄠˋ。一、由濾過性病毒引起的上呼吸道感
染，會出現氣管炎、咳嗽、鼻塞、發燒等症狀。例如：感冒是
一種非常普遍而且傳染性很高的疾病。二、對人敏感、厭惡。
例如：自從他偷東西被抓到後，大家對他都很感冒。

4.釋義部分介紹

《簡編本》在釋義部分有一特色，就是對詞義相對的，如「正、反」、
「粗、細」等，處理的態度參考了英文字典的觀念，不再僅作「某之相
對」的訓詁。以「正、反」一組為例，《修訂本》的釋義如下：

〔正〕

與反相對。如：正面、正方。

〔反〕

相反。漢書•卷三十五•吳王濞傳：「高祖召濞相之，曰：『若
狀有反相。』」

《簡編本》的釋義如下：

〔正〕

面對自己方向的，或具積極、肯定、光明、常態意義的。與「反」
相對。例：正面、正義、正常。

〔反〕

背向自己方向的，或具消極、否定、異常意義的。與「正」相
對。例：反面、反義、反常。

綜合來看，《簡編本》在詞典學的成就概可略述如下：

1.利用字詞頻統計進行收錄字詞。

2.圖片收錄概念圖。

3.結合聲音檔案。

4.利用圖片檢索內文。

5.相對詞釋義的進步。

6.釋義用字以收字爲範疇。

利用字詞頻統計可以忠實反映出當前語言使用實況，收錄概念圖可以補充文字敘述的不足，結合聲音檔完成語文詞典多媒體的運用，利用圖文檢索可以擴充詞典的使用功能，相對詞釋義改進傳統模糊的訓詁觀念，釋義用字以收字爲範疇是中文辭典編輯技術的進步。

㈢異體字字典

教育部《異體字字典》的編輯始於民國八十四年，完成於民國九十年。正式一版總收字爲106,002字，其中正字29,871字；異體字76,131字。此部字典收集歷代字書六十二部，以教育部原有之常用字、次常用字、罕用字爲綱領，蒐集文獻上之異體字。由此可知，雖然謂之曰「異體字字典」，就內容來看，正爲一部中文字形之資料庫。此書在編輯理念上有幾個特色：

1.逕就文獻取形。

2.歸納異體字例。

3.研訂字形學理。

4.方言俗寫一併收錄。

5.網頁編輯成果。

此書之文獻範圍，由甲金文下迄今日字書，以楷化形體爲主，企圖掌

握文獻上所有形體。爲了在紛亂異體中提綱挈領，並同步歸納字體演變字例。在學理研訂方面，則委由文字學專家負責，針對必須說明形變所由的字形加以研訂。除了傳統字書外，並於附錄中，收錄方志用字、俗刻小說版本用字、坊間流行用字等資料。所有內容皆以網頁連結方式呈現。因此，從成果來看，既可得文字音義，亦可尋原始文獻，既知異體之所出，且經研訂，可明形體演變之所由。如此規模，從字書編輯歷史來看，史無前例。但此書也有待改進之處，例如：

1. 正字綱領的缺失。
2. 正字音義未能全備。
3. 形體資料可再補充。
4. 碑體俗刻當再增收。
5. 非字書文獻之補錄。

以正字綱領爲例，教育部所頒之三正字表並未完整，全然爲據，偏失難免。在正字音義上，本字典所收正字並非字字皆註明其義，當應速爲補錄。就形體資料來看，原有形體資料偏於字書，反映文獻用字，自有不足，來日可再努力。而且六朝碑刻、明清俗刻，形體雜異，若要全備，此處當大力補收。此外非字書文獻，則宜從經子史集中，廣泛收錄，必可補字書之不足。如此方可使本字典收字與文獻用字差可幾矣。

參、詞典學理的整理

詞典學理包括兩部分，一是語言學理，一是編輯技術，二者不可偏失。也就是說在詞典學領域的語言學理是爲了編輯詞典所需，任何

學理的表述須考慮編輯技術執行的可行性。而編輯技術的運用也須接受語言學理的指導，而非任意發揮。如此說來，此處的語言學理與純語言學領域的許多假設、發明並不太相同。例如對部首系統的意見，或者以為當增，或者以為當減，只要言之成理，在語言學研究都可以被認同，但詞典編輯則不同。它必須考慮到增減的結果在執行時的可行性如何。學術討論可能只能列舉少數樣本，但詞典要面對的卻是龐雜的字群，純假設往往無法圓滿解決工作時實際的障礙。

在編輯技術方面有也可分為有形技術與無形技術。有形技術指資料管理、體例設計、成果編輯等。無形的技術則須包括人員心理輔導、工作進度的管控、工作壓力的排遣等。這二者也是不可偏廢。尤其是無形的技術往往是詞典編輯能否畢竟全功的前提。人事管理是一切管理的基礎。在詞典編輯工作上，人事管理更須顧及壓力所造成的浮動心理。

上文舉列許多成果，不但要藉以說明詞典編輯歷史，也要藉其特色來說明詞典學理的成就。傳統編輯上對形、音、義等訓詁條件大概已有共識，如字形收錄正異體，字音採切語、國音、譯音符號，義項依本義、引申義排列等。雖然不是每一本處理態度都相同，但這些觀念基本上是具備了。因此，下文不就這部分說明，只就諸書特色綜合起來觀察：

一、整體編輯觀念

1.已具有編輯標準當隨訴求對象而改變的觀念。

2.已知收字收詞當使用科學方法統計而且具有斷代觀念。

3.已知行文用語當隨使用對象而改變。

4.已知反映當代語言環境特色的重要。

5.已知使用標準字體的重要。

6.已知兼取詞典與百科全書特點的編輯方式。

7.已知朝多媒體版本發展的重要。

8.已知詞典附錄的重要。

9.已知編輯詞典須具較強的耐力與毅力，所以人員的心理須加以
關照。

10.已知使用電腦並結合資管觀念管理編輯資料。

11.已知將編輯經驗記錄留存。

二、體例設計

1.已知文字資料呈現及釋形的重要。

2.已知釋義中文法屬性註明的重要。

3.已知釋義當引用句例，若為書證當力求精確。

4.已知釋義的參互見線索留註的重要。

5.已知詞義相對之詞較合理之處理方式。

6.已知字詞編排須便於檢索的排序觀念。

7.已知適當符號運用可增加詞典的使用功能。

8.已知專科詞目分類表述的重要。

9.已知字頭屬性逐一註明的重要。

10.已知字典中難免呈列複詞義項的權宜作法。

11.已知使用新式標點符號需要精確。

12.已知隨文附圖及插圖當及於概念圖的重要。

三、索引部分

1.已知提供多種索引的方便。

2.已知使用參見部首的觀念。

3.已知將全文檢索系統運用於電子版本。

四、成果展現

1.已知詞典印製裝訂當力求完美。

2.已知利用電子媒介來作不同方式的呈現。

3.已知隨身攜帶本式發行的重要。

4.已知詞典需要持續修訂。

這些要點雖然不是單一成果的成就，卻代表了五十年來國內詞典學理發展的整體成績。這些成績顯然都朝向追求理想編輯的方向前進，但是否這就表示國內已有的條件已臻完美？事實上，單靠這些條件是不夠的。個人以為這些條件所以會呈現零散分布，無法讓每種成果兼具之，正表示國內缺少一個「成熟的詞典環境」。成熟的詞典環境應當具備如下條件：

1.各種相關語料的普遍整理

語言的發展隨環境演變，因此須持續性對各種語料進行收集，才可以適時掌握語言演變的諸種訊息。而這些語料整理的結果正是詞典

收錄語詞的依據。

2.各種相關學理的普遍探討

語言中的任何主題研究往往可藉由詞典編輯反映出來,例如對「同反義詞」的研究結果,必然可供詞典編輯者參考。另外如詞典編輯技術的研究改進,也必然可使成果表現的更完美。

3.各種類型及不同主題詞典的普遍編輯

詞典編輯當力求多樣化。針對不同主題、不同階層編出不同類型的工具書。讓各類知識藉由詞典保存傳播。

4.各個階層人士的廣予使用

詞典編輯耗時費日,要求又高,所需成本頗大,因此就商業投資而言,必須考量市場需求。這也是國內詞典編輯者的窘境,因為一般人認識詞典雖多在小學階段,但檢索詞典的習慣也往往僅止於小學。離開小學後,使用外文詞典的機會遠大過中文詞典。如此一來,詞典市場當然有限,商業投資自少,精良作品也就難得一見了。所以各階層人士使用詞典的觀念要改變,使用詞典當是終身學習的重要課題,市場方能推廣,投資方能較多,水準也才能提升。

5.國家政策的有力支持

在五十年成果中有兩部是屬於官方的作品。一是教育部《國語辭典》系列,一是臺灣省教育廳的《中華兒童百科全書》。從上文析述可知,這兩部書都具有指標性質的成就。這正說明了官方力量的投入,

在目前民間投資回收困難時,是相當重要的。而且如《國語辭典》已經電子化,許多資料庫經申請後都可再作利用,這也只能藉由官方力量才能辦得到。不過《兒童百科》已逾二十年未見修訂,《重編國語辭典》也是經過十幾年才見修訂版本,一部理想工具書經營不易,持續修訂卻是無限延長其生命的唯一辦法。在當前推動全民教育之際,國家的有力支撐並讓全民共享成果,十分重要。

以上所說的正是一個成熟的詞典環境所須的條件。在此環境中,有人能了解詞典多樣編輯的重要,有人願意長期從事編輯工作,也有人能認同詞典水準反映出全民知識水準。要待此環境成熟後,薈萃各種理想條件的工具書才會普遍出現。

肆、結 語

上文就編輯成果來說明這五十年來國內的詞典學理發展情形,所以不由學術研究成果著眼,是因爲個人以爲學術研究假設推論居多,比較具前瞻指引作用,如果要了解詞典學理實際發展,就當從既有成果觀察。它們所展現的成績正是這五十年發展的實況。國內詞典編輯有一個特色,就是給中小學生使用的國語詞典編得特別多,這大概正是市場需求效應的結果。但是這也說明了國內詞典無法多樣普及的事實。如果以國內社會發展的情況來看,想要成爲現代化一流的國家,國民的知識一定得全面提升。這也是政府要推動全民教育與終身教育的理念所在。但是要配合這個理念的推動,各類型的工具書正是最重要的協助力量。自從網際網路風行後,網路上另成一個虛擬世界,透

過這個世界所能展現的力量幾是無遠弗屆。詞典既然可代表一個國家的文化水準，在網路上它就可代表國家，世界上有任何角落的人想認識我們國家、人民、文化等等，就可以透過網路上詞典來認識我們。假如今天我們只有一部《國語辭典》在網路上，功能自然有限，但假如我們有一百部各式各樣的詞典在網路上，必然可以讓全世界更清楚的認識我們，我們向全世界說明的聲音必然也更大。這就是力量，而且是突破任何國界阻礙的力量！

為了使國內詞典編輯更臻理想，下文謹就個人看法提出一些建議：

一、斷代語言詞典的編輯建議

漢語的歷史很長，每一代約定俗成的標準也不盡相同，因此理論上是無法以一部詞典盡括所有演變的線索。像《中文大辭典》之類的編輯雖有心上下數千年，充其量只是匯聚歷代訓詁成就而已。釋義義項雖是力求由本義、引申義、假借義一路鋪敘，但是未必能將每一時代的語言特色完全呈現。因此斷代語言詞典成了理想大詞典的基礎。由先秦而至今日，形、音、義都須斷代。缺此觀念與基礎，事實上連現代漢語詞典也不易編好。現代漢語詞典的編輯正是要考慮「現代的形、音、義使用的標準」，是必須經科學分析，而非主觀或匯聚式的編輯。主觀或匯聚式的編輯經常會使形、音、義或古或今，糾纏難分。

二、現代新詞詞典的編輯建議

國內社會充滿活力，隨著社會環境的演變，新的語料不斷產生。

有的來去匆匆，只是短暫反映了某個特殊現象，但這都是社會活動的紀錄。因此對於新詞的收錄不能像一般詞典漫長的編輯周期，而必須是快速的、立即式的編輯。新詞包括新生的詞與新生的義，對於這方面的收錄，比較理想的方法是：隨時作語料採錄，隨時作比對，以求得今有前無的部分，並隨時作釋義及成果的展現。

三、專題詞典的編輯建議

國內對語言學的研究比較偏於「理論語言學」，較少顧及「實用語言學」。詞典學應當可列屬實用語言學。若從詞典編輯需求來看，則語言學中某些專題是當有較強力的研究。例如：「同反義詞」、「歇後語」、「俗諺語」、「謎語」、「成語」、「慣用語」、「外來語」、「格言」等。精深的研究成果往往是詞典編輯者的最好指引。否則「成語」、「慣用語」不分，「外來語」一律視為出自英文，如何要求能編出一流的作品？為了達成這個目標，應當多邀請學者專家參與編輯各專題語料的詞典，藉以對這些專題有比較深入的認識。

四、語法功能的強化建議

語文詞典的編輯當接受既有語法的指導。從詞目收集、釋義、採證無一不與語法結合。但目前現有成果在此方面稍嫌薄弱。如某些詞典雖於單詞部分列出詞性，但對於語法中如「詞綴」、「量詞」或「名詞兼具修飾功能」等問題卻未必處理得很妥當。漢語在這領域學說固然很紛歧，但詞典既然要樹立標準，往後在此方面當多費心。

五、結合語料庫的編輯建議

　　語料庫是集結大量文本，並作各種語法屬性分析的資料庫。傳統的詞典編輯多是利用已有成果去收集詞目，定詞後，再到文獻中去蒐尋書證。這種編法易守成而不易創新。文獻中的詞數、詞義往往超過已被編錄者。因此為求完備，利用大型的語料庫，在一定條件下去歸納出詞目、義項，可能較為理想。更何況，精確書證的選擇十分不易，語料庫的利用卻在此方面可迎刃而解。只不過，要用來編輯語詞典的語料庫，所收錄的樣本必須符合詞典標輯標準。

六、多媒體功能善加利用的建議

　　紙面版本雖是詞典成果表現的方式，但以今日的環境來說，多媒體的運用確實不容忽視。結合文字、影像、聲音的表現效果，絕非平面印刷所能及。因此今後詞典的編輯，在技術的考量上，宜把多媒體表現方式一併考慮進去。當然，電腦的運用將會取代傳統紙筆，而成為編輯的主要工具，而資訊人才也將是編輯組的要角。而且整體來看，電子化的檔案，在利用效益上的確是遠超過紙面檔案，保管安全方面也較容易掌握。❶⑤

---

❶⑤　近年大騰電子公司與世一文化公司出版的《小騰子多媒體國語辭典》，已有相當不　　錯的成績。

七、外文詞典參考的建議

從詞典史來看，中文詞書的編輯歷史長度很長，所累聚的經驗也多。例如《說文》式的編輯、《廣韻》式的編輯、類書式的編輯，在在都提供了寶貴的經驗。但是以現代詞典而論，卻可以再從外文詞典得到一些啓示。例如上文提到的「COLIINS COBUILD ENGLISH LANGUAGE DICTIONARY」，就是利用語料庫編出的字典。再如朗文（Longman）所編的各式各樣的字典，正是多樣式詞典編輯的範例。如果要追求高品質的印刷裝訂，則如日本研究社發行的「Lighthouse 英和辭典」可以參考。除此之外，外文詞典的釋義觀念也值得觀察，上文所舉教育部《國語辭典簡編本》的相對詞釋義方式就是受到英文字典的啓示。概念圖的使用，也是參考牛津與朗文英文字典而來。再如對外國優良詞典的譯介也可收「他山之石」的參考效果。❶

八、大陸語言特色收錄的建議

在特殊環境的影響下，大陸語言環境發展自有其特色，如有必要，編輯詞典時當加以收錄。不但是詞彙方面，他如形、音、義等資料皆當考慮。例如取音標準兩岸頗見差異，因此可於注音體例中兼註大陸之音。詞義亦然。兩岸也有一些「同詞異義」者，也可一併兼收。此

---

❶ 民國七十九年十二月文鶴出版公司發行之《圖解英漢百科辭典》就是十分成功的例子。

種觀念也可推及全球所有使用華語的地區，如此一來所編的詞典自能擴大使用層面，影響也就更大。

九、長期編輯經營，階段表現成果的建議

一部詞典的生命很長，東漢許慎的《說文解字》流傳至今，清朝《康熙字典》仍具地位。但詞典是否實用卻須靠長期持續性修訂。《牛津英文字典》所以在英文世界中地位屹立不搖，正是長期不斷經營的結果。反觀《中華兒童百科全書》雖然編得不錯，但若不修訂，則使用價值將逐漸減損。因此沒有一部工具書可以只出一版而永保適應語言環境的活力。使用電子化編輯方式將使詞典編輯檔案更新容易，也可隨時推出嶄新版本，大概是目前較為理想的編輯方式。這種方式修訂時所需人力最少，成本效益卻是最大。

十、匯聚觀念，灌漑詞典學的建議

國內語言學研究者較少投注用心於詞典學理的探討，而從事實務編輯者卻因往往有一種心態，成果出來後，似乎所有欲言之理盡在其中，也少有從事有系統之研究。純學理研究固然未能代表實務之成就，但卻可提供實務規劃之參考。實務編輯經驗若不經整理，則很難有系統的傳承下來。因此使得語言學眞能灌注於詞典編輯實務有限，而實務經驗能提供後繼者參考者亦有限。如此一來，實務之困難，難獲學術之助解；學術之用心，亦難引進於實務之編輯。後繼之編者，亦只好摘埴索塗，重新摸索。假如能有一園地，藉以集結多方之心得。每

一成果，多方論述；每一編輯，逐步說明；每有困難，交互討論。則實務必能促進詞典學理之探討，而學理之探討又可回應於實務編輯上。於是欲求編輯成果水準提升，指日可待。

以上幾項建議都是爲了使未來詞典編輯更爲理想。一部理想的詞典不僅反映出編輯環境的學術水準、文化水準，同時也是國民知識普及的指標。詞典是啞巴老師，沒有圍牆的學校，因此詞典世界中本來是不能容錯，不能容忍第二流作品，但任何事情的進步都需要漸進的學習，往後希望國內任何詞典編輯在已有基礎上都能臻理想之境。

個人在詞典編輯工作上努力近三十年，年輕歲月大都耗費於此。也許就因爲自己身陷其中，所以對於每一位長期守在類似工作的編者都有一分深深的佩服。說實在的，這不是一件輕鬆愉快的事。假如是想藉此維生，那麼要註定一輩子清苦。假如想藉此成名，那自古以來有誰能記得幾部字詞典編者的名字？假如想藉此求得學問，那漫長過程中，雖然上窮天文，下至地理，接觸很多，卻也零零碎碎，無法立篇成章，眼看其他學者不斷發表著作時，自己卻只能面對瑣碎一片，心中得受無比煎熬。就是編完之後，畢竟也是眾人之作，自己不過忝列其中而已。假如想藉此作功德服務人群，卻又無論如何盡心，它總會在某個地方出點差錯，因此本想助人，卻也可能誤人。偶而也想休息，卻時刻懸念進度、經費、人力、技術等諸種待決問題，於是只好全年無休，自勉自勵。成果出來，本值欣慰，但偶見微疵，內心慚愧，通身不適。也許因爲工作實在辛苦，所以工作伙伴本是同心一志，久而久之，終會發現留在路上持續旅程者越來越少，寂寞滋味油然而生。

驀然回首，自己竟然在此環境度過如此歲月。從早期對命運的忿忿難平，到如今能定靜處之，確是一番經歷。也許所有苦守於此崗位

的人都有類似的期盼,那就是但求能編出一部理想的詞典。就是因這份期盼,只要環境仍有可為,便會使上全力,永不怨悔。這五十年來,所有參與詞典編輯的人必都有此懷抱,所以在一個不成熟的詞典環境中,仍然不斷進步。本文謹就個人對語文詞典認識的一點心得,以蠡測海,略述其間的發展,提供各界參考。同時也希望能藉此反映出其他領域詞典編輯情形於一斑,至於詳情,可能需要另文介紹了。

參考書目

1. 中文大辭典 　　　　　　　華岡出版社

2. 大學字典 　　　　　　　　中華學術院

3. 國民字典 　　　　　　　　中華學術院

4. 大辭典 　　　　　　　　　三民書局

5. 新辭典 　　　　　　　　　三民書局

6. 國語日報辭典 　　　　　　國語日報社

7. 國語日報字典 　　　　　　國語日報社

8. 國語活用辭典 　　　　　　五南書局

9. 名揚百科大辭典 　　　　　名揚出版社

10. 中文百科辭典 　　　　　　百科文化事業公司

11. 中華兒童百科全書 　　　　臺灣省教育廳

12. 小騰子多媒體國語辭典 　　大騰電子公司、世一文化公司

13. 重編國語辭典 　　　　　　臺灣商務印書館

14. 重編國語辭典修訂本 　　　教育部

15. 國語辭典簡編本 　　　　　教育部

16. 異體字字典 　　　　　　　教育部

17. 辭典編輯學研究　曾榮汾著　世界文物出版社

18. COLLINS COBUILD ENGLISH LANGUAGE DICTIONARY

　　　　　　　　　　　　　英・COLLINS PUBLISHER

19. 角川漢和詞典 　　　　　　日・角川書店

20. 「What's What」圖解英漢百科辭典　文鶴出版公司

華語文教壇四十年漪瀾

葉德明*

序　言

　　由於二十世紀亞洲將成爲世界經濟文化的重地，因此目前外籍人士學習華語文已經蔚爲風氣。全世界使用華語文的人口約十二億以上，加上中國華僑遍布全球，可謂有太陽的地方就有華語文的存在。

　　自由中國臺灣華語文對外教學的成長，自從1956年至今，已頗具規模，目前已有十四所公私立大學設有華語文教學中心，其他民間語文機構也不在少數，華語文教學在臺灣已經奠定了良好的基礎，未來遠景十分可觀。

　　外籍學生對我國文化的認同，不僅表現在一般語言積極學習的態度，更可以從他們長期滯留、樂不思蜀的行動上表露出熱愛中華文化的情懷。是凡對我國風俗習慣、人情事故全部照例接受，令人不得不

＊　國立臺灣師範大學華研所教授

有感於華語文教學的成就。尤其在國民外交方面，其深入的影響，已經可以在國外校友屢次實際友好的行動中表現無遺。

然而七百餘位華語文教學者默默耕耘的成果，是否得到外界的認可？至今尚未得到實質上的肯定。

對外華語文教學之內涵與教學方法，有別於對內國文的教學方式，與對內的英語教學也不盡相似。因此「對外華語文教學」在以上二者間如何取捨，是華語文教學者必須審慎擷取的標準。

華語文在語言文字方面的討論，僅見諸於國外與語言學或第二語言教學理論探討的文獻，至於國內在此一領域作專題研究者，只能在國科會研究計畫或國內外華語文教學研討會中略見一二。

本文將提出與華語文教學相關之各項問題分述如下：

一、華語文教學之沿革。

二、外籍學生來臺學習華語文之目的

三、我國華語文教學現況。

四、教材編纂與出版。

五、華語文教學法之運用。

六、華語文教師資格、任用與培養。

七、外籍學生在臺生活面面觀。

八、中國大陸漢語教學發展情況。

九、展望與建議。

一、華語文教學之沿革

中國哲學思想、歷史、文學、藝術一向是西方學者研究的主題，

也是鄰近東方各國文化思想的根源。漢學是歐洲自十七世紀以來陸續不斷研究的學科；西方人學習漢語遠在1581年，我國明朝末年萬歷年間到我國來的意大利傳教士利瑪竇（Mateo Ricci）開始，他不但創立了第一套學習中文的拉丁字母，而且編寫了第一本學習中文的教材《大西字字》又稱《西字奇蹟》，其後經過1625年法國傳教士金尼閣（Nicolas Trigault），明清兩代威妥瑪（Thomas F. & Wade Giles），及其後高本漢（Bernhard Karlgren）等人的提倡與推廣，使中華文化與漢語逐漸擴展到歐美各國。及至第二次世界大戰以後，華語之文已經成為各國第二語言學習的重要科目。

㈠臺灣華語文教學機構之成立

中華民國臺灣華語文對外教學成長自1945年至今，已頗具規模，1956年國立臺灣師範大學在各大學中率先成立國語教學中心，發展至今已有四十八年歷史，結業校友已達三萬五千七百多人（2003年6月），遍佈世界六十三國。其他十三所公私立大學——臺大、輔大、東海、逢甲、成功、政大、淡江、文化、靜宜、中山、佛光、文藻、銘傳等校自1964年以來也先後設立華語文中心，因此使我國的華語文教學邁進一個新紀元。

除了以上在大學中附設的之外，尚有其他機構或財團法人經營之華語文教學機構，例如：

1.美國在臺華語學校
2.中華語文研習所
3.國語日報語言中心
4.臺大語言中心

5.其他私立語言中心於1990年之後陸續成立至少有五所以上。

由以上各著名公私立華語文教學中心結業之外籍學生已達三萬五千餘人，遍布世界各國。分別在政、經、法、學、商、媒體等界服務。各領風騷，實際在國民外交上展現了深厚的影響。

僅以師大國語教學中心一校爲例，其中知名人士如，前美國加州州務卿余江月桂女士、美國著名作家葛浩文、巴爾的摩太陽報名記者吳爾夫、美國駐香港名律師何蓉女士、加拿大阿伯特大學中文系主任穆思禮、英國劍橋大學東亞學系主人麥大偉、比利時第一任駐中共大使李克曼、日本亞東關係協會駐臺代表下荒地二、宏都拉斯大使宓亞等人均爲傑出校友，其他人物不勝枚舉。

仁)來華外籍生人數逐年成長對我國國民外交影響深遠

外籍學生在學習華語之餘，對我國文化、風俗習慣、宗教信仰、醫藥技術、社會風氣、人情事故都有深厚的興趣。因此留華期間少則三個月，多則五六年，甚至於十年以上落地生根的也偶有所聞，例如在臺灣分校羅列的何嘉仁英語的主持人 Ms. Hess、行政院新聞局顧問魏理庭，又如魏伯儒、何瑞元等都是臺北文化圈的名人，這些人士都是認同中國文化樂不思蜀的典範。

臺灣的華語文教學工作者，除了辛勤傳授中國語文之外，並默默耕耘、潛移默化的將中國文化思想與風俗習慣等的精神，點點滴滴地灌輸在外國學子的心園中，根深蒂固不容質疑。

臺灣對外華語文教學的發展，雖然未受到政府正面的支持與鼓勵，但是由於國際趨勢的需要，與語文文化教育者的使命感，孜孜不倦，自強不息。以至於在目前各校重視爭相設立的教學單位，學生人

數，從最初（1956年）的十幾人，到目前每年的三千餘人（教育部2003年資
料）。僅以師大國語教學中心一校為例，見下表：

表一：師大國語教學中心學生各年入學人數表（1956-1999）

年份	人數	年份	人數	年份	人數	年份	人數
1956	12	1968	105	1980	624	1992	1183
1957	12	1969	117	1981	701	1993	1077
1958	24	1970	121	1982	729	1994	1334
1959	40	1971	153	1983	747	1995	1437
1960	45	1972	185	1984	785	1996	1451
1961	50	1973	216	1985	889	1997	1356
1962	43	1974	280	1986	889	1998	1010
1963	61	1975	305	1987	869	1999	1120
1964	52	1976	362	1988	935	2000	1100
1965	46	1977	414	1989	1000	2001	1090
1966	71	1978	510	1990	980	2002	1200
1967	90	1979	535	1991	1082	2003	1070

二、外籍學生來臺學習華語文之目的

除了大部分因仰慕中華文化而來學習華語文的外籍生之外，其他
也有為了將來國際關係或經濟效益而學華語的，這類學生有的是由國
外大學與我國簽定合約來臺學習華語文，他們多數是大學法律、政治、

外交、經濟貿易系所尚未畢業的學生，爲了到臺灣來從事政經商業或貿易方面的研究或實習，而進入華語文學校；一方面學華語文，一方面到有關機構實習做業務上的了解與考察，畢業之後派往遠東從事政、經、法、商方面的工作。因此這些學生的人數，會隨著我國對外政策的擴充與商業貿易關係的發展而遞增。

有關外籍學生來臺學習華語文的目的，可以從最近筆者在師大國語教學中心所作的一項問卷調查中略知一二。

本資料取自2003年3月國語中心二百十八份新生入學申請表，學生所填來學華語文的目的大致有以下六項：

表二：學生來臺學習華語文目的

目　　　　　的	人數	百分比
1.學術研究	82	38%
2.工作上的必要	56	26%
3.華裔尋根	35	16%
4.仰慕中華文化	26	12%
5.適應當地華人社會	11	5%
6.其他 (升學、交友、探親、旅行、溝通、依夫生活等)	8	3%
共　　　計	218	100%

各國學生因來臺學習之目的與動機不同，因此學習之態度與策略也不盡相同。

㈠整合性（Integrative）動機

　　想與其他文化、人群互相溝通並和睦相處。此類學生在語文成就、語音、腔調上會學得較好。目前在各華語文中心的學生有百分之三十四的學生有此種動機。

㈡工具性（Instrumental）動機

　　爲的是修課、找事、研究等。通常在語言形式的技巧上（詞彙、語法）有較好的表現。目前在各大學華語文中心佔有百分之六十二的比率。

　　就整個語言的掌控而言，整合性的效果應優於工具性的動機，因爲人們想要與對方溝通講話，是最基本的目的。

三、我國華語文教學現況（2003年4月資料）

㈠各大學華語文中心成立時間與近期學生人數

校　　　　名	成立年份	目前在校人數
1.臺灣師範大學國語教學中心	1956年	1042
2.臺大文學院華語中心	2000年	51
3.輔仁大學	1964年	247

4.東海大學	1972年	80?
5.逢甲大學	1975年	120?
6.成功大學	1982年	121?
7.政治大學	1990年	166
8.淡江大學	1991年	290
9.文化大學	1992年	360
10.靜宜大學	1996年	85
11.中山大學	1996年	210
12.佛光人文社會學院語文中心	2001年	72
13.文藻文理學院	2002年	32
14.銘傳大學	2002年	200

㈡財團法人華語文學校人數

校　　　　　名	成立年份	目前在校人數
1.美國在臺華語學校	1955年	9人
2.中華語文研習所	1956年	1000人
3.國語日報語言中心	1973年	307人
4.臺大國際華語研習所	1964年	32人

　　以上公私立華語文學校人數約計四千四百二十四人（各校人數不定，每月均有變動）。尚有其他私人辦理之語文班未計算在內。

㈢各校學期制度

　　學期制度各校不一，與大學學制同步者有東海、中山、美國在臺

華語學校等三校。最普遍的學制是一年分四個學期有師大、成大、政大、逢甲、文化、靜宜、臺大文學院、臺大國際語言研習所、中華語文研習所等校。以十二週一期者僅淡江一校。兩個月一期的只有輔大一校。

目前為廣招學生，每月均可註冊上課者有師大、成大、政大、文大、國語日報語文中心等五校。除以上正規學期外，各校均設有暑期班最多十週、最短三週。其中文化、中華語文二校學期採彈性變化，開放每二週或隨時註冊方式。

(四)班級人數

根據調查結果顯示，各校初級程度學生均佔百分之五十，中級百分之三十五，高級學生約百分之十五。每班人數有個別班、二人合班、三至五人合班、六至十人合班及十人以上大班等。語言教學標榜小班教學，因此三至五人的班級是最理想的教學單位。可以充分發揮團體練習的效果，同時也能兼顧到個別差異。

(五)學生來源

教育部印有英文版中華民國臺灣各大學華語文中心簡介並在後頁附有入學申請表，發行至全球我國駐外單位文化組，以備當地外籍士申請。教育部並提供外國學生甲種獎學金每年若干名，保送至各大學學習華語文，包括各大學自行直接與國外大學交換之學生。此外教育部每年按照各校華語文中心學生比例分配乙種獎學金名額。

除此之外，美國在臺華語學校是美國外交語言學院直接選派公費外交學員到該校受訓，輔仁大學訓練部分神職人員之外，其他各大學

及私立語文機構均由學生索取各校入學簡章自行申請入學。

㈥學生入學資格、申請手續及簽證

各大學附設之華語文中心，均收高中畢業或年滿十八歲的學生，其他私立語文機構在學歷及年齡方面則較有彈性。凡欲來臺留學學習華語文之學生，首先寫信或上網路至我國各大學華語文中心申請，按照教育部規定寄上成績單、推薦信、健康證明、財力證明、讀書計畫等，連同申請表送至欲申請的學校，經過該校的審核發出入學許可信，通知該生入學日期及應注意事項，包括學費及生活費，在臺居留期限簽證等，辦理來臺手續。

我國目前發給來臺學習華語文學生之簽證，均為乙種觀光簽證兩個月，在到期之前可攜在學證明書辦理延期二次，每次兩個月。第二次申請延長必須出國再申請入境。在學總共四個月之後方可申請一年的居留證，這種辦法十分不便民。據說是為了杜絕外國人在臺非法打工。

㈦設備

各校因招收學生人數、分配班級人數各異，教室、圖書館、均按照各自籌的經費計畫發展。多媒體教學設備目前逐漸普及，有師大國語中心最為重視，配合視聽華語文教學法，設有大型語言實驗室二間，共有學生聽音座一百個，供上課及學生課後自學之用。除電視自修教室之外，每間教室並裝設電視備用。

現代語言教學已經進入電腦時代，教學時可在教室使用電腦作各項語音、語法、語意、語用的代換練習，課後教室可利用電腦指定作

業，也可以用來測驗、給予成績。並開發電腦遠距教學。

目前師大國語中心有電腦設備，國語中心已於1994年設立電腦教室兩大間，九十臺電腦提供上課及學生使用，率先走上語言教學電腦化的境域。

(八)課程

各校因學制不同、班級人數互異，而各自安排適合該校制度的課程，但大原則上各校相差不大。

以目前最具規模的師大國語教學中心為例，分為語文、文化、輔修等三種課程。

1.語文課，分為會話與閱讀兩種課程，配合該校學制，於每年秋季九月開學，十二月、三月、六月全年分為四季，一季三個月。暑期班七、八上課兩個月。學生入學註冊時參加學前程度測驗，按程度分為初、中、高三級，每級中再按教材課本分為三種程度。最初級者必須於進入正式課程之前接受十小時注音符號發音班，打好發音基礎，以免帶來以羅馬拼音的洋腔洋調。

語言課程每週上課十小時，其進度得視全班學生共同進步之情形而定。最快者可在三個月之內學完一本教科書。通過考試，於第二學期升級。最用功的學生，可望在一年之內完成全部中上級語文課程。

(見表五)

2.文化課，學生在十小時正規語文課之外，可另選四小時文化課程，內容包括閩南語、故宮文物欣賞、國畫、書法、國劇、國樂、看電影學中文等科目。

3.輔修課，提供學生選修加強專科語文能力，及有興趣的課程，

例如：正音、聽力、商業會話、作文、新聞選讀、漫畫欣賞等項目。

表五：師大國語中心基礎課程一覽表

等級	會 話 課 程	閱 讀 課 程	商 業 課 程	文言文課程
1.初低	視聽華語 I 國語會話㈠	初級閱讀		
2.初中	實用國語會話㈡	國小國語㈠—㈢ 中國民間故事㈠		
3.初高	視聽華語 II			
4.中低	用中國話聊天 廣播劇選集	中國寓言 國中國文㈠—㈢ 中國民間故事		
5.中中	視聽華語 III	中國文化二十講 中國風俗習慣 中國民間故事㈡	實用商業會話	
6.中高	今日臺灣	中國歷史故事㈠ 中國歷史故事㈡ 成語故事		
7.高階	思想與社會	實用新聞選讀	商業文選	
8.高上		各類報刊 短篇小說選 棋王		唐詩三百首
9.優越	電視新聞	四書 五經		古文觀止 老子 莊子

(九)結業及證明

學生在修滿一學期三個月、六個月、九個月、一年課程之後,如欲離校可以發給成績證明書,但也可繼續攻讀至更高級程度,並無嚴格期限。國外大學可根據原證明書抵算學分。在各大學華語文教學中心截至目前爲止,尚未設立授予學分之辦法。師大國語教學中心正在朝此目標籌劃。期望在該中心學習語文課程可按照時數折算學分,嘉惠外籍學子。

(十)經費來源

各公立大學按照中心設置辦法經費自籌,除教育部發給外籍學生獎學金,直接撥入各大學統收統支外,均靠各校外籍學生所繳之學費自給自足。

四、教材編纂與出版

(一)教材編寫的原理

教材領導教學。以華語爲第二語文的教材與教法,首先必須從母語習得的過程上開始觀察,兒童如何獲得語言,及其語言發展的順序,在其語言漸趨成熟的階段,各階段所具有哪些特點;在洞悉母語習得的特徵之後,再觀察第二語言習得與第一語言的差異,得以掌握對教材教法方向進行的策略。

語文教材編寫必須配合心理語言學的基礎,人類學習語言文字的

心理現象，對不同的語言文字符號是否產生不同的反應，文字的認知在大腦中進行的功能如何？是目前神經語言學討論的話題。

因此優良的第二語文教材的編寫會領導教學方法，語言教學方法隨著教材編寫的方式而有變化。換言之，任何教材的教法不可能是一成不變的，教學方法可以按照時間、地點、學生背景、學習目標等因素而調整。好的教材固然可以領引教學法，但是仍得靠專業的教師配合各種適當的教學法因材施教，方可將教材加以有效果的運用，達到事半功倍的教學目標。

中華語文在語音、語法、詞彙、漢字、語用、成語、典故、文物制度中，皆顯出歷史上留下的古蹟，有中華文化的特徵，是外籍學生學習中華語文時，漸入佳境最大的吸引力。因此華語文教材的編寫，皆不同於其他語文。

以華語為第二語言教學的教材，必須配合人類學習的認知能力，理解抽象語意的能力，發揮人類利用語文衍生法則的潛力，藉以產生無窮語文表達的能力。此種利用認知技能所形成的語文教材，在聽、說、讀、寫四種能力上都應具有自然快速、極少錯誤，與毫不費力運用自如的特徵。

(二)配合教學目標

編寫華語文教材，為了配合以上這些人類學習語言的認知力，必須定出計畫，在何時？何種階段？何種場合？進行哪些教學活動？教甚麼？編寫哪些教材，才能適合學生的程度與需要，可以達到何種效果與教學目標？

1.會話

根據人類語言發展的順序聽、說、讀、寫來考慮。

對於在家庭中不以華語爲母語的學生，必須先從編寫會話入手，內容可以利用日常用語爲基礎。並加以情景化、生活化、趣味化。以語境的方式配合語法句型練習，讓他們所學到的句子都是每天可以使用的爲主。每課必須在課文、生字、語法、練習之外配合角色扮演，以達到與人溝通的主要目的。

2.閱讀

對有些外籍學生已經會說華語，或是華僑學生父母強調在家說華語的學生，我們就應該偏重編寫學生「讀」與「寫」的教材。因此在編寫閱讀教材時，必須注意學生閱讀的策略，與閱讀教學的方法。

⑴閱讀教材應以實用爲主，內容豐富生動有趣。

⑵自動認讀課文之技能，首先學生必須具備確認詞彙文法的能力。

⑶讀者熟悉文法結構及修辭，才能達到一目十行流暢的效果。

⑷加強中國文化背景的了解，對理解文章內容有直接的幫助。

⑸學生綜合與評估文意的技巧與策略，是根據他以往的經驗與內在的資訊。

⑹認知後學生會對其理解力再加以檢驗，當他們對自己所傳譯之資訊不滿意時， 就會調整認知的策略。

⑺閱讀是一種讀者將各種複雜資訊整合的技能，根據所讀內容再創造出富有內容言談的行爲。

⑻閱讀是一種集中多樣策略對文章便於了解的行爲。

⑼編寫閱讀教材時，必須重視讀者各自的目標與策略，才能使其再進行閱讀時達到實際的效果。

3.各級教材編寫原則

⑴**初級教材**：可以利用每天生活所接觸到的情景爲教學的重心，以語境化的方式配合句子練習，將一般人常說的、看的、現場使用的語料編寫在教材中。語音、語法、語用、漢字認寫等，皆應以中國文化背景爲重點，訓練學生聽、說、讀、寫基本華語文的能力。教學華語文爲第二語文之目標，在初學階段，得訓練學生以簡單的句子，達到使用基本日常生活用語與人溝通的目的。

初級口說語的詞彙，不能以單字爲練習的重點，應以合詞爲單位，注意華語語音練習。日常用語會話的句子是教學的重心。語法基本句型應介紹在三十五個左右。教材內容從簡易口說詞彙，進展到以連貫的敘述方式，來表達一般完整的語意。在閱讀方面應該認識漢字的部首，筆順的方向，漢字結構的邏輯，詞組的語法成分等重點，初級詞彙最多不超過漢字八百個上下，合詞二千個左右。

⑵**中級教材**：編輯要點是要學生自動產生語言，具有運用新語言處理生活上的問題。因此在這個階段，聽力、說話、閱讀、書寫的材料皆可配合實際人與事的接觸，在實地場合中，發展他潛在語言認知的能力，用衍生語言的原則應付其所面臨的語境，無論在聽、說、讀、寫方面都能運用適當。此時可以逐漸出現較不口語化的句子，並可加入新流行的詞彙，句子中較複雜的書面文法結構也得介紹，給予學生體認、理解書面語的資料，酌量加入在生活中所接觸的書面文件；從飯館裡的菜單、車站中的時刻表、街上的廣告招牌標語、銀行存款單

與醫院掛號等表格的填寫，到報紙上的分類小廣告的閱讀，皆應循序介紹，同時設計出情境，使學生可以運用他所學到的語言資料，解決他所面對的問題，進而達到突破語言障礙的瓶頸，升入另一個更高的語文階段。在進入高級課程之前，已經有了良好語文應對的能力。因此，中級華語文教材的範圍所包括的語音、語法、詞彙、語用、漢字字形變化等各項資料，皆應較諸初級階段更形豐富。中級教材漢字範圍應擴充至一千五百字左右，合詞的數量當在四千左右（根據葉德明〈華語文常用詞彙頻率統整研究〉，1995年）。

(3)**高級教材**：當各項基礎詞彙、語法結構的介紹已經完成，文體中連接式的成分也相差無幾，一般言談及寫作已經沒有明顯的錯誤，此時的詞彙擴充在書面語、成語、典故，並逐漸向文言文的領域上發展，教材編寫的內容可突破各種文體，形式較爲自由，會話與閱讀討論的界限，在此時已沒有明顯的分野，專題討論、新聞閱讀、散文、文藝小說等都可選作教材。此時漢字至少已經發展至三千個左右，而合詞已經達到六千個以上。

4.教材之選用

1956年華語文開始教學之初，使用由美國耶魯大學出版之一系列華語教材，目前在臺均已絕版，例如：

英文版

(1) Speak Chinese 說中國話（1948）

(2) Chinese Dialogue 華語對話（1953）

(3) Reading Chinese I-II 華文讀本 I、II（1951）

(4) Read about China 漫談中國（1953）

⑸Twenty Lectures of Chinese Culture 中國文化二十講（1955）

⑹Beauty in a Picture 畫兒裡的美人兒（1956）

中文版：

⑺中國文化叢談（1961）康乃爾大學出版

5.各校編寫教材

以上各冊教材在沿用經年之後，師大國語中心於1967年起逐漸將第1、2、5本改編爲中文本。並於1971年起自行獨立編纂出版各級會話、閱讀、商業、新聞選讀、散文選、小說選教材教材，並於海內外廣爲流傳使用（詳見附錄一）。

其他語文教學單位，例如中華語文研習所、臺大國際華語研習所、國語日報語文班、美國在臺協會華語學校等都陸續編寫優良自用的華語文教材。除國語日報外，一般內部使用之教材不對外發售。

國內向以英文教材及出版品爲著稱的遠東圖書公司，有意發展華語文教材及海外華文讀物，並於2000年出版由筆者主編《遠東生活華語》Ⅰ、Ⅱ、Ⅲ共三冊，配合光碟片發行至海內外，以利華語文教學。今後利用電腦教材，無論國內外在第二語言教學上，將是一種必定的趨勢。

五、華語文教學法之運用

㈠語文教學之原則

1.目標（why）

爲什麼要教中文？教師教學時所要達到的教學目標，是要學生語

文能力達到什麼程度？首先教師要掌握自己的方向，具備一切教師應有的準備，進行教學工作，並深入研究教學的方法與效果。

2.學生（who）

所教的學生是誰？年齡、性別、教育程度、背景、個性、社會地位……都應在了解的範圍之內，才能知己知彼，因材施教，達到預期的效果。

3.地點（where）

在國內教外國學生，或是在國外教外國學生，還是在海外教華僑子弟，對不同地點的語言環境，教師所設計的教學法應有不同的調適。可以利用的教學輔助資源，也會有相當大的出入。

4.時間與程度（when）

初級、中級、高級、專題研究或其他指導，必須做課前驗測（Placement Test）。分班精細，同僑程度，並駕齊驅，學習的興趣與能力相差不大，才能共同達到一致的進度。什麼時候教什麼？時機與時段的分配都得有詳細的計畫。

5.教什麼（what）

學生因個人所要學的目的不同，教師得決定適用的教材，例如有的是以正規學習語言為目的學生，必須注意他們的語音、語法、語用的練習，使其達到語言熟習的目的。有些只為旅遊或作生意的，可以編一些實用語句為主，現學現用。有作漢學研究的，就得幫助學生一

同找資料，指導他研究的方向。因各種學習的目的選定教材與教法。

6.怎麼教（how）

配合學生的需要，設計教學步驟，選擇適當的教學方法。進行有計畫的教學活動是每位教師在教學之前必須預備的前題。教學活動得有變化，每一項練習的時間都不能太長，否則就會趨於機械化而成為單調的行為。因此時間分配要得當，老師指導活動應在全部活動終佔百分之二十五的時間，學生活動應佔百分之七十五。每日的教學在次日均應有簡短的測驗，日積月累方能看出教學的效果，及有何值得改進之處。

(二)華語教學方法之重點

1.以文化為主導

每種語言都有其文化背景，尤其是中華語文在文字上更具備優美的特質。語言不能脫離文化，文化不只表現在文章與藝術上，一切生活層面，行為舉止都在在表現出文化的特徵。觸目所及無所不在，尤其是中國語文更具有本身文字上的優美之處，與西方文字相差甚遠，因此在教中文時，無論是課文、詞彙，儘量多用成語故事或俗語典故。中國式的幽默可以在文字遊戲中介紹。「相聲」錄音帶可利用作為課室活動輔助的媒體工具。在拍攝學生會話錄影帶時，可配合帶有中國藝術與民俗色彩的背景與內容。

2.對話教法生活化

設計對話情景，使用圖片與實物為教具。利用每天生活所接觸到的情景為教學的重心，以語境化的方式配合句型練習才有意義。教實際使用的句子，將一般人說的、看的、現場使用的語料配合場景呈現在對話中。訓練學生基本口語表達的能力，直到學生自動產生語言為止，使其可以運用新語言處理生活上的問題，配合實際人與事的接觸，在實際場合中發展他潛在語言的認知力，用衍生語言的原則應付他所面臨的語境，可使用適當的言談應對。此外，可利用現成的電視劇、電影、電視新聞作為教室活動的媒體工具。關於會話的教學，目前世界各地最通行的語言教學法約有十餘種，並會隨時代的演進而改變，其原則與執行的方式必須配合華語文的特點加以調整，否則將有削足適履之感。

下列數種方法，是自第二次世界大戰以後較廣為運用的語言教學法（參考 Larsen Freeman 1983）。

⑴**文法翻譯法**（The Grammar-Translation Method）：源自拉丁文與希臘文之教學法。

⑵**團體練習法**（Community Language Learning，Curran1977）：教師視全體學生唯一整體，無論學生的感覺、智慧、動機、反應都合而為一，教師從旁以母語協助，給予範例，多體諒學習過程中的挫折感，教師權充輔導員的角色，使學生在集體互相合作中學好新語言。

⑶**直接教學法**（The Direct Method，Diller 1978）：強調上課時不用母語翻譯。但解釋課室活動時教師先以學生之母語說明之。教師需預備圖片、地圖、教具等幫助學生處於情景之下，了解課文意義。教

師鼓勵學生用新語言發問題，以增強學生學習新語言語意的直接的關聯，訓練學生以新語言去思想，自然地使用詞彙，說出整段的話，利用人類內在學習語言自我改正的本能，給學生實地參與言談的機會，儘量鼓勵學生多說話，並同時進展到寫作的能力，以語境為主，同時附帶學習文化生活習慣等的背景。

(4)**視聽語言教學法**（Audio-lingual Method，Larsen Freeman1979）：教師介紹課文時，學生聆聽，教師在教室只用圖片、實物、動作示範新語言；此法最大的目的，在於利用學生聽與說的能力，在教師引導下，反覆練習句子，逐步達到使用新語言的目標。

(5)**溝通導向教學法**（The Communicative Approach，Brumfit & Johnson 1979）：教師可以將最近報上體育欄剪報一則複印發給學生，儘量介紹實用的語文，讓學生畫出記者所預測的報導，哪些資料是不太肯定的。如此，學生才能理解作者的意向，產生充分溝通的能力，達成使用新語言溝通的活動。學生以不同的詞彙試著敘述作者的預測，展示出一種語言功能，可以用不同的語言方式表達，發揮語言衍生的原則。教師再與電視上體育新聞對照，學生互相討論發表自己的意見，教師從旁糾正錯誤。

(6)**啟示頓悟法**（Suggestopedia，Lozanov1982）：在語言學習時，由於心理上的障礙，恐怕自己表現不佳，常常給自己設限，怕失敗，以致未能全力以赴。此法是幫助學生克服學習的障礙，用瑜珈術中潛意識的轉移。設計一個舒適安逸的環境配上古典、巴洛克音樂，掛上圖片，告訴學生新語言不難，消除他緊張的心理，將學生帶入想像的境界，叫學生想像自己正用很流利的新語言對答。教師讓學生每人自選一個姓名，想像自己的新職業，在情景中介紹自己，與母語並列，

教師把語法要點、詞彙掛在牆上，進行角色扮演對話，同時配以歌唱、語言遊戲等活動，使學生處於樂音與情景之下，不由自主自然而然的說出新學的語言。

(7)**整體行動反應法**（Total Physical Responds，Palmer，H.，and D. Palmer1925）（簡稱 TPR）：此法主要的方式是從訓練學生聽力開始，教師發出指令，學生按照教師的指令行動。經過兩週的「聽」與「做」之後，學生會自己發號施令，產生一些簡單口語的表達。印證從「做中學」的學說。

(8)**自然教學法**（The Natural Approach，Krashen，S. D.，& T. D. Terrell 1983）：此法基本的概念來自兒童語言習得的過程，得靠經驗的累積。語言的形成是習而不察的，自自然然的建立起語言的習慣。經過不斷的嘗試錯誤而達到成熟的境界。教學的內容只要達到 I+1（input+1）就行了。成人第二語言的學習雖然不如兒童般的自然，但其步驟應當自從聽說讀寫的過程進行。

以上八種教學方法中，在臺灣初、中級教學以「視聽教學法」及「溝通導向教學法」較爲通行。而高級教學則以「文法翻譯法」較爲適用。

3.注意華語文的特點

(1)**語言單位雙音節詞彙結構的特質**：中國漢字是單音節獨立的，但中文詞彙在語言中卻是單音節詞與複音節詞交替變化使用的。其中又以雙音節詞彙佔有優勢，其基本的原因至少有三個。一是爲了補救單音節的同音字太多，避免語義混淆。二是從多音節的成語節縮而來。三是爲了增加單音節詞聲律上的和諧。因此，在開始教外籍生詞彙時

必須從雙音節詞彙開始，不能只教單字。「詞」不僅是聽、講華語文理解的單位，也是書寫中文的意義單位，有關字詞的組合，在劉英茂等三位學者合編的《常用中文詞出現次數》一書中，列出約四萬多個，在基礎華語文教學的使用上，可以選出最常用的「詞」一萬六千個，即能掌握華語文閱讀。如此不但可以幫助學生學習漢字時容易了解漢字的意義，並且可以使記憶漢字更有效果。因此華語文教學不能太過分強調各個獨立的單字。

(2)**漢字教學注重邏輯性**：漢字與拼音文字最大的差異，在於其本身是具象文字，他的組合有邏輯與規則可循，教師自己必須有漢字六書基本的常識教學時可按照部首、字素的基本組合方式進行漢字識別與書寫的教學。目前最科學的漢字教學方法稱爲「部件法」。就是將漢字分爲基本字形十二種：

例如：(1)口山、(2)日香、(3)凵村、(4)凵道、(5)冂司、(6)匚床、(7)囗回、(8)目等、(9)皿街、(10)囗問、(11)匚匠、(12)凵函。

其他較複雜的字，都是由以上這十二種基本形狀重疊結構而構成的。例如：(1)田椅、(2)日部、(3)曰想、(4)曰菇、(5)目幫、(6)凵彎、(7)囗圓、(8)凵隨。

(3)**語法教學功能化**：華語語法有以下七項特徵。

①就詞的結構來說，漢語是屬於「孤立性」（Isolating）的語言。

②名詞沒有「數」（Number），「性」（Gender），「格」（Case）的變變化；動詞沒有「一致」（Agreement）的詞尾。

③漢語屬於「主題顯著」（Topic-prominent）的語言。「主語」（Subject）在句中常可省略。

④量詞不容省略（Measure），名詞前附帶有個、張、把……，除

此之外量詞也用在動作的前面，如：趟、回、遍、下……。

⑤漢語詞性的分類（Parts of speech），依詞序及語言情況而有變化。

⑥漢語動詞有「時貌」（Aspect）之標號，而無「時式」（Tense）之標號。

⑦漢語「句子」的定義並不明確。句子的劃分以「語意」為主。

⑧漢語「詞序」（Word order）在句中佔最重要的地位。詞序的變化會影響語意。

⑨漢語中「語助詞」使用豐富，造成語氣多樣的變化。

六、華語文教師資格、任用與培養

㈠教師人數

根據筆者2003年三月調查的結果，全臺灣公私立大學語文中心，及民間機構從事華語文教學的教師共計七百二十多人，因多數無固定聘約，教師專職沒有保障，流動性很大。

㈡資格與任用

各校教師多數通過甄試後任用。報考資格為公私立大學文史科畢業之學士。甄試科目有筆試、口試、試教三種，一經錄取必須參加華語文教師講習始得任教。近年來參與這項教學工作者，已有越來越多的碩士人材，甚至博士加入。

㈢師資培訓

以華語文為第二語言教學之培育計畫：教育部曾在1985年為了實施「中文教師輸出計畫」的政策，委託臺灣師大國語中心代訓在職教師二十五位，為期一年。其後在1987、1990年又培訓了兩屆，前後結業的在職教師共計六十位。派往美、加、英、德、日、韓、墨、哥斯達尼加、拉托維亞等國擔任華語文教學工作，出國人次共有九十四位，深受各界好評。

㈣華語文教學研究所成立

臺灣師大於民國八十四年秋季開辦「華語文教學研究所」，修業三年，主修課程包括漢語語言學、華語文教材教法、語法、語音、語言習得、語意學、詞彙學、文字學、社會語言學、中文閱讀心理過程、語言與文化、中文電腦媒體設計等，培養教華語文的優秀師資。迄今已屆八年有結業生投入國內外華語文教學的行列。並於九十二年秋季成立博士班提升華語教師資歷。

在目前華語文教學日漸蓬勃發展的情況下，師資培養刻不容緩。一方面提升華語文教學的品質，另方面因應國內外的需求。因為真正合格的華語文教師，才能擔負起以華語文為第二語言教學的重任。

㈤教師資歷與待遇未定

我國目前雖有師資培養，也有對外師資輸出計畫，但至目前為止，尚未訂出有關華語文教師資歷審定相關的定位法規與條例，因此待遇也無標準，致使華語文教師妾身不明而無法安於專業，雖身負傳播中

華文化的大任，但並無其相稱的社會地位與應得的待遇，此一現實問題是華語文教師們的遺憾。納入教育體制、取得教師資格將是所有從事華語文教學工作者一致的期望，並切望有落實的一天。

七、外籍學生在臺生活面面觀

㈠文化震撼（Culture Shock）

這是第二語言教學過程中時常遇到的情況。外籍學生在到達臺灣以後對新環境的反應十分不同，多半的學生對我國風俗習慣，採取入境隨俗的態度，在衣食住行日常生活所接觸到的文化層面，帶著欣賞的心情，認同本地文化，久而久之隨遇而安。但也有少數學生，最初是新鮮感，隨後可能接踵而至的是興奮、沮喪、猶豫、處於困境、搖擺不定，漸漸地才能達到認同本地習慣，甚至逐漸進入被同化的境地。華語文教師傳授中文之外，如何鼓勵引導、安撫並獎勵也是重要的課題。否則會有適應不良，與人發生衝突，立刻回國的後果。

㈡人際關係

中國人一向對人友善、好客，外國人在臺灣時常受到十分熱情的接待，他們與房東、朋友、同學、同事、親戚相處得到很好的回應。因歐美學生較獨立，在生活中沒有太大的挫折感。但部分學生因一些基本觀念上的差異，偶起摩擦。外國學生交往的圈子，有時僅侷限於自己的同儕之間，華語進步有限。有些學生交遊甚廣，有三教九流的

朋友，這類學生的華語學習效果神速，並且會學到一些俚語，生活過得十分愜意。

㈢學業、語文障礙與溝通

一個從未學過華語文的外籍學生，到臺灣以後，如果認真學習中文，每週十小時，在半年之後可以達到與人溝通的基本會話能力。一年之後甚至可以達到聽演講的程度。但是不用功的學生、或是一面工作一面學中文的學生，在效果上會有事倍功半的影響。語文障礙、溝通不良是必然的現象。因此專心學習必須包括每日的複習與聽錄音帶、看電視、以電腦做作業等的練習。

㈣合法還是非法打工

教育部自民國七十九年起規定，凡是來臺未滿一年的外籍學生不能申請工作證。滿一年後申請工作證，必須有雇主出具證明，每週工作時間不得超過十六小時。因此之故，很多學生不能假藉來臺學華語文的目的非法打工。如此一來，嚴重破壞了他們到臺灣來淘金的美夢。這跟三十年之前到臺灣學中文，藉教英文大賺一筆臺幣，可以提供環遊世界或回國繼續念研究所學費相比，大不如前。這也是最近美國學生人數減少的原因之一。

㈤臺灣生活費用提高，住處不易找尋

近年來臺灣生活水準不斷提昇，各項費用因而比其他國家昂貴。對一個外國學生來說，只領教育部的每個月二萬五千元生活費，杯水車薪、捉襟見肘十分緊迫。另外一個相當嚴重的問題是找不到房子住。

目前臺灣家家生活富裕，不願意將多餘的房間租給外國人住，覺得不方便，尤其是不租予男生。除此之外，原由救國團辦理的國際學生活動中心已由臺大收回。外籍生沒有宿舍，無處棲身，是目前各校所面臨最迫切亟待解決的問題。此乃另一個歐美學生減少的成因。

㈥個人問題

由於每個學生的國籍、家庭及個人的背景不同，因此在交友、健康、婚姻等方面都有相當大的差異。公立大學語言中心規定外籍生在註冊時必須參加保險，如此在發生疾病、車禍傷害時才有保障。否則對沒有邦交國家的學生，會有告貸無門的窘況。外國學生對男女朋友的交往，與國人之間仍有些許觀念上的差距。因此一旦陷入情網，可能鬧到回不了國的地步。又如小酒吧（Pub）這種場所在英美等國是大學生常去的地方，但在臺灣卻是學生止步的，有時去了可能遇到不幸之事。凡此種種，得在新生環境介紹時，事先提出預告說明。因此每個學校在教華語文之外，似乎也應該有設立外籍學生生活輔導組的必要。

八、中國大陸漢語教學發展情況

㈠政策與規劃

中國大陸在「對外漢語教學」方面的政策，遠在六〇年代即已開始籌劃，為因應大批從俄國、捷克、南斯拉夫、越南來的友邦人員，

在北京大學設立「外國留學生中國語文專修班」，其後改爲「北京語言學院」，現稱「北京文化語言大學」。其後也在二十餘所院校舉辦漢語培訓班，訓練與其有邦交國家的外籍人士，並且將「漢語教學」外放，隨同外交、經濟一同有計畫的進行文化宣傳，例如目前在香港科技大學任教的劉英林教授，曾親口告訴筆者稱他是當時第一批派往沙烏地阿拉伯去教「漢語」的教師，與他同時會其他國家語言的人員，例如英語、法語、德語、西班牙語各赴相關國家進行「漢語教學」。

在八〇年代教育部特設「漢語小組辦公室」（簡稱漢辦），統籌全國漢語教學政策，並對各重點大學漢語教學的師資、教材作有計畫的發展。目前已有三百四十所重點大學開設漢語教學。其他未經漢辦通過者尚有四十餘所。其他私人開設的語文學校不計其數。

㈡師資訓練與任用

「北京語言學院」於1995年改名爲「北京語言文化大學」，並於該校設立漢語碩士班、博士班，中外人士皆可進修。漢語教師有講師、副教授、教授資格。目前大陸已有三千餘位教師從事此項工作。教師待遇都有固定且合於當地生活水平的標準，因此受到應有的尊敬。

㈢漢語教材與漢語標準測驗

《漢語教科書》上下二冊是北京大學外國留學生中國語文專修班所用的教材，該書於1963年出版。其後又於1968年出版《基礎漢語》，是當時世界各地缺乏華語文教材時，大家急於爭用的教材。但用過之後才感覺教科書內容詞彙有太多大陸通行的政治專用語，不適用於國外。因大陸究竟是人才濟濟，不久之後於1981年又出版了《實用漢語

課本》四冊，並於1990年由美國鄭與崔氏公司出版正字體版本，美國及歐洲地區多半使用至今。

除教材之外，1984年北京語言學院開始積極成立漢語水平考試中心，製作了一套漢語能力水平考試（簡稱 HSK），1990年通過專家鑑定，並於1992年正式成為國家級考試。推行至海外各地執行，並已有一百一十個國家的外籍生參加過該項測試。

九、展望與建議

在國內十九所公私立大學及語文學校中心等單位結業的外籍學生從一九五六年至二○○三年六月十萬一千二百九十二人，遍布全世界一百一十六個國家，這項數目字中包括的政治、外交、經濟、商業、學術、法律、甚至醫學等各類人材，好像十萬一千二百九十二粒種子，播種在世界各國。在他們回到原居地後，有的繼續研究漢學，有的各自從事專業，把在臺灣所學到中華語文用在他們日後的事業上，拓展了對中華民國及亞洲的視野，增進我國與他們國家之間政、經、外交、學術交流的關係，實在功不可沒，影響深遠。

因此在天涯若比鄰的現代，「中文熱」是一股洪流，當我們在推行華語文為第二語文教學的目標下，應該使這項工作更加落實，希望政府重視華語文對外教學的國民外交功效，訂立華語文對外教學政策，使華語文教學得到關注與扶植，走向專業化的紀元。給學貫中西的華語文教師們定位，使他們安心教學。繼續培訓專業師資，提高教學品質。在教材教法方面需要所有的教學工作者，共同合作編纂實用並合時代需要的

華語文教材，編制華語文能力測驗（於1994年開始由國科會召集小組製作，並已於1999年完成預測與整理，封存於教育部，未能公佈使用）。改進教學方法，發展現代化的華語文，教學媒體，發揮教學效果。對外籍學生在生活輔導方面，加強諮詢的管道與服務。使臺灣成為世界各國外籍人士嚮往前來學習華語文的聖地。如此無論是在國民外交、文化傳播與學術交流上，方能達到宏大的目標與對未來國民外交的影響。

參考書目

1. 劉英茂撰　《常用中文詞出現次數》（臺北：六國出版社，1970年）。

2. 張孝裕、葉德明等人撰　《國音學》（臺北：正中書局，1982年）。

3. 葉德明撰　《漢字認知基礎——從心理語言學看漢字認知過程》（臺北：師大書苑，1990年）。

4. 葉德明撰　〈中華民國各大學華語文中心及其他華語文教學機構概況調查〉（美國舊金山第一屆中文電話教學國際研討會，1995年4月）。

5. 葉德明撰　〈華語文常用詞彙頻率統整研究〉（國科會研究計畫 NSC 83-0501-H-003-002, 1995年9月）。

6. 葉德明撰　〈華語對外教學之現在與未來〉（臺北：教育部國際文教交流研討會，1996年6月）。

7. 葉德明、羅青哲等編　〈中華民國華語文訓練指引〉（Chinese Language Training Programs in the Republic of China-A Guide for Foreign Students）（臺北：教育部國際文教處，1997年）。

8. Diane Larsen-Freeman 1986 *Techniques and Principles in Language Teaching* Oxford American English.

9. Amado M. Podilla, Halford H. Fairchild, Concepcion M. Valadex 1990 *Bilingual Education, Issues and Strategies*, Corwin Press, Inc.

10. Foss, D. J., and D. T. Hakes 1978 *Psycholinguistics, An Introduction to the Psychology of Language*, Englewood Cliffs： New Jersey： Prentice-Hall.

11. Gibson, E. J. 1977 *How Perception Really Develops：A View from outside the Network Basic Process in Reading：Perception and Comprehension,* ed. By David LaBorge and S. J. Samuel. Hellsdale, New Jersy： Erlbaum.

附錄一：師大國語中心編輯出版之教材

1. 國語會話（一），1967，吳協曼、佟秉正
2. 國語會話（二）及句型練習，1968，葉德明
3. Mandarin Sounds，1972，吳國賢
4. 中國歷史綱要（節縮自蔣廷黼歷史講義），1972
5. 國語語法詮釋，1975，楊淑玉、葉德明、金櫻、莫藍
6. 中國寓言，1977，吳奚眞、郭立誠、葉德明
7. 中國的風俗習慣，1977，吳奚眞、郭立誠、葉德明
8. 中國歷史故事㈠，1978，吳奚眞、馬國光、葉德明
9. 中國歷史故事㈡，1979，吳奚眞、趙淑敏、葉德明
10. 當代中國散文選，1980，吳奚眞、吳國賢
11. 當代中國小說選，1980，吳奚眞、吳國賢
12. 國語注音符號練習（中英文對照），1982，葉德明
13. 實用新聞選讀Ⅰ，1982，李振清、葉德明、吳連英、
14. 中國文化二十講，1986，修訂本，師大國語中心編輯委員會
15. 實用新聞選讀Ⅱ，1988，李振清、葉德明、常閣齡
16. 實用國語會話Ⅲ，1988，李振清、葉德明、陳夜寧等
17. 中國民間故事㈠㈡，1989，吳奚眞、葉德明、蘇尙耀、平啓媛、李
　　孟珍
18. 實用商業會話，1989，李振清、葉德明、王文娟
19. 商業文選，1990，李振清、葉德明、錢進明等

20.實用視聽華語Ⅰ，1995，葉德明、陳惠玲、陳夜寧、王淑美、盧翠英
21.實用視聽華語Ⅱ，1995，葉德明、陳惠玲、范慧貞、劉咪咪、蕭美美
22.實用視聽華語Ⅲ，1998，葉德明、陳惠玲、錢進明、張仲敏、韓英華
23.初級中文閱讀，1999，羅青哲、張莉萍、黃桂英、吳彰英、孫懿芬
24.生活華語Ⅰ，2000，葉德明、劉咪咪、林千惠、潘蓮丹 （遠東圖書）
25.生活華語Ⅱ，2001，葉德明、劉咪咪、吳璋英、蔡顏秀 （遠東圖書）
26.生活華語Ⅲ，2002，葉德明、鄭嘉斌、王文娟、陳瑩漣 （遠東圖書）

臺灣發展中的語言形式理論

蕭宇超[*]

引　言

　　語言形式理論大致可由音韻、句法、構詞與語意等領域來討論，句法方面在本書中已另文介紹，因此本文主要探討其他三方面理論在臺灣的發展及相關人力資源的結構。

音韻理論與人力資源

　　早期「衍生音韻學」（Generative Phonology）是以 Chomsky 與 Halle（1968）所著的 The Sound Pattern of English（SPE）一書爲代表，在理論上有兩個基本觀念：一是規則排序（Rule Ordering），在語言中音韻規則有一定的排序，不可重複運作。一是線性（Linear）的觀念，

────────────

[*]　政治大學語言所教授

將音段、重音、聲調甚至停頓、界標等皆視爲線形排列之音韻機制，換言之，重音、聲調可被視爲元音的一部分，而詞界標（Word Boundary）、詞素界標（Moepheme Boundary）等也如音段般佔據一個線形位置，其出現與否有兩種功能，一爲限制音韻規則的運作，二爲引發音韻規則的運作。深受 SPE 影響，鄭錦全（1973）完成 <u>A Synchronic Phonology of Mandarin Chinese</u> 一書，❶討論漢語音韻的後化規則（Backness Rule）、中元音刪除規則（Schwa Deletion Rule）、變調規則（Tone Sandhi Rule）以及輕聲相關的語音變化，譬如，「姊姊」之間爲詞素界標，「走走」之間爲詞界標，因此界標屬性不同直接影響三聲變調是否運作。此外，「姊姊」與「走走」也觸及規則排序的矛盾，前者必須先運作輕聲規則以阻止三聲變調，而後者卻需先運作三聲變調。吳琇鈴（1995）藉由「詞彙音韻學」（Lexical Phonology）來解決此一規則排序的矛盾，這個理論架構是從音韻的角度來檢視構詞與音韻的關係，構詞規則和音韻規則運作時區分層次（Stratum），如此，同一個音韻規則可重複出現於不同的構詞層次，而不影響規則排序。

「自主音段音韻學」（Autosegmental Phonology）提出非線性（Nonlinear）的音韻機制，認爲聲調與音段等成分屬於不同層面（Tier）上的自主音段，可獨立運作音韻規則而不影響其他層面上的成分，譬如，當聲調丟失時，其元音仍可能存在。而音節結構理論、音韻特徵理論等也在非線性的基礎上發展出來，在臺灣諸如殷允美、鍾榮富、黃慧娟等學者皆從事此方面的理論探討。此外，自主音段的觀念也發

---

❶　此書爲鄭先生1972年博士論文之修訂本。

展成「韻律構詞學」（Prosodic Morphology），此一學說認為在構詞上的詞綴需以韻律單位（如音拍、音節、音步）來定義，歐淑珍、石曉娉、盧廣誠等即以此類韻律模組（Prosodic Template）分析臺灣閩南語及金城方言之形容詞重疊變調。❷韻律構詞學的「詞素層面假設」（Morpheme Tier Hypothesis）則主張每一個詞素單獨形成一個層面，譬如，「天昏地暗」即是由「天地」及「昏暗」兩個層面連結構成，詳參江文瑜1992年之博士論文。簡單地說，韻律構詞學是從構詞的角度來看音韻與構詞的關係，也就是探討在構詞的過程中需要涉及何種音韻機制。

「韻律音韻學」（Prosodic Phonology）則掀起了句法與音韻之關係爭議，主要有兩個對立的主張：（a）「直接指設假設」（Direct Reference Hypothesis），認為句法可直接影響音韻變化，也就是音韻規則的運作取決於句法範疇或句法關係，譬如，林若望認為廈門話的連讀變調是由句法上的詞彙管轄（Lexical Government）來決定；❸（b）「間接指設假設」（Indirect Reference Hypothesis），認為句法不可直接影響音韻變化，必須透過一種仲介性質的韻律結構來規範音韻規則，而這些韻律結構則是由句法條件來定義，譬如，臺灣話及客家話以音韻詞組（Phonological Phease）來規範連讀變調，而此音韻詞組則由句法上的最大投射（Maximal Projection）所形成，詳參蕭宇超（1991,1995）、陳雅玫（1996）及徐桂平（1996）。❹

---

❷ 詳參歐淑珍（1996）、石曉娉（1997）、盧廣誠（1997）之碩士論文。

❸ 詳參林若望（1994）之討論。

❹ 許慧娟亦從事韻律音韻學理論之研究，但她的研究介紹暫不公開。

衍生音韻學發展到後來由派生而至非派生，「優選理論」（Optimality Theory）即秉棄派生規則，主張在深層結構與表層結構之間是一種非派生關係。具體而言，任何一個輸入值，經由共通語法中的 GEN 衍生函數可產生無限的、所有可能的候選輸出值。共通制約存在於各個自然語言之語法內，在個別語言中根據重要性依次往下「分等」（Ranking），語言差異即反映於不同的「制約分等」上。在優選理論下，制約間可能出現衝突，具有可違反的屬性，然而必須是「最小違反」（Minimal Violation），也就是層級愈高的制約愈不可以違反。隨後亦發展出幾個次理論，包括「對整理論」（Alignment）、「對應理論」（Correspondence）、「同情理論」（Sympathy）等等。臺灣近來已有不少學者以優選理論來研究音韻現象：諸如聲調（蕭宇超2000、林蕙珊2000）、特徵（黃慧娟1997）、鼻音（鍾榮富1996）、借字（鄭智仁2001）、音韻習得（吳瑾瑋2002）等等。

茲就目前在臺灣從事音韻理論的人力資源做一個有系統的介紹，以下是依照博士論文完成之時間序：

殷允美：美國德州大學奧斯丁分校博士，1989年完成博士論文，題目為 *Phonological Aspects of Word Formation in Mandarin Chinese*（漢語構詞音韻），主要有四點主張：一、從自主音段音韻理論觀點分析漢語構詞現象，構詞中音節結構及相關制約的重要性可以由結合特徵幾何結構（Feature Geometry）與空特徵屬性（Feature Underspecification）的自主音段模式來表現；二、針對部分重疊與完全重疊，提出一個不連續構詞過程的形式分析，強調音節的層次結構是必要的，牽涉到聲母（Onset）及韻母（Rime）時尤其是如此；三、分析構詞時的聲調現象，弱音會導致音節弱化及後續的聲調中和（Neutralization）現象，

基底形式不帶聲調的音節，其表層調值乃是一種抵輔調（Default Tone）；四、高元音及中介音（Pre-Nuclear Glides）的無辨意特質（Non-Distinctiveness）會導致音節內部結構的不同解釋，譬如在語言遊戲中，介音的不穩定行為，顯示了語言使用者間有歧異存在。1989年返國迄今任職於國立政治大學英語系，教授之形式理論課程包括「音韻學」、「音韻學專題」、「漢語音韻學」、「音韻學與語言教學」等等。殷先生的研究在博士論文階段主要是探討漢語構詞中的音韻現象，包括漢語音節結構、介音、抵輔調派生等形式理論，目前則是深入檢視 Phonic 教學的方法及相關問題。著作方面，1991年完成 Some Major Issues in Mandarin Tonal Phonology 一書，研究中探討漢語詞彙形成中的聲調現象，包括輕聲、三聲和三聲變調三個部分：一、輕聲部分，將輕聲的特性和弱音節相連，長度短，音色比較平板；輕聲音高降低，其值可以預估，但若出現在詞彙中則無法預估，可能會發生在任何一個聲調，而若音節為空特徵（Unspecified），在表面形式通常是以一聲調作為抵輔調，可能造成前一音節的聲調變化，而且縮短音節之間的距離；二、三聲部分，深層結構應為214，21是經過切割規律（Truncation Rule），將上升調部分刪除，出現在非末端位置，而三聲變調規律變調後的揚升調應該是全上後半的延長，出現在末端位置；三、三聲變調部分，需要運用的因素很多，可能是詞彙的，句法的，語意的，也考量速度、焦點、和語意目的，而停頓或輕聲詞綴則是阻擋三聲變調的運作。2000年完成〈音韻學實用篇之一──Phonic 的教與學〉論文，從語言學及音韻學的角度，探討 Phonics 的原理，進而根據教授英語發音的經驗設計適用教材。

　　鍾榮富：美國伊利諾大學博士，1989年完成博士論文，題目為

Aspects of Kejia Phonology（客語音韻），主要是應用自主音段觀念來分析客家話的聲母、韻母及聲調的音變（Variation）。除引言及結論外，主要分為四章，其中第四章為漢語音節研究的開始，其日後對 CVX 及相關看法都肇始於此。第六章用客語的[v]本質，談論滋生不變性（Geminate Inalterability），也是客語音段研究走入音韻理論爭執的開始。1989年返國迄今任職於國立高雄師範大學英語系，教授之形式理論課程包括「衍生音韻學」、「優選理論專題」等等。鍾先生的音韻研究集中在音段上，近來對閩南語聲調的結構亦感興趣。1996年至2000年間主要的研究是在釐清與整理臺灣兩大漢語方言「閩南語」與「客家語」的音韻系統。著作方面，1991年完成 On Hakka Syllabification 論文，利用自主音韻理論的音節理論探討客家話的音節構成，並討論了 CVX 固定形式對漢語音節分析所產稱的可能影響。部分是本于博士論文，然大部分為回國後就音節理論的變化而作的新分析。1992年完成 Syllable Contraction in Chinese 論文，探討漢語（包括客語、國語、及閩南語）的音節連併現象，發現 CVX 的音節架構乃是左至右連結（Left-to-Right）與兩側連結（Edge-in）的結合。1995年完成〈優選論與漢音的音系〉論文，應用優選理論的次理論優範疇（Optimal Domain）理論來分析閩南語的鼻音現象，發現閩南語的鼻音只能侷限在 CV 結構之中或 VC 結構之中。1996年完成 The Segmental Phonology of Southern Min 一書，主要從六個子題切入：一、輔音的本質；二、韻母的結構；三、音節結構；四、音節的合併；五、鼻化現象；六、唇音異化。透過這些子題之研究，掌握臺灣閩南語的音段之特性，並且說明在每個漢語方言中都有其值得探研的音韻層面，只是有些方言尚未經過全面的研究。此外，甫完成之《臺灣客家話導論》一書，首度

從音韻理論的角度比較臺灣客家各次方言間語音、句法現象。

蕭宇超：美國加州大學聖地牙哥分校博士，於1991年完成博士論文，題目爲 Syntax, Rhythm and Tone: A Triangular Relationship（句法、節奏與聲調的三角關係），主要論點有三：一、提出「音板計數理論」（Beat-Counting Theory）來組合漢語三聲字串的音步；二、以「節律結構」（Metrical Structure）的觀念詮釋臺灣民謠與童謠的語言節奏；三、以韻律音韻學區分「口語型」與「格律型」語料的韻律特質，進而修飾現今的「韻律體系理論」（Prosodic Hierarchy Theory）。1991年返國任職於國立政治大學英語系，1993年迄今任職於國立政治大學語言學研究所，教授之形式理論課程包括「音韻學」、「音韻學專題」、「聲調與節奏」、「句法音韻介面理論」、「音韻理論進階研究」等等。此後研究領域持續著重於句法與音韻的介面理論，有系統地蒐集各類「特殊性」語料來驗證、測試當代的新理論，1992年由軍中收編各式粗話三字經，研究其韻律、構詞與句法之間的互動，❺1993年，首次以「預編音韻理論」（Precompilation Theory）來架構臺語代名詞變調模式，❻1994年研究略具雛形的漢語饒舌歌，研究的層次則延伸至各個語言部門的介面關係，❼1995年迄今從事結合優選理論與句法音韻介面理論，作一系列研究，如此以循序漸進的方式，逐步建立起以中國語言爲發展核心的介面學理論架構。著作方面，1995年完成

---

❺ 1996年刊登於《中國境內語言暨語言學》第3輯，題目爲 Mandarin Prosodic Morphology: Evidence from Taboo Words，詳參該文之討論。

❻ 詳參 Taiwanese Tone Sandhi: Postsyntactic and Presyntactic 一文之討論。

❼ 1997年刊登於《中國境內語言暨語言學》第4輯，題目爲〈漢語饒舌歌的的韻律與節奏〉，詳參該文之討論。

Southern Min Tone Sandhi and Theories of Prosodic Phonology 一書，將二十幾年來的相關句法理論與韻律理論作整合性的評估與檢討，並首度根據閩南語的語言特性建立一個較完整的韻律音韻學理論模式。全書共有六個章節，主要有以下四個重點：一、以閩南語變調爲基準，詳細評估各類「句法機制」的適用性；二、提出一個「閩南語韻律體系理論」來詮釋該方言的「韻律型變調」與「輕聲型變調」；三、逐項定義各個層級的韻律成分，融入各類「格律理論」（Metrical Theories）來分析帶有吟唱節奏的變調語料，亦即詩歌、諺語、念謠等等；四、並提出一組「範疇互動原則」來解釋文言與白話的變調混合現象。此書除了給予「連讀變調」一個重新定義，建立新的理論架構之外，亦將作者早先所提的三項理論進一步修訂及延伸，包括「句法、節奏與聲調的三角關係論」、「音板計數理論」，以及「代名詞變調範疇結構論」。1996年完成〈從臺語音節連併到音韻、構詞與句法之關係：老問題，新方向〉論文，從詞彙性與短語性兩方面來討論臺語音節連併，詞彙性音節連併關乎音韻與構詞之互動，當詞素縮減時，相關的音韻規則（如鼻音的連結與擴展、音調與音段的連併、音節延長等等）隨之運作。另一方面，短語性音節連併則牽涉音韻與句法的介面，必須受到句法表層結構的制約，建立於 C 統制（C –Command）關係的親疏，以及實詞（Content Word）與虛詞（Function Word）的差異。2000年完成〈臺灣閩南語之優選變調〉論文，研究發現臺灣閩南語變調主要是由「右端對整」（Right Alignment）與「必要起伏原則」（OCP）來規範，前者反映出「右重」語言的特性，其最右端之聲調必須保留，後者發展自 Ito & Mester（1998）對於 OCP 的重新詮釋，訴諸於一般音韻理論中的「標記效應」，避免在局部範疇中出現兩個或兩個以上之

標記成分。而這個語言的變調範疇將音韻詞組右端與 XP 右端對齊，但只對齊詞彙投射，而不對齊功能投射。本文亦以「對應理論」來詮釋「間接指涉假設」，區隔句法、韻律、音韻三個語法層次；韻律制約於韻律層次上評估韻律候選值，聲調制約於音韻層次上評估聲調候選值，藉由多重對應關係，所有候選值之評估在一個步驟中完成。

江文瑜：美國德拉威大學博士，於1992年完成博士論文，題目爲 The Prosodic Morphology and Phonology of Affixation in Taiwanese and Other Chinese Languages（臺語及其他漢語方言之詞綴音韻與韻律構詞），主要是從音韻與購詞介面的角度調查漢語方言中的加綴現象，其中有四個重點，分述如下。一、檢視臺語元音起首的詞綴出現時，伴隨的輔音滋生（Gemination）、塞音濁化（Stop Voicing）及擦音化（Spirantization）等現象，從臺語的輔音滋生看來，它比音節重組（Resyllabification）之分析更爲合理，儘管滋生之輔音不是臺語的音素，卻是經由通用語法規則派生而來，而這些通用語法規則亦支持了詞彙音韻（Lexical Phonology）、雙根形式（Two-Root Representation）等論點。二、臺語中眞假滋生輔音的語音表現乃是由韻律結構來決定，而導致輔音滋生的因素，在構詞層次上是元音起首的後綴／主要語（Head），在韻律層次上，是退化的音節。三、從下列三方面來分析漢語重疊詞：（a）其派生過程、（b）其與後綴的相互作用、（c）規範其輸入值與輸出值的韻律制約。而漢語重疊詞的研究亦有以下三點觀察：（a）漢語是唯一可以將後綴加至重疊詞詞基（Base）的語言、（b）韻律制約規定漢語最多允許兩次循環（Cycle）的後綴、（c）後綴可同時加於兩個詞基的韻律成分上。四、歸納歧異的擬聲詞和秘密語語料可得到下列原則：（a）韻律成分加後綴的循環作用、（b）旋律覆寫（Melodic

Overwriting）的循環與非循環作用、（c）制約旋律覆寫作用的還原原則與極大原則、以及（d）規範最後輸出值固定形式的韻律模版衍生（Prosodic Template Mapping）。江先生於1992年返國迄今任職於國立臺灣大學語言學研究所，教授之形式理論課程包括「聲韻學」、「音調與語調研究」等等。幾年來的研究重點是透過音韻學理論與聲學、語音學等兩方面的結合，探討臺語、國語和臺灣南島語言的語調（含疑問句、肯定句、選擇句等），以實驗數據，嘗試做理論上的詮釋與類型分析。著作方面，1995年完成〈國語和臺語的疑問語助詞之語調研究〉論文，1997年與王淑貞合著 Intonation Units in Taiwanese: A comparison of the Perceptual and Acoustic Cues 論文，討論臺語音韻與語音相關的現象。

James Myers（麥傑）：美國亞歷桑那大學博士，於1993年完成博士論文，題目為 A Processing Model of Phonological Rule Application（從語言處理角度出發的音韻規則運用理論），主要是在建立形式語言學及心理語言學間的橋樑，主張一個形式上非常明確的音韻產生理論，而且這個理論涉及詞彙音韻形式的直接取得以及規則應用之間的競爭。此模式目的在解釋心理語言學上的現象（例如語誤、實驗結果）和音韻能力（例如詞彙音韻學上的層次排序，後詞彙規則間的互動，以及音韻規則排序）。麥傑先生的研究著重在記憶與衍生語法間的互動，以及建立形式語言學與心理語言學間的橋樑。唸研究所時，從事形式音韻學理論，興趣在詞彙相關的議題上（如詞彙與後詞彙音韻學，詞音律轉換）。其後開始將心理語言學的觀點與方法納入上述這些議題的研究，1992年畢業後，於美國紐約州立大學水牛城分校心理系從事博士後研究三年，和實驗心理語言學家共事。1995年博士後研究結束之後，回歸至形式音韻學的研究，試圖針對詞彙與音韻學互動的範圍，發展有認知基礎的形式音韻學理

論。1997年應聘到臺灣，迄今任職於國立中正大學語言學研究所，教授之形式理論課程包括「音韻學」、「音韻學專題討論」、「構詞學」、「數理語言學」等等，這段期間除了延續本來的研究路線，亦從事一些相反方向的心理語言學研究，亦即以檢視衍生語言學的理論哲學為目標（例如主張中文量詞處理中的語法成分的重要性），並試圖建立語言的形式派生理論與非派生理論（如連結論等）之間的橋樑，提出優選理論形式的類比理論等。著作方面，1997年完成 Canadian Raising and the representation of gradient timing relations 論文，呼應近期優選理論文獻中的一股新思潮，這個思潮主張詞彙的音韻表徵應包含詳細的語音訊息（支持這個主張的有 Bruce Hayes, Donca Steriade, Robert Kirchner），特別強調加拿大英語的母音舌位提升的例子，其範疇性的規則可用個別符號來表示，但是驅動這個範疇性規則的則是次音位母音長度縮減，它無法用個別符號表示，因此本文認為此類例子是自主音段理論的表徵所無法解釋的。2002年完成 Exemplar-driven Analogy in Optimality Theory 論文，主要是證明優選理論中輸出值與輸出值的對應可以延伸到四部分比例項之類比（e.g. drive : drove :: dive : dove）。所發展出來的優選理論模式不但可以解釋語言中的音韻類型，而且可以解釋心理語言學的一些現象（例如詞頻效應、漸進的類似效應以及黨同效應）。此論文亦證明此優選理論模式在數學運算上相當於一種連結論的模式，也就是線性連結網路。

　　蔡素娟：美國亞歷桑那大學博士，於1994年完成博士論文，題目為 Phonological Pitch（音韻性的音高），主要是提出一個多值音韻徵性（Multi-valued Feature）的聲調理論，主張某些音韻現象是音韻的形式理論與超語言的因素（Extralinguistic Factors）互動的結果，因此音韻

的形式理論不應該無視於語音的超語言特質（Properties），如聲學感知的（Psycho-acoustic）特質、記憶、生理、可學性（Learnability）等。以聲調為例，它的聲學基礎「基頻」，是階層性的，因此聲調的形式理論不適合雙值的徵性（Binary Feature）。許多聲調的類型學（Typology）或聲調轉換（Alternation）的現象因此能得到較為合理的解釋。蔡先生於1995年返國迄今任職於國立中正大學語言學研究所，教授之形式理論課程包括「音韻學」、「音韻學專題」、「聲調分析」等等。她的理論研究以研究所時期純形式的理論為基礎，擔任博士後研究員時期加入了語言處理（Language Processing）的角度，認為形式理論除了理論辯證，也應該擴充證據的來源。而實驗的證據或兒童習得的語料正可以作為客觀檢測，或理論修正的依據。因此，從博士後研究員的階段到返國任教，理論研究的目標一直都以擴充理論的證據來源為主。例如聲學分析可以作為判斷詞彙音韻學中的詞彙（Lexical）與詞彙後（Postlexical）兩個層次的依據，進而證明國語與閩南語變調分屬兩個不同層次，在理論上應該有不同的機制。著作方面，1996年與麥傑教授合著論文，題目為 Taiwanese Tone Sandhi as Allomorph Selection，主張閩南語變調的現象是「分詞選擇」（Allomorph Selection），而不是「規則應用」。理論架構採用 Hayes（1990）的預編音韻理論。Hayes 提出預編音韻理論主要是要處理某些既有「詞彙性」，又有「後詞彙性」的音韻類型。閩南語正是這樣的一個例子。唯有將詞彙與分詞選擇加入形式理論中才能完整地解釋閩南語變調的現象。1996年與劉慧娟合著 An Optimality-Theoretic Analysis of Taiwanese Consonant Acquisition 論文，主張所有的形式理論都不能逃避語言習得的測試，優選理論自然也不例外，本文使用二歲兒童學習

閩南語子音系統的語料，來檢測優選理論對兒童語言習得的主要預測，並且在形式機制上提出附加的「浮動制約」（Floating Constraints）機制。2002年與麥傑教授合著論文，題目為 A Formal Functional Model of Tone，將博士論文（Tsay 1994） 所提出的聲調理論進一步發展成形式上非常明確，而又有功能性動機的理論。這個理論建立在優選理論的架構上，並且採用 Bruce Hayes 和 Paul Boersma 等人的優選理論新主張，主張直接由發音難易度和語音感知度所產生的音韻制約。

　　黃慧娟：美國明尼蘇達大學博士，於1997年完成博士論文，題目為 Transparency and Opacity in Place and Nasal Assimilation（發音部位同化及鼻音同化作用中的透明與阻隔現象），主張發音部位同化現象中的中介音（Intervening Elements），是否會阻隔同化的進行，和同化的音徵（feature）有極大的關聯。優選理論架構中的對齊（ALIGN）或延展（EXTEND） 制約，無法捕捉此一關聯；本文主張以音段排序（NOSEQUENCE）制約解釋同化發生的原因，而把會阻隔同化的中介音與同化音徵必須相似的現象，視為雙聯結（Double-Linking）的結果。鼻化現象中的中介音是透明抑或阻隔，和鼻化音徵亦有密切關聯。而涉及發音部位音徵的元音和諧現象，中介音的行為則無法由和諧音徵（Harmonic Feature）本身來預測。黃先生於1997年返國迄今任職於國立清華大學語言學研究所，教授之形式理論課程包括「音韻學」、「優選理論專題」、「漢語音韻學」等等。研究方向在博士論文階段主要是以同化現象及元音和諧等音韻現象中的議題出發，探討不同的語言類型就此音韻現象在理論上的意涵，目前則是以臺灣南島語為研究重點，選擇與共時音韻相關的議題，收集語料並探討其對音韻學理論的意義，近年執行之研究計畫包括1999-2000年之《布農語的語音及音韻

研究》、2000-2001年之《布農語節律結構與音韻規則之關係》等等。

萬依萍：美國紐約州立大學水牛城分校博士，於1997年完成博士論文，題目爲 Mandarin Phonology: Evidence from Speech Errors（漢語音韻學：語誤之驗證），旨在利用心理語言學語料，自然發音語誤，來探討多項漢語音韻結構之議題。這項語料可由認知角度對於音韻底層結構做出進一步的證明，而且同時也能夠探測出音韻成分在心理語言模型上的傳輸功能與執行方式。除此之外，這些語料更可以用來測試目前當代音韻理論中何種版本較具有認知驗證之價值，由此來對於音韻結構提出修正與補述。目前由這些語料發現，當代音韻理論中之非線性理論，特別對於底層結構有深入說明的理論較能夠具有認知認證。1999年返國任職於國立東華大學，2000年迄今任職於國立政治大學語言學研究所，教授之形式理論課程包括「音韻學」、「音韻學專題」等等。萬先生的研究從博士論文至目前所有發表的會議或期刊論文皆是著重於利用語言學上的「外部驗證」來探討音韻理論中結構模型等議題。在現階段的研究是專注於利用心理語言學自然語誤語料、聲學語音學，及利用些許心理學實驗來探測含跨語音、音韻、及心理語言學等領域整合之結構議題。利用這項外部驗證的研究來對語言使用者做出進一步理論確認與心理語言模型解析。著作方面，1997年完成 The Status of Prenuclear Glides in Mandarin Chinese: Evidence from Speech Errors 論文，由自然語誤語料支持下列論點：一、在底層結構中，沒有音節結構，也沒有介音存在，所有的音片都是平鋪的方式，一串串的排列於底層結構中；二、在表層結構中，介音之歸屬偏向於聲母或韻母必須依賴於聲母的發聲部位。當聲母屬於前部位發音系列之輔音時，則介音歸屬於韻母；當聲母屬於後部位發音系列之輔音時，則介

音歸屬於聲母。一旦是零聲母的結構時，介音〔j, ɥ〕與〔w〕表現上會有所差異。由此可見，介音之歸屬並非單一結構。1998年與 Jeri Jaeger 教授合著論文，題目為 Speech Errors and the Representation of Tone in Mandarin Chinese，主要是由788項自然漢語語誤語料來檢視漢語聲調的底／表層結構及如何被傳導輸送等議題。研究資料支持以下論點：一、在底層／詞彙結構中，漢語聲調偏向於連接在母音音片上；二、再由底層的詞彙結構中，聲調有自主的能力切斷於與母音音片的連接關係，而自由移動。三聲變調則發展於語音節構中；三、漢語聲調成分是統一的，而不是像西非語系中可以分割。2001年完成 On the Representation and Processing of Prenuclear Glides in Mandarin 論文，利用心理語言學及聲學語音兩種實驗來對於漢語音節結構做出重組的工作。自然語誤語料顯示出：一、在底層結構中，音節無須被表述，而是以一串串的音片，平鋪於底層結構中；二、在表層結構中，音節結構與端木三（1990）所提出之單一架構理論不吻合，介音之歸屬取決於本身漢語音與音間所允許的制約（Phonotactic Constraints）以及聲母的發聲部位；三、另一方面，由聲學實驗所探測出的結果卻又支持端木的單一架構理論。因此目前這兩項實驗仍須再做進一步的驗證。

此外，有兩位新人值得介紹。第一位是邢天馨：美國康乃狄克大學博士，於2000年完成博士論文，題目為 Aspects of Maga Rukai Phonology（茂林魯凱語音韻研究），主要是探討臺灣南島語中茂林魯凱語的幾個音韻現象，例如中略（Syncope）與重音指派（Stress Assignment）建立於不同的韻律結構之上，中元音是由刪除音段（Deleted Segments）而派生，插入之元音必須與詞根中的元音一致等等。全文共分五章。第一章介紹這個語言與民族的背景，簡列過去文獻與相關理論。第二

章詳述茂林音韻的音位列表及特殊現象，尤其是語言中各種變化的互動與派生規則順序。第三章闡述這些音韻變化如何與加綴、重疊等構詞行爲互動。第四章跨語言比較茂林和鄒在輔音串和複輔音方面的不同，表現在表層結構的音節化上。第五章說明在相關的派生過程中，目前分析如何呈現其間的互動。第二位是吳瑾瑋：國立清華大學博士，於2002年完成博士論文，題目爲《論漢語中的介音、擦音和變調：從優選理論分析》，主要有三個重點：一、介音歸屬，發現漢語三個介音的行爲不一致，先從孩童介音習得語料入手，進而比較成人和孩童的差異，孩童早期的音節習得以 CV 形式爲主，對於介音處理策略，可能是刪除或是保留，因此本文先檢視有那些相關的制約，再比較成人與孩童制約排序層級之差異；二、擦音習得，從制約排序的調整來說明音段及音韻特徵之習得次序，並討論優選理論對語言習得的詮釋；三、聲調變化，深入分析比較二疊詞的三種聲調變化現象，即三聲變調，輕聲變化以及儿化變調，這些聲調變化無法以派生模式全面兼顧，而改換在優選理論架構下，從輸出輸入的對應關係制約的排序調整來推導出一貫的解釋。

構詞與語意理論的人力資源

構詞的問題在早期衍生音韻學中有一半在音韻的層次上處理，另一半在句法的層次上處理。隨後構詞層次被分出成爲一個獨立的部門，學者因此開始探討構詞與其他層次 (如音韻、句法、語意) 之互動。在臺灣，形式語意學的研究主要是從詞彙或句法切入，茲就目前在臺

灣的相關理論人力資源做一個有系統的介紹，以下依照博士論文完成
之時間序：

連金發：美國加州大學柏克萊分校博士，於1987年完成博士論文，
題目為 Coexistent Tone Systems in Chinese Dialects（漢語方言中的並存聲調
系統），主要是探討歷史語言學中新語法學派假說和詞匯擴散論關於語
音演變的爭論議題。文中論證詞匯擴散論解釋潮州方言聲調演變的有
效性。1987年返國迄今任職於國立清華大學語言學研究所，教授之形
式理論課程包括「語義學」、「構詞學」、「語言分析」、「歷史語
言學」等等。連先生的研究可分三類。一、構詞學：以比較新的觀點
分別對閩南語中「的」、「頭」、「仔」做深入的分析，從歷時、詞
法、語意、音韻、語用等層面探討各種用法，對於實詞的多意性以隱
喻和換喻的運作方式加以解釋，區分詞法派生和句法派生，探討詞法
層次間的互動關係，將詞匯擴散論從音韻的格局推展到詞法的範圍提
供雙向擴散的例證，並從構詞的角度探索閩南語致動式的表現方式及
漢語致動式古今的演化大勢。二、詞匯語意學：研究閩南語五種聯覺
詞各個語意領域（視覺、聽覺、味覺、嗅覺、觸覺）之間階層性的含蘊關係
兼論語意的生物基礎和文化內涵，從心理語言學的角度對比國語和閩
南語形狀類別詞之異同並加上量化的分析，以概念結構的模式探討閩
南語交易動詞的詞彙化和語法化，對比華語和閩南語的分離動詞，探
討其詞彙化類型和語意延伸，以背景構造做基礎並以精簡的方式化解
泛意詞（拍）繁多的語意，根據背景構造為閩南語四個多意詞做精緻的
解析並觸及個別語言系統所呈現的概念世界和語言之外的世界之間的
關係。三、歷史語言學：（a）音韻和詞彙的互動，就歷來對詞彙擴散
論的批評提出總結性的答辯和檢討，解決音變和移借、類比之間的矛

盾，又以雙向擴散的觀點對規律的倒轉提出新的解釋；（b）時間層次、方言層次的辨識和建立，提出漢語方言互指詞類型分布及可能的發展類型並論證互指詞的詞彙化不是一蹴可及的，以歷史比較法追索出閩南語中疑問詞可分成南北朝層次和唐代層次，兩層次有競爭和整合的現象，從歷史比較和方言類型的角度探索臺灣閩南語趨向補語的系統和時代層次兼論語言系統中各模組間的互動關係；（c）歷史和方言語法，從歷史和方言比較的觀點解釋閩南語動賓補間的語序限制，探討閩南語時相詞和述詞之間的結合限制及語詞的虛化，比較反複問句和比較式，並論証固有詞和移借詞彼此互動形成新興的混合結構，嘗試從方言語法的觀點探討閩南語中方位指示詞的語法行為。著作方面，1993年與王士元教授合撰 Bidirectional Diffusion in Sound Change 論文，討論潮州方言並存聲調系統的競爭現象，對新語法學派和詞彙擴散論的基本理論觀點之間的異同做了通盤的檢討，得出方言混合和詞彙擴散無矛盾之處，並根據潮州及其他方言中並存的南北聲調系統彼此滲透的現象，提出語音變化的雙向擴散之論點，指出新語法學派音韻自立論的假設與經驗證據不符合，支持了詞彙擴散論的基本假設，化解了語言接觸和詞彙擴散論的矛盾，理出潮州及其他類似方言中並存且相互競爭的聲調系統，兩個並存的系統在聲韻調三方面彼此滲透相互影響，形成「雙向擴散」的格局，並將一般語言理論、漢語音韻學、漢語方言學結合起來、促成漢語音韻學和歷史語言學的對話。1996年完成〈臺灣閩南語「頭」的構詞方式〉論文，在前人研究的基礎上探討臺灣閩南語「頭」的構詞方式及這種構詞方式和其他語法部門的互動關係。「頭」涉及到兩種的構詞方式：「複合」和「派生」。複合詞是由兩個或兩個以上的「詞彙素」（Lexeme）組成的，「派生詞」

是由語根和語綴構成的。我們可以根據「頭」語意的實和虛分出後置複合成分「頭」（頭1）和後綴「頭」（頭2）。「頭1」是含有實意或引申意的詞彙素，頭2不帶實意的「黏著形態素」（Bound Morpheme），或「形態素」一般稱爲「語素」。「頭1」的語意還可以回溯到〈頭〉的基本意，而「頭2」的語意或是與原意完全斷裂，表示特定的語法意義，或是徒具形式，做構詞的形式素材。「頭1」的語意引申多半是一種「隱喻」（Metaphor），即將人體器官的一部分投射到自然物或抽象物上。各種的語意引申呈輻射狀（Radial）向外擴散。這種複合詞多半是一種偏正式，不涉及語詞的派生。反之，「頭2」是造就派生詞的後綴。語幹和派生出的詞有一定的轉換對應關係。後綴「頭2」不帶詞彙語意，通常表現抽象的語法意義，甚至成爲不帶任何語意的空語素，只作爲構詞的材料。

何萬順：美國夏威夷大學博士，於1990年完成博士論文，題目爲 Grammatical Functions and Verb Subcategorization in Mandarin Chinese（漢語中的語法功能及動詞分類），對傳統 LFG 形式組（formalism）提出數項改進，建立 vLFG 作爲語法描述的工具。以 LFG 的理論架構探討漢語動詞次分類，以語法功能（e.g., SUBJ, OBJ, OBL, COMP）等，爲次分類的標準，做出二十六個次分類類型；並且對於多項漢語語法現象重新分析，包括主題句、把字句、被字句、雙賓結構等。最後並觸及語法理論在計算機處理自然語言上的應用。這是第一篇以 LFG 爲理論架構分析漢語的博士論文。何先生於1992年返國任職於國立政治大學英語系，1993年迄今任職於國立政治大學語言學研究所，教授之形式理論課程包括「語法導論」、「句法學」、「語法中的互動」、「辭彙功能語法」、「漢語語法」等等。他的研究可分幾個階段：1984-1986

年間以詞格語法（Lexicase）研究日語動詞次分類以及在機器翻譯上的應用；並在此語法架構下對漢語基本詞序提出分析；1986-1995年間對 LFG 形式理論提出數項重要修正，建立 vLFG，從事機器翻譯研發，完成全世界第一個以 LFG 為理論基礎的英中自動翻譯系統；1991年至今將詞彙擴散（Lexical Diffusion）與 LFG 結合，發展出互動理論（Interaction Theory），包容了原本對立的形式主義及功能主義，由多項現代語法結構及歷史語法發展機制中發現語法內的各個層次與其規律有持續不斷的互動關係，並歸納出互動的基本類型；1995年至今改進 LFG 的詞彙映照理論（Lexical Mapping Theory）使之更具有普遍性（Universality），並從漢語及英語中的多種語法結構的分析中取得驗證；1997年至今持續研發 LFG 英中自動翻譯，並協助此翻譯系統擴展到其他語言包括土耳其、阿拉伯、及波斯語。著作方面，1994年與 D. Higinbotham、J. Pentheroudakis 合著 Lexical and Idiomatic Transfer in Machine Translation: An LFG Approach 論文，敘述以 LFG 為理論架構的機器翻譯系統的可行性，並且以英中辭彙與熟語的轉換為例，詳細描述轉換模式下如何處理辭彙的譜析、轉換與生成。著作方面，1997年完成 Interaction and Variation in the Chinese VO Construction 一書，共分七章。將詞彙擴散（Lexical Diffusion）理論中競爭（Competition）的概念與 LFG 中多層平行結構的概念整合，發展互動理論（Interaction Theory），得以解決形式語法與功能語法之爭議；並由漢語與英語的實際語料得到驗證。以句法與辭彙的互動中妥善解釋了漢語中動賓動詞的類型與及物性的分歧、被動句和雙賓動詞的句法轉換、結果式主賓與對調現象、以及熟語（Idiom）的語法表徵等問題。2000年完成 Lexical Mapping in Chinese Inversion Constructions 論文，首要貢獻是對

LFG 的辭彙映照理論（Lexical Mapping Theory）提出改進，使其更爲精簡（Simple）且更具普遍性（Universal）。再就以該理論分析漢語及英語中的處所詞與主詞對移現象、與格（Dative）及被動句中的移位、漢語的結果式複合詞主賓對移現象、及範圍主賓對移現象。❽

　　賴惠玲：美國德州大學奧斯丁分校博士，於1995年完成博士論文，題目爲 Rejected Expectations: the Two Scalar Particles CAI and JIU in Mandarin Chinese（拒絕的期望：漢語語助詞「才」與「就」之研究），1999年改寫成期刊論文，主要剖析「才」、「就」深層之語意結構，不僅描繪「才」、「就」深層的語意結構，並周延詮釋其所有的句法及言談行爲，研究中亦比較其他語言（如德語、西班牙語、英語等）類似助詞之異同。綜言之，整體研究彰顯「焦點」（Focus）、「預設」（Presupposition）理論的內涵及其應用之廣度，不僅對語意學的理論提出驗證，且更進一步強化語言之普遍性。賴先生於1995年返國迄今任職於國立政治大學英語系，教授之形式理論課程包括「語意學」、「語意學專題」等等。近年來的研究以客語爲主要研究對象，相關研究成果集中在多義詞之語意相關性、語法化、詞彙化類型、近義動詞之句法與語意互動等主題上。在近義動詞句法與語意互動方面，研究計畫《客語近義動詞的語意分析》（NSC 88-2411-H-004-022）之研究成果頗具學術及應用價值：就應用價值而言，具語言學之學理基礎，廣泛地彙整客語語料，彰顯客語近義動詞豐富的內涵，爲未來編撰符合現代客語之「客語辭典」提供實質參考價值；就學術而言，就詞彙語意爲句法行爲基礎之理論提供驗證根據，同時檢視語意成分之普遍性，並對進一步分

---

❽　黃居仁教授亦是 LFG 研究之核心學者，然尚未獲提供研究資料。

析研究客語近義動詞之句法行為表現有直接幫助。❾此外，進行中之研究計畫《客語近義動詞之詞彙化類型》（NSC 90-2411-H-004-013），延續前項計畫之成果，一方面持續蒐集整理客語近義動詞，另一方面以 Talmy（2000）之詞彙化類型的理論架構，分析同一組近義動詞間之句法行為差異，並檢視語意特徵之普遍性。語法化方面，主要研究論文為 From Verb to Verbal Complement: Evidence From the Verb DO in Hakka，❿客語「到」字是個多義詞，具有多重句法功能，本文即根據語法化之相關理論為「到」字句式結構中的詞類轉換、句法改變及語意相關提出適切詮釋。研究發現不但在句法結構上凸顯「到」從道地的動詞（Verb），經由副動詞（Coverb）及補語連詞（Complementizer），到動詞補語（Verbal Complement）的語法化過程，語意上亦彰顯了隱喻範疇的擴展（Metaphorical Abstraction），從人或物、空間、時間到結果或狀態。另外已完成之研究計畫《客語「分」字語法化之研究》（NSC 89-2411-H-004-003），延續在語法化方面之研究，⓫本文除將「分」字句式結構之句法改變及語意相關提出詮釋外，更提出「分」字句的多功能現象是「多重語法化」的最佳表現。以上研究結果，一方面可為未來客語中類似的語言現象，展現有系統的研究步驟及奠立理論基礎，藉此強化客語研究之內涵，另一方面為語法化的理論提出一個驗證或修正的論證根據，以更進一步增進理論內涵的完整性並強

---

❾　其中「打」類動詞的進一步分析發表於政大教師語言學研究成果發表會，修改後並投稿於 Journal of Chinese Linguistics，目前已獲接受，即將出版。

❿　該文發表於德國波次坦大學「語法化」之研討會，並已獲 Journal of Chinese Linguistics 接受，即將出版。

⓫　本文研究成果發表於 IsCCL-7，修改後之論文已於2001年刊載於《語言暨語言學》第2卷第2期。

化其普遍性。另外，甫完成之計畫《客語 LAU 字句之分析時貌的觀點》（NSC 89-2411-H-004-041），更提出客語 LAU 字句句法行為之多樣性，及與情境類型、時貌標記之互動性。針對 LAU 字句之多義性，以「結構語法」（Construction Grammar）之架構作深入的分析，於2002年完成 Hakka LAU Constructions: A Constructional Approach 論文，⓬主張 LAU 字句之結構意義，是由動詞、主語、受語、補語及狀語等因素互動之下而產生的。並就 LAU 字句多重語意之相關性，及 LAU 詞組所佔的句法位置而引申出之言談功能做進一步的討論。

林若望：美國麻州大學奧斯丁分校博士，於1996年完成博士論文，題目為 Polarity Licensing and Wh-phrase Quantification in Chinese(極項詞組的認可條件及漢語 Wh-詞組的量化現象)，主要是以西方模型理論真值條件語意學的方法為基礎，對漢語疑問詞如「誰」、「什麼」等的非疑問用法做了全面性的描述及分析，把語意的合成及演算用最清楚的方式舉例。本論文的研究成果不僅使語言學家對疑問詞當作邏輯變項的本質有更深入的了解，也對漢語形式語意學的研究起拋磚引玉的作用。林先生於1996年返國迄今任職於國立交通大學英語系，教授之形式理論課程包括「形式語意學」、「邏輯語意學」、「語意學專題」、「句法學專題」、「現代漢語語法」等等。目前從事漢語時制理論的研究，這個計畫首先必須做的前置準備工作就是整理閱讀文獻上有關時制理論的討論，這部分的工作又可分為兩部分：一為西方語言學家對印歐語系時制理論的討論，二為中國語言學家對漢語時制方面的討論。漢

⓬ 研究成果發表於第一屆認知語言學研討會，後修改刊登於《語言暨語言學》4卷2期（2003年4月），頁353-378。

語時間意義的研究尚有兩個大缺失。一、基本語言事實的掌握還是不夠，傳統上對漢語時體的研究大多侷限在個別的時體助詞以及簡單句的研究上，缺乏全盤語言事實的描述，比方說賓語子句、主語子句、關係子句、副詞子句、得字補語等各個不同類型句子的時間意義如何決定，就從來不曾有人討論過。二、前人的研究似乎缺乏一個整體的理論架構作爲研究的指導原則，所謂時制的理論大多是利用條列式的方式輔以舉例列出「現在時」、「過去時」、「未來時」、「現在進行時」、「過去進行時」等十來種時制，但對於這些時制意義是如何獲得的則缺乏一套完整的理論說明。塡補上面所說的兩個重要缺口主要有兩項任務：一是深入發掘與描述和時間概念相關的語言事實，一是建立一套屬於漢語自己的時制理論。有關語言事實的部分，比方說個別時態助詞的時間意義、賓語子句的時間意義、關係子句的時間意義、從屬子句的時間意義、時間副詞的時間意義等。而在理論方面，漢語時制理論的兩個重要概念是：「未來與非未來」及「整體貌與非整體貌」之區別，加上個別詞語的時間意義、語意選擇限制以及句子的語用和邏輯推論將可解釋泰半漢語句子的時間意義，以眞值條件邏輯語意學的理論架構來討論漢語句子的時間意義，特別是以邏輯式子來表達每一個重要詞語的時間意義，並解釋說明整個句子的時間意義是如何透過組合運算來得到。以邏輯工具來研究漢語的時間意義不僅可以精確地表達個別句子的時間意義，它也可以使我們透過形式化的規則方式來討論所謂時制語言與非時制語言的運算差異在哪裡。傳統的研究方式看到的大多是漢語的表象和印歐語系的差異性，無法眞正抽離出印歐語言和漢語間的相似性，有了一套形式化理論，可以較清楚地比較西方學者爲印歐語系所提的時制理論和漢語的時制理論有何

差異，畢竟西方時制理論的研究有相當多的著作是以邏輯為工具來作分析的，而且透過這樣一個在相同理論架構下所做的比較，應該也較能反映出事實的真相。著作方面，1994年完成 Lexical Government and Tone Group Formation in Xiamen Chinese 論文，重新分析陳淵泉教授有關閩南方言聲調群的分析，以詞彙管轄來定義聲調範疇，而非以論元／非論元來區別，並且提出證據證明用詞彙管轄的方式來定義聲調群可運用至漢語其他方言。1998年完成 Distributivity in Chinese and its Implications 論文，主要是探討「都」這個詞的意義。這篇文章在所有研究「都」的文獻中，是第一個把「都」的語意以形式化的方式表達出來，也是首次嘗試說明為什麼「都」除了可以和專有名詞，有定名詞組一同出現外，也可以和量化詞組如「每個人」、「大部分的人」一起出現，對「都」的分析方式，也透露出漢語量化詞的語意可能不同於目前西方國家對 every 及 most 所提出的看法。2002年完成 Temporal Reference in Mandarin Chinese 以及 Cognition, Verb Meanings and Temporal Reference for Some Chinese Subordinate Clauses.等論文，主張除了時間副詞、時態標記詞之外，尚有許多因素會影響「時間指涉」（Temporal Reference），諸如狀態類型、詞彙語意、語用規則等等，此種分析亦可解決漢語時態相關問題。

此外，有一位新人值得介紹。張榮興：美國夏威夷大學語言學博士，於2001年完成博士論文，題目為 The Syntax of Event Structure in Chinese（漢語事件結構的句法），2002年並改寫成期刊論文，❸主要以事

---

❸ "Event Structure and Argument Linking in Chinese"，《語言暨語言學》，4卷2期（2003年4月），頁317-351。

件結構理論爲基礎來探討漢語的複合述語與論元聯結，此乃基於事件結構能對人類語言提供重要資訊，並能有系統地捕捉跨語言的通則，與 van Voorst（1988）、 Dowty（1991）、 van Hout（1993）、 Tenny（1994）、 Croft（1998）、 Rosen（1996， 1999）、 van Valin and LaPolla（1997）看法相同，認爲是論元在事件結構中所扮演的角色決定論元如何與句法相聯結及其句法位置，而非論元的論旨角色。其探討的問題包括複合述語中的名詞論元如何與句法相聯結，事件角色如何決定名詞論元在句法中的位置，以及名詞論元的聯結如何與廣闊的文法現象例如把字句、被字句、動詞重複句相關連。2001年返國迄今任職於國立中正大學語言學研究所，教授之課程包括「語意學」、「認知語意學」等等。

結　語

　　整體而言，臺灣音韻形式理論的發展在近十餘年間有較明顯的活力，然而音韻學者返臺後往往逐漸轉移研究重心，如教學（殷允美）、方言學（鍾榮富）、聲學（江文瑜）等，專注投入音韻理論研究的人員日趨減少。而國內在構詞與語意形式理論方面的人力更加稀少，這也是令人頗感著急的事情。在美國，麻省理工學院之所以能夠帶領語言學的潮流，就是因爲許多新的理論不斷地由這裡研發出來。事實上，形式理論的發展也是整體語言學興盛的主因，各種語言調查、實驗等都必須建立於札實的理論基礎上，而臺灣學子缺乏的即是理論創意，因此鼓勵從事理論研究著實是刻不容緩的要務。

參考文獻

江文瑜。1995。〈國語和臺語的疑問語助詞之語調研究〉。第四屆國際暨第十三屆聲韻學研討會論文。C4-1-32。

吳瑾瑋。2002。《論漢語中的介音、擦音和變調：從優選理論分析》。國立清華大學博士論文。

殷允美。2000。〈音韻學實用篇之一──Phonic 的教與學〉。《國立政治大學教師語言學研究成果發表／研討會論文集》。蕭宇超編輯。頁212-227。

連金發。1996。〈臺灣閩南語「頭」的構詞方式〉。《中國境內語言暨語言學》。第5輯。中央研究院。

盧廣誠。1997。《從韻律構詞觀點研究臺閩語重疊詞之結構》。國立政治大學碩士論文。

蕭宇超。1999。〈從臺語音節連併到音韻、構詞與句法之關係：老問題，新方向〉。《中國境內語言暨語言學》。第5輯。中央研究院。

蕭宇超。2000。〈臺灣閩南語之優選變調〉。《漢語研究》。18卷特輯。

蕭宇超、吳瑾瑋。1997。〈漢語饒舌歌的韻律與節奏〉。《中國境內語言暨語言學》。第4輯。中央研究院。

鍾榮富。〈優選論與漢音的音系〉。《國外語言學》。第3期。頁1-14。

鍾榮富。《臺灣的客家方言》。臺灣省文化處。（排印中）

Chang, J. 2001. The Syntax of Event Structure in Chinese. University of

Hawaii. Ph.D. Dissertation.

Chang, J. 2002 （To appear）. "Event Structure and Argument Linking in Chinese." Semantics and Cognition. Language and Linguistics Monograph. Ed. Y. Hsiao. Academia Sinica Press.

Chen, Y. 1996. The Sandhi of Adverbs in Southern Min: Interfaces in Phonology. NCCU. M.A. Thesis.

Cheng, C. C. 1973. A Synchronic Phonology of Mandarin Chinese. The Hague: Mouton & Co. （A Revised Version of PhD. Dissertation. University of Illinois.）.

Cheng, C. R. 2001. An Optimality Theory Approach to English Loanwords in Japanese. NCCU. M.A. Thesis.

Chiang, W. 1992. The Prosodic Morphology and Phonology of Affixation in Taiwanese and Other Chinese Languages. Ph.D. Dissertation, University of Delaware.

Chiang, W. and S. Wang. 1997. "Intonation Units in Taiwanese: A comparison of the Perceptual and Acoustic Cues." Proceedings of The First Symposium on Discourse and Syntax in Chinese and Formosan Languages, 183-197.

Chomsky, N. and M. Halle. 1968. The Sound Pattern of English. New York: Harper and Row.

Chung, R. 1989. Aspects of Kejia Phonology. University of Illinois at Urbana-Champaign. Ph.D. Dissertation.

Chung, R. 1991. "On Hakka syllabification." Paper for IsCLL-1.

Chung, R. 1992. "Syllable Contraction in Chinese." Paper for IsCLL-3.

Chung, R. 1996. The Segmental Phonology of Southern Min in Taiwan. The Crane Publishing Co, Ltd.

Croft, William. 1998. "Event Structure and Argument Linking." The Projection of Arguments: Lexical and Compositional Factors, ed. by Miriam Butt and Wilhelm Geuder, 21-63. Stanford: CSLI Publications.

Dowty, D. 1991. "Thematic Proto-roles and Argument Selection." Language 67.547-619.

Duanmu, S. 1990. A Formal Study of Syllable, Tone, Stress, and Domain in Chinese Languages. Cambridge, MA: MIT. Ph.D. Dissertation.

Her, O. 1994. Lexical and idiomatic transfer in machine translation: An LFG approach [with D. Higinbotham and J. Pentheroudakis]. In S. Hockey and N. Ide eds. Research in Humanities 3. 200-16, Oxford, UK: Oxford University Press.

Her, O. 1997. Interaction and Variation in the Chinese VO Construction. Taipei: Crane Publishing.

Her, O. 2000. Lexical Mapping in Chinese Inversion Constructions. Proceedings of the NCCU Conference on Linguistic Research. Ed, Y. Hsiao. National Chengchi University, Taipei, Taiwan.

Hsiao, Y. 1991. Syntax, Rhythm and Tone: A Triangular Relationship. Taipei: Crane Publishing Co., Ltd. 。

Hsiao, Y. 1993. "Taiwanese Tone Sandhi: Postsyntactic and Presyntactic." Proceedings of the First International Symposium on Languages in Taiwan. National Taiwan Normal University.

Hsiao, Y. 1995. Southern Min Tone Sandhi and Theories of Prosodic Phonology. Taipei: Student Book Co., Ltd.

Hsiao, Y. 1996. "Mandarin Prosodic Morphology: Evidence from Taboo Words." Chinese Languages and Linguistics. Vol. 3. Academia Sinica.

Hsin, T. 2000. Aspects of Maga Rukai Phonology. University of Connecticut. Ph.D. Dissertation,

Hsu, K. 1996. Hakka Tone Sandhi: The Interface between Syntax and Phonology. NTHU. M.A. Thesis.

Ito, J. and A. Mester. 1998. "Markedness and Word Structure: OCP Effects in Japanese." ROA-255-0498.

Lai, Huei-ling 1992. Rejected Expectations: Two Scalar Particles CAI and JIU in Mandarin Chinese. . UT Austin. Ph.D. Dissertation

Lai, Huei-ling 1999. Rejected Expectations: Two Scalar Particles CAI and JIU in Mandarin Chinese. Linguistics. 37.4: 625-661.

Lai, H. 2001. "On Hakka BUN: A Case of Poly-Grammticalization." Language and Linguistics 2.2.

Lai, H. 2002. "Hakka LAU Constructions: A Constructional Approach." Proceedings of the First Cognitive Linguistics. Ed. Y. Hsiao.

Lai, H. （forthcoming）. "The Grammaticalization of the Verb DO in Hakka." Journal of Chinese Linguistics.

Lien, C. 1987. Coexistent Tone Systems in Chinese Dialects. University of California at Berkeley. Ph.D. Dissertation.

Lin, H. 2000. Tone Sandhi in Taiwanese, in Mandarin and in Taiwanese-

Mandarin Code-mixing. NCCU. M.A. Thesis.

Lin, J. 1994. "Lexical Government and Tone Group Formation in Xiamen Chinese." Phonology. 11: 237-275.

Lin, J. 1996. Polarity Licensing and Wh-phrase Quantification in Chinese. Umas. Ph.D. Dissertation.

Lin, J. 1998. "Distributivity in Chinese and its Implications." Natural Language Semantics.

Lin, J. 2002 "Temporal Reference in Mandarin Chinese." Submitted to Journal of East Asian Linguistics.

Lin, J. 2002. "Cognition, Verb Meanings and Temporal Reference for Some Chinese Subordinate Clauses." Proceedings of the First Cognitive Linguistics. Ed. Y. Hsiao. 217-229.

Myers, J. （1997）. "Canadian Raising and the Representation of Gradient Timing Relations." Studies in the Linguistic Sciences, 27 （1）, 169-184.

Myers, J. （in press）. "Exemplar-Driven Analogy in Optimality Theory." In R. Skousen et al. （eds.） Analogical Modeling: An Exemplar-Based Approach to Language. John Benjamins.

Myers, J., and J. Tsay. 2002. "A Formal Functional Model of Tone." Paper presented at the Conference of Generative Linguistics in the Old World - Asia, Tsinghua University.

Ou, S. 1996. Southern Min in Special Tone Sandhi: A Prosody-Theoretic Approach. NCCU. M.A. Thesis.

Rosen, S. 1996. "Events and Verb Classification." Linguistics 34.191-223.

Rosen, S. 1999. "The Syntactic Representation of Linguistic Events." Glot International. 4.2.3-11.

Shih, S. 1997. An Autosegmental Approach to Jincheng Tonology. NTHU. M.A. Thesis.

Talmy, L. 2000. "Toward a Cognitive Semantics." Volume I, II. Cambridge: The MIT Press.

Tenny, C. 1994. Aspectual Roles and the Syntax-semantics Interface. Dordrecht: Kluwer.

Tsay, J. 1994. Phonological Pitch. Ph.D. Dissertation. University of Arizona.

Tsay, J. and J. Myers. 1996. "Taiwanese Tone Sandhi as Allomorph Selection." Proceedings of the 22nd Annual Meeting of the Berkeley Linguistic Society. 394-405.

van Hout, A. 1993. "Projection Based on Event Structure." Lexical Specification and Lexical Insertion, ed. by P. Coopmans, M. Everaert, and J. Grimshaw. Hillsdale: Lawrence Erlbaum Associates.

van Valin, R., and R. LaPolla. 1997. "Syntax: Structure, Meaning and Function." Cambridge: Cambridge University Press.

van Voorst, J. 1988. "Event Structure." Amsterdam: John Benjamins.

Wan, I. 1997. The Status of Prenuclear Glides in Mandarin Chinese: Evidence from Speech Errors. Chicago Linguistics Society. 417-428.

Wan, I. 2001. "On the Representation and Processing of Prenuclear Glides in Mandarin". Proceedings of the 7th International and the 19th national Conferences on Chinese Phonology. Ed., Y. Hsiao. 232-250.

Wan, I. and J. Jaeger. 1998. "Speech Errors and the Representation of Tone in Mandarin Chinese". Phonology 15. 417-461.

Wu, H. 1995. Neutral Tone Sandhi in Mandarin Chinese: A Perspective of the Connection Between Phonology and Three Linguistic Components, Syntax, Semantics and Morphology. NCCU. M.A. Thesis.

Yin, Y. 1989. Phonological Aspects of Word Formation in Mandarin Chinese. Ph.D. Dissertation. Austin: University of Texas.

Yin, Y. 1991. Some Major Issues in Mandarin Tonal Phonology. Taipei: The Crane Publishing Co.

國家圖書館出版品預行編目資料

五十年來的中國語言學研究

竺家寧主編. – 初版. – 臺北市：臺灣學生，
2006[民 95]
面；公分

ISBN 978-957-15-1323-2(精裝)
ISBN 978-957-15-1324-9(平裝)

1. 中國語言 – 研究與考訂

802.03   95020861

五十年來的中國語言學研究(全一冊)

主　　　　編：竺　　　　家　　　　寧
出　版　者：臺 灣 學 生 書 局 有 限 公 司
發　行　人：盧　　　　保　　　　宏
發　行　所：臺 灣 學 生 書 局 有 限 公 司
　　　　　　臺 北 市 和 平 東 路 一 段 一 九 八 號
　　　　　　郵 政 劃 撥 帳 號 ： 0 0 0 2 4 6 6 8
　　　　　　電　話　：（ 0 2 ） 2 3 6 3 4 1 5 6
　　　　　　傳　真　：（ 0 2 ） 2 3 6 3 6 3 3 4
　　　　　　E-mail : student.book@msa.hinet.net
　　　　　　http : //www.studentbooks.com.tw
本書局登
記證字號　：行政院新聞局局版北市業字第玖捌壹號
印　刷　所：長 欣 印 刷 企 業 社
　　　　　　中 和 市 永 和 路 三 六 三 巷 四 二 號
　　　　　　電　話　：（ 0 2 ） 2 2 2 6 8 8 5 3

定價：精裝新臺幣四八○元
　　　平裝新臺幣四○○元

西 元 二 ○ ○ 六 年 十 一 月 初 版